家乡的水牛

王吉鹏 诗文选

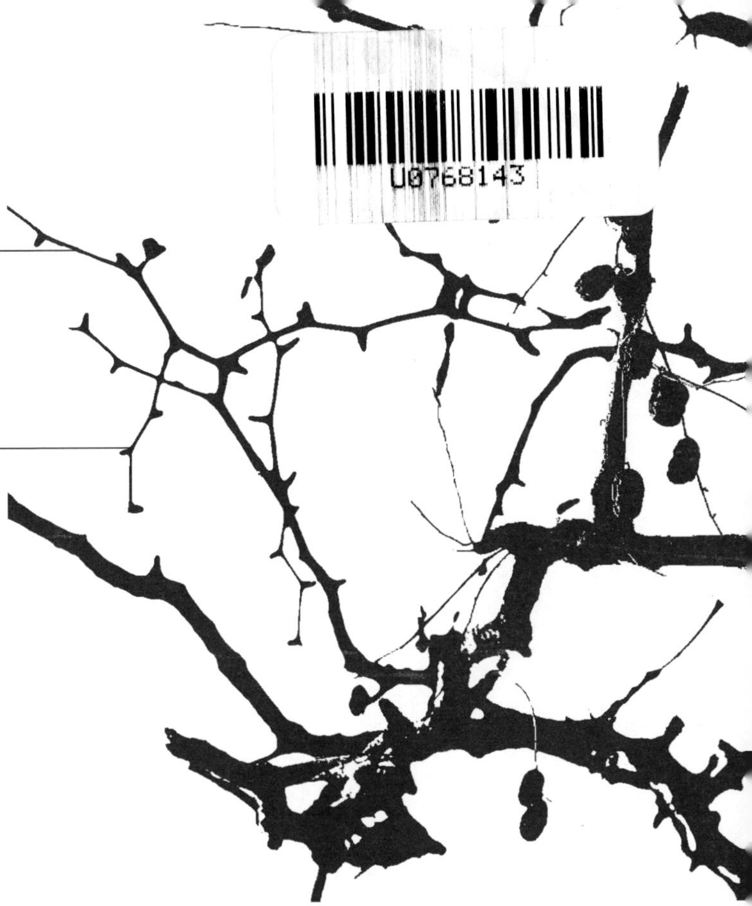

王吉鹏 著

中国画报出版社·北京

图书在版编目（CIP）数据

家乡的水牛：王吉鹏诗文选 / 王吉鹏著. -- 北京：中国画报出版社, 2022.1

ISBN 978-7-5146-2036-8

Ⅰ. ①家… Ⅱ. ①王… Ⅲ. ①诗集－中国－当代②散文集－中国－当代 Ⅳ. ①I217.2

中国版本图书馆CIP数据核字(2021)第195991号

家乡的水牛：王吉鹏诗文选

王吉鹏　著

出 版 人：于九涛
责任编辑：郭翠青
责任印制：焦　洋
营销编辑：孙小雨

出版发行：中国画报出版社
地　　址：中国北京市海淀区车公庄西路33号　邮编：100048
发 行 部：010-88417438　010-68414683（传真）
总编室兼传真：010-88417359　版权部：010-88417359

开　　本：16开（710mm×1000mm）
印　　张：21
字　　数：355千字
版　　次：2022年1月第1版　2022年1月第1次印刷
印　　刷：北京汇瑞嘉合文化发展有限公司
书　　号：ISBN 978-7-5146-2036-8
定　　价：98.00元

目录

上编　散　文

小引 … 2	林海十年（十三篇） … 96
故园亲人（九篇） … 4	致敬导师（四篇） … 125
童年记忆（九篇） … 22	怀念尊者（三篇） … 138
故乡人事（三篇） … 40	滨城故事（一篇） … 147
中学时代（六篇） … 46	异国风光（十篇） … 151
负笈金陵（十二篇） … 59	"散文编"后记 … 185

中编　散文诗

题辞 … 192	刻骨记忆（三章） … 215
校园心语（二章，附一章） … 193	对谈东瀛（二章） … 218
林海短笛（八章） … 195	绵长语丝（三章） … 221
亲情似海（三章） … 198	鸟飞鱼跃（四章） … 223
恋乡思源（四章） … 201	花开山野（二章） … 227
野营絮语（五章） … 204	冬长春迟（四章） … 229
树有灵性（三章） … 207	秋静夏壮（三章） … 233
铭心往事（三章） … 211	天地之间（四章） … 236

下编　诗　歌

青春离乡（五首）	240	抚今追昔（三首）	298
深山学园［六首（组）］	244	东瀛屐痕（两首）	301
怀念恩来（二首）	252	尘海百感（四首）	308
逝者如斯（三首）	255	悼念亡者（四首）	312
隔代情深（八首）	261	嘤鸣友声（六首）	315
西溪杂咏（十首）	268	期望孙辈（四首）	320
校园杂感（四首）	276	仿古咏美（五首）	322
初到加国（六首）	279	同仁诗情（六首）	324
枫国风情（八首）	285	桃李天下（三首）	328
生命意象（四首）	291	下编跋	330
乡思乡恋（四首）	294		

上编 散文

小引

新冠肺炎疫情肆虐北美，加拿大疫情严重。我宅在长女家楼上的一间十平方米左右的卧室里，几乎成天守着电脑。在这逼仄的空间里，一种人生无常的感觉袭来。于是，我抓紧整理旧作：修改、校订、排序、编目、选插图片、写作序跋，打发着这一天天的时光，生活似乎也是充实的。

偶尔下楼，用餐、饮水之外，再到后院转悠转悠，仰望一下蓝天朗日流云，算是透透气。然而，后院对面人家的房子，后院两旁的参天大树，使我看到的天空很狭窄，见不到远山、近水和地平线，心里憋屈。可能是因为覆盖游泳池的帆布上积水很浅的缘故，那对野鸭子又有好几天不飞来做客了。我多少有点儿失落，但更为它俩庆幸，它们原本就应该属于大河大江大湖。

想起曾经养过的一盆花，移植时发现，它的根已经抱紧了盆里的泥土，卷曲着缠成了一团。又想起冬日冰上凿开一个洞，冰下的鱼会不顾被渔人捕获的风险，以及被冻死冰面的惨烈，而高高地跃出水面。生命就是这样顽强地追求生存、发展和自由呼吸。

鲁迅说："一个人做到只剩了回忆的时候，生涯大概总要算是无聊了罢，但有时竟会连回忆也没有。"当回忆的文章也写不出，只能整理旧作时，是比"无聊"还等而下之的。我知道，我这个念头是很可怕的，愿以后别再这样。

  枫叶之国的季节转换，总是很晚的。这里的人们将春分看作春天来临。现在是清明已过，我已经多日不去大峡谷了。我想，那里已春色渐浓，高树和灌木照样吐绿，芳草和野菜照样疯长，喜鹊和乌鸦照样争鸣，松鼠和小鹿照样撒欢儿，山涧和溪流照样奔腾；他们才不管有没有我这位 Asian men（亚洲男人）在不在桥头观景和椅上沉思，当然也不管沙石小路上有没有老人散步、单骑飞驰，树林里有没有情侣依偎、孩童嬉闹，更不管有没有主人在训练宠物狗。这就是生生不息的大自然的气派和风格。

  是为小引。

2020 年 4 月 5 日于加拿大密西沙加

故园亲人（九篇）

故园散记

一、缘起

元末，各路豪杰争夺天下。朱元璋大胜，张士诚败。受株连，吴地成千上万人家流放江北。先祖在其列。至清末民初，曾祖父祖父辈发家，于唐海春轩塔北侧百五十米左右处建一院落，是为吾之故园。及至公元2013年，政府开发建西溪景区重修西广福寺需拆迁故园，几经周折，终成妥协。冬季某日，九十余岁父亲迁离及二弟一家器物搬出。次日，推土机开来，故园成瓦砾一堆。吾生于斯长于斯异地求学谋生眷恋于斯，一次次车船飞机千里迢迢万里奔波返乡扑向斯之故园，从此消失。永远抹不掉的是心中的故园。

二、院落

故园几经风雨，格局多次变化。在我的童年记忆中，它是一方形的院落，东临家族企业王协顺油米厂，南边和西边皆为菜农土地，北为一条小河，河上架一座木桥，桥北，即是王家巷，居住着一个又一个同姓人家。

故园内，北面为一排含门楼的四间瓦房，南面为一排五间瓦房，隔着天井相对相望，西面连接南北的是厨房。厨房西面，是一个大大的菜园子。菜畦里种着油菜、菠菜、蚕豆之类，油菜花黄灿灿地开着，菠菜匍匐在地上，蚕豆在青青的叶子下悄悄地结出了胀鼓鼓的豆荚。院墙是花墙，即墙顶部是砖搭成的图案，可以从空隙看到墙外的风光。墙上爬满扁豆藤，奶奶天天都采摘一篮紫色的扁豆荚，中午用来烧菜。

菜园东南角，长着一棵香橼树、一棵枣树、一棵桃树。桃树上结的桃子不好吃，又硬又涩。枣树上的枣子由青变红由小变大，搬个小凳，就能摘下，甜而且脆。香橼长成橘红色时，摘下来扔着玩，很有意思。南墙根有一排竹林。春天的雨夜，会听到春笋生长的"噼噼啪啪"声，夏天，摘下嫩嫩的竹叶尖，泡茶喝。妈妈说："清凉去暑啊！"

　　菜园的西北墙角，有个小棚子，堆积着杂物，那里有一批旧书。据说是当过我们家教书先生的钱六爷爷寄放的。钱六爷爷学问大着呢！他在上海的印书馆里工作。我们常常偷偷地钻进小棚子，弄得身上脸上头发上全是灰尘，拿出一本本旧书，撕下来折叠纸飞机玩。要是被奶奶发现了，她总是喊："作孽呀！那是书啊！"奶奶的喊叫是不可怕的，怕的是万一奶奶告诉父亲，那就糟糕了，屁股上少不了增加五道红手印，够疼一阵子的。

三、蚕

　　有一年春天，妈妈养了一匾蚕，我天天都去撸桑叶。眼看得蚕宝宝一天一天长大，桑叶吃得愈来愈多，一片吃桑叶的"沙沙"声。后来，蚕宝宝们又停止吃桑叶，爬上草扎成的"小山"吐丝，结茧了。一个个白白的茧子出来了。但是，最后总是有几只病蚕还在吃桑叶，而且总是长不大，病恹恹的，可怜兮兮。妈妈说："扔了吧！"我说："再等等看。"

　　几天后，还是不见长大，不见好转。妈妈又让扔了。我可怜它们，把它们放在院子里几棵小桑树的叶子上，让它们继续吃着，活着。我一会儿就去看它们一下，吃着，活着，我才放心。

　　又过了一两天，一夜风雨。早晨起床，我也顾不得穿衣穿鞋，光脚跑去院子里。一看，病蚕都不见了。我痛苦极了，闷闷不乐了好多天。

四、鸭子

　　奶奶养了一群鸭子。我天天早晨起来，打开鸭窝的小门，放它们出来。鸭子欢天喜地，排着队，一个又一个地跟着，摇摇晃晃地走出院子，走下河沿，去河里了。

　　傍晚，我要到远处的河汊里，找到它们，撵它们回家。我从河边捡起瓦砾，扔向它们，它们就往回家的方向游去。我嫌它们游得慢，耽误我去玩耍，就不断在它们队伍后面扔瓦砾，嘴里喊着："叫你慢！"一片瓦砾狠打过去，砸到游在最后的那只黑花鸭子腿上。看到它上岸后,一瘸一拐地,还是拖在最后,我好心疼啊!对不起你呀!晚饭吃得不香,一宿都没睡踏实。第二天一早,留心看看,它走路正常了,心才放下来。

五、桑树

故园大门朝北,门前有条小河,河上架着一座木桥。我们上小学、去镇上、去县城,都必须走这座桥。桥的名字因我家的油米厂而得名"油坊桥"。桥两头的两侧各有一棵高大参天的桑树。桑树上有鸟窝,还结着一串串桑葚。桑树太高,我们爬不上去。桑葚熟透了,就掉得满地都是。捡拾着吃,又甜又清凉。我们常常吃得满嘴青紫青紫的。

那一年妈妈病了,病得很重,得到很远很远的城市求医。为了凑钱,家里人就将四棵桑树全卖给了木材行。那天,大大小小的鸟儿喳喳叫个不停,都飞走了。

又过了几天,我站在桥头,目送着妈妈去远方看病的船消失在小河的拐弯处,再看看四个大大的新树墩子,数数树墩子上一圈圈的年轮,叹了一大口同小孩子很不相称的气。

六、桂花树

妈妈去外地看病回来,带回五棵桂花树苗。送给沈二爷爷家两棵,留下三棵,栽在南屋最西头妈妈房间的西窗下,也就是菜园的东南角。后来,一棵未活,一棵活了几年又死了,只有一棵活了下来,每年秋天开出乳白色的花来。几十年后,长成一棵高高大大的桂花树了。花开时节,香飘方圆一里多地。

妈妈1973年秋天离开人世,那年她四十九周岁。以后,我每次回到故园,总要在桂花树前伫立良久。如果是秋天,那满树清白色的朵朵小花,总是在我眼睛里幻化出妈妈的一颗颗泪珠。

因为拆迁,桂花树无处安身,转让给了一所学校,移植在校中心花坛中。我返乡时,还同妹妹一起去看过一次这棵桂花树。后来,听妹妹说,这棵树因为移植时节不妥,终于没有活过来,享年六十余岁。

七、花喜狗

乡下亲友送来一条狗,是一条花毛的巴儿狗。奶奶拍拍它:"你就叫'花喜'吧!""花喜!花喜!"我去上学前喊它喂它抱它陪它玩,"花喜!花喜!"我放学回家后喊它喂它抱它陪它玩。

过了些日子,"花喜"常常不在家了,自己出去溜达了。我去找它,终于在一个姓夏的人的卖肉案子下看到它了。它趴在下面。我喊:"花喜!"它挺不情愿地爬起来,怏怏不乐地跟我回家。以后,每次放学,我都要去找它。再后来,它看着我但不理我了。再再后来,看也不看我了。原来,卖肉的常用砍肉的刀刮些案板上的肉渣碎末给它吃,它不肯回家了,最后索性去夏家了。再后来路上见到它,我喊一声"花喜",它形同陌路。

至今,我已经记不清"花喜"是公的还是母的了,但是这是我记忆中的第一次被背叛并承受着这种痛苦。此后,我再也没有喜欢过狗。

八、好军队

幼年记忆中,故园驻过三拨解放军。奶奶总是沿用抗日战争时期的称谓叫他们"新四军"。他们在我家南屋用稻草打成地铺就住下了。早晨军号一响,就出去了,一般天黑才回来。有时在天井里吃饭,一个班十多人都蹲下围着一个搪瓷面盆的菜盆吃,饭碗也是搪瓷的,下面有个小孔,穿根细线绳,平时系在腰间。有时晚上在天井开会,列队坐地上。先是唱歌,有人在队前打拍子,齐唱"解放区的天是明朗的天……"等,然后有人讲话,散会时是高潮,拉来几个稻草人,上面贴着写有"蒋介石"之类的名字,点火烧掉。熊熊火光中,口号响起:"打到南京去,活捉蒋介石!""打倒蒋介石,解放全中国。"然后鼓掌,我们也拍着小手,跟着鼓掌。

记得有一次,一个脸色白清的战士一只手放背后,一只手向我招手:"小鬼,过来!"我怯生生地走过去,他另一只手拿到前面,原来是给我一个馒头。我接过来,他高兴得很。我们家乡吃米,过年时才蒸馒头。这个馒头我放了好多天才舍得吃。他为什么省下馒头给我啊?当时我什么也没有想,后来这个问题我想了大半生。

解放军开拔之前,还来找我奶奶,问有什么做得不好的事。大人们纷纷议论,这支军队真好。听大人们说,我们家驻过国军(国民党军队)和"和平军"(伪军),数解放军最好,"和平军"最坏。"和平军"营长带上姨太太住我家,要住最好的房间。姨太太还抽大烟。至今我们家乡见女孩子又懒又馋,就骂:"你这样,长大了做'和平军'姨太太呀!"解放军官兵纪律严明,很得人心。据说当年王家巷一戴眼镜的教书先生早就说:"这样的好军队,如不得天下,谁能得天下?"

九、余音

故园天井里曾经有一个荷花缸,每当雨后,宽大的叶子上就滚动着晶莹的水珠,曾经是那么叫我着迷,我似乎在一首散文诗里提起过。在西边的菜园里,总是种着葱和蒜的。葱是随时掐下来调味做菜的。蒜,在我们家乡的吃法是:冬天的早晨,开水烫熟蒜叶,拌调料,一边喝茶一边吃烫蒜叶,很惬意。菜园西边贴墙处,还有几棵蔷薇和月季,月季花又红又大,很可爱。蔷薇花似乎没有玫瑰花雅致,但有种野性的奔放,刺比玫瑰还要多且长。还有一棵梨树,说是三年结梨,但盼望了三四年也不结。

故园外东南方不远处,南屋的东面,有一棵柿子树。我小的时候,它已很高大了。去年返乡,还看到它,已经参天了。据说是二爷爷小时候栽的。我问父亲这棵树多少年了,父亲说他儿时就两个人高了,肯定百十余年了。现在每年还结柿子呢!前几年有人砍过它的枝丫,结果那个人胳膊疼了一年多,医生检查是骨癌,再过一年就去世了。莫不是百年老树修成神仙,还是二爷爷显灵?

那位送我馒头的士兵,一直在我脑海里。后来我读了些弗洛伊德的书,就想:他大概有个弟弟或侄儿在家乡,长得像我,大头圆脸。他想他的弟弟或侄儿了,移情于我了。不,不是大概,是一定的,一定!

2014年5月2日至6日于加拿大密西沙加

补记

我一直盼望着今年夏天,到故园拆迁后的那堆瓦砾堆旁,或肃穆、或鞠躬、或跪拜,敬奠我的母亲。——我总是感觉到冥冥之中她的亡灵,如桂花的清雅淡香在那片土地上飘荡着;敬奠我的祖父母,敬奠我的先祖。——他们在放逐和自我放逐的命运中尚能开拓出一番事业,这也许是一个家族的宿命和传统吧!然而,妹妹告诉我,那里很快盖起了一座"藏经楼",西广福寺将同泰山护国禅寺连成一片,叫"佛教文化园"。

据传,西广福寺建于汉代,早于建于宋代的泰山寺。我曾问过住持,怎么会建得这么早,他说中国大陆佛教尚有早先从海上传入的一支,西广福寺是也。在我年幼时,西广福寺因紧挨唐海春轩塔而俗称"宝塔寺",位置在故园东南不远,后来逐渐衰落,成一小屋,一个病怏怏的和尚躺在床上,煞是可怜。那和尚后来怎样,尚不知,可能早已"圆寂"了吧!寺庙现在终于迎来新的命运,盛世到来,古刹重光。这一寺庙的沉浮,也是能折射出很多时代风云和社会变迁的。

2014年5月7日于加拿大密西沙加

再补记

六月上旬的某日早晨,我和妹妹从东台城步行半个多小时,到故园原址。那里已经建起了新的西广福寺,绕寺一周,庙门紧闭,也许等待开光尔。故园原址正是寺庙最后的藏经楼,北面的小河已经被瓦砾填平,小桥已无意义。我点燃一炷香,置寺庙藏经楼后墙边,然后三跪九叩,敬奠这失去的土地。叩拜时,故园的历史涌上心头,脑海浮起一幕幕场景:先祖的被流放,祖父的创业,土匪的绑票,东洋鬼子的轰炸,土地改革公私合营先后带来的变迁……一个家族的百年兴衰沉浮喜怒哀乐,以及温情脉脉面纱下的钩心斗角,还有走出去的后辈们或挣扎或奋进的人生,这一切的一切幻化出赤橙黄绿青蓝紫的多样色彩,使我眩晕,倏忽之间,我又见亡母的泪,所有皆模糊一片。

身后不远处,几位街坊邻里在议论:"大先生回来啦!""烧香叩头拜老家的地方,灵不灵?"灵不灵?我在敬奠我的心呐!

永别了,我的故园!

2014年8月3日再补记于加拿大密西沙加

奶奶的话语系统

我的奶奶姓陈,她没有自己的名字,户口簿上、粮油本上,凡需要填写姓名的地方,一律用"王陈氏"做名字,死后的墓碑上也是刻的"王门陈氏"。

奶奶的脸型是扁而方正的,眼睛大,下巴宽。据说下巴宽的人厚道,这说法有没有道理,我不知道,但奶奶确实是个厚道人,大家族内部,亲戚之中,街坊邻里之间,我从未听说奶奶同谁有过不快,我也从未听奶奶说过谁的不是。

奶奶是扎垛乡下人。我猜测奶奶一定是个普通农民的女儿,要不然她怎么那么能吃苦,那么勤劳,那么能干农活。单是我家的菜园子,奶奶就侍弄得那么好,她自己浇水施粪,只是后来她岁数大了,挑不动两个粪桶和水桶了,我们孙辈也长大了，才抓住我们帮忙，改为两个人抬一桶。她还养猪养鸡养鸭，每年夏天她还种上番瓜——即南瓜——让它爬上屋顶，又叫倭瓜，"三年自然灾害"时期，真解决了一家人吃不饱的问题呢！再说，奶奶嫁到我们西溪王家的时候，我们家在曾祖父太爷爷手上，也就是开了个小小的砻坊而已，发家是后来的事，门当户对，她不可能是乡下大户人家的女儿。

奶奶属马，爷爷属羊，奶奶长爷爷一岁，据说这是绝佳的生肖配对。奶奶确有旺夫运，她来我们王家后，相夫教子，很有成绩。我爷爷弟兄三个拧在一起，开油坊，又在乡下广置田产，城里添置房屋，后来又购买机器开米厂，确实发大了。这一发，发成了地主，她也成了"地主婆子"，于是，成了阶级斗争对象。个体的命运之舟总是在社会时代大潮上起落沉浮颠簸摇晃呐！

奶奶嫁到我们西溪后，几十年来，介绍了不少她的堂妹侄女侄孙女一个个嫁到西溪，几乎形成"扎垛帮"了，很有本事呢！

奶奶虽是女流之辈，且无文化，却有胆有识。据说，闹土匪了，奸淫掳掠且绑票。奶奶让大家逃，她一人留下，穿上破烂不堪的衣裳，头发蓬乱，脸上涂上锅灰。土匪来了，见这个样，以为是疯老婆子，又以为只是个做脏活的女佣，撤了。我们全家毫发无损。

奶奶有她自己的个性化的话语系统。比如，称共产党、解放军、人民政府，一律为"新四军"，沿用抗日战争时期的老称呼。

厂子要"公私合营"了。奶奶说："厂子要归公家了，这是新四军的主张啊！以后好好为公家做事拿工钱过日子吧！"

党的十届三中全会前后，拨乱反正，万象更新。父亲恢复工作，弟弟妹妹返城安排工作，我读研究生了。那年年初访学我顺道返乡，奶奶虽已耳聋眼花，还是明白形势变好了的。她高兴地说："新四军又有好主张呐！你们都好好做事啊！你妈妈要是活着多好呀！她不该走这么早呀！该走的是我呀！"她一点儿不糊涂。

奶奶活到20世纪80年代初，享年八十九岁，寿终正寝。

记得儿时，奶奶晚上临睡前，总喜欢拉着我一起，手提一盏马灯，检查灶坑火灭了没有，前门后门关好没有，鸡窝门拦上没有，院墙内四周清理没有。这对我很有影响，至今我也习惯了睡前检查一下门窗电视电话煤气水龙头等。

奶奶，安眠吧！"新四军"开辟的改革开放后的新时期新世纪，好着呐！

2015年11月18日于加拿大密西沙加

父，我的老父亲

在我祖父辈三兄弟组成的老三房中，只有我们这一房——也就是我们兄妹和我们亲叔叔家的弟弟妹妹，称父亲只一个字："父。"同东台人惯常的称谓"baibai"（发平声）不一样，据说是受了南通那边人家的影响，似乎海门人就是这样称呼的。近代著名实业家、清末状元、南通人氏张謇曾组织过一次大移民，大量南通一带的海门人迁徙落户东台大丰沿海一带，我的高中同学就有海门人。张謇的母亲是东台人，他特意在东台办了一所叫"母里师范"的学校，这所学校是东台中学渊源之一，父亲有友人读过这所学校。——张謇这两件举措，极大地促进了东台的经济和社会发展，是值得东台地方史大书特书的。

父亲先在家族私塾随钱谢庭先生读书。这位钱谢庭先生排行第六，我们称他"钱六爹"。他后来去了上海商务印书馆工作，新中国成立后又在上海少年儿童出版社工作，写得一手漂亮的毛笔字。他告诉过我，这个出版社同主持儿童福利基金会的宋庆龄女士关系特殊，于是经常缮写致宋庆龄女士的信件。父亲一直同钱六爹有联系，执弟子礼，钱六爹也关心过我。他有二十八块银元寄放在我奶奶那里，我奶奶绞尽脑汁为他保管了很多年。一个夏天，钱六爹的晚辈亲戚也就是西溪中学的张伯玲校长代钱六爹来取银元，这位女士站在我家门口，东西一拿马上回头走了。

父亲读私塾还受业于缪子渭先生。缪是书法家，古文功底也很深。同学者有郭葆立、鲍审等，他们都结成了终身之谊。在东台市纪念著名书画家鲍审的活动中，还派人来录像访问父亲。父亲珍藏了不少鲍审送的书画，有几件我一直带在身边。缪子渭先生的公子、后来在东台城建规划部门工作的缪勤先生，同父亲也是终身之谊，晚年常常互相看望的。

父亲读的中学是周光熙先生创办的光实中学。光实中学为东台培养了一批人才，也应该是值得东台地方史好好书写的。周光熙先生后来主持过镇江师范学校，翻译出版过《悲惨世界》。周光熙先生的长子是上海文艺出版社的编审、文艺理论家周天先生，我上大学时致信周天先生求教，周天先生回信叮嘱多读经典，我受益终身。幺子周五纯先生是我的朋友，红学家，后来在无锡的江南大学教授职上退休。

父亲中学毕业后，祖父送他到城里某商店"学生意"，因为去别的商家学，而不是在自己家当少东家，才能吃苦守规矩。父亲对我说过，"学生意"就是当见习小伙计，并不因为你是谁家的公子就照顾你，照样天未亮就摸黑起床，天一亮就下塌子门，天黑了上塌子门，除学进货送货卖货点货记账算账应付往来外，什么苦活累活脏活都得抢着干，还得为老板倒尿壶，帮老板娘端住幼小的孩子撒尿拉屎的。我现在看来，当年大户人家为防止子女败家，也是想方设法不让他们成为公子哥儿娇小姐的。

抗日战争期间，在一个黑夜，作为油米厂小老板的父亲带着伙计们将泰山寺门前两个石狮子埋进泰山寺内某偏殿天井的地下，以防日本鬼子掠夺毁坏。直到20世纪80年代，政府重建泰山寺时，父亲才报告政府，带人开挖，这两个石狮子重见天日，现在还立在泰山寺门两侧呢！日本鬼子进西溪镇，用刺刀逼着他带路，他趁走到一个拐弯处时，甩掉了鬼子兵，钻进了一个草堆，才得以脱身。一位腿受伤的新四军战士在队伍转移时被落下了，这位战士后来忍着剧痛，爬到我家，祖父和父亲收留了他，帮他治好伤，又帮他在城里找了一份扫大街的差事。后来，这个人去上海当工人，解放后一直查找当年战友及档案，经几十年不懈努力，方成功找到，确认了革命伤残军人待遇。多年前，这位老人由他的侄子陪着，找到西溪我家，表达感恩。

父亲"学生意"归来，祖父先让他主持城里的分店裕隆油坊，后来才把油米厂交给他经营。解放后，父亲当过一段西溪镇人民政府副镇长，作为工商界代表出席过东台县政协代表大会。我感觉父亲很在意党的统一战线政策，常常念叨："国旗上还有我们一颗星呢！"这一颗星，照耀着他，引导着他，启发着他，慰藉着他，厂子公私合营后不久，父亲就评上县里"社会主义运动积极分子"。

在厂子公私合营后，作为私方厂长的父亲被选送到扬州的江苏省粮食干部训练班。可能学了一些政治课程，学习归来，常常非常认真地对我讲辩证唯物主义ABC，不像以前，只讲"子曰诗云"和"中山先生说"了。

党的十一届三中全会后落实政策，县里找父亲谈话，县粮食局成立一个饲料厂，拟用父亲当厂长，征求意见。父亲跃跃欲试，致信给刚刚读研究生的我。我劝阻，父亲未受命。后去县垦区工程处即后来的滩涂开发工程处而今的农开局工作了，待遇、福利、人际关系等都很好。退休三十多年了，单位一直关心着他。

父亲进入晚年后，天天练毛笔字，练得一笔好字，尤以小楷见长，在县里多次获奖。一天，日本游客观光西溪古镇，见之，索要墨宝，父亲书"和平万岁"付之，日本游客欲留润笔费，父亲坚拒，曰："此乃中华文化，无价之宝也，若欲给钱，我就不给你了。"后来又有美国游客，亦如是。

父亲爱交友，每在一处皆有朋友。连我的同学和同学的父辈，都成了他的朋友。县中医院一批中医是我高中同学，都同父亲很熟识。同学戴元放的母亲周清和女士是县委领导干部，对我父亲很友好，毫无政治歧视之意，父亲很感动。周女士同戴元放的父亲离异。戴元放的父亲后来在工人医院为中医，也成了父亲的朋友。戴老先生当年托父亲介绍对象，父亲笑着婉拒："不敢，怕得罪周部长和你家公子元放。"

我在南京上学，每当寒暑假回家，轮船航行泰东河，先经过海春轩塔南侧，十几分钟后抵城内码头。每到这时，已是午夜，父亲总是在河边等着，一见轮船，马上高喊我乳名，听我应声，随即骑自行车飞奔进城去码头接我。同船东台同学若干，个个感叹。此后母亲离世，父亲学得用腌制金华火腿的方法腌制酱肉，每年冬天，皆腌制，或托人捎去，或等我回家取而带走。据妹妹说，父亲为腌制之，手上生冻疮且开裂尔。我考研录取，获硕士学位，每有进步，以及我两个女儿皆顺利考取大学，父亲皆兴奋异常。唯有遗憾者，父亲认为应有一个读师范院校："女孩子，当个教师多好！"父爱如山啊！

那年秋天，父亲九十大寿，设宴十二桌于某酒店，主要招待家族本家及至亲，拒收任何贺仪。我主持，只说了一句："父亲今日九十大寿，这位老人经历了近一个世纪的风风雨雨，才有了今天，请大家鼓掌祝贺，然后吃好喝好。"掌声雷动。

而今我的父亲九十有五了，安居在城南的一座普通小院里，写毛笔字，每天散步一两次，尚能拄着拐杖出小巷再走大巷，至街边，观来往车水马龙也。常有或本家亲戚或晚辈朋友或我在乡朋友学生或地方史研究者等看望，父亲说得最多的一句话是："这个世上的同代人，对我好的都走了，对我不好的也都走了。"他老人家似乎有些落寞。

父，我的老父亲！

2015年11月23日于加拿大密西沙加

补记

北京时间2019年4月23日凌晨，家父在家乡江苏东台辞世，享年九十九虚岁。

我上小学的时候，父亲的厂子还是私营时期。西溪小学每学期期末奖励模范学生，奖品都是父亲赞助，一般是文具和书籍。我曾见王家巷中段居住的高年级学生沈留根大哥有一本书，上面有父亲亲笔题签："奖给模范学生沈留根，王永豫赠"；盖的是西溪小学的公章。沈留根是遗腹子，故名留根。家贫，放学回家，常在巷头摆一小糖摊，但他刻苦学习，考取北京农业大学，改名沈延风；毕业后去上海农场工作，官至上海农场党委书记，退休后在上海居住。沈同我多有联系，他常回忆当年我父亲对他的接济和鼓励；父亲七十、八十周岁，他都记挂心上，写诗祝贺并感怀。

西溪有出息而上大学的学子，同父亲多有友谊。父亲很器重他们，其中家境清寒的，父亲还周济之。远房本家哥哥王吉成，幼年丧母，父续弦；父有肺痨，无收入，靠变卖家底维生。吉成哥考取北京铁道学院；毕业后先后在沈阳、武汉等地铁路局工作，职至教授级高级工程师。他十多年前来大连旅游，住我家，聊天中常忆及当年父亲对他的鼓励和资助。

记得当年，每至寒暑假，这些归来的大学生、中专生都来探望父亲，介绍学习生活；父亲都很愉快地同他们聊天。我至今还记得在淮安读中专的钱家公子，同父亲聊淮安，说淮安人常以出了两个"宰相"为荣，一为韩信，一为周恩来。父亲送这些西溪青年才俊出门后，总是拧拧我的耳朵："你看他们，多么有出息，你得学学他们。"

我在南京读大学时，有一次，父亲来南京公干，去省粮食厅办事。我去他下榻的建康旅社看他，他掏出母亲捎来的十枚熟鸡蛋，一闻，有点不新鲜了。父亲说："没事，有办法。"他花了五分钱加工费，让旅社食堂厨房师傅剥开鸡蛋用葱花酱油煮成了卤蛋，吃得更香更有滋味了。

父亲并不信佛，但他对宋代古迹泰山护国禅寺却情有独钟。泰山寺被毁时，他扼腕叹息；后来在粮食局系统老搭档某干部家发现泰山寺石鼓成了他家坐凳，气愤得很，从此再无交往。

父亲信中医，晚年两次摔成骨折，一次是六十多岁时骑自行车，车轮压一石头子儿，人车摔倒；一次是走路不慎摔倒。西医要求手术，众人也劝他手术；他坚拒。他听中医的，卧床养息，喝狗骨汤，竟然治好。

父亲晚年，九十多岁了，住三弟家，每天坚持散步两次；拄拐杖走二百米左右至街头，观车水马龙，与熟人聊天，问小贩生计，颇自得其乐。有一次，堂弟宴请至亲，饭店在街道对面。父亲不要我搀扶，自己拄拐过斑马线；有汽车呼啸而过，父亲举起拐杖，直斥司机不守规矩。

父亲活到九十有九，寿终正寝，安然离世。

往事悠悠，却并非如烟而散去，刻进了记忆。如实记录，是为历史。

2020年5月6日晨于加拿大密西沙加

再补记

再有五天就是父亲节了，这几天特别怀念父亲。

曾听父亲说，人民政府派来接管西溪小学的干部是个女的，姓朱，身穿一种两排扣的叫作列宁装的女式制服，腰间挎着盒子枪。她在西溪小学还一度当了校长。这位朱同志，后来南下到上海当干部，早已离休。她晚年旧地重游来西溪，还找到我父亲，聊了很多往事。

我们家住的王家巷有个叫王立刚的人，是这条巷子唯一戴眼镜的人。他是民国时期西溪小学校长，朱同志接管小学后，先让他教了几天书，后来又不让他教了。王立刚对学生要求严厉，结怨学生了。高年级学生终于敢出气了，编了首童谣羞辱他：

> 王立刚，王立刚，
> 四只眼，却无光。
> 屙屎不小心，
> 一脚踩进臭毛缸。

我也跟着喊过，但是，回到家被揍了一顿："坏坏料，下流！"说此低俗童谣，在大人看来是"作践教书先生，该响雷打头"的事，何况这位先生正背时呢！所以我一边挨打，还得一边反复背诵"天、地、君、亲、师"五个字。

父亲对孩子的体罚有三个层次：轻则拧耳朵，意为不听话无记性得拧拧耳朵，这是家常便饭了；中则打屁股，很少用。重则罚跪，极少用；记忆中只有一次，似乎并不冤屈；是在一个堂兄带头下同一个表弟三人点燃了一堆稻草，纵火玩，确实危险。我儿时并不顽劣，所受体罚不多。

在我的童年记忆中，父亲是个有求新意识的人。为了工厂节约成本，他搞起了技术革新。原先发动机器的燃料是木柴，后来改为煤炭，又改为稻壳——稻壳是自家厂子的副产品。锅炉一改再改，曾一度砌了个像大碉堡一样的锅炉，后来拆了。我看到父亲和"老轨"即机师二爷爷成天琢磨，终于成功了。

记得有一位工人师傅偷了厂子的传送带皮带盘卖了，父亲想解雇他，但上级工会东台县总工会不同意，引起争执。后来终成妥协，该工人师傅全厂大会认错，资方不予解雇。他后来在厂子公私合营后，旧毛病又犯了。这次是国家财产了，他因此被判刑坐牢多年。

这位师傅晚景还不错，养得白白胖胖的，孩子也有出息了，还常找父亲谈天。据说，他曾找到退休多年的那位公方代表某公讨说法，某公忙着赔不是，设宴款待。

父亲晚年很重视动物保护。我有一次回家，同父亲一起去八字桥头地摊买菜，见到剥好的田鸡（青蛙）肉，想买回家吃红烧田鸡肉，父亲死活不让买。回家的路上，父亲好一顿训斥我："你知道一只青蛙一天能吃多少害虫？怎么能助长他们捕食？"

我家门前有座桥，曾是东台去泰东河南乡下必经之地。晚年的父亲，见到城里有人提着猎枪下乡打麻雀，就高喊："年轻人别做伤天害理的事啊！留下益鸟吧！让你的子孙能看到它们噢！"说得那些人面红耳赤，惭愧地回城了！

父亲六十岁退休后始练书法，尤长于小楷，常写《秋声赋》《朱子家训》。老干部书法比赛，年年三等奖，颇快快。几年前，九十岁左右的家父问一书法老友："一等、二等给什么人了？"老友告知："给离退下来的领导了，你太天真了！"父亲此后再不纠结，对一、二等奖死心了，但还照样练下去。

父亲虽常忍让，但有时也有抗争的"迂"劲。多年前，家乡拟恢复重建一庙宇，涉及拆迁我家百年故园，正在协商对话中。一日，几个城管未打招呼闯入我家院内，耀武扬威转了一圈，父亲未吭声。后又在某夜，城管趁月黑风高雨大，推倒院墙一角。次日晨，二弟报警，城管抵赖。父亲九十余岁了，愤而拿起被褥、尿壶，由表弟用板车拉至景区管委会，表示安全有虑，来此住下求政府庇护。景区主任尚理智，表示这几天公出在外，不知内情，致以歉意，劝慰送回。当晚，景区主任约我二弟、三弟和妹妹商谈，终成妥协，签订协议。

是以为此文再次纪念在天堂的父亲，愿他平平安安！

2020 年 6 月 16 日于加拿大密西沙加

梦里依稀慈母泪

我的母亲是一个性格很内向的人，她很少哭，总是把泪水噙在眼眶里，然后吞进肚子里去。

母亲姓田，是东台城鼓楼东边的一户大户人家的二女儿。由于社会变迁和时代变幻，再加上我的外祖父的英年早逝和我舅舅的坎坷遭遇，他们家很快就破败下去了。母亲到了我家后的命运，用很多长辈的话来说，"她连一天福也没有享过，一天安分日子也没有过过"。

据我的小姑母告诉我，我一岁左右时，全家为躲避日本鬼子的飞机轰炸，去了大姨奶奶家的野黄庄即后来的康庄。有天晚上，一颗黄豆掉进了我的鼻孔，怎么也没法弄出来，我很快就呼吸急促面色发紫浑身抽搐了。母亲紧紧抱着我一夜，不说一句话，也不淌一滴泪，呆呆地看着我，好像决不让阎王派来的牛首马面抢走我似的。第二天早晨，奇迹出现了，那颗泡大了的黄豆居然被我的呼吸从鼻子里呛出来了。总算捡回了我的命。

我定格在脑海里关于母亲最早的记忆是，我很小很小的时候，父亲、母亲和我在台城西高桥下裕隆油坊居住，二弟是在那时生下来的。母亲给二弟喂奶，我虽早已断奶，但看到这个场景，还是很眼馋的。我把自己的一个手指放在嘴里，呆呆地看着。母亲发现了，给了我一个几分疼爱又有几分觉得有趣的目光和微笑。我顿时害羞得跑开了，母亲那慈祥的面容，却总是挥之不去。

十二周岁的我要一个人去大丰上初中了，母亲从她的两个放衣服的淡黄色的大皮箱里掏出了她当年出嫁时"压箱子底"的一把铜板，去供销社换成纸币，给我买了网兜、面盆、饭钵、牙具、手巾等。叮咛我："照顾好自己，好好学习，别恋这个家，长大了出去做公家的事，吃公家的饭。"我知道，这最后两句，是那个年代的形势，那个家庭的状态，在母亲视野里，是对儿女的最大期望。

临行前，她特意做了一大碗我喜欢吃的"阿梗汤"——一种将芋头切成小方块炖成的汤。——因为"芋"与"遇"同音，她说："出门在外，有个好'遇头'，遇上好人贵人，帮助你！"这几乎是我每次离家时母亲都要做的一道菜，后来我一生中也确实遇到那么多好老师好同学好领导好同事好学生，许多好人，他们或变我命运或引我成长或指我方向或助我向上或救我困境或使我为善或慰我心灵等，莫非都缘于母亲的那碗浸透着深情祝福的"遇头"汤？是的，一定是的。

我们兄妹四人一天天长大，父亲的工资愈来愈不够花了。日常的柴米油盐菜，开学时的学费，我住校的伙食费，入冬添置衣裳的钱，也常常要东挪西借了。正巧父亲所在厂子的食堂要找一个临时工帮助做饭，同时还要做夜班工人的午夜饭。母亲闻讯，决心去当这每月十八元工资的临时工。这一干，就是没有休息日节假日早起晚睡很多年，直到厂子拆迁合并走了之后。每天午夜母亲那份饭菜她自己也不吃，总是留下来拿回家，给我们吃。

  在一个大家族里，总是不免有各种矛盾的。母亲很少同别人争吵，她也不会吵架，话跟不上趟；假如争吵，她也吵不过那些伶牙俐齿能哭能闹的人。我也从未见过母亲同父亲吵过，只是埋怨父亲抽烟，甚至对我说："长大了千万别学你老子，抽什么烟。"我一辈子也没有抽过一口烟，就是因为牢记了母亲这句话。不过被动吸烟倒是不少，总有办公室同事吸烟，读研究生时，同寝又是一个能抽烟的。

  我上大学那年，母亲忧郁成疾，患上了乳腺肿瘤，疑似癌，用中医中药缓解了。后来，心力交瘁的母亲癌症复发，转移为舌癌。手术后，说话不清楚；又过了一两年，恢复口齿清晰了。1973年年初，我结婚回家，母亲很高兴。临别时，母亲看了我们一眼，却转过脸去，不看我们。这一别，成了永诀。

  1973年中秋时节，我在牡丹江林区深山沟的双桥接到母亲病危的电报，赶回家，企望见一面。谁知到家后，已是新坟一座。是年，母亲四十九岁。

  奶奶告诉我，母亲临走之前，问她想不想我回家，她说不想，说路途遥远路费太高。奶奶又告诉我，母亲快咽气时，用手指指衣橱，又指指肚子，再伸大拇指，奶奶会意，从衣橱掏出一块新花布，问母亲是不是要将这块花布给老大快要出生的孩子，母亲轻微点头，闭上了眼睛。

  几天后，我在家门口，见一宝塔寺老僧人，他看看我："你回来了。"又指指他的脚："这双布鞋，是你母亲看我赤着脚，送给我的。好人呀，这什么世道，好人没长寿，哎！好人没长寿。"

  1977年年初，尽管残云缭绕，但中国大地已现黎明的晨曦。我携妻女一家四人返乡探望。一天晚上，我带三岁多的长女去母亲坟上烧纸。夜幕的火光下，旷野里回响起女儿童稚的喊声："奶奶，我们回来看你了，爸爸给你钱花了！"

  1992年夏，我的两个女儿同时高中毕业报考大学，在等待公布成绩和分数线的焦躁不安的日子里，夜里，我做了一个梦：母亲身着她常穿的蓝色士林布衣裳，手执拂尘，从天空腾云而下。我慌忙跪下，喊："妈妈。"又见母亲慈祥的面容和微笑："考上了，都考上了，都考得很好。"然后，母亲轻摇拂尘，优雅转身，腾云而去。过不了几天，方知果真如此。

每有重大事情，我总梦见母亲，应该说是母亲托梦来问慰。

2015 年 11 月 21 日于加拿大密西沙加

补记：

此刻，北京时间 5 月 10 日凌晨 4 时，母亲节。捡出旧作，以敬悼亡母。长男王吉鹏跪拜。

北美东部时间 2020 年 5 月 9 日于加拿大密西沙加

小孃孃

小孃孃，也就是小姑母，名叫王巧英；她是父亲这一辈岁数最小的，我是父亲的长子；所以，她也就比我大十余岁。

记得我四五岁时，发现爷爷晚餐下酒菜的油炸花生米是用钱去八字桥口烧腊摊上买的，就把爷爷放在家常柜一个抽屉里的钱藏到另一个抽屉里。我天真地以为，我也可以去买花生米自己吃；其实，我哪能一个人从王家巷尾的家走到巷头的八字桥口，老远老长的一条巷子呢；再说，我稀里糊涂地拿那么一叠钱，人家也不敢卖给我这个小孩子啊！

晚上，爷爷发现钱丢了，到处找，全家人也跟着找，气氛很紧张。我知道坏事了，惹祸了，开始害怕了。我表情的怪异被最关心我的小孃孃发现了，她悄悄地把我拉到一边，俯下身子，轻声问："是你拿的？"我点点头，指那个抽屉。小孃孃走过去，装作继续找钱，从那个抽屉里翻出钱来，高声喊道："找到了，找到了，放在这里啦！"空气又恢复了平静，我却似乎感到我躲过了一顿骂或打。第二天早上，小孃孃说带我去宝塔那边玩，在那里，她对我提起前一天晚上的事，说："这叫偷，以后万万不能做这件事。"这大概是我一生中唯一的一次"偷窃"吧！

小孃孃有一绝活：切菜。她切的菜丝，细如发；切的菜片，薄如纸；切的菜块，一个个如骰子一样，大小皆一样，方正也一致。小孃孃切菜特别快，刀碰菜板的声音如音乐，很好听。我儿时，一见小孃孃切菜，马上站到她旁边欣赏；如诗如画。

因为爷爷去了远方，奶奶当家做主，小孃孃就嫁给了我们喊"六伢伢"的六表叔。他叫朱恒贤，是奶奶的大姐也就是我的大姨奶奶家的第六子。他在父亲的厂子里当工人，老家在西乡一座叫野黄村的村庄上。小孃孃嫁去乡下了，而小姑父在城里当工人。此后几十年间，她有时领着孩子在乡下居住，做农活，带孩子；有时在西溪领孩子赁屋居住，打点儿零工，奔波，而且辛劳。

小孃孃从小信佛，还吃"花斋"，就是在规定的日子里必须吃素；也念过几天佛经，遇事爱"阿弥陀佛"；对不该做的事，她爱说："不作兴。"她心地很善，在我们逆境时，一直待我们好；我们几个侄子侄女，没有不喜欢她的。我的小家庭一直在东北，先是牡丹江后是大连，她担心那边天气冷，常关心北方我们居住城市的天气预报；一听说有寒流，就担忧我们。这是我们非常感动的。

小孃孃为儿孙辈操劳也是费心劳神尽力。记得十多年前，她听说我回家乡了，马上从城北步行近二十里去西溪，同我商讨她的长外孙的前程；风尘仆仆慈心眷眷之状，至今犹在我的眼前。

十年前，小孃孃八十寿辰，我正好回乡。她摆十桌宴请至亲近亲，不收任何礼金礼品。我买一个八层高的塔形生日蛋糕，高高举过头顶，喊："第一好孃孃！"全场喊："好！"掌声雷动。

听家妹说，有一次，小孃孃拿着剪刀等，从城北走十余里路到城南，为我父亲剪脚趾甲。八十几岁的妹妹为九十几岁的哥哥修剪脚趾，成了坊间一段佳话美谈。

今春，家父去世。我赶回国奔丧；听三弟说，小孃孃赶来了，坐她长兄遗体边，不哭不喊，盯着看遗容一个多钟头。大家怕她出意外，左劝右劝，送走了。出殡后第三天的丧宴，小孃孃又颤颤巍巍地来了，她不入席，坐一边，默默地。

丧宴完，小孃孃找我说话。我赶过去："老祖宗，什么事？你说！"她说："我白内障开刀后，眼睛常疼；他们开的眼药水不管用，让王瑜给我开点儿；我就相信王瑜。"王瑜是我的次女，十六岁考入中国医科大学六年制日文医学班，后硕博连读，现在日本北海道为眼科专门医生。小孃孃常用她童年学习认真的故事教育孙辈，孙辈还真有些出息。

家妹告诉我：小孃孃信佛，对我们祭祀她的亡长兄也就是我的亡父提出许多佛事要求，念这道经那道经做这场法会那场法会的。家妹问我怎么办。我答："不要全听她也不要全不听她。"家妹说："她老打电话来问。"我说："就说全照办了。"唉！平衡各方，以慰众亲，难啦！

今秋，小孃孃九十大寿。我可能回不去了，谨遥祝她老人家长命百岁以上，好人一生平安！

2019年8月17日重写于加拿大密西沙加

娘舅

仁干先生告诉我一则东台民谚："舅舅一头牛，外甥一个头。"又说：这则民谚"论及舅舅与外甥的关联，说明外甥可分享舅舅家的家产"。我回答说："这句话似体现遗产继承上的男女平等意识。了不起，有反对男尊女卑的进步元素。"这场对话，不禁使我想起我的舅舅——我喊他娘舅。我没有分享他的家产，说实话他也无家产可分。

我母亲的娘家住台城鼓楼东面的一条呆巷里，她是这户人家的二女儿，她兄妹四人，她的哥哥，即我的娘舅。我的外祖父和舅妈我都没有见过，他们在我出生前皆去世了。我听说过，我的外祖父个子很高，所以我现在有时想，我的个子高是由于外祖父的基因隔代遗传的，就如我的大外孙，不到十三岁就一米七七，我总认为归功于我的隔代遗传基因一样。

记忆中我外婆家有一套很气派的穿廊三进的大房子，后面还有很大的菜园子。院墙外东北方向不远处，是一座大庙，叫关帝庙。在菜园里，有时可以听到僧人的诵经声。这座院落，新中国成立后不久，政府征用，住过军队，做过监狱，后来又做过机关干部的家属院，一位县长就在里面住过。20世纪末，旧城改造，拆掉了。

我的娘舅中等身材，脸型方正。听父亲说，他是在上海念大学，法律系毕业，后来当过律师，又在旧政府任过职，他中英法文基础都很好。

娘舅大约活到七十余岁，平静地离世。

2015年11月17日于加拿大密西沙加

童年记忆（九篇）

1949 年前后：我的童年记忆

1949 年是中国"天翻地覆慨而慷"的一年。1949 年前后，我度过了我的童年时代。

那时，家族企业王协顺油米厂在东台城里西高桥南开设了一个油坊，叫裕隆油坊；我们家在那里住过一段日子。印象很深的是纸币愈来愈不值钱，要成叠地拿出去才能买个烧饼油条梨子萝卜之类；只是一种叫金圆券的纸币还值点钱，后来金圆券也不值钱了，再后来又都没有用处了，成了废纸；干脆用来折飞机，放在桌子上，同小伙伴们吹着玩。长大后才知道，那就是东台解放前夕，国民党政府统治下，滥发货币，通货膨胀。

后来，我们又住到西溪家中。很快，我跟着小伙伴们唱起了一支儿歌：

哼唷哎！哼唷哎！

哼哼唷来哎！

八字桥上卖酒糟哎！

蒋介石呐要完了哎！

八字桥是西溪镇中心的一对拱形砖桥；酒糟即酒酿，我们家乡称酒酿为酒糟。我们喜欢玩的打旋子的游戏也不叫打旋子了，叫"打蒋秃头"。

蒋介石真的很快完了。南京解放，父亲在厂门前也是家门前的河边用竹竿插在地上挂起一面红旗，旗上贴着六张圆圆的黄纸，纸上写着：庆、祝、南、京、解、放。

父亲送我去西溪小学读书了。西溪小学设在一座叫三官殿的尼庵里；教室里侧还有佛龛供着菩萨，尼姑还进教室上香呢！后来菩萨全清理掉了，尼庵也被迁到后面的院子里去了。教室黑板上方，挂起了人民领袖的画像。

学校天井中间，竖起一面旗杆，挂起五星红旗。老师告诉我们："这是国旗。为什么是红色？它是革命烈士的鲜血染成的。大星好比中国共产党，四个小星分别是工人阶级、农民阶级、小资产阶级、民族资产阶级。"一次，父亲送我上学，指着国旗也说了这番话，不过他加了一句："那最下面的一颗小星，就包括我们家。"

我还在父母亲房间衣橱的抽屉里，看到一张聘书：

兹聘请王永豫先生为中国人民政治协商会议江苏省东台县委员会工商界代表

县长徐植

土地改革后，农民分得了土地，都忙着勤劳致富了。我们家乡下的农民亲戚，偶尔进城，必进我家坐坐，或住一宿，大多喜气洋洋的，都在忙个好年成呢！我家因为厂家在一起，有些家在乡下的工人住在厂里，都在一个锅里吃饭，雇有一个女佣帮助家务；她是缪家舍的人，大家叫她缪奶奶。有一天，她要收拾东西回乡下了；我抱着她的腿，哭着不让她走；奶奶说，她家有自己的田种了，当然想回家啊。一年后，缪奶奶从乡下过来看我们，一身簇新的蓝布衣衫，新布鞋新头巾，一手拎着一只老母鸡说是给奶奶补身子，一手从衣兜里掏出几个熟鸡蛋给我；全家都为她的好日子高兴。现在想来，这就是翻身农民啦！

父亲的厂子也是兴隆的。厂子的经营有三块，一是自己收购来的稻谷自己加工后自销，二是小户米商来加工粮食，三是政府粮食局的粮油加工。这第三块是大头，质量要求高。我常见父亲盯在车间里，不时地称出一斤米，拿来一粒粒检查，有多少粒碎米，多少粒稗子，多少粒糠皮，有时我还帮忙数呢！

厂子成立了工会，建立了劳资协商制度，厂子的大事必须同工会商量。工人师傅的生活境遇也提高了。厂里每当从粮食局领得加工费，首先是开工人工资，师傅们满是喜气。

工会办起业余夜校，资方很支持，提供教室课桌黑板教材文具等。每当晚上上课前，父亲就早早准备好汽油灯。那个晚上，一派明亮，像过节似的。

社会也有了明显的变化。乞丐少了，偷盗少了，赌博少了。一到年节，就有民兵背着枪巡逻；一些喜欢耍钱的大人只得到处找地方躲起来玩纸牌。

　　西溪古镇焕发了青春。供销社有了，老百姓购物一般不进城。商铺更兴旺了，市场更热闹了，邮局、银行也有站点了，税务所也建立起来了。制作木器的古街犁木街，制作陶器的牛桥西沿河路边人家，手工业者繁忙劳作着。早晨买烧饼油条麻团虾池米饼吃早餐的人多起来了，得排队等着；但还是那个价钱，质量也没变；烧饼还是豆沙红糖萝卜丝等品种，芝麻还是铺在面上一层，老师说这叫物产丰收，人民购买力增强。晚上八字桥边河岸酒家，切烧腊吃熟食坐下喝酒的不再像过去只是富人，也有普通劳动者了。

　　从长期战乱熬到头的各界人民，爆发出巨大的力量：生产力和创造力，劳动热情和经营智慧。社会是正在旧貌变新颜啦！

　　小学原先是高年级有桌椅而低年级要自带桌椅的，后来低年级也不用自带了，学校制作了新桌椅。学校平了旁边一块土地做操场，安装了一个篮球架，几架单双杠；体育课也不再是枯燥的走步了。学校也有了脚踏风琴，老师领唱歌不再是用手打拍子而是坐着踩风琴了。

　　升了年级后，老师让我们每人交了几分钱，发给我们每人一枚中苏友好协会会员章，别在胸前；老师告诉我们，大家都是会员了，会长是孙中山先生的夫人宋庆龄。不久，每人又交了点儿钱，买了红布，由他太太给每人缝制了一条红领巾，我们都是中国少年儿童队 —— 后来更名中国少年先锋队 —— 队员了。老师说："红领巾是红旗的一角呢！"

　　过六一国际儿童节了！我们戴着红领巾，向国旗行队礼。宣誓："……时刻准备着！"高唱："六月里花儿香，六月里好阳光；六一儿童节，歌儿到处唱；歌唱伟大的祖国，歌唱……"在欢快的歌声里，我们迎着新中国的朝阳一天天长大了。

2019年9月10日重写于加拿大密西沙加

在西溪小学读书的日子里

　　出家门，过小桥向北，沿着几户人家的房子，再穿过一段田间小道，就是西溪小学了。我在这所学校读了六年书，直至小学毕业。

　　入学不久，我就听说一件新鲜事：西溪镇镇长也姓王，外地人。儿子比我岁数大，在比我高的年级里；这小子偷了人家的钱，被发现了。王镇长二话没说，喊来民兵，将儿子用麻绳绑起来，送去教养所了。这件事对西溪老百姓震动很大，家家户户都在议论，说共产党的干部正派无私。父亲在家也常夸奖王镇长，连说佩服。

我们小学组织我们去城里开过大会，好像是在新东大剧场。墙上柱子上贴满各种彩纸，写满口号：毛主席万岁！朱总司令万岁！……散会时呼喊的也是这些。

西溪小学的同学排了个小剧目《狼外婆的故事》，公演时，我们席地而座。小羊们最终还是忘记了妈妈出门的叮嘱，在伪装成外婆的狼的诱惑下开了门，被狼吃掉了。台下的我们都大哭起来，哭得非常伤心。

那时正值抗美援朝之际，小学生也要"省下糖果钱，捐献飞机大炮"。父亲的油米厂捐献了相当于一门炮的钱。我们也得将捐款交给老师，我家每天给我一分零花钱，可买一块糖或一个烧饼或一个麻团或一把萝卜干，我天天交给老师。学校在大门口列了个榜，上面有我们的名字，后面一个个小方格，每个方格代表一分钱，用红笔画线往上升。我总是处于上等，但也并不冒尖，同那些一般商人家庭的同学不相上下。冒尖的是我一个堂叔家的哥哥，他是独生子，曰"惯宝"。他不仅遥遥领先，而且还呼呼上升。用今天的话叫"跨越式"。于是，老师批评我了："你们一个大家庭的，怎么你不如他呢？"似乎怀疑我藏匿"糖果钱"了。我自己也觉得好像做了什么错事似的，抬不起头来。每天到学校教室向老师交出一分钱时，总是那么怯懦。每经过学校大门口总不敢抬头而是偷偷瞄一下那张榜单。过了不久，出大事了。堂叔惯他的"惯宝"，比如我们布鞋上还在前头打补丁时，他的惯宝就穿上回力牌球鞋了。但堂叔也会狠心打他的"惯宝"，某日，他打堂哥一直打到学校教室。原来，堂哥偷家里的钱交给老师"捐献飞机大炮"了。几天后，学校大门口的榜单不见了，我这才松了口气。

到了三年级，就要作文了。常作的题目是：《给志愿军叔叔的一封信》《给朝鲜小朋友的一封信》之类，我的作文是好的，常常被老师念给大家听。其实也就是多用些"山水相连，唇齿相依""长白山高高，鸭绿江滔滔"之类的句子而已。我父亲先后为我订了《新少年报》《中国少年报》《儿童时代》，我从三年级起就看大人们看的《新华日报》了，所以，词语多于别人也就不奇怪了。

我有个同桌姓杜，大家都喊他杜鲁门。家在乡下，夏天赤脚来上学，冬天穿双草鞋。冬天，棉裤是两只套腿，屁股上是单裤，我问他冷不，他说他妈说小孩子屁股上有三把火，不怕冷。他没有书包，我每周给他几张旧报纸，他折叠起来当书包用。后来，他也穿上布鞋了，冬天也有遮住屁股的大棉裤了。再后来，他也有一个棉布做的书包了。

2015 年 9 月 30 日于加拿大密西沙加

童眼童心识社会

通往小学学校的路上有户特别穷的人家，主人叫许龙宝，破败的草房里，住着衣衫褴褛的一家人，我曾经看到他们一家吃观音土。后来，日子好了，草房修了，有衣裳遮身了，也能捧上碗稀饭喝了。—— 这家的儿子后来承包了外地企业机械木模的活，分派给西溪木匠做，发财了。

我童年的游戏，除了打旋子及叠飞机之外，还有打玉球，即用手指将小小的玻璃球在地上弹出，击中对方的，就赢了。还有，在大石头板的台阶上，掷铜币玩。

再有就是春天放风筝，一般是自己扎的大门板式的或圆月式的风筝。泰州一家铁工厂 —— 公私合营后改为苏北电机厂 —— 的老板兼工程师叫翟正嘉，这位伯伯常来父亲厂子检修机器，送给我一个蝴蝶大风筝，我放了好多年，带给我许多欢乐。今年夏天我去泰州，还特意看望了翟家姐姐呢！

捉麻雀也很好玩的，一般自己用弹弓打，或者用大竹匾捉，就是《故乡》中迅哥儿的那种方法。有时候去河边捉鱼，还会主动提出下河淘米，大人很高兴，实际上是将淘箩沉下水，趁小鱼来淘箩上吃米屑时猛一下提起淘箩，活捉几条小鱼。还有下象棋，是爷爷教会我的。也有时同小伙伴们去河里游泳，我们家乡叫凫水，或钻进苞米地打野仗。至于踢毽子跳绳踩格子，我从来不屑玩，觉得那是女孩子玩的。

理发是无聊的，坐在那里一动也不能动。理发店在八字桥北再向东，也有时会有流动的剃头挑子上门来。剃头匠挑个担子，前面是面盆手巾理发工具，后面是一张圆凳。家乡的剃头匠用的是手推剪子和剃头刀。他们还给顾客掏耳朵捶背拍肩。他们还会推拿，小孩子胳膊脱臼，他们一捏就好了。

跟父亲去浴室，是高兴的。八字桥北向西几十步有个古老的晏溪浴室，在以晏殊命名的晏溪与西溪古镇中心河汇合处。大厅就是贴墙围着的一排木榻，洗完澡上来，有卖"香烟洋火桂花糖"的人托着木盘兜售。父亲总是一包烟一包火柴几块糖。糖果是给我的，这是我乖乖跟着洗澡的向往所在。烟，一支支散发给那些搓背的修脚的不断递热手巾把子的和账房先生，也就不剩几根了。

  古镇西溪中心河从东到西横着四座桥：通圣桥即泰山桥，广济桥即八字桥主桥——副桥横在旁边支流小溪上，支流小溪同王家巷平行相依，一直流过我家门前，再向西是中桥和牛桥。中桥口有个姚家大院，开大会演戏都在大院里。记得那里演过一次《打渔杀家》。看戏，是大人的事，我们只是在外围疯跑疯闹疯叫。偶尔也被一个爱享受的堂叔带到城里进趟戏院，东台的戏院就两家：新东大剧场和新星大舞台。记得剧院也就是一排排长长的条凳，演戏时不时有卖糖果花生瓜子的、提壶泡茶的、递热手巾把子的穿梭于观众席间。看过一次《吕布与貂蝉》，看不懂，不过，瓜子香糖块甜，是记忆犹新的，同侯宝林大师相声描绘的旧戏园一样。

  马戏团一年光临西溪大约两三次，在小学校的操场用布围成大圈。门票五分，买不起的。只能在外面听锣鼓喧天。大孩子们说，可以从布帘下偷偷钻进去。于是，一个人望风，大家钻进去了。那个扎小辫子的小丫头演员是有本事的，跟头连着翻，绕场一周，空中翻身，在半个旗杆高的架子上踩钢丝，脸不变色心不跳。刹那间，我就被她勾住魂了。突然，她倒挂空中了，一只恶狗扑来狂吠。马戏团老板娘拿一个盘子，绕场求大家扔钱，才救她，于是大人们开始扔钱，女孩也终被放下。我深为这位女英雄吸引，夜里睡不着。第二天起大早，找到河边马戏团的船。小英雄正在练功，旁边的大人连打带骂地督促着。大人告诉我，她是从小被马戏团买来的。

  电影队来了，太兴奋了。比幻灯片好看，人是动的说话的。比看拉洋片看皮影戏有意思多了，是自己说话。小学校操场上拉起银幕，太阳还未落山我们就去等了。放映之前，镇上的干部总利用这个机会讲一大通"目前形势和我们的任务"，但闹哄哄，没人听，很讨厌！我记得看过《钢铁战士》，英雄不受色诱不受利诱不怕酷刑不惧死亡，好威武。还有《智取华山》，好像有个老道是特务。看完后好长时间见到尼姑和尚道士，总感到他们怪怪的，有些异样。

  父亲的厂子也是兴隆的。米厂不仅附设油坊，还附设了酒坊、糖坊。我放学回家，常钻到油坊和糖坊里去。油坊榨油前，先在大锅里炒黄豆和花生，炒个半熟才去榨。工人师傅一见我，就在锅里留一把，多炒几下，装进我衣兜里。糖坊生产饴糖，大锅上泛起硬硬的糖泡，用小木棍挑出来，特别好吃。当然，我也不白吃，得帮着拉风箱鼓风使火旺起来，换师傅歇会儿喝杯水或抽袋烟。我很卖力气，为了一把香香的花生黄豆和一只甜甜的糖泡。当然也听到他们讲许多故事，有的故事是粗俗的，我似懂非懂。

　　父亲的厂子成立了工会后，工会常常提出老板请吃酒席的要求了。以前只是阴历年初开工有开工酒席，此后有端午节中秋节了，再又要求劳动节国庆节了。自做不行，得上台城的酒家。父亲总是尊重工会的。我非常高兴，可以跟着蹭饭。父亲不让带我，但工人师傅叫我别怕，跟他们去。可能是我并不顽劣吧，可能是我帮他们做夜校作业吧，可能是我帮他们拉风箱吧，可能是我不像有的孩子喊他们"杨二""韦三"之类而是听母亲叮嘱喊他们"杨二师傅""韦三师傅"之称吧，可能是……总之他们对我很好，总之我能混到好吃的了。去也兴奋归也兴奋。老师说得对，工人阶级到底应该是领导阶级。现在想来，这些工人师傅，来自农民和城镇无业者，尽管有这样那样的因袭重担，但是他们毕竟是古镇西溪几千年从未有过的现代产业工人啊！他们喜欢我，我也喜欢他们呐！几十年来，只要我返乡探亲，见到了，都很亲切地交谈一阵子。我还是尊称他们师傅，他们有的呼我小名，有的喊"小老大"，有的喊"大先生"，还有个别的师傅喊"大少"——我只是笑笑，他们并无别的意思，我知道的。

2015年10月15日于加拿大密西沙加

春节杂忆

　　距离圣诞节还有一个多月呢！这里就似乎开始准备过圣诞节了，周边几个西方人家已经将一串串彩色灯泡挂到门前的松树柏树上了。几户华人家也在相约圣诞假日一同去翠湖山庄滑雪了。那是一个风景区，法式建筑小镇，有着最大最好的滑雪场。看到这些，我不由得想起大洋那边亲爱的祖国的春节来，于是关于春节的回忆一下子涌上了心头。

　　一到腊月，人们就开始筹划"过年"了。一有好吃的东西，奶奶总是说："留着过年吧！"就连用胡萝卜丝、咸菜丝、生姜丝炒成的"波苏菜"——我怀疑应该叫"波斯菜"，是西域那边传入的吃法——也要"留着过年吧！"

待到腊月二十四，就是"送灶"的日子——北方是腊月二十三，又叫"过小年"——这一天晚上，灶王爷上天，向玉皇大帝汇报自己家一年来的表现，于是要敬灶神即灶王爷，除了上香供吃好喝之外，还得放上一块"作糖"——一种乳白色的软软的有点黏牙的糖。这种供法，一是请灶王汇报时多说好话，二是若欲说坏话，糖粘住牙，也就说不出了。怪不得每家灶王爷神龛两边，都贴着一副对联"上天言好事，下界保平安"呢！

送灶日一过，家家就都忙活起来了。有杀猪杀鸡杀鸭的，有蒸糕蒸饼蒸米粉团子的，有炒花生炒蚕豆爆玉米花的，有掸尘清扫卫生清理垃圾的……一般都忙到腊月二十八。二十八，是下神祭祖的日子。家中设案祭祀，在方桌的北、东、西三边，盛满一小碗一小碗的饭排放着，上面插上筷子，方桌中间置一碗碗菜肴，南边则上香点烛。地上放火盆，烧纸钱，放拜垫，一家人按长幼尊卑依次磕头。此外，还要上祖坟烧纸磕头。

腊月二十九和年三十夜，一般是最后的准备，贴对联贴福字贴门神，树上水缸上猪圈上都贴上红纸，叫"挂红"，图个吉利。祖宗牌位前，盛满一大碗饭，放上红枣插上柏树枝，枝头嵌进银杏果，亦为祝福吉利。旁置一大盘，盘中一条红烧鲤鱼，意为"年年有余（鱼）"也。

我奶奶吃斋，是吃的花斋，所以，我们家从腊月二十四至大年初一，皆素食。这是很令我们眼馋的。大年初一早晨，我们家一般每人煮红枣一碗，煮汤团一碗。尔后就是兜里装满炒花生，出去拜年，道"恭喜恭喜"讨红包，或自己找小伙伴玩耍去了。

至于过年的新衣，由于弟兄们多，妈妈一般是买一块白花旗布，送染坊染成丈青色，每人一件旧棉袄上加一件新袄罩，就算穿上新衣了。

初一一过，路上走动的人就多了。新婚的年轻夫妇去女方娘家拜年，是一道景观。我家门前的小桥是下乡进城必经之路，常有一对对新人经过。男的一身蓝卡其布中山装，女的上为红灯绒棉袄，下为绿灯绒裤子，大红大绿，脚穿绣花鞋，小俩口并不并肩走，而是男前女后，相隔几步。女的低着头，脸泛红的，如青苹果刚被阳光晒出一抹红色，羞涩得很。那年头，家乡的年轻女性是害羞的，有一种充满乡土气息的含蓄内敛的美。

舞狮子的，摆龙灯的，耍猴子的，唱道情的……都出来了。每家门前表演一通，得几分赏钱，走了。最热闹的要数花船队了，那是政府或单位组织的哦！皆有领导干部带队，从城里来西溪镇了。队伍未到，锣鼓声远处传来。西溪粮库的大院子，小学校的操场，油米厂的晒场，都是花船队光临的地方。花船队一来，人山人海马上聚拢过来了。花船是用竹篾扎成的，五颜六色的彩绸装扮起来了。里面有一漂亮姑娘提着船帮，或飞舞一圈，圈出场子，或摇晃前进，边摇边唱的多为宣传时事政治方针政策的时新小调，甚为好听。船两旁，各一男子，艄公打扮，手执竹竿，且为船篙，做撑船状。两人插科打诨，或提问，或感叹，或夸赞，或戏谑，引导船内姑娘唱下去。每当花船队进了油米厂晒场，父亲就领着厂里没有回家过年的职工，忙前忙后，敬烟敬糖敬茶，协助维持秩序，保护厂子安全，直到送走花船队，才松一口气。

大年初五的早晨，是家乡鞭炮声最响最多最旺的时刻。初五是迎财神的日子，家家户户抢财神接财神拜财神供财神。初五过后，虽尚有"恭喜恭喜"余音缭绕，但过年气氛也就渐渐没有了。接着工厂开工商店开市学校开学农民下地，生活又恢复了常态。正月十五闹元宵后，过年也就结束了。

在南京读书，在牡丹江林区工作，我每年春节还都是回乡过的。后来成家了，一般春节皆异地了。春节也无非是吃饺子之类，至于工作单位，或分发食物或组织团拜或观赏年夜五光十色的焰火，亲友同事之间，或登门聊天或电话拜年或网上留言。有一年在盐城过春节，那年教师调升工资幅度较大，学校家属院鞭炮声震天响，社会上普遍议论：这次过年，轮到知识分子高兴了。

2015年11月28日于加拿大密西沙加

清明杂忆

又是清明了。遥想我们民族的祖先，在没有现代科学仪器的条件下，居然能命名了二十四个节气，真了不起！

思念故乡，油菜花大概结籽了吧！大地失去了一派黄灿灿。蚕豆荚已经鼓鼓的了，早已不见紫色花瓣。黄花鱼汛期来了，我们那里叫黄花鱼为春鱼。煮青蚕豆，烧黄花鱼，都是我记忆中的美味。现在想起，还馋人呢！童年时在田埂边摘几荚扒开生吃，甜着呢，水着呢！久违了。

清明前后的某个星期天，我读书的小学总要组织一次春游，那时叫远足。几乎每年都是从西向东穿越东台城，再走七八里路，到一个叫"飞机墩子"的地方。

据说，那里曾经是日本鬼子的飞机场，也确实留下了一个高高的土墩。后来，那里成了示范性农场。在那里，可以看到拖拉机耕田；还有从苏联来的叫作约克夏的乌克兰大白猪，三四百斤，不像平常看到的黑毛猪那么小；还有洋种的鸡，高大，白毛，不像我们养的各种毛色的鸡，它的鸡蛋是白色的，双倍大。就看这些，那时的我们也就很欢欣了。

我们家住的小镇西溪在东台城西边，虽然离城只有三里路，城里人还是当我们是乡下人。排着队伍进城后，首先要经过一段窄窄的街道，总有势利的小商人和他们顽劣的孩子骂我们一句"乡巴佬"，走在队伍边的老师怕我们回嘴，惹是非，催着快走。于是，我们总是忍气吞声地走完那条街道。

清明那天，照例总是要随大人们一起上坟祭祖的。我们总是撑着木船去祖坟所在的几里外的田地去。高祖父母和他的长子次子的坟很高，有着高高的坟台。我的曾祖是第三子，在不远处另设了坟地。这些祖辈我从未见过，没有印象，没有记忆，所以也没有什么虔诚和敬畏，有的只是坐在船帮上用手戏水的欢乐，还有似游戏般的烧纸磕头，而已。

后来，到处平整土地，祖坟消失了，清明祭祖也无去处了。

此后，我又去外地上学了，不过这次是去省城南京上大学，每当清明，总是去雨花台纪念革命烈士，那里有块"死难烈士万岁"的碑，敬献花圈，宣誓，照相，参观纪念馆，瞻仰皖南事变新四军领导人墓，树林里捡雨花石……然后回到寝室，将雨花石放进装着水的盘子里，放在书桌上。清明节就这样过去了。

祖父去世时，我正从东北林海雪原赶回家过寒假。他在抗日战争时期出席过新四军领导人在东台城著名酒家红兰别墅的招待会，当场带头响应支援抗战打鬼子，成了开明士绅。西溪镇抗日民主政府成立，推举祖父为主席。后来革命深入了，土地改革了，又是被斗争，成了地主分子。祖父是火葬的，一块门板抬去了火葬场。我从炉子的窥视孔里看到他怎样成为焦骨和灰烬。祖父死后没有坟，骨灰盒用两个坛子扣着埋了。直到20世纪80年代初祖母辞世，才将他的坛子和祖母的棺材埋在一起，立了个坟头。

母亲是四十九岁离世的，那是1973年秋天。她不愿火葬，于是家人为她赶做了一口棺材。我从牡丹江林区匆匆赶回家乡以为能见上她一面，结果看到的已是新坟一座。

几经周折，祖父母和母亲的坟地终于安身在一座公共墓地了。然而，除了童年的远足和清明祭祖以及大学时代的凭吊雨花台，我似乎再也没有关于清明节的记忆了。返乡祭祖，洒酒坟前，烧纸磕头，都不是清明节。

我曾说，我到那一天，什么告别仪式也不要，盒子也不要，用一个可降解的牛皮纸档案袋，装上骨灰埋进母亲坟前就行。母亲生前我未尽孝，且让我死后滋润母亲的枯骨吧。此愿足矣！听者以为我说说而已，其实并非戏言，而是心声也。还因为——我有一个梦：

> 回到母亲的子宫。
> 为什么有的叫"房"，
> 有的称"腔"，
> 只有那里才是"宫"？
> 那里确实是一座神圣的宫殿：
> 汉白玉的柱，
> 大理石的地，
> 金光闪耀的琉璃瓦，
> 云雾缭绕着的仙境呀！
> 在那里，我们是如此快乐安详和谐舒坦啊！
> 怪不得，
> 婴儿降生总是声声揪心的啼哭，
> 风霜雨雪炎热冰凉的人生旅程开始了。
> 我累了，
> 肉身与灵魂都疲惫了。
> 因而，我有一个梦：回到母亲的子宫里。
> ……

2015年4月4日下午（北京时间4月5日清明节凌晨）于加拿大密西沙加

中秋杂忆

再过半个多月，就是中秋节了。这里的华文报纸早已做起了月饼广告，受其诱惑，女儿买回了一盒月饼。报纸上还说，今年中秋之夜，北美地区月全食，并且时间很长很长。嘿！倒真是应了某位诗人所说旧社会的日子是"那些没有明月的中秋"了。而我，在这中秋节一天天走近的日子里，忆起了一件件关于中秋的往事。

儿时，我家的天井是连着油米厂的晒场的。那大大的砖铺场地就成了家人和邻居们夏夜纳凉的好地方，这种情景，一直会延伸至深秋。每到中秋节晚上，总是听到大人们讲"嫦娥奔月"和"吴刚伐桂"的故事。那时月亮大而圆、清且亮，可以看到月亮上的那棵高大的桂花树和树下的吴刚哥哥举斧砍树的身影。至于嫦娥姐姐，月亮上找不见，大概在深宫幽居吧！在仕女画上，倒是可以看到这位美人长裙飘荡腾云驾雾向斜上方月亮飞去。那时年幼，也无什么感慨。至于体会"嫦娥应悔偷灵药，碧海青天夜夜心""寂寞嫦娥舒广袖，万里长空且为忠魂舞"之类诗句，则是十几年后被文化熏陶了之后才有的。更进而在课堂上阐述鲁迅《奔月》之美少妇嫦娥太太离开英雄丈夫后羿并非可同甘不可共苦，而是后羿先忙于英雄事业后苦于生计打猎使她缺少爱的滋润云云，则更是几十年后的事了。幼年的我，怎么会想这么多呢！

奶奶敬月光是很认真的，虔诚之至。净手更衣，露天设案，正对东南，案上置月饼、藕、菱角、青豆等，点烛上香，然后三跪九叩，匍匐下去时嘴里还不停祷告。然后，还让我们依辈分长幼男女为序一一跪拜。为什么拜？不知道。拜后还得等半个小时左右，说是让神仙享用完了才可撤案。那是多么令人纠结郁闷的时光啊！我们早已馋涎欲滴了。进而至于等得打瞌睡打哈欠了，再吃神仙照拂开光的美食，也不知其美味了。

十二岁那年，我一人离家远行，去百十里外的大丰县城读初中。第一次异乡过中秋节，小男孩哪懂思乡之苦，读诗句"独在异乡为异客""举头望明月"也没什么共鸣。况且，中秋之夜，学校在操场上举办篝火晚会呢！天上一轮明月皎洁，地上堆堆火光熊熊，高年级同学已经翩翩起舞，阵阵歌声，噢！那叫青春圆舞曲。看着大哥大姐手拉手，我们傻笑着。我们只会也只能傻笑呢，我们刚刚告别了唱跳"找呀找呀找朋友，找到一个好朋友"的年龄啊！傻笑中忘记了因为下午自习课偷看巴金小说被积极分子打小报告的事，忘记了写几首讽刺诗发表在自办手写小报上报复一下的计划，当然也忘记了中秋节家里赏月敬月的欢乐与焦灼。可是，这天夜里躺在床上，先是兴奋睡不着，后是看着窗外的月亮突然想起妈妈，流泪了。

以后几年的中秋节，不论是在大丰读初中，还是回东台读高中，去南京读大学，皆没有什么印象了。

1973年秋，我在牡丹江林区工作，接东台家里电报：母病危。从山沟沟赶到牡丹江市就得两天。妻已怀孕八个月，挺着肚子在牡丹江火车站月台送我上车，这时正是中秋之夜，明月如何？未顾及，在我心里是没有的。几天颠簸到家，母亲已去世，院子外面的菜地里，新坟一座。母亲患癌症去世，时年四十九岁。那也是"没有明月的中秋"的年代啊！

20世纪90年代初，我在辽宁师范大学任教，兼任研究生部主任。中秋节之夜，研究生会在海滩举办活动——"海上升明月"，我应邀出席。篝火燃起，欢声笑语四起，歌声荡起……一轮明月从远处海平线冲浪升起，壮观极了。一研究生，孤坐海边一大石上，我走近，见其泪流满面。问之何故，答："我想妈妈。我家在丹东，妈妈年轻守寡，独自抚养我长大，摆小摊为生。我晚上灯下看书学习，妈妈灯下缝补。我不专心，妈妈给我后背一巴掌。她现在一人在家，苦。"我清楚地记得，这位研究生叫仲海洋，戴眼镜，文质彬彬，理论物理专业，师从著名的钟在哲教授。他毕业后去大连海事大学了。二十五年过去，他也快五十岁了，早当教授了吧！妈妈可好？

去年中秋之夜，在加拿大密西沙加市一座公园，我坐在一张椅子上，仰望彩云飘月。一位年轻的白人警察走过来，问："先生，你为什么一人坐着，有什么需要帮忙的吗？"我用手指月亮边比画边用英语答道："我看月亮，想我的中国，想父亲兄弟姐妹，想老师学生朋友，想亲人，我是中国人。"他竖起大拇指，连声说："中国，伟大；中国人，好。"我们互道"谢谢""再见"。

又是中秋节了，今年中秋之夜，我想还得去附近公园找个长椅坐着，静下心来遥寄思念。不过又闻这个中秋之夜有很长时间日全食，遗憾极了。怎么办呢？想了半天，哎！也罢了。身居异国他乡，明月高照，借以寄托思念，是温馨的，也是痛楚的。"何事长向别时圆"！

2015年9月10日于加拿大密西沙加

因蒲公英而想起我的第一位老师

初夏时节，暖阳、和风、细雨，房后的院子里、公园的草坪上、旷野的树木下，蒲公英开起了一朵朵金黄色的小花，不几天又成了一枝枝灰白的绒球了。看着它们，觉得煞是可爱。这不禁使我想起我的第一个老师来。我幼时，家乡没有幼稚园——而今叫幼儿园了，父亲虽然送我去过几天私塾，但那里的老师，叫作"先生"，真正称"老师"是去了西溪小学之后才有的。第一个老师是女的，叫汪琴珍，是新中国成立前县里在时堰镇办的初等师范学校毕业的。她，短发，削瘦的鹅蛋脸上架着一副银色眼镜，细瘦的身上穿着一身"列宁装"。这在我童稚的眼里，觉得她很美丽。

那时小学校里，男老师多，女老师少，大家都喜欢女老师，都以为男老师厉害。汪老师很和蔼可亲，眼神温和又闪亮，说出的话儿清脆又甜蜜，更不用说她教我们唱歌和给我们跳舞了。这是那些说话嗡声嗡气身体粗壮的男老师没有本事做到的，若在今天我们也可能会说："厉害了，我的汪老师！"

汪老师跳什么舞我记不得了，只记得她腰间扎一红绸子，扭起来很好看。她教我们唱的第一支歌是《解放区的天是明朗的天》，这支歌几乎跟着我一辈子，至今还一个人哼哼。哼起来，就想起我幼年记忆新中国成立前的乱象和新中国初期的新气象，更想起我步入中年时所遇到的社会状态及人民身心的又一次解放，"解放区的天是明朗的天，解放区的人们好喜欢"。在我童稚的心里，汪老师很令人喜欢。

春末夏初的日子里，汪老师带我们来到田埂边、溪水沿、野地里，领着我们摘蒲公英的小绒球。她说："大家细看啦！这蒲公英小绒球里是一个个更细更小的绒毛呢，吹吹试试！"于是我们吹开了，细小的绒毛散开了，飘荡起来。汪老师又说："一个孩子离开爸爸妈妈，离开家乡闯天下了，志在四方，自己去生根发芽开花结果了！这就是将来的你们。你们再细看，还撑着一把把'小雨伞'呐！会遇到很多风霜雨雪的呀！你们懂吗？"我们似懂非懂地看了看汪老师，又望着空中远去的一柄柄小伞，这在我童稚的眼光里，有几分向往几分迷茫。

记得一个冬日星期天的上午，也许是因为家中有什么不愉快的事吧，我竟一个人走到学校去了。见偌大一个学校的天井里，只有汪老师一个人。她坐在教室门前台阶上的小板凳上，一边晒太阳一边看书，见我来了，似乎有些惊奇，又有些高兴，招招手，让我去她身边。我居然同汪老师攀谈起来了，我告诉她我的秘密：我把蟋蟀罐藏在床下，不能让爸爸知道；我将一个芋头焐在锅膛的火灰里等焙熟了拿出来吃，奶奶不晓得；妈妈一天只给我一分钱，我都攒起来了……汪老师听着看着傻乎乎的我，微笑着！她似乎还对我讲了些她的事，我记不得了。那时的西溪小学，是接管的一座叫"三官殿"的尼姑庵办起来的，佛龛和课桌并存，书声和香火齐飞，泥佛同领袖像俱在。一到星期天，本地的老师都回家了，外地老师就汪老师一人，一定很孤寂的，何况青春年少，于是同一个孩子聊天，够凄惶的。这道理，是我后来长大了才懂的。蒲公英，蒲公英的人啊！

文静而又活泼的汪老师也有泼辣的时候，这是童稚的我万万没有想到的。用今天的话说：淑女也会发飙。抗美援朝的时代，据说美帝国主义搞细菌战，我们都得打预防针。城里的医生下来了，听同学说打针很疼，有大同学起哄，我们男生躲男厕所，汪老师是女的，她不能来的。我真的躲男厕所了，哪知汪老师还是追进来了，一把抓住我的衣领往外拖："你个小东西，我还在乎你这一套！"于是我们都乖乖地卷起衣袖伸出胳膊。这才叫"厉害了"。

汪老师后来调到上海去工作了，听说她嫁过去了，夫君在上海，她也得过去。蒲公英又飘远了。我呢，也一直如同蒲公英一样飘着：大丰县城、金陵随园、林海雪原、草原青城、盐阜大地、渤海之滨、枫叶之国……当然也常常飘回家乡东台。

望着北美洲大地上点缀着绿色草地的一枝枝小绒球般的蒲公英，想着我的第一个老师。汪琴珍老师，你在哪里？你若健在，该九十岁左右了，你还记得当年那个小男孩吗？你可知道他还记挂着你呢？你若在天堂，那天籁，可是你的歌？那云霞，可是你的舞？

蒲公英，蒲公英的人啊！

2018年5月21日于加拿大密西沙加

翟贻美老师的"迂"

关于粗口"他妈的"这一秽语，鲁迅曾写过一篇杂文《论"他妈的"》，称之为"国骂"，似乎同"国花""国树""国酒"之类一样，享有殊荣了。鲁迅考察了其各种变体，介绍了外国之同类词句；又查典籍《广弘明集》，考证其首创于北魏邢子才，是为对付封建血统论而言说，到了"下等人"之口，就成了这句话了；并云："最先发明这一句'他妈的'的人物，确实算是一个天才——然而是一个卑劣的天才。"鲁迅文末还说，这句话除骂人之外，也"偶尔有例外的用法；或表惊异，或表叹服"，甚而表亲热，成了"亲爱的"了。

在我的家乡江苏东台，也有一个类似于"国骂"的称为"辔头"的口头禅词语："惹"，姑且称为"乡骂"吧！它似乎是动词，很秽的，且也有变体，如"惹尔开来的"等；除骂人外，也有同"国骂"差不多的例外用法。东台俗话说："到了新桥口，没得个'惹儿'不开口。"新桥口在东台城西，当年曾是很热闹的地方，水陆码头，商贾云集，摊贩遍市，三教九流，这个"乡骂"普及率使用率也就较高了。

我的老家在东台城西之西的西溪，"惹"的普及率使用率也不差新桥口。我并非为故里争荣誉，当然这也不是什么荣耀。

20世纪50年代初，"惹"这"乡骂"迎来了一位对手。西溪小学来了一位新校长，名叫翟贻美。他那时不足三十岁，中等身材，肤色微黑，面孔清癯，目光深邃。在我的小学毕业证书上，就盖的蓝色竖写的"翟贻美"三个字的校长大印。翟校长对这个"乡骂"深恶痛绝，下决心根治，且也是"从我（校）做起""从娃娃抓起"。翟校长在全校师生大会上讲话，痛斥这个"乡骂"之不文明，说新社会应有新气象；他在讲话中提到这个"敌人"时，避免用"惹"来表述，而是用"辔头"一词，够难为他的；讲话中心是必须要根治"惹"、一定能根治"惹"，先学校后家庭再社会，先学生后家长再大众。如何根治呢？翟校长提出的办法是，一旦说出一个"惹"，就自打嘴巴一下。从那次开会后，学校就不断传出一下下"噼噼啪啪"的自打耳光的声音，煞是热闹。

不用说，翟校长的这个文明实验运动还是失败了，也悄无声息地收场了。翟校长唯一的收获是，在西溪民众中得到了一个字的评语：迂。翟校长同我的父亲是朋友，同我的当小学教师的叔母是师范同学；他有时来我家坐坐，同我父亲说说他的壮志未酬的苦恼，我父亲先是称赞过他的"改革"，现在又很同情他的挫败。我父亲的名字中有个"豫"字，"豫""迂"同音，父亲性格也有点儿"迂"，人称"老豫（迂）"。两个"迂"者在一起，很有点儿惺惺相惜的味道。

后来，成立西溪初中，翟贻美校长调去当教师了，翟校长成了翟老师。

那年早春，我要离开家乡去东北牡丹江林区工作了。这时，翟贻美老师闻讯赶来送我。他颇轻松，捧来一幅烫金版铁皮质地的领袖站立北戴河海滨的画像，赠我临别纪念。他反复叮嘱我："好男儿四海为家，要沿着革命路线前进！"哎！

我的好可敬可爱的翟老师啊！

翟贻美老师曾有过一段婚姻，离异后一直单身；病故时，学生们为他送终。

随着改革开放后经济和社会的迅猛发展，人民文化与文明程度的极大提高，在家乡东台，"乡骂"之"惹"已经很少听到了，在年轻一代中几乎已经绝迹。这是可以慰藉翟贻美老师在天之灵的。

翟贻美老师的"迂"，是一种对信仰对事业的执着，不乏堂·吉诃德式的理想主义和英雄情怀，甚至有些"不识时务"。但是，我敬爱他，怀念他。

2019年8月14日重写于加拿大密西沙加

裤裆巷记事

1955年夏天，我从东台县西溪小学毕业，报考东台县初中，未被录取。父亲把我送到杨礼明先生的私塾补习功课，每天一个上午。

在东台城西新桥和西十字街口之间街道的南侧，有一条巷子；进巷宽阔，然后分岔，一条向东，一条向西，宛如裤子裆，于是命名曰"裤裆巷"。杨礼明先生家就在向东的分巷里又岔出的支巷里。因而，我每天都得"钻裤裆"进出了。

杨宅大门是高台阶的，里面院子很大；住房朝西，青砖黑瓦，长檐高脊；堂屋带厢房，有一天井；外院里树木花草茂盛，且有拱门花墙；看来也曾是富庶人家。中年的杨礼明先生身材中等，胖瘦亦适中；长相是方正的，似很严肃古板。他的太太，也就是杨师母了，却是高而瘦且黑又小圆脸尖嘴的。他们有一大堆孩子，皆女娃，长女已成年，幼女刚学步。杨先生无职业，仅靠收取学费维持生计。那时，杨先生家已显破败之象，已经开始变卖家具和隔开房间的木板了。

杨先生收了二十来个还流鼻涕的小娃娃，他们坐在一排低矮的小桌旁，由杨先生教些识字、识数、大楷习字之类；大概那时家乡东台还没有幼儿园，家长们就把孩子送到这里来了。除了这些娃娃外，就是我们四个没有考上初中来补课的人了：西溪沈家老五沈寅；沈寅的三嫂何英——她已婚，夫君大学毕业后在北京某建筑公司工作；家住城里寺街关桥旁的施永石和我。我们四个人围坐一张方桌自习或听讲。

杨礼明先生每天也就是照应我们半个小时左右，念一点儿语文课文，然后就不管我们了；也没有什么作业作文，就让我们自己看书；他不讲数学，似乎也讲不了数学。他的时间，基本上是去管那些调皮捣蛋的小娃娃了。

我们在杨礼明先生家的上午，是很无聊的。我不一会儿就看天井地面上的日影，盼着早点儿放学；或者看那院子里的大芭蕉树，那是多么别致的一棵树呐！再则，就是欣赏师母卖粪便的"戏剧"了。

那时裤裆巷西南端，是一大大的河弯；每天上午，会停泊很多乡下人的粪船；船停下后，农民便挑着粪桶，走街串巷，喊"粪卖？"收购粪便，回去壅田。于是，我们坐在杨家，耳边不断传来农民在门外粗壮的"粪卖"的喊声；当然偶尔也有清脆的女性叫卖声穿插其间："香烟洋火桂花糖啰！""烧饼麻团，刚出锅的！""滚热的包子唷！"

师母一早，先用水在粪缸里掺和搅拌，一听到"粪卖"，就喊来农民卖掉一缸；课间休息，孩子们"方便"一下，再掺水，又卖一缸；然后又兑水，死命刮缸边，又一缸；放学前，又要求孩子们"方便"一下再走，又是一缸。师母，长得猴精，办事也猴精。杨先生倒是有点儿斯文，看我们注视这些，他多少面带愧色！

我在次年早春考取大丰县中学初中插班生后，一次在路上见到杨礼明先生。我礼貌地向杨先生鞠躬施礼，他却很不友好，说了些不中听的，我窘极。我纳闷：你一个大人，对我一个十二岁的孩子怎么这么无礼？也许是我在他家学习时表现不佳，不像沈家叔嫂那么懂事，又不像施永石那么老实吧，也许是曾窃笑过师母欺骗乡下人的招数吧，也许我曾好奇地摘过一张芭蕉叶吧，也许是我考取后另外三个人也不在他家念了吧，也许是他膝下无子人生坎坷心情不佳吧……总之，杨先生失态，有失师长风范；总之，我也不再"钻裤裆"了。

沈家老五后来去了盐城电厂当工人；她的三嫂一直同夫君南北相望，后来英年早逝；今年四月我回乡奔父丧期间见到施永石，居然互相都认出来，并说"你还是那样子"，他当了一辈子工人，退休了。

杨礼明先生的次女，脸型方正随父，肤色黝黑随母，后来曾在西溪船厂当过职工教师，每遇家父都关心地问起我。这位好心的姐姐，也该八十岁了吧！

2019年8月17日于加拿大密西沙加

故乡人事（三篇）

工人杨二爹

从西溪八字桥北东侧的一条巷子向北走，是菜农集中的曹家院子；曹家院子向北，有河口，叫新河口子；过河口，再往北走五六里路，有一农舍集中的村落，叫杨家墩子。杨家墩子旁大片水田，曾是我的祖父买下的土地。杨家墩子有一杨姓人家，曾是我祖父的老佃户。这家人有五个儿子：老大、老二是家父米厂里的工人；老三、老五留在家里务农；老四进了地处海边某镇的国营轧花厂。论生活境遇，老四最好，似乎后来还当了厂里的干部；其次是老大、老二，米厂公私合营后就更好了；老三、老五一直务农，从未离土。

老大杨增富，人在厂里做工，妻儿留在乡下务农。老二杨增荣，身材矮小，五短三粗，一直是单身至终老。这位工人杨师傅，有些故事，却很是值得一说的。

杨增荣师傅，工人们称呼"杨二"，我小时也曾这样称呼过一次；仅这一次，就被我的母亲听见了。母亲很生气，说我不懂礼数，说家里人只有祖父祖母可以称呼他"杨二"，告诉我以后得喊"杨二师傅"。后来杨二师傅进入壮年老年，我也长大了，就随着大家称呼他"杨二爹"。然而，杨二爹却称呼我"大少"，这是我不高兴的；因为这是"大少爷"的意思，新社会长大又接受新教育的我，觉得很不中听，虽然杨二爹并无恶意。

杨二爹很能吃苦，很勤劳，人很实在，在厂子里大家公认的"老黄牛"式人物。不论是私营，还是公私合营，他都是这样的；大家都愿意同他搭档干活。但是也从没听说评他个"劳模""先进"之类；他也不在乎。

工人中，杨二爹同我家的人感情最好。家中有时有干不了的体力活，都喜欢请他搭把手帮个忙；他也从不拒绝。当然，我们家人也掂念着他；看他衣服破了，就让他拿来补补；逢年过节，也给他拿点儿吃的。祖父被判刑五年，去了北面的方强农场劳动改造；家里想去个人看看，父亲叔叔都走不开；他听说了，主动找到我祖母，说让他去，他也想看看我的祖父；他回来后，更黑了。他告诉我们：祖父在那里也就是放一头牛，并不太苦；劳动劳动，也挺好的；公家人对祖父也是很好的，不打不骂没有刑罚，只是对祖父讲些新社会的道理。

杨二爹一直想有个老婆，成个家，但就是没有女人看上他；祖母说了那么多媒，没有不成功的，但到他这里就败北了，他长得确实太差了，人也太老实了。他很着急，工友们就开始逗他耍他；说帮他介绍，哪儿哪儿有个大龄姑娘，哪儿哪儿有个年轻寡妇，要他先请吃一顿；于是，老实人杨二爹就请他们到八字桥口的烧腊摊的里屋，喝烧酒吃香肠啃兔腿嚼花生米；其实，别说女人，连鬼影也没有。

杨二爹渐渐地死了娶妻的心，开始帮他家五弟张罗婚事了。杨五，四个兄长，就这个二哥关心他的婚事。杨五娶亲结婚那天，工友们都去乡下喝喜酒；他们将杨二爹脸上涂了锅灰，游乡。杨二爹也不恼，事后到河边码头洗洗脸，不再吭声了。

那年我从牡丹江林区回家乡过寒假，在东台大街上遇到了杨二爹。他一见我，就诉说委屈；他不喊我"大少"了，而是喊"大先生"。他说："我说了几句老爹爹的好话，他们就揪斗我，往死里斗。"我说："杨二爹，你真傻；你跟着他们喊几句口号，不就没事儿了。"杨二爹脸色阴了下来："瞎说八道，响雷打头。"似乎是批评我，似乎又是自言自语。

杨二爹的长兄杨大，一直看不起杨二爹，也不像兄长对弟弟，从不关心他。但是，杨大在春节时，还来看我祖母。我祖母依然客气地同他话家常。适逢我在家，我喊他"杨大爹"，为他泡了一杯茶；他接了过去，看我一眼，似乎很感动。

杨二爹，五短三粗；但是在我心中，他是堂堂正正的。他无家室无子嗣一生如草芥，但是我怀念他。姑且不论杨二爹政治觉悟是高是低，也不论我祖父当年的案子是否冤假错，我们王家人不应该忘记他。

2019年8月18日重写于加拿大密西沙加

记家乡东台的几位医生

我在家乡长大，不免也认识当年家乡的几位医生，写写他们的事，还是有意思的。

刘锡彭医师，江西人，原来是国民党军队的军医，军队驻扎东台时同宣家姑娘好上了；国民党军队撤退时，他没有跟着走，留下了。于是，位于牛集场的宣家大院门楣上挂起了一块牌子：健康医院。刘医生的诊室在四合院西厢房，太太也就是宣家大小姐，成了刘医生的护士。

我年幼时，坐一位父执的自行车前杠进城，左手食指被夹伤，父亲带我到刘医生那里医治。刘医生诊室放着一个大玻璃缸，内放糖果，让去看病的娃娃们吃。打针吃药后，给娃娃吃块糖，哭闹也就少了。这是与别的医生不一样的。

刘医生名气大，胆子大，用药猛、狠、贵；一般人家是看不起的，就是富庶人家，一般小病小伤也很少登门求医，大病大伤才找他。

刘医生长女刘吟霞女士，我熟识，有过联系。刘医生十多年前病故，她告诉我，我从大连拟一挽联寄了过去。她后来在电话里对我说："母亲看到你的挽联，说很好地概括了父亲一生，想找个书法家写了置父亲遗像两侧。"

娄侯彦医师也是南方人，似乎也是被东台姑娘留下的，可见我们家乡东台的女孩多么有魅力和吸引力了。

我儿时，患病，肚子鼓胀得可怕，几乎治不好了。大人们一个个看看我的大肚子，摇摇头，叹一口气，走开了。后来求治于娄医生，娄医生化验大便，发现肚子里全是寄生虫。于是猛吃驱虫药，好了。

娄医生的岳丈金宝贤爹爹，大高个儿；解放前曾有一段时期租我家西高桥南的房子开过油坊，后经营不善而破产；解放后成了油米厂职员，因祸得福，成了工人阶级了，很神气；女婿也是名医，就更自豪了。

金荣久医师也是南方人，不过他的太太口音同他相似，大概是随军家眷吧！金医师的诊所在新桥西靠大王庙的街道上，坐北朝南。有点儿小伤小病，父亲一般带我到金医师那里，靠西溪近，方便。记得有次开药后，父亲问金医师："多少钱？"金医师答："不用了！"父亲还是付了款。回家的路上，我问父亲："医师怎么不要钱？"父亲答："那是客气话。"我又问："那你怎么知道付多少钱？"父亲说："按照估计的诊费药费，适当多给些。"

后来金医师被下放到西溪附近的生产大队当医生了。我在一个冬天回乡探亲，在八字桥头见到金医师，喊了一声："金大夫！"他朝我看了看。第二天，父亲问我："你遇到金荣久医师了？"我答："是呀！"父亲说："怪不得他遇到我，说'大夫'是北方人才这么叫的，他猜是你。"

金医生的女儿后来成了我的堂弟媳，长得就是她父亲的翻版：门板脸，微黑。每见之，我总是说："看到你就想起你父亲。"她总是笑笑："谢谢大哥！"

周伯宏医师同以上三位外乡人落户东台的西医不同，是东台人，是中医，但也会西医。周宅也在新桥西的一条北侧巷子里，诊所在巷头对面。我的母亲有病总是找周医师看，我也就常跟着母亲去了。周医师给我的印象：文质彬彬，谦谦君子。

周医师也曾被下放到了西溪的一个生产大队。那年冬天，我回到家就感冒了。母亲说："你去泰山寺那边找周伯宏先生看吧！"我到了那里，喊了一声："周先生。"周医师认出了我，略展一丝苦涩的微笑："从东北回来过寒假了！"

周先生的长女是东台县有线广播站播音员，人们天天听到她的声音；曾有人在街上指着一着大红衣年轻女子告诉我："她就是周伯宏的女儿。"我一看，果真惊艳美女。

几天后的一个清晨，我踩着薄雪进城；在三里路上，迎面见到周医师；他穿一身黑粗呢旧大衣，背着药箱走过来。我向他招呼，他向我点头。我走过去又回望了一下周医师的背影，见他瘦长的身躯在凛冽的寒风中抖动了几下；我的眼睛湿润了。

是以此文对四位医生致以怀念。

2019 年 8 月 20 日重写于加拿大密西沙加

家乡的鬼神世界

风来了，

不怕。

雨来了，

不怕。

城隍庙的鬼来了，

怕！

这是我儿时的一首童谣。一个人喊前半句，大家喊后半句，似一问众答式，最后齐声大喊"怕"时，都要做惊恐状，然后纷纷而逃。有一次，一同喊唱的全是小女孩，我不屑之，不知从哪儿来了股男儿气，居然大喊一声："不怕！"一人挺起胸硬起脖子，留在原处。

不知是不是这次惹的祸，后来我胸部疼痛了，怎么也治不好，洋大夫西医土中医都摇摇头，表示无奈，民间偏方也不灵，奶奶说只得求助大仙了。大仙是有的，一位远房伯母的娘家庄上就有一位。于是她的夫君也就是远房伯父带上我，还有家里作为礼物特意从茶食店买的精细点心，走了二十多里乡间小路，见到了这位大仙。大仙其实也没有什么异样，一个很普通的五十岁左右的庄稼汉，只是眼睛挺红的，据说这双眼睛能看到神人鬼三界！他让我解开衣扣，看了看，又一边念念有词地念些谁也听不懂的话，一边用手指在我胸部洒水，又闭目养神了一会儿，说道："被小鬼摸了一下，不碍大事的，回去向西南方向烧点儿纸钱，磕几个头，过些日子就不疼了。"回到家后，奶奶按大仙叮嘱领着我照办了。过了很多很多天，不疼了。是生理上自然恢复了，或是并无病伤只是心理反应又被大仙心理暗示而消失，还是真的烧纸禳解了？天知道。这件事给我的教训是：千万不可以得罪小鬼，人云"阎王好见，小鬼难缠"，此乃真理矣。

人鬼之间，似并无太大界限。生肺结核病——那时是不治之症——的人，被称为"痨病鬼"；吃饭急了，大人斥之："你是饿死鬼投的胎？"凫水淹死或投河自尽的人，则成了"淹死鬼"，下河游泳，大人会警告你，小心被"淹死鬼"讨替身——即鲁迅笔下的"讨替代"——鬼为了还阳重新做人抓你替换也。王家巷有个男人叫王金城，比我大十多岁，娶了个媳妇，这女子新婚后天天想妈妈，没几天竟然自己在新房里上吊自杀了。她有点儿文化，写了许多纸条诉说念母之痛，贴满房间的床架衣柜桌子窗框上。婚事接着办丧事，害得王金城一辈子打光棍，哪个人家敢嫁女儿给他？这女子成了"吊死鬼"后，因为害怕被"讨替身"，夜晚独自经过这一家门前，我都汗毛直竖，浑身打战的。

家乡寺庙多，古镇西溪的泰山护国禅寺供奉的是救民于水灾的女神，宋代建的，香火不断。后被拆掉，20世纪80年代初恢复重建。我家旁边的西广福寺因为在海春轩塔旁，俗称宝塔寺，相传汉代所建，供奉的是佛陀释迦牟尼；解放后一直式微，最后只剩一破屋、一病秧秧的和尚，病和尚圆寂后多年，宝塔寺重建了，很气派。大约五六年前，我问过计划恢复重建时的住持，佛教传入中国怎么会是汉代，有这么早？他说从海上传入之一脉就是汉代。泰山寺斜对面，曾经有个万寿寺，后来建船厂时拆掉了，供奉的何方神仙，我记不清了。那时的住持会看病。我曾陪母亲去请他看过病的。西溪镇西头有个尼姑庵叫观音寺，顾名思义，供奉的当然是观音菩萨了。据父亲说，一次发大水，冲来一个大大的石质的莲花香炉，就放置那里。后来被老百姓埋进土里了，至今也不知在何处。我记得小时候见过观音寺这个莲花香炉的。

  以上说的是寺，至于庙，从西向东，西溪镇西十多里，有董王庙，供奉的是孝子董永，庙内西南角有董永墓，上立石碑：汉孝子董讳永墓。讳字是在一边的，直呼其名犯忌讳的意思。五神庙供奉哪五神，不知道了。我家旁边还有个三贤祠，供奉在西溪为官过的宋代三名相：晏殊、吕夷简、范仲淹。三官殿是尼姑庵，供奉刘备关羽张飞，这是皇家正统，非阴谋篡权之曹操地方割据之孙权也。缫丝井是尼姑庵，供奉七仙女，有一井，至今尚在，是仙女取水缫丝之处。据父亲说，城里曾经有葛公祠，纪念东台历史上率众抗击倭寇之英雄秀才葛某的，后拆毁。2005年纪念抗日战争胜利六十周年的日子里，父亲以八十五岁高龄之身，访问东台日报社，要求报社呼吁政府重建。编辑将此事著文叙老人来访谈之经过，登在东台日报上，报纸老人保存着，网上亦尚可查到。人可成神佛，若孝子之农民董永忠义之名将关羽勤政廉政之官员范仲淹反侵略之秀才葛公等，神可以为民行善举，若佛陀——其实也是人，观音及泰山寺供奉之救灾天后；且人神可通婚生子，若董永七仙女也。神人之间也无什么界限矣。泰山寺恢复后，我在一次春节返乡时领着两个女儿拜访过住持达禅方丈。他儿时在泰山寺出家，后来一直在江南寺庙，是父亲的朋友，又是父亲推荐引进到泰山寺的。他盛情得很，香茗糕点坚果招待，并勉励我们多多行善。

  我的家乡还有一个叫"求娘娘"的神鬼活动，什么娘娘？不知道。就算是王母娘娘吧！那可是玉皇大帝的太太啊！供上香烛糕点瓜果，磕头求教。如："请问娘娘，宋家姑娘这门亲事做得做不得？""我家儿媳妇又怀上了，这个第三胎是男的吧！"娘娘前后摇，点头是也。若两边晃，摇头否也。很有意思的是，20世纪80年代初，我一次探亲回乡，见邻居家还搞这个活动，但娘娘换了，问题变了："请问开慧娘娘：我家老二要去深圳打工，行不？""我家孙女考大学想考文科，好不？"

2015年10月18日于加拿大密西沙加

中学时代（六篇）

记恩师郭葆立先生

郭葆立先生也是东台西溪人，老家在泰山寺西侧，他父亲是一位老中医；他同家父的友情，从儿时起，历经九十余年。

家父与郭先生，以及书法家鲍审先生等，儿时都受业于著名书法家缪子渭先生的书塾。家父常说，郭先生的书法不差鲍审分毫，只是少操作，欠宣传，所以不如鲍审有名气。

郭先生年轻时，读过无锡国学专科学校，后来回家乡东台任过县政府文员，这段经历，似乎影响了他一生。

我常想，当年郭先生一定也很趋时的，他是东台县城最早骑自行车的人之一。有一个传说：当年有人从南通那边骑了一辆自行车进入东台县城时，一位老太太以为神话中哪吒脚踏风火轮来了，当场吓死了。郭先生买来一辆簇新的自行车刚刚会骑上路时，正好在三里路上遇到家父领着我上东台城，就要让我坐在自行车前杠上带我。结果出事了：在马脊形的砖路上，对面过来了一辆独轮手推车；郭先生闪一旁，自行车倒了，我左手食指被轧伤了。后来是名西医刘锡彭治愈的，至今还留有疤痕。

记得我读小学时，一次放学回家，在家父的工厂门前，意外地见到我叔叔同郭先生的老父亲吵架，两个人都很犟，歪着头，脸红脖子粗的。十多天后，我又见到父亲桌子上放着一封郭先生写给家父的信。我好奇地看了这封信，内容是知道了吵架的事，批评他老父亲"老糊涂"了，代他父亲赔不是，希望世代友情为重,大家勿伤和气。郭先生谦谦君子之风,一下子烙在我的年幼的心上,为人处世当如此啊!

1955年我从西溪小学毕业,没有考取中学。那年头,"中学生"是很了不起的;考取中学,一要讲成绩,二要讲家庭成分,且名额有限,录取率很低。后来我在杨礼明先生的私塾读了几个月书。第二年春节刚过,郭葆立先生打来长途电话,说他那里招收初一插班生,让我立即赶去报考。我坐小火轮去了,考试的那几天,吃饭是郭先生领着去教师食堂,住宿就在郭先生单身宿舍的床上同他抵足而卧。返回家没几天,我收到录取通知书,数百名来自苏北各地的考生角逐几个名额,我考得第二名。于是我马上又打点行装,赶去报到入学了,我终于成了一名中学生。

郭先生成了我的委托监护人,我的学杂费伙食费由他给我代缴,零花钱向他取,他一一记账,家父在东台西溪如数还给师母;这样双方都省却了邮汇费。每星期六下午晚饭前,郭先生就约我一起散步,了解我的学习和生活情况,向我提出建议。那一次次沿着校园河边林荫道的散步和谈话,是多么温馨啊!

郭先生那几年还在接受苏北师专——后为扬州师范学院,今扬州大学——中文科的函授教育,每星期日,总见他和一些老师拿着讲义去城里参加面授辅导。有一次,大约是我获得学校板报《丰中青年》优秀通讯员二等奖之后,他喊我去他房间,问我:"听说你作文挺好,爱好文学,是吧?"我说:"有点儿。"他拿出一本新的红色封面的日记本说:"送你。上面写有我刚学习过的鲁迅先生的一段话。"我接过来,打开一看,首页上是他题写的:"各种文学,都是应环境而产生的,推崇文艺的人,虽喜欢说文艺足以煽起风波来,但在事实上,却是政治先行,文艺后变。——鲁迅"。郭先生是在提示我要注重文艺与政治的关系吧,我这样想。

又有一次,我去他房间找他有事,见地上铺着一张张大报纸,一张一个字:人、民、大、会、堂。他站在那里端详着自己写的字。原来大丰县新建的人民大会堂要塑上字,县政府请他写。那颜真卿体的毛笔书法,庄重厚实得很。后来人民大会堂的字塑上了,却不是郭先生的颜体,而是草书。后来我问郭先生怎么回事,郭先生颇低沉,对我解释说:"县里有领导觉得我的字古板,欠灵活,换人写了。"班上有县政府干部子女,消息灵通,传出消息:不用郭先生的字,是因为他有政治历史问题,不适合为庄严的人民大会堂题字。这话我一直放在心里,不敢对他说，怕伤他的心；但也许他早知道了，只是不告诉我，怕影响我的情绪。后来我每当路过县人民大会堂，总觉得那五个草书特别扭：瘦骨伶仃的，一点儿也不大气，哪有郭先生的好！

我初中毕业离开大丰后，郭先生一直关注着我的成长。后来我考取大学，毕业去东北林海雪原工作，考取研究生，他都写诗送我。他后来也调离大丰县城，去乡镇的三合中学教语文了，直至退休后返乡定居。几十年来，我每次回乡探亲，也都去探望他。他喜欢让我坐得近些，说要"促膝谈心"。我们谈往日人和事，谈见闻，谈天下，谈教学科研，无所不聊，很是畅快。

十年前，家父九十寿辰，我请郭先生偕师母一起来赴宴。我把他俩安排在家父身边，他和家父边谈边喝边吃，好痛快。这年纪的郭先生已经行动不便了。临走，我抱他上了三轮车，他口中念念有词："有条不紊有条不紊……"称赞我十多桌的安排。我心想：这算个什么事儿，还值得夸，先生真的老了。

几年前的一个秋日，我又去看望郭先生，一见师母，师母说："你的郭先生走了，走前，想见你父亲，我寻人到西溪去接，你老家拆迁了；到处打听，也不知你父亲住哪里。他还一直念叨你，反复说'吉鹏这儿好啊！'"我一见郭先生遗像，跪下号啕大哭。师母还告诉我，先生丧礼，来人很多，大丰来的他教过的学生，就几百人，大客车小轿车来了许多。回到父亲住所，我告诉父亲郭先生的事，父亲默然流泪，后来连续几天不说一句话。

今年4月下旬，九十九岁的家父亡故，我匆匆回国奔丧。郭先生的公子来吊唁，他也是近七十岁的人了！

郭先生有两个太太，大太太梁朵卢氏，不育；郭先生系独子，只得又娶姨妹为二房。因此，我有两个郭师母；文中师母，是指小师母。

愿至仁至厚的地母保佑恩师郭葆立先生亡灵！愿郭先生同家父在那边还是发小，还是终生情谊。

2019年8月10日重写于加拿大密西沙加

我的两位初中班主任

我的中学是在大丰县初级中学读的，它改变了我的命运，我终生对这所母校和大丰怀有感激之情。

那时，学校在城北沿河街道的西侧，沿城内大桥西边桥头向北走，路上经过大丰县人民政府、人民大会堂、大丰县人民法院，还有一所"马天奇律师事务办公室"等，就到学校了。一进校门就是校大礼堂；校园内有两条东西方向的小河，河两边都是林荫道，小河的北边是县体育场也是学校操场，再北隔一片农田就是学生宿舍了；两条小河之间及南面，整齐地排列着一排排平房：教室和办公室，最西头是学校伙房，那里有口机器打出的深深的水井，一座大大的井台。绿树芳草红瓦房再加上潺潺灵动的河水及生机勃勃的少男少女，外围还有广阔的田野，多美的校园啊！

我被排到初一（2）班，在这个班级的两年半里，我先后经历了两位班主任老师：朱其瑜和吴鸣岐。很有意味的是，他俩一位是国民党军队投诚过来的炮兵军官，一位是年轻的中国共产党党员。

朱其瑜老师中等身材，精神抖擞；圆脸，若一板脸，好恐怖；鼻梁上架一副眼镜，圆圆的镜片后，目光精明又聪慧。他教数学，课讲得很好，语言斩钉截铁，干净利落，无任何累赘的口头禅和尾音；不像有的老师，总是不断插进"我们说""是吧"之类。他课堂纪律极严，总是能让所有的学生全神贯注。上他的课，只要你一走神，就能被发现，点名提问："刚才我讲的是什么？"上朱老师的课，你会觉得很累，但收获颇丰。

有一次，一个女生上课时摆弄长辫子，朱老师突然停下讲课，目光紧盯着她，戏谑道："咦！你那对长辫子多好看啦！"大伙转过身去，那女生窘极，脸烧得通红；正当大家忍不住想笑时，朱老师脸一拉下，教室一派肃杀气氛。

还有一次，一个男生转头看了一下窗外树上叽喳不停的鸟儿，朱老师顺手抓起一个粉笔头，扔了过去，正中其鼻子。不得不佩服那空中划过的漂亮的抛物线和精准打击，到底是炮兵军官呐！

有一个星期天，我在教室学习，忽然看见朱老师站在窗外看我们，他那表情，一脸欣慰。次日上课，一开始他就把昨日在教室的十多个人名字说了一遍，真是好记性，然后表扬了一番。从那以后，我星期天就常常去教室学习了，觉得不去学习都对不起朱老师的表扬。

初一年级结束，暑假前一天的晚上，开班会。朱老师像换了个人似的轻松和宽容。他让同学们把坐凳搬出室外，说天气热，开一个乘凉班会。他上身着一件白短袖，下身西服短裤，摇着大芭蕉扇，表情慈爱地细细道来；他几乎把班上所有学生皆表扬了一番，并一一寄语希望；还单独提及我和另一位也是插班生的黄姓女同学，重点鼓励。我奇怪朱老师怎么这么好脾气；原来，下学期一开学，他不当我们班主任了！不知什么缘故，他似乎再也没有当班主任，一直是纯课任老师。

我们进入初二的那个秋天，学校改名为"大丰县中学"了；校长领着人们在校门口撤下旧校牌，换上新校牌，一派喜气洋洋。有了高中部就是不一样，学校新添了好几位从苏南的大学毕业后分配来的老师；其中最引我们注目的是举止文明优雅的柳老师，他教高一的俄语；那时是高中才开外语课，在中苏友好的国际背景下，学校多开设俄语。俄语中有个卷舌音，很难发音；于是，整个校园，从教室到操场，从食堂到宿舍，甚至厕所，皆是高一的哥哥姐姐们这个俄语卷舌音的天下了，煞是热闹。

朱其瑜老师不当我们班主任，但后来还任我们的几何课。每当他手拿大大的木制黄色的直角三角板、锐角三角板、半圆形量角器和圆规进入教室时，那派头，好威武。他对我们还是那么严格严肃严厉呐！

有一次，朱老师课堂提问"三角形两边之和大于第三边"的公理，一个同学答不出；他生气了，气得几乎发抖："公理，什么叫公理？无须证明，是人都懂。"又指着窗外田野远处："你们看那只狗，见我手里有块肉要喂它，它肯定是直线跑过来，决不会沿田埂拐过来；这道理，连狗都懂！"虽然这个比喻有点损，但我还是不得不佩服他巧妙的例证，也理解他"恨铁不成钢"的情怀。

我看到过朱老师的一张老照片，穿一身黄呢子军服，端坐单人沙发；他的漂亮的太太着旗袍坐于沙发扶手上，身子恰到好处地微倾依偎着他；颇有英雄美人组合之风。后来，我常想：朱老师打过日本鬼子没有？若打过，英雄也；若仅仅参加内战，则很是遗憾！但最后毅然率士兵弃暗投明，为了止戈而举起白旗的形象也是威武的，亦英雄也。

初二伊始，吴鸣岐老师进班了。他是刚从苏南某大学的中文专修科毕业的，高个儿，方脸，虎虎有生气。记得他讲了一些要求后，结束讲话时说道："作为一名中国共产党员，我将勤奋学习，努力工作，同大家一起前进！"这么年轻的共产党员，我们很敬仰；他似乎也很珍惜自己的这一政治身份和荣誉。

吴老师掌班，确实带来一派新气象。班级政治气氛浓了；共青团支部活跃了；申请入团的同学多了；不少同学都读按奥斯特洛夫斯基《钢铁是怎样炼成的》改编的《保尔·柯察金的故事》、吴运铎《把一切献给党》、敢峰《人的一生应当怎样度过》了！共产党员当班主任，就是不一样！

大丰，当时人们称之为"大中集"；因其曾是物资集散之地，颇繁盛，东台人还恭称其为"北上海"。清末状元、著名实业家张謇移民了大量海门人来此开发，新中国成立后这里又设有上海市"飞地"国营上海农场以及大中农场、方强农场。大迁徙、大交流、大开发，带来了大变化，大丰在苏北一直是常开风气之先的。

单就体育运动而言，大丰常开运动会，全县民众的、职工的、学生的，或田径的、球类单项的，等等。上海农场足球队很棒，有位台湾籍高山族同胞，足球在他脚下，若绕指柔，头顶头射门更是巧妙。——我这时才懂得足球还可以用头顶，有趣！——这个农场有位女篮运动员，很白很美很端庄很矫健，三步上篮百发百中；她是一位拖拉机手，开拖拉机奔驰于校门前大道时，我们都忍不住盯着看她的飒爽英姿，目送她和拖拉机及喷出的尾气随着"突、突、突"的声音消失于远方。新丰镇初中还有一位体育老师，男篮的中距离投篮之准，神奇极了。只要这几位一上场，我们马上兴奋起来，都成了"粉丝"。然而，吴鸣岐老师的到来，使我们又在运动场上多了一个新的崇拜对象了。

吴老师很健美，一身腱子肉，他是短跑运动员。县职工体育运动会上，我们为他鼓掌，喊"加油"，小手掌拍红了，嗓子喊哑了，也不停。他那百米跑速，像一阵吹过风，像一支射出的箭，演绎注释了成语"风驰电掣"，预赛决赛总是第一名；他那最后挺胸撞线的瞬间，如诗如画，非常迷人。

吴老师教我们语文课，对教学很认真很重视。记得有一次又是县体育运动会，他预赛过了，待决赛。那天上午，他正给我们讲语文课，来了一位运动会工作人员，告诉他决赛马上开始，让他停下课去参加；他回答："这怎么行？我不能停课。"过了不一会儿，那人又来了，说再不去就来不及了；吴老师毅然回答："我弃权！"我们都愕然了，吴老师却平静地转身对大家："同学们！课堂是神圣的！请大家继续看课文第二小节……"吴老师的金句"课堂是神圣的"及前面所提到的朱老师对课堂的严格要求，使我懂得了什么是教学的尊严，几乎影响了我的一生。

在吴老师的作文讲评课上，我和一位叫施宗标的同学是常常被表扬的。我俩脑袋发热了，办起了手写小报，仿邹韬奋先生，起名"生活"。发表些什么呢？较多的是讽刺诗，讽刺我们错误地认为那几个为了入团爱打小报告说我俩上自习偷看课外书的同学，甚至暗示吴老师偏向，喜欢乖巧玲珑的女生，冷淡我们几个"小调皮"。

小报在同学间传阅着，我俩也窃喜。后来小报被人送到吴老师那里了，老师让我俩去办公室。我俩低头垂手站在吴老师办公桌边，等挨训。吴老师打开抽屉，拿出我俩的《生活报》，抿嘴一笑："别办小报了，给你俩办大报，叫'班级生活'，贴教室后面墙上；你俩是班报编辑，找班长去要点班费买纸和色笔去，团支部书记是你们报社社长；注意宣传班级积极向上的气氛！"真是因祸得福，喜出望外！我俩也成班干部了，两个"小捣蛋"就这样受"招安"了。

学校召开体育运动会，办会刊，成立会刊记者组，吴老师推荐了我，我第一次当"记者"了。《丰中青年》板报建立通讯员队伍，吴老师又推荐了我，我还被评上了优秀通讯员，大会上台领奖，从校长手上接过奖品：小日记本，这可是我第一次得奖啊！六十多年过去了，这个巴掌大的日记本，我一直珍藏着呢！

班上几个大同学成立了个篮球队，大概是刚学了鲁迅小说《风波》吧，起名"风波"，他们不带我们年龄小的同学玩；于是我们也成立了自己的队，起名"友联"。各自都凑钱买了球，印了带字的背心，成两派了。吴老师闻讯，开班会，说："合成一个班队，年龄大的同学要拿出大哥哥样子，团结嘛！再说叫什么'风波'呀，鲁迅小说的背景是张勋复辟，你们起这个名字，不好听吧，好像要搞点什么事儿似的。"妙语解颐，还多少有点倾向幼小弱者，我们真高兴。

那是"鸣放"和"反右"的年代，高中生可以贴大字报，初中生只允许写小字报交给老师。我也在"号召"下写了一张，内容是说：公私合营后，私方厂长并没有像一开始说的那样"有职、有责、有权"。我这也明显是"不满现实"的言论呢，交上去以后，心里忐忑不安。

一转眼工夫，我们初中毕业了。吴老师给全班每个同学逐一谈话，对我谈的话，我至今记忆犹新；吴老师从一个大讲义夹子里翻出我那张小字报，满脸诚挚，语气温和："你家是民族资产阶级，党对民族资产阶级的政策是团结、教育、改造，你要正确对待；记住：你也是党和人民的孩子，注意方向，你会很有出息的。"

20世纪80年代，我向来自大丰的熟人打听朱其瑜和吴鸣岐两位老师，方知朱老师去了某乡镇中学，主持校办工厂，搞得很红火，聪明才智被充分发挥；吴老师在"革命化、知识化、专业化"的干部政策背景下，成为县领导了。我很欣慰！

前年我去太仓看望我的高中语文老师，同时向他打听吴老师，他告诉我：吴老师在太仓市人大副主任岗位上退休，已作古。去年我在电话里向施宗标老同学打听朱老师，知朱老师也已辞世；他还特意提到朱老师的夫人，也就是我们的朱师母，乃林则徐后裔。噢！

虽然两位老师政治背景迥异，人生经历不同，但是我对他俩都喜欢，都热爱，也都很怀念。

祝敬爱的朱其瑜老师和吴鸣岐老师在天堂永远快乐！

2019 年 8 月 9 日写于加拿大密西沙加

恩人张洪琛老师

1958 年夏，我在大丰县中学初中毕业，报考大丰县中学高中，未被录取。那个年代的"不录取通知书"循例皆写"因名额限制"，这是委婉的说法。那一年各地都一下子升格了不少高中，如大丰县的南洋中学、东台县的安丰中学和三仓中学；还办起了一批中等专业学校；盐城地区新办了一批大学：工专、农专、商专、医专、师专、体专，生源不足，就用预科来招初中毕业生，升学率近于百分之百。我在东台街上偶遇一位大丰同届同学，他也未被录取。

当我从东台轮船码头取回从大丰托运回来的行李时——我以为我被录取是毫无悬念的，行李就留在大丰一位父执那里——我伏在行李上痛哭；那条红底白花被面的被子，都湿漉漉的了。

路在何方？当时东台正大举招工；我很向往，很羡慕那穿着印有厂名的工作服或汗衫背心的青年工人。父亲领着十四岁的我去了好几处地方，人家说："年龄太小，人还没有机床高呢！"我又从报纸上看到新疆生产建设兵团和江西共产主义劳动大学的新闻，也有点儿跃跃欲试投奔过去。

一天傍晚，父亲从城里办事后回家，告诉我，他遇到了张洪琛老师，张老师关切地问起了我；张老师现在是东台县中学的老师，是党员，被临时抽调到县招生办工作了；张老师说，正筹划东中高中续招一个班，让我准备报考。我忽然记起这位老师白净清瘦文雅的形象来；当年他似乎在西溪小学当过老师，后来又到台南乡当文教干事，往返于城乡之间时必须在我家南边过泰东河渡口的摆渡；路过我家门口偶尔到我家歇会儿脚,同父亲聊聊天,也就成了父亲的朋友。

我报考东台县中学高中的续招,录取了。后来父亲又告诉我,张老师夸我争气,成绩很好;讨论录取名单时,家庭成分的问题又被提了出来;这时,张老师说话了:我了解这个家庭,爱国的民族工商业者,积极接受社会主义改造,表现很好。于是,我顺利过关了。

去东中报到的那天,遇毛毛细雨,我身上衣服稍被淋湿。我先去语文教研组见了张洪琛老师,他一见到我,马上把我拽到他的宿舍,逼我脱掉湿上衣,换上了他的一件白衬衫。我就穿着他那件宽大的衣服去报到进班了。

我读大学时的一个暑假,张洪琛老师招待我去他家吃过一顿中饭。那时他家在中巷的教师家属宿舍,住在一间朝西的平房里,卧室、厨房、餐室在一起。吃饭时就张老师和我两人,席间,他详细地询问了我的大学生活:课程、作业、考核、自习、活动、学术讲座……他是函授的大学专科毕业的,内心充满对大学生活的向往啊!

十多年前,东台一家内部发行的诗刊选录了我的几首诗。我也从诗刊上看到了张洪琛老师的诗作,讴歌时代、赞美家乡、怀念故友、抒发豪情,好棒的诗啊!我决心从旧城改造后面目全非的城区里找到他的住所,几经周折,终于见到了他,且互相认出了。他已耳聋;我们摊开一张又一张纸,我写字,他说话;我们谈往事,叙经历,评历史,议时政,讲文学,说教育……好不畅快。他坚决拒绝我称他为"恩人",说他不过是尽了作为家父朋友之应尽之情,做了一个人民教师应做的爱学生爱人才之应做之事,说了一个共产党员应说之公道话,并说实事求是就是政治上正确。多么经典!堪称金句。多好的人啊!

远在地球另一面的我,问一声:恩人张老师,你还好吗?再回乡,我还去看望你!

2019年8月15日重写于加拿大密西沙加

大公老师

我1958年秋天进入东台县中学高中部读书,从高一下学期至毕业的两年半学程里,教我们语文的,一直是沈大公老师。

那时,大公老师刚刚从南京师范学院毕业,青春焕发,英姿勃勃,很帅气!

他那炯炯有神又略带忧郁的眼睛，更是增添了迷人色彩。我们很爱听他的课，因为他的课不古板，处于青春期的我们当然很觉新鲜了。冬天到了，他着一身盘丝扣的中式棉衣，围着长长的围巾，举手投足间，很有民国时期进步学生街头讲演的味道。一进教室，他缓缓地摘下围巾，整齐地叠起来，轻轻地放在讲台一角，说："今天立冬，我介绍一句英国诗人雪莱的诗句。"然后转过身，板书："冬天来了，春天还会远吗？"他会在课堂上给我们提供各种文学信息：鲁迅曾同郭沫若有过相讥但为了革命事业并不计个人恩怨；郭沫若发表了为曹操翻案的文章后又发表剧作为武则天翻案了；南京大学中文系一位叫叶子铭的学生出版著作论茅盾的文学道路；作家杨沫为体现知识分子与工农相结合道路又为《青春之歌》补写了一章"林道静在农村"……这些，极大地激发了我们对语文的兴趣，于是，我们从图书馆借来报刊书籍阅读，甚至不惜违反上自习不准看课外书的规定。

大公老师讲课文，也是认真而独到的。记得他讲鲁迅的《呐喊·自序》："有谁从小康人家而坠入困顿的么，我以为在这途路中，大概可以看见世人的真面目……"他不仅说明少年鲁迅经历的人们的势利相，而且分析了像少年鲁迅这样的家道中落孩子的敏感甚至过敏，以及这种精神状态对形成文学天才的意义。多么全面、透彻啊！

大公老师的作文课也很特别。一般命题作文是不让写诗的，他却让，不限体裁。国庆十周年作文，我写了一首儿歌："小花猫，别乱叫！让我好好睡一觉，国庆游行不迟到。"交了上去，他不仅不批评，还朗诵表扬。他还允许我们在作文题目的大框架下适当改题，记得他命题："我的家乡"；我改题为"家乡散记"；他在批语中还写道："有散文味！"大公老师的这种开放和宽容，使我们思维活跃、文路开阔，确实有好的教学效果。在一次年级四个班的作文竞赛中，第一名和第三名，均花落我们班呢！

语文教学大致两路：一路强调工具性，重在字词句章分析，利于夯实语文知识基础，但容易使学生感觉索然无味；一路侧重人文性，重在培养人文情怀，利于激发学习兴趣，从而带动知识教学。大公老师大概属于后一路吧！我想。

大公老师的妻子陈华蜜老师是江苏师范学院体育系毕业的。一次，班上传阅着一本歌曲集，扉页上写着："送给走向音乐的蜜！大公于南京。"那是大公老师在南京读书时寄赠给在苏州读书的陈老师的，多么爱恋的语言，甜甜蜜蜜的，很令少男少女心往神驰。那时，东台人还有些保守，夫妻或恋人走在街上，都有点儿距离。大公老师和华蜜老师总是胳膊互挎在大街上散步，引来各种目光：羡慕的、惊奇的、赞许的，当然也不乏假道学之反感的。在那个年代，这也是促成东台人的现代文明和思想解放呢！

每当课间操时刻，全校师生整齐排列于操场，音乐声起，华蜜老师着橘红色运动衣，站立于高高的台子上，领广播体操，伸臂之刚劲，扭腰之柔和，如诗如画！

那是一个食物短缺旳年代，我们早餐也就一碗粥一点儿咸菜。饥肠辘辘中，大公老师的语文课以及华蜜老师的广播操示范，带给我们的是绝好的精神大餐。每当早晨的阳光透过教室窗户照在讲台上的大公老师或课间操示范台上的华蜜老师身上时，那是多么美的所在！

近六十年后的前年夏天，我专程去太仓看望了大公老师及华蜜老师，一见面，大公老师用双手拉住我的两肩直摇晃，激动地说："你你……你这个家伙！我俩在你们东台教了大半辈子书，你是唯一专门来看我们的。"大公老师感动了，喜极而泣，也多少有一丝酸楚。

20世纪五六十年代，国家陆续分配了一批批家在苏南的大学毕业生来相对落后的苏北任教，现在多已退休回老家享晚年了。都说我们东台的东海人重义西乡人厚情，我们可要感恩他们的一生付出啊！父老乡亲！

2019年8月8日于加拿大密西沙加

我的高中班主任

高中时，夏耀武老师任班主任又兼教物理。夏老师很严厉，我们都敬畏他。

那时，电影院流行放香港影片，城里的走读生晚上看了，早晨到校就眉飞色舞地议论，我们心里痒痒的。有一个周末晚上，我们几个同学也去看了，回到中巷宿舍，熄灯关门了。无奈，我们只能爬墙进院。孙老头向夏老师告了状。星期一早晨，我们被夏老师唤到办公室，狠训了一通。这还不算，周六下午班会，夏老师又提起这件事。他先说："我想请这几位同学站到前面来做检讨。"但他又停了片刻，不吭声。好恐怖啊！然后又说："考虑是初犯，这次就不检讨了。"好宽容啊！真是"文武之道，一张一弛"也！你说我们的夏老师厉害不？

夏老师的班会是令人沉重的。犯点儿小错，他也会拿到班会上说事，还常常声泪俱下痛心疾首："今天不要说我是你们师长，就算我是你们的大哥，你们听我一句：一失足，千古恨。哎！一失足，千古恨啊！"我很不以为然，小题大作，多大的事，用得着说得这么严重？好像帝国主义反动派正在用金钱美女利诱我们或用严刑拷打威逼我们似的。多年后才听说，夏老师加入过国民党，有"政治历史问题"。他班会上的那些话，都是肺腑之言啊？

夏老师是繁忙的，理化教研组长、工会副主席、校办工厂厂长，应该说是表现很积极的，也可能用拼命工作来排遣苦闷吧？

那年头食物短缺，夏老师嗜酒，市场上买不到；市场缺酱油，夏老师的校办工厂生产化学酱油，用炸完油的皮糠饼做原料。而家父任厂长的米厂里也附设酒坊和油坊。夏老师同家父也就多有联系了，还形成了友谊。他家做饭缺一口锅，也是家父帮助从外地买的。

夏老师子建夏，这名字起得真好！北京大学物理系毕业，后来在东台县城任职工学校教师，终生单身；女儿是工人，已退休。

据说，当年夏老师是为了让女儿"顶替"他的工作而提前退休的；但他退休后不久，政策更好了，像他这种资历的老教师是可以不用退休就可以安排一位子女工作的。他后悔也来不及了，闷闷不乐直至辞世。

祝愿夏老师在那个天地里少操劳并且有好心情！

2019 年 8 月 11 日重写于加拿大密西沙加

中学时代杂忆

我两年半在大丰县中学读初中又三年在东台县中学读高中的回忆，基本上都写进关于初中两位班主任及一位恩师和高中班主任及两位恩师的散文里了；然而还有很多难忘的零碎记忆，不想割舍，且为"杂忆"吧！

关于同学施宗标，记得一起办手写小报时，他用的笔名叫"飞飞"，我用的笔名叫"白迅"。当时语文分设为"文学"和"汉语"，文学课本上有一幅插图，是鲁迅与瞿秋白在一起；我就来了个"白迅"，真是少年轻狂，不知天高地厚啊！施宗标是农民家庭，常同我谈农业合作化后农社干部的作风问题，他还写文章诉说过被农社会计冷落的遭遇。

除了施宗标，友情甚浓的，就是丁师庠丁师序兄弟俩了。他俩性情不一样，师庠豪爽，师序谨慎。他们弟兄俩似乎不很亲密，但又分别同我好，很有意思。记得初中一二年级那时，还有少先队活动；奇怪的是，师庠却一直不是少先队员，他常同我谈心中郁结。记得他们家在县城大桥东头北侧河岸边的一座二层楼上，我去玩过，他们的父亲寡言，母亲很可亲近。

有两位女同学的事倒是可以一提：一位杨姓女生，似乎早恋，我们写诗讽刺她；但她很大度，毫不在意，对我们依然友善。那时食堂是包伙制，菜是按组端来一盆再分给各人，这位杨姓学姐当值日生时，总是故意给她自己分得很少。另一位李姓女生，座位在我身后，我总认为我上自习看课外书挨老师批评，是因为她打了小报告。一次，她不小心将鼻涕擤到我的新棉鞋上，她慌神了，要俯下身子给我擦；我说"不用了"，自己去小河边洗了。从此，这位李姓学姐对我特别友善，还在毕业前送了我一张她同一位石姓小女生的合影。

高中三年，我长个儿特别快，从班级最矮的男生之一，到了班级最高的男生之一。身材修长的我，背着行李走出校园时，已经懂得漫漫前路还有新的阳光和风雨，新的关爱和歧视，新的欢乐和忧伤……那年，我十七周岁。

2019 年 8 月 23 日重写于加拿大密西沙加

负笈金陵（十二篇）

中大楼走廊的文学小报

我所读的大学的前身是用庚子赔款办的著名的金陵女子大学，校园的建筑为大屋顶，高飞檐，雕梁画栋，曲径回廊。后来再建的教学楼依然采用这种风格。中文系所在的中大楼即是这样矗立在校园的后山上，正压着中轴线。

中大楼楼下的中心走廊实际上是一个大厅，墙壁上贴着学生自办的各种文学小报。大致有十多种，一般每个班级一种，每种有两到四个版面，每版是用一张大白纸。正文一般用黑色墨水书写，非常工整漂亮。文题插图报头就是彩笔写绘的了。有些报头是学校教师中的书法家如沈子善先生或尉天池先生和系里名教授唐圭璋先生孙望先生题签。上面刊登着学生自己写的小说、散文、诗歌等体裁的文学作品和文学欣赏、评论之类的论文。中大楼走廊的琳琅满目的文学小报，恰似文艺百花园，才子才女们在这里展示着他们的优美华章和青春情怀。

我们大一新生入学不久，就被这些文学小报所吸引，兴奋地鉴赏之余，不免跃跃欲试了。有几位同学也张罗着办了一份，很快得到班干部支持。同寝室的才子汪君参与其事，为编辑。他们商议结果，取名《新芽》。于是组织第一期稿件了，汪君找我，一片盛情："你来一篇。"我那时正喜欢杨朔的散文，认真写了一篇散文《鹤瑢行》交给了他。鹤瑢是家乡东台西南的一座大村庄，是一个人民公社所在地，从我家南边的泰东河乘摆渡过河后，大约步行不到二十里即是。这个村庄因传说是仙鹤落下而形成的，其周边河道也恰似将村庄画成一只仙鹤。我把所见村庄女性写成仙女，把村庄蒸蒸日上之姿态写成腾飞之仙鹤，结尾点题，恍然大悟状：仙境在人间呐！完全是杨朔式的一套。汪君读后喊好，将之发表了。过后，编第二期了，汪君又找我。我当时还迷恋柯蓝的散文诗，于是又写了散文诗习作《航船》《石阶》给他，也发表了。汪君是才华洋溢且有编辑才能的，学习成绩很好，聪明且沉潜，平常表情似乎有些自负——应该说那是青年才俊常有的自信，组稿时却总是对我笑容可掬的。一篇"杨朔"两篇"柯蓝"后，我收到在上海某出版社工作的一位同乡文坛前辈的来信，主张我快从"杨朔柯蓝"摆脱出来，多读史诗作品，多读经典。于是我开始通读《马克思恩格斯选集（两卷集）》和《鲁迅全集》了，也就不再在《新芽》发表习作了。汪君后来任职至某市广播电视电影局局长。想起这些，至今还对汪君的友好和看重心怀感激。

中大楼走廊那琳琅满目的小报，我是一直关注的。记得有几个高年级学长的文章，我很欣赏。顾君，瘦高个儿，架一副眼镜，写得一手漂亮的散文诗，小报发表后，又常在《新华日报》的文艺副刊发表了；据说他后来毕业分配进京了。还有一位季君，人长得很敦实，一笔好散文，毕业主动申请去新疆了，很理想主义呢！何君比我们高一级，他是江苏海安人，他告诉我，他家同著名红学家蒋和森先生家隔一条小河；何君常有小说发表，也常见之《新华日报》文艺副刊，记得他有篇小说结尾写姑娘的眼睛之明亮，说如同夏夜跳进池塘里洗澡的星星，我读后觉得比喻真新奇，绝了。何君毕业留校任教，治红学，治文艺学，很有成就，后来成为母校文学院院长、博士生导师。几十年后我因公找他，谈及当年，甚为愉快。这些在小报发表佳作的学长，我都很崇拜，也激励着自己努力学习。还记得同年级一班的王君，也在他们班小报上登过一篇记人散文《我们的师表》，写钱震夏教授为师之道，故事感人之深，尊师之情溢于言表。王君做学生时就在学报发表论文了，评论金敬迈的《欧阳海之歌》。他后来任职至国家教育部副部长。

某日，中大楼走廊人头攒动，众皆围看一小报上发表的一首失恋诗，题目是：《熟悉的陌生》，诗句如下：

> 我们曾经热烈地相爱，
> 却终于烟消云散；
> 但我并不责怪你，
> 因为我知道：
> 爱情并不是自然数，

可以 1+1=2。

每当我们在路上相遇，

你都是静静地把头低下；

在这熟悉的陌生中，

我感到疏远的可怕；

你给我一个友谊的微笑，

并不是一朵爱情的鲜花。

几天后，众小报不约而同出现批评文章，说"寻觅纯真友情"是一朵"香花"者有之，说"情调不健康"是一株"毒草"者有之，一首短诗，引起轰动效应了。双方争得不可开交。最后，请来系党总支副书记、文艺学讲师盛思明老师发表意见，于是某小报登出对盛老师访问记。盛认为，诗不是"香花"，情调不高；也不是"毒草"，并非反党反社会主义；青年应有投入火热社会生活之激情，不宜沉湎于这种"小小悲欢"之中。盛老师观点中肯，实事求是，大家佩服。一锤定音，争论终结了。盛思明老师在新时期被重用，官至江苏省社会科学院院长。

当年中大楼走廊的那些文学小报，现在看来，虽然是稚嫩的。但是，那时确实寄托了我的一份情感，见证了我的一段成长，承载了我的一种向往啊！

2016年2月14日于加拿大密西沙加

功正兄，他总是呼啸着前进

吴功正，鼎鼎大名，堪称大家。他是著名学者、美学史研究专家、明清小说研究专家、文学评论家、散文作家、编辑家。上大学时，我俩过从甚密，此后又联系频频，只是后来交往少了些，但也常常互致问候。

吴功正，原名吴公正，同学们喜爱称之为"吴公"。他告诉我，改为吴功正，是当年发表他的文章的一位编辑的意思。那年头，"公正"是认为缺少阶级斗争观念的词汇，革命群众岂可同阶级敌人讲"公正"？无产阶级岂可同资产阶级讲"公正"？真是荒唐年代的荒唐逻辑啊！现今，"公正"大概属于"核心价值观"了吧！此一时，彼一时也。

我认识功正兄，是大二开学不久，在系学生会召开的一次会议上。那是一个晚上，在中大楼的一个小教室里，灯光明亮。会前，学生会学习宣传部长李君领来一位个子不高、面带笑容、热情爽朗的同龄人,告诉我,他是新任副部长,大一新生,让我们多多联系。从此,我和功正兄就成了朋友。并且知道了他是如皋丁埝镇人,如皋师范学校毕业后留附小任教,后来又考上大学的。

我们在一起,主要是谈学习。功正兄同我当时都有点儿"雄心壮志",相约合写一本书。因为我们都曾迷恋过杨朔的散文,于是他提议合写一本关于杨朔散文的书。然而,这时我已经开始告别杨朔柯蓝走向鲁迅《朝花夕拾》《野草》了,这样我们又改为写一本关于《朝花夕拾》的书。然而,各写了一丁点儿,写不下去了,也就放弃了。对我而言,虽说"初生牛犊不怕虎",但确实也有些"不知天高地厚"。

我把一位在沪上工作的家乡学界前辈写给我的信给功正兄看,信的主旨是建议我多读经典。功正兄如获至宝,领会得比我快比我深,而且格局比我大。当我开始读《马克思恩格斯选集(两卷集)》时,功正兄已经啃《资本论》了。几十年后,我想,功正兄学术成就远超我好几档,大概在这时是个拉开差距的起点。真的是"心有多大,舞台就有多大"。

功正兄做学生时已显示出了出色的才华。他的文章,大气磅礴,有压倒一切的气势,痛快淋漓,是一种壮阔的美。他那时还写得一手漂亮的散曲,赵朴初式的,神采飞扬,嘻笑怒骂,揶揄讽刺,庄谐杂陈,读到有趣处,令人喷饭。

功正兄同我,相当长的一段时间一起上自习,常互相帮助占座。有时一同自习后,累了,校园走走;饿了,一起上街吃碗面条。有时晚饭后,一同在北京西路上散步。春夏之交,北京西路路边桃花盛开,如火如荼,功正兄有时诗兴大发,感慨万端。多年后,他曾致信我云:"当年那北京西路上的桃花,激发了我俩多少美丽的遐想啊!"

功正兄性格热烈,憎爱分明。他嗓门大,我的寝室在四楼,他在三楼,有时听他大声吼叫,以为他与人吵架,匆忙下楼看望,原来只是高谈阔论。他从不主动犯人,一旦有人惹上他,他毫不隐忍。

功正兄的个性也给我惹过一次麻烦。我下乡之前,为向之道别,请其去学校大门对面小吃店吃面条。这时我班某君亦进小吃店,拟敲我"竹杠",要我也请他。我正准备再掏钱,功正兄忙压下我的手:"别理他!"吃完面条,返回校园的路上,功正兄忽然感慨,引用古诗叹曰:"西出阳关无故人。"

我毕业分配至牡丹江林区,功正兄要为我饯行,然囊中羞涩,居然将新买的一双凉鞋转卖他人。此后我在北方，他回家乡。我们密切通信，交流信息，互相鼓励。他妻子在兴化乡下劳动锻炼，他去接送，每次往返，必经东台，皆来看望我父母。我返乡探亲，亦去丁埝探望。聊天下事、学术事、个人事，在那寒流滚滚的年代，我们互相之间传递了多少温暖和力量！

功正兄学术起步早且面宽，评样板戏，评姚雪垠的《李自成》，研究鲁迅郭沫若又明清小说，再文学鉴赏，再小说美学，又美学史，著作等身矣！功正兄先调至扬州师范学院南通分院——后来的南通大学——任教，后进江苏社会科学院直至任《江海学刊》主编，且兼南京师范大学博士生导师。我一硕士九涛君读南京大学博士，学位答辩时，功正兄为委员之一。据九涛云，功正兄赞许有加、给予鼓励。九涛又云："夸得我都不好意思了。"吾笑之："他就是一个爱渲染且极富感召力的人。"

功正兄每有新著，皆签名赠我。有散文集《走进台湾》，其中一篇写阿里山的，收入中学语文教材，功正兄特别得意。

我同功正兄的上一次见面是十多年前，在南京师范大学100号大楼召开的吴奔星先生逝世周年追思会上。二十年未见，他很激动，张臂拥抱我。畅聊半小时，问我："还喝酒吃肉不？"吾答："酒戒了，瘦肉尚吃一点儿。"他云："我不管，酒照样喝，肥肉照吃。"谈及时下"尊孔"思潮，功正兄笑曰："鲁迅先生说他青年时代是因为绝望于'孔子之徒'才去日本留学的。"问我："你每次来南京为什么不找我？"吾戏言搪塞，答："这辈子学术成就无法与你比了，不好意思。"功正兄用手指点我："吉鹏兄，你呀！你。"

2016年3月10日于加拿大密西沙加

钧兄：风雨相知半世纪

钧兄，两个姓名：幼随父姓，名陈钧；后随姑父姓，名赵师臣；再又改回。此中个人酸甜苦辣，谁能解之？钧兄大丰人，父亲乡村医生，杏林高手，饮誉乡梓。钧兄初中毕业后失学，但自学高中课程，以同等学力考取大学。多么有志气、毅力和才情！

钧兄上大学与我同系，低我一级。因知其是东台同乡，故去见之。钧兄中等身材，颇瘦削，眉目清爽，脸色白净，书生形象，常端坐寝室窗下伏案读书。

我与钧兄很快成了朋友，在校交往频繁，假期在东台，我只要进城，必去其姑父母家看他，他亦常来西溪看我。那年头物资贫乏，食品短缺，但互相随茶便饭待之，若家人也。我的父母待他，他的姑父母待我，若自家儿女也。我们几乎无话不谈。我们谈及社会和人生理想，皆渴望民富国强民主自由平等清明之盛世，说些愚不可及之疯话，如在家乡办一所大学之类。钧兄问："此事办成，我可干啥？"我念其文质彬彬，爱钻书堆，便云："图书馆馆长。"钧兄怏怏不乐，似觉我轻之。我忙解释："那可是李大钊在北大的活计！"钧兄释然。

钧兄上政治经济学课，乃大教室，同外语系某年级同堂。阶梯教室乃一人一扶手椅，扶手于右侧带一板，可置书记笔记。课间，钧兄左侧一外语系女生谢君，书本掉落于钧兄座前，钧兄捡起予之。谢君报以一笑，轻声柔和："谢谢！"钧兄见谢君圆脸，端庄清秀，一见倾心，坠入单相思。钧兄竟然打听得谢君乃外语系某班支部书记，已有男友，体育系学生。钧兄告诉我这些后，问我咋办，我劝之："算了。"

哪知钧兄痴心不改，继续关注谢君。不一日，钧兄又告诉我，谢君出事了。原来，谢君读了许多英文原版人文主义文学名著，大受人性论人道主义思潮影响，因而对政治运动产生疑惑。她将心中苦闷写信告诉在驻外使馆工作的姐姐。姐姐觉其思想落后，问题严重，又致信学校党委，并将其去信附上。于是，谢君团支部书记职务被免，并被批评。

1973年秋，家母去世，我赶回家，已是新坟一座。听妹妹说，家母临终，钧兄赶来探望，带八珍糕几包，家母感动之，欣慰之。及至1977年1月，我返乡探亲，与钧兄深谈，皆觉一个新的大时代来临，吾辈当张臂迎之。

钧兄后来至东台县教研室工作，常去县域各地听课。当小学教师的妹妹说，同去听课者对教者均说好话，唯钧兄纠正教者语文基本功之错误。妹妹说，他怎么这么迂。我说，钧兄是个认真的人。

我在盐城工作时，一日，校党委书记喊住我，说出钧兄姓名，问我是否认识。原来省教育厅某处长推荐钧兄来大学任教。该处长当年编《江苏教育革命》时，我去那里干过，并领钧兄同去。此后，钧兄与之一直保持来往。我闻之，取出钧兄发表于《文艺论丛》的论文，竭力参与推荐促成。待钧兄调动成功，我已来大连了。

钧兄后又去陕西师范大学为访问学者，师从唐诗研究大师霍松林教授，从此学问猛进，论文多多，又著作若干，终至教授席位。钧兄常写诗文寄我，风格或冷嘲热讽，或低吟长叹，颇随心。有一首写于退休前最后一课回家路上，感慨人生，读后，我潸然泪下。钧兄爱才，极力推荐多位优秀学生报考我任职的学校的研究生，期望英才之心殷殷切切。

几年前，见钧兄在某刊大作，从大量古迹中考证疏理宋代吕夷简、晏殊、范仲淹三宰相在东台西溪镇为官之轨迹。我赞曰："此乃真学问也。"

记得大约二十多年前，钧兄曾告诉我，他曾在某地教师大院见到过谢君，时夏日，谢君背心短裤，跨坐一大洗衣盆前，在洗衣板上搓洗衣服，当年的青春神采已荡然无存。我引用一哲人之语："人过中年，千万别去见你青年时喜爱的女性，她将使你失望，会破坏你心中的美好回忆。"又补充说："何况你的回忆并不美好，你当时心中的她并不是真正的她，而是你诗化了的她啊！"钧兄无语，脸红，愧煞。

2016年3月8日于加拿大密斯沙加

永儒兄，多保重

我在异国的隆冬时节得知永儒兄离世，这些天来，一直沉浸在对这位学兄的回忆里。

永儒姓夏，大丰人，中学毕业后去部队当了三年兵，服役期满后考取了大学。我们同班。班上这位唯一当过兵的同学很快被大家选为了班长。他很精干，办事很有热情，精力总是旺盛饱满。后来又去学生会当了体育部长，成天乐呵呵的，充满活力。

直到八十年代初，我研究生毕业回到家乡的盐城师范专科学校任教，某日下课后，两位女生走过来，递上一封信，是永儒兄写来的。信颇热情，叙述阔别十五年左右的情况，表示为我研究生毕业到大学任教之贺意，托我多多关照他在中学教过的几位现在是我任教课程的学生。原来永儒兄先在家乡大丰的中学任教，后来又调至大丰县委党校任教。他的这种对学生的情义，使我很感动。后来我又听说，他中年丧妻又丧子，更添几分同情。于是，我回了一封信给他："喜得大札，往事历历，旧情依依……"

他所说的那几个学生，确实很出色，后来毕业后皆留盐城市区工作了。其中有一位分配到盐城师范学校，我在大连时还来过几封信。

1985年初夏，我调离盐城去大连，在盐城市区工作的几位大学同班同学，为我饯行。永儒兄闻讯，特意从大丰赶来，这是使我很感动的。许多年未见，大家都是中年人了，话语多有沧桑。

我到大连后的几十年间，永儒兄一直同我有联系。一段时期，总有一些老同学老学生为评职称，托我介绍发表论文。我总是有求必应，尽力疏通关系。永儒兄的论文是高水平的，为之帮忙，似不太为难。永儒兄以党校副教授之位退休后，还寄给我两篇文章，一篇是批评国家教育部有关部门让语文教学中的"的、地、得"不分的，一篇是考订明初朱棣篡权后明太子下落的。这时，我正在编教育硕士的论文集，就顺便放进去了。

后来，永儒兄常有材料寄我，如他写的大学生活回忆录，最后写了几位包括我在内的出身不好的同学的名字，称赞我们品学之后，表示对当年对我们的伤害致歉。还有他写的思念我的诗。我读后，唏嘘不已。六十多岁了，如此对人生负责，难得！

八年前一个秋天，我带大外孙回乡。永儒兄闻之，诚挚邀请，正好大外孙想看麋鹿，大丰有国家级自然保护区，我们就去了。他盛情接待。前几年闻讯他患癌症，我返乡后又特意去看望他。

永儒兄命运曲折，但一直精力充沛，充满活力。他的学问有点杂，但是认真求实。他的诗虽然较为直抒胸臆，但真诚，是心血流淌，且古诗文功底较深。他为人处世缺少含蓄，但豪爽实在。他虽有些急躁，但对上对下对同学学生尤对青年，是负责尽心的。永儒兄是一个真实的人。我喜欢他。

永儒兄：山高水远，一路走好，多保重。

2016年2月3日于加拿大密西沙加

迎吉鹏学兄荣归故里（二首）

1. 同学师院想明天，宏论捭阖曾预言。白首家乡多感慨，童年稚语似当年。

2. 吉鹏博导孚人望，书卷三千过纪郎。我爱同学如鲁迅，来年再聚拜麋乡。

说明和注释：2007年秋，吉鹏携外孙海轩及妹妹和外甥孙应其邀去大丰国家级自然保护区麋鹿保护基地麋鹿观赏及参观大丰港，夏公作此诗。2017年夏，吉鹏去大丰看望夏公未亡人萧女士，嫂夫人题赠夏公遗著《回首当年——牧放古体诗集》于余："王吉鹏先生惠存，肖之云代夏向东赠"。此书为萧女士在夏公身后自费印刷出版。书之第十部分为"耀眼白发说往事—七一首"，首篇即为此诗，诗见该书第233页。如此厚爱，余甚为感动。诗对吉鹏多有溢美，令吉鹏不堪重负尔。夏公身前与吉鹏观点常相左多争论，但并不妨碍同窗情谊。谨此说明并注释，留存此诗，以为纪念。

2018年7月4日于加拿大密西沙加

继如兄，我想念你！

写完散文《永儒兄，多保重！》之后的这些天，正好是春节，我又陷入了对许多故人的思念中，尤其是大学同学，而想得最多的，是继如兄。

继如，姓王，大学同班。他高个儿，黑瘦，头不大且有点儿扁，目光有神但忧郁，面相温和且厚道。他是南京人，却从小在广州长大，说话一口粤腔。他聪明且刻苦，博学多思。他学习特别好，各科成绩基本都是优秀，记得他外语是俄语，听那些同他一起上俄语课的同学说，他俄语也是优秀。

20世纪60年代初，"三年自然灾害"刚过，大学的政治空气还是比较宽松的。记得继如兄家庭政治条件似乎也不好，但我们并没有觉得有太多压力，并且可能是学习较好，表现也不错，还是比较受重视的。我同继如兄最初的交集，是两个人都被推举为学习委员候选人，通过差额选举确定一人当选，结果他多我一票，当选了，我被推举进系学生会学习宣传部当干事兼系板报总编辑。系学习宣传部有时召开各班学习委员开会，我们来自一个班，总是主动坐在一起，这样也就有了友情。我们在一起谈学习，谈时事，很谈得来，于是也就成了朋友。班里进行美学讨论，有支持主张"美是主观的"朱光潜的，有支持主张"美是客观的"蔡仪的，有支持主张"美是客观社会性的"李泽厚的，我和继如兄观点一致——其实也只是贩卖美学家的学说而已——认为"美是客观社会性的"。

我同继如兄深层的心心相印，却是缘于一次《古代文选》课上同一位青年教师的冲突。这位先生讲辛弃疾的词《摸鱼儿》，讲"惜春常怕花开早，更何况落红无数"等句子时，讲了"春"之若干种象征意义诸如"青春""美人""社会理想"等之后，让大家展开课堂讨论，或补充之或深入之，也许是因为先生已几乎穷尽春的象征意义吧，一时无人举手发言。这时，我举手了，站起来发言，我说："词中之'春'就是'春'，春之时节春之风光也，在词人情感深处可能有许多复杂内容，使词人写'春'时词句受其左右，但词人是写词，不是写寓言写杂文，至于象征意义是读者结合自己思想情感的理解，过多地穿凿附会，寻求微言大义，不妥。"我的发言显然大煞风景了，先生脸色似不太好了，但多少还有雅量，让继续讨论。这时，继如兄站起来发言，支持我的意见，并展开论证。先生很不高兴，大大地驳斥了我俩。先生讲话间，不知道怎么又扯到毛主席著作，说主席著作是文学作品，这显然是先生错了。我不服，起身说主席著作中诗词是文学作品，其他不是。继如兄又站起来支持我，说诗词是形象思维，政论是逻辑思维。先生脸上挂不住了，多少有些强词夺理——他毕竟也是年少气盛——把我俩多少有些上纲上线的批评了一通。下课后，先生气冲冲地走了，教室里议论纷纷，有安慰同情我俩的，有认为我们说得对而先生太过分的，有认为先生说得对而我俩太过分的，当然也少不了认为我俩骄傲狂妄的，更有对我们的受辱幸灾乐祸的。我和继如兄都感委屈，远远对视了一下，眼眶都有些湿润。五十多年后的今天，反思这件事，甚觉我们当时是多么少不更事，我们对先生也有伤害呢！

　　班上女生杨君，无锡梅园人，高挑个儿，圆脸，大眼，乌发，美女也，且学业优秀，才女也，颇清高不俗，非凡女子也。此女追求者众，献殷勤者，皆折戟沉沙；单相思者，畏惧不前。继如兄心向往之，写得一本本普希金式爱情诗。几经周折，继如兄之坚忍真诚和才华终赢得杨君芳心。杨君确为奇女子，及至毕业分配，毅然随同继如君，双双远去湛江农垦局某学校工作。难得人间真爱啊！

　　此后的岁月里，我同继如兄常有联系。我在牡丹江林区，与之南北各一方，通信几封，互相勉励勿失生活学习之信心。及至他考取母校古代汉语研究生，师从徐复教授，我在呼和浩特读研，又鸿雁传书，他曾在信中感叹："有人唾手可得之东西，我们要花几百倍之努力。"又曾推荐我读於梨华小说《又见棕榈，又见棕榈》。至我访学南京谋职江苏，两次皆住他寝室。他们夫妻在南京工作，我两次去看望。他四十多岁又读华中师范大学博士生，师从张舜徽教授，我趁武汉开会，冒雨看望，带一瓶白酒一只烧鸡，相聚甚欢。其时他正撰写博士论文，毛笔字竖写，我记忆犹新。此后他去苏州大学任教，及至国家教育部编纂《全国社会科学中青年教授介绍》，我俩皆忝列其中，且置于一起，幸甚矣！

　　几年前的一天，看电视新闻，《辞海》新版，领导人接见合影，继如兄前排就坐，后知其为《辞海语词分册》主编，此乃六十年前他的导师徐复先生之位也。我为他之学术地位高兴不已。某日，在工作室接继如兄电话，聊天足有一小时余。他依然忧国忧民，关心文化建设，痴心不改尔。夫人杨君插话，还是那么清高不俗，言辞犀利尔。我对继如兄戏言："见到连云港召开的校友会照片，尊夫人一头乌发依旧，你俩一起，若父女也。"继如兄笑答："哈哈！吉鹏兄上当了，她是一头假发矣。"

王虎君，家乡东台走出来的青年才俊，博士师从继如兄。吾常谓之："若干年后《辞海》再修订，君为《辞海语词分册》主编，方不负继如师尔。"王虎君笑答："努力争取。"

继如兄，我思念你！

2016年2月13日于加拿大密西沙加

学长老魏

老魏，名魏宗荣，大家喊他老魏，一是因为他长大家几岁，大家皆视他为长兄；二是因为他是班上唯一的中共党员，又是调干生，任班级共青团支部书记，大家都很尊重他。

老魏个头儿不高，但人很精干，虽老成持重却活力四射。他是赣榆县金山乡魏家庄人，农家子弟。中等师范学校毕业之后分配到当时的南京农学院镇江农业机械化分院——这个学校后来独立出来改名为镇江农业机械化学院，又改名为江苏工学院，再改名江苏大学——人事处当干部。工作几年后，深感知识、文化之价值，坚持报考大学，于是，他也就成了我们的同学。

老魏与我同小组同寝室又是上下铺。他问我："你想睡上铺还是下铺？"我说："我怕掉下来，睡下铺吧！"他说："行，小伙子个子老高，还这么胆小着呢！"第二学期一开学，我说："我想睡上铺。"他说："行，小伙子胆子长大了。"有时候，寝室里有谁做了不太好的事，他会半批评半开玩笑地："这小伙，人长得挺俊，事做得不漂亮。"于是，我们会羞愧得脸红红的。

老魏那时妻子在乡下老家，且已有一女儿。他非常珍惜上大学学习的机会，读书听课作业都非常认真，真正是刻苦攻读。清晨，天刚蒙蒙亮，他就在操场背古文了。只要没有课，哪怕节假日，也都是端坐中大楼大自习室学习。他常说的一句话是:"为人民服务,得有为人民服务的真本领。这么好的学习条件,不好好学习,你对得起谁呀?"他说"谁"字,那个发音很特殊,发成"善"了。"你对得起谁呀!"成了他的口头禅,我们有时也学他的话,学他的口气。

因为重视业务,老魏也重视系里对任课教师的安排。那时大学里毕业留校的青年助教,总的来说还是又红又专的,但也有只是"政治正确"而学识一般的。为了有更多更好的资深教授教我们班的课,老魏带头找系里交涉,意见得到采纳。于是,大二开始,一批很棒的老师任教我们班了。任古代文学的先后是杨白桦、常国武、孙望、段熙仲等先生,任现代文学的是沈蔚德先生,任古代汉语的是葛毅卿先生,任政论文选的是钱震夏先生,任外国文学的是许汝址先生,朱彤先生也教过我们……在老魏的带动下,同年级三个班,我们班学习风气最浓。我们班同学考取研究生的多,当大学教授的多,成为博士生导师的多,不能不说这同老魏倡导的班风有关。

六十年代初,班上家庭出身和社会关系不好的同学并无太大压力。女同学钟君,南京人,民族资产阶级家庭出身,后来担任团支部副书记。毛君,富农家庭出身,后来当班长,因为班长又称班主席,我们有时戏称其"毛主席"。王君,虽政治条件不好,但也担任学习委员。老魏确实是看重大家表现的。

老魏对我很器重。记得入学不久,每周有一个下午政治学习,小组讨论时学校派出政治系老师来我们组旁听调研。一次散会后,该老师同老魏单独交流,这位老师夸奖了我,还详细了解了我的情况。老魏后来也告诉了我,鼓励我。不久,学校先后召开学代会团代会。上级明确要求代表中要有家庭出身不好的同学,我被老魏安排在内并被选上。至今我还将开会的两个别在胸前的红布条代表证保存着,同大学时的成绩单放在一起。此后,我被选送系学生会以及在班上工作,还有作为"大笔杆"介绍校团委帮助其他系写材料,似乎都同老魏有关。

相当长一段时间,至少有好几个学期,老魏、我和徐斌三个人常常在一起上自习。我们三人有时互相帮助占座,有时互相切磋交流,特别是下晚自习了,我们走得最晚,当三个人并肩踩在洒满月色的校园小路上且静得只听到我仨的脚步声时,是多么温馨啊!

毕业分配各奔东西南北的十多年后,我在呼和浩特读研,老魏在家乡连云港市任统战部副部长兼对台办主任。我和老魏才通信联系了,他还是那么好学,怀念一同学习的岁月,羡慕我们读研深造,勉励我们成为专家学者。他还向我打听毕业分配后去四川军工的徐斌,说毕业后再未联系,还戏骂一句:"这个大麻子!"——徐兄脸上确有几个天花点儿。

1984年夏,江苏鲁迅研究会在连云港开会,我特意去连云港市委看望老魏,未遇。次日,他闻讯,即来会址找我,拉我到家坐坐。这次相谈甚欢甚深也甚多。学术会议结束离开连云港,老魏大清早又赶来汽车站送我上车。

又十多年后,班级校友南京聚会。我人未去,会间致电问候诸老同学,老魏闻之,在那边抢过电话,又是一番温暖话语,讲班上出了几位教授、研究生导师,他甚欣慰。

这二十几年来,每当我坐长途汽车往返于大连与东台之间的高速公路上,车行连云港市北郊,总见一路牌:金山。这时我总想起这块土地养育了我一位学长兄长,一位优秀的农家子弟,一位可敬可爱的中国共产党员。我在思念中问候:你好,老魏!

当年上自习"三人行"中的另一人徐斌,是当年我们班上唯一在校被发展为中国共产党员的同学。毕业分配去四川,任军职至副军级,军队某研究所政委,少将军衔。退休后居四川某市。前几年的一个夏天,来大连某部队疗养院疗养。我带了些东北土特产去看望他,他早已在楼下等候,居然一下认出对方。叙谈往事故人别后几十年经历交流对天下事人情事子女事各种看法,很诚恳真挚也。他一再致歉,碍于纪律,不能随便走出疗养院,故不能去学校看我,也不能远送我。他夫人也来了,是他从家乡如东带去的小学教师,面相慈善。她姓田,我告诉她我亡母也姓田,并对之开一玩笑:"这么说,你该喊我表兄了。"说完,三人皆大笑。

2016年2月21日于加拿大密西沙加

我的女同学印象记忆

我上大学的班上女生不多,四十余人中仅有八九个女生而已,印象中的她们都很好,无论为人和治学。

学姐们有五位后来嫁给了班上的学兄:杨女士、钟女士、贾女士、缪女士、王女士,毕业分配时这几位中有三位分别随男友去了广东湛江农垦、四川、广西等地区,另两位也是从江南城市随男友去了苏北农村,可见爱情的力量。

到大学任教的学姐有好几个,学校如南京晓庄学院、苏州大学、淮海工学院、南通大学、广西师范大学等,在中学工作的也非常出色。

我与学姐们联系甚少,但关于她们,有一件趣事一直记得:爱美之心,人皆有之,女子尤甚,天性使然,何况女生!入学不久,她们都想有一条毛料西裤。但是众女生囊中羞涩,于是来了个"聚会",每人每月拿出一点儿钱,集中于一人购买,抽签排序,若干月后,大家都可穿上。此事后来败露,被批评为追求资产阶级生活情调,从而传为笑谈。

因为坚持在中大楼上自习,所以我结识了几位酷爱学习的本系高年级学姐。那个大自习室放置几十张大长桌子,每桌可供十余人围坐学习。有几位学姐常常与我同桌,于是经常互相照看座位。印象深的确有几位。某女士,高我两个年级,记不清她的姓名了,只记得她中等身材,扎两条长辫,鹅蛋脸,面色红润。她那时正报考杭州大学——后并入浙江大学——词学大师夏承焘先生的研究生!那时研究生可是千里挑一万里挑一,南京师范大学仅生物系教授、著名苔藓学家、全国人大代表陈邦杰教授一人招生,且每年仅招一人。吾问学姐:"何不报考本校唐圭璋先生?"答曰:"唐老师不招,他身体不好,未申请招生。"后来待其考完,她又耐心向我讲述考试情况,考试在南京大学设考场,考题非如平常期末考试,而是一两道大题写论文,考卷装在每位考生的信封内,自己拆开,答完封入交上,等等。好新鲜!好羡慕!她看出我的兴趣,热情勉励我:"你毕业时也报考研究生吧!你应该报考现代文学吧?看你成天捧着《鲁迅全集》通读呢!"我答应:"嗯!"但此后再也没有招研究生,直至1978年。我的一个"嗯"拖了十多年。这位很有才情的学姐,当年没有考取,毕业后去了哪里,我也不知道。我考取研究生后,多想联系上她,告慰她,感谢她!

还有一位一个桌子上过自习的学姐似乎姓胡,姑且称为胡女士吧。她高我一级,眼镜后边的那双眼睛特别亮。胡女士功课很好,对语言文字也特别敏锐。记得系里进行纠正错别字、不规范简化字、病句的"专项行动"——这个说法是我现在借用的当今词语,她好像是"专项小组"成员,拿一支笔一个本,到处找走廊张贴的文学小报、各级板报上的文字错误,然后张榜公布错误及出处,错在哪里,如何才正确。她毫不留情地对我参与主编的系板报下手了,我们好害怕!后来又张榜了,我们又好丢人。

胡女士有位常常在一起的女同学是马来西亚归国华侨,也是一同上自习熟识的，姓名记不得了，这位归侨学姐形象很好：短发，苗条、白净，文静。一次系里组织开会，听几个学生讲思想政治进步的体会，她父亲是马来西亚资本家，她讲她为什么归国求学，为什么追求进步，讲对新中国的认识过程，讲为什么放弃优渥生活回到祖国学习以后建设祖国。她的讲演从容不迫条理清楚，娓娓道来，若潺潺溪水。且无标语口号，不故作激烈，真实感人。

下乡后，我主持办了一所农业中学，胡女士和这位归侨学姐在邻近农村。一日上午，她俩来了，我感到很突然。她俩说："听说你在这里办了个农业中学，我们俩正好路过这里，特意到这里，歇歇脚，看看学校也看看你！"我马上热情接待，而且有点儿紧张。乡下的孩子们很有意思，一个个神秘兮兮地笑着。后来，这两位学姐似乎都留在南京工作了。

金君高我一级，著名才女也，架一副深色镜框眼镜，短发，似乎先是因系学生会工作后又常同桌自习而认识了。她是学习尖子且一笔好文章，我对她深有敬意。她似乎受某些"政治正确"的人所排斥，这是我从她说话中感到的。据传，她毕业分配去了徐州——那时被看成江苏"大西北"的。临别，同学送至火车，她在车快开动时向阳台上众男女撂下一句："十年后再看吧！"这也许有些演义，但十四年后的1979年，全国各地的社会科学院招考研究人员，金女士考进了江苏社会科学院。此后迅速发展，为著名儿童文学研究专家兼茅盾研究专家。奇女子也！

我在系报任总编辑时认识了同年级二班的徐君，这位女士同我皆为总编辑，无正副之分，但我感到她的强势，于是实际工作中自我退让，甘为副手。徐君高个，健壮而并非肥胖，圆脸，端庄妩媚，爱着红色毛衣对襟外套，走在茫茫人流中如一团火。此女苏州一带人氏，操吴地口音，却非吴侬软语，说话硬邦邦的。此女有才，文笔有力度，还爱写散文诗，似刚健清新一流。

毕业后，徐女士由山东济南工作的姐姐介绍，嫁一核医学研究者，调济南《山东医药》杂志社工作，又去山东大学进修英语、山东医科大学进修医学。到底才女，居然迅速掌握英语和医学，成为出色的医药刊物编辑，终成编审职称，总编辑职务。

我在牡丹江林业师范学校任教时，从我的女学生那里知道徐女士的情况。于是，每年互相寄赠贺年卡，不过她还加上若干张画片给我的孩子。大约20世纪末，一日，接她电话，她来大连，率队旅游，住农垦宾馆。于是，我带上土特产，前往看望,她亦带来一条丝巾送我内人。在农垦宾馆会客室看到她,样子未变,两鬓已霜白。聊及当年,酸甜苦辣咸五味杂陈。问及她们班校友聚会,她说从不参加,伤心事太多,我亦深有同感。而今家庭美满幸福事业兴旺有成子女成才有志矣。我说出她家乡为"江南第一镇"——吴县盛泽镇,又说出她散文诗的笔名"捲云",她好感动我这个学弟记性之好。大连一见后,我们互赠诗一首,女士还是那种风格——刚健清新。

十多年前,我去山东师范大学参加学术会议,徐女士来看望,她已发福。

我以上写的这些大学同学中的几位佳丽,早都是奶奶姥姥了。韶华易逝,女人们的容颜总是会变老的,但才情却会永驻。

是为印象记忆。

2016年3月12日于加拿大密西沙加

剪影种种:我敬爱的老师们

负笈金陵四载有余,承师教沐师恩,心中留下敬爱的老师们的种种剪影。半个世纪过去了,老师们各自的形象和风采命运,一直给我温暖令我沉思使我感叹。这是中国现当代部分知识分子的生命旅程之点滴,亦是缩影。略记之,以为怀念。——题记

日月之行,若出其中;星汉灿烂,若出其里。——曹操《观沧海》

一、仲器师:"普希金藏书"

进入大二,我们的班主任老师是周仲器先生。他那时也就是一个不到三十岁的青年,中等身材,面容白净清癯且常带微笑,眼神稍有忧郁。他是南京大学中文系毕业分配过来的,已经任教多年了。

首次班会,周老师亮相,不同凡响。接受了大家的掌声欢迎后,他向大家致以问候,然后转过身去,在黑板上写了几个字:"我们应该怎样学习?"然后开讲,先说大学是培养专家的,我们应该努力按照专家的目标要求自己,规划大学生活,再说如何听课记课堂笔记,如何处理教材与教师授课内容之间的关系,如何处理课程学习和课外阅读的关系,怎样记读书笔记,如何对待作业和考试,怎样使自己达到培养目标规定的"具有初步的科学研究能力",等等。多么新鲜的班

会！没有一句套话空话废话，全是这位南京大学高才生的经验之谈，全是实实在在的干货。诸君：你见过这样的班会吗？收益终身呐！

周老师教我们《现代文选》的诗歌部分，他领着我们赏析诗歌，非常细腻。留给我印象最深的是他讲田间的《假如我们不去打仗》，他把这首短诗讲得透彻之至。后来，他搬家，我们去帮忙。好厉害！尽是书。翻开一本，扉页上盖着印章："普希金藏书"。到底是诗歌研究者，个人藏书如此命名。

多年后，他为解决两地分居，去镇江师专任教，并担任中文系主任兼学报主编，闻讯我读研，写信希望我投稿，并连续发表多篇，促成了我的科研起步。后来他同镇江师专校长钱璱之先生和教务长吴树兴先生——吴师也是我读大学时的老师，调过去的——他们三人联手，力促我去他那里工作。虽未成，但我是感激这份看重的。

仲器师大著《诗歌赏析》出版，寄赠于我。内有鲁迅诗歌，所以我们编著鲁迅研究史系列时，予以绍介，并将仲器师大名列入章节标题，以示敬意。

二、沈蔚德先生：她引导我走进《野草》

我们班的《中国现代文学史》是沈蔚德教授任教的，那时，她大约四十多岁，胖胖的。听说她青年时曾经是曹禺主持的国立戏剧专科学校的教师，我们心中油然升起敬意。

我们上课没有教材，只是发了一本油印本的唐弢先生编的《中国现代文学史纲要》。这样，沈老师的课就有很大的创意空间了。记得第一节课讲绪论，涉及中国现代文学之先导——近代文学，沈老师转身于黑板，沉稳而工整地板书清末龚自珍的《己亥杂诗》："九州生气恃风雷，万马齐喑究可哀。我劝天公重抖擞，不拘一格降人才。"沈老师接着讲这首诗标志着的社会呼唤，中华大地上一个大时代来临了！这是一个多么精彩蓬勃的课程起始啊！

沈老师讲鲁迅，讲到《野草》，她说，很难读懂，改用一个我们没有课的下午时间另讲。我本来喜欢柯蓝《早霞短笛》那样的散文诗的，这一讲，之后，迷恋起了《野草》。它成了我人生的精神支柱，后来的硕士论文，再后来的第一本学术著作，皆研究《野草》。这段往事，我写进了《〈野草〉论稿》的"后记"。

沈老师讲曹禺的《雷雨》，云及周朴园青年时代情事，冒出一句："年轻人难免荒唐。"我们听课时，很觉惊异，但思之，很符合人性。运动一来，有学生贴大字报，说她抹杀阶级性。幸好，这不算大罪，未成大祸大灾。

我读大学时，随科代表汪君去过沈老师家，沈老师糖果招待，当时我们很拘束。此间，沈老师的先生、大名鼎鼎的戏剧理论和现代文学研究大师、南京大学中文系主任陈瘦竹教授来到客厅向我们打招呼，沈老师手一指："他就是陈瘦竹。"其随意，令我们觉得很有意思。

1980年初，我作为研究生访学，拜访了沈蔚德老师，她很欣慰。讲到我要以《野草》研究写硕士论文，并提及当年她讲《野草》之情景，老师笑了，笑得那样慈祥那样从容那样开心。

思念沈蔚德老师，网上搜索之，百余岁了，尚康健。记得沈老师当年患高血压，上课往返家与学校之间皆坐黄包车的。身体不是太好，尚高寿，好福气！沈老师，祝福你！

三、杨白桦先生："项羽，为什么要自杀呢？"

杨白桦教授是当时担任南京大学副校长的著名学者胡小石先生之子。白桦师是中共党员，据说不到三十岁就当上了教授，学问了得，架一副金丝眼镜，着装规整，风度翩翩，学校有外宾光临，常见其以"红色教授"身份陪同参观校园。我们好生崇拜。

杨白桦老师教我们班的《中国古代文学史》，讲课不落俗套，不囿于教材。伊始，在黑板上挂起一张张拓片，讲起了远古神话传说，令我们大开眼界。

杨老师讲课虽不循规蹈矩，却又严谨严密。他在课上极少流露个人情感，但有两次却是例外，我和同学邵君，当时很觉奇怪。一次是提到东北师范大学杨公骥教授著作《中国文学（一）》，甚为赞扬，欣赏之情溢于言表。并叹息曰：可惜，只出一册，至两汉，为什么不接着写下去呢！另一次，讲到项羽之英雄末路，提到后人诗句："生当作人杰，死亦为鬼雄。至今思项羽，不肯过江东。""江东子弟多豪杰，卷土重来未可知。"杨老师感叹："项羽，为什么要自杀呢？"且重复之。

一次，杨老师上课，坐前排某君双腿高抬，膝盖顶着课桌边沿。杨老师见之，气愤异常，停下讲述，训斥之良久。我很理解杨老师，如此受尊重有尊严的学者，能容忍这等学生之如此轻慢无礼？任何人任何劳动者也有尊严啊！何况是神圣之课堂！

近日同老同学、苏州大学教授、博士生导师王继如先生网上交流，他说："沈蔚德教授讲现代文学，那真正好呀！我对杨白桦先生是很尊敬的，我迄今仍认为他是我遇到的最有学问的教授之一。母校，有中央大学的血脉在，自然高人济济。我们在南师读书时，是真接触到名师的，只是当时能珍惜者不多。"

四、志刚师：你走得太早了！

大一的写作课是中年讲师陈志刚先生任教的。陈老师脸色红黑，浓浓的络腮胡，眼神聪慧。他是老无锡国专毕业的，学问扎实。但是，他一口很重的吴语方言，来自淮北鲁语方言区和来自江淮及江南常州镇江南京一带的同学，一开始听不懂他的话，听课很费劲。后来听习惯了，也就迅速为他的学识所折服了。

陈老师很重视作文的真情实感，不喜欢八股气。记得写《我的老师》，大多数人还是写一位老师几件优秀事迹而体现几种优秀品格，唯有蔡君写自己作为一个聪明调皮的孩子同一位年轻女教师的冲突，轻松活泼的叙述表现老师的可亲可爱，让人读后忍俊不禁。陈老师对之很欣赏，印出来发给大家，予以评点。他的评点，精彩极了。陈老师对我的作文也很欣赏，记得写《我的家乡》，我从家乡的董永七仙女传说，写到唐塔宋寺，以及宋代三宰相在此为官之事迹，等等，他很感兴趣。但是，我把"西溪镇"的"镇"自创简化为"钲"，被他批评了。

为了学写参观记这一文体，陈志刚老师带我们去了中山陵门前的南京博物院。他告诉我们："中国只有两个博物院：北京的故宫博物院和南京博物院，其余皆称博物馆。"为了写好说明文，他又带我们去了位于太平天国东王府的太平天国纪念馆，要来一叠说明书，让我们写出篇幅长且有特色的介绍文章来。这是一位多么敬业的老师。

陈老师后来同我还有几次交集。一次是学校组织几位中文系教师和一个学生回访农村，考察农村文教建设。陈老师是组长，他指名要我参加。在乡下调研一周后，他又把写调查报告初稿的任务交给了我。在反复的讨论和修改中，我确实学到了真本领。

一次，我走在校园里，见到一位系里姓王的老师，他喊住我说："正想找你呢！几位省教育厅干部和省教育学院教师，办了个刊物叫《江苏教育革命》，缺编辑，陈志刚老师推荐了你。"这样，我就进了这个编辑部，学习并初懂了刊物编辑出版的程序流程，受益终身。同时我还结识了主持刊物的江苏教育学院郁炳龙老师，他待我如师如兄如友几十年。

1973年秋,牡丹江林业师范学校成立,我进入该校任教。离开山沟到了牡丹江市。这个学校虽是中师,却分专业,培养中小学教师,但当时苦于无教材。我在一次返乡中途经南京,去了一趟母校,拜访了陈志刚老师,提到了这件事。不久,我收到陈老师寄来母校编的《现代文选》《古代文选》等。为表谢意敬意,我寄赠一包木耳给他。陈老师收到后,回信给我,非常客气。信尾又加一句:"木耳质量上乘,到底东北林区野生。但未硬包装,邮路使之有些碎了,不影响食用也。吉鹏,要学些生活常识啊!"我愧甚。

此后十多年,志刚师同我亦多有联系,常得其温暖人心之鼓励,直至他离世。

志刚师,你走得太早了!

五、朱彤先生:"千古文章未尽才"

据说,常国武先生说过这样的话:"朱彤教授的学问好,口才也好,没有其他教授能够企及。有幸听课的南师学生都会在自己的心中和日后评议为他打高分。"

朱彤教授似乎没有正式担任我们班的教学任务,但由于多种原因,留给我们的印象却特别深。他的学问高,名气大,是很引学生瞩目的。他是著名美学家、鲁迅和现代文学研究专家、教授、作家。早年毕业于金陵大学历史系,后来留学于美国威斯康辛大学研究院,获文科硕士学位。先后任教于国内多所著名大学。40年代末至50年代初,他一度致力于现代话剧运动,以多部剧作作为青年剧作家而驰名文坛。50年代初,他以三卷本的《鲁迅作品的分析》这部新中国第一部对鲁迅作品进行全面鉴赏和评析的专著,参与了新中国鲁迅研究事业的奠基。1958年,先生出版专著《鲁迅创作的技巧》,昭示了他特立独行、敢于历险的学术风格。此后,他又开展美学研究,以论文《美学,深入自然形象吧!》《美学,研究人的形象吧!》等奠定了他美学重镇的地位。至1983年,先生《美与艺术实践学》出版,显示先生通古今贯中西的博大精深。

我大学入学不久,即在一学术报告会上聆听朱彤先生的学术报告,那是一场关于自然美的讲演。先生一登台,全场掌声雷鸣。先生个头不高,但精神抖擞,目光有神。一开头即:"美啊!它是什么呢?它是……它是……它是……"先生声情并茂地用一连串形象的排比句把我们带入了一个个充满自然美的意境。后来,偶尔听过先生的现代文学课,有的还在教室走廊"窃听"过先生给低年级开的课,感觉先生教学风格达到一种艺术境界,可谓千姿百态。时而电闪雷鸣,时而云淡风轻,时而泉水淙淙,时而飞瀑直下……课堂上,形成一种如旋风的气场,卷进一切。先生讲郭沫若的《凤凰涅槃》,诵"凤歌""凰歌",或激情诅咒,或悲愤哀怨,深深感染大家;讲话剧《屈原》之"雷电颂",背诵台词,恰如呼风唤雨,引闪挟雷也。先生口才情感,在课堂上发挥淋漓尽致,乃全生命之投入也。

进入新时期,朱彤先生本该意气风发再度展示教学与研究业绩,却于1983年辞世。这对母校,对学术,对教育,皆一重大损失重大撼事。当我见讣告时,甚为哀痛,沉思良久,半天未语。

多年后,我在我任教的学校南院门前一旧书摊上淘书,发现朱彤先生《鲁迅作品的分析》一书,随即高价买走,持书于胸前,兴奋而归。

又一日,居于同单元楼下著名美术家黄沧粟先生邀我为其油画新作命名,我赏其画,为暴风雨摧残肆虐向日葵,而向日葵坚强地欲挺腰昂首,心中突然浮现起朱彤先生被揪斗之景象,立即脱口而出:"不屈。"

再一日,我去上海国福路复旦大学高知楼陈鸣树教授寓所访谈。陈先生向我了解朱彤先生在世时的事情,我尽量叙说之。陈先生说:"当年李何林老先生主持南开大学中文系,欲建立鲁迅研究所,拟从全国调入若干鲁迅学者,名单上有朱彤先生,而南京方面不放。"陈先生又说:"听说朱彤先生讲课之精彩,享誉全国呐!可惜,那时没有录像,要不然能存留下来多好!"陈先生说他拟写回忆录,开篇即写朱彤先生。陈先生同我商量题目,我以陈先生一篇鲁迅研究论文的小标题作答:"千古文章未尽才。"陈鸣树先生说:"好!"

六、葛毅卿先生:他倒在黎明时刻

我们班的《古代汉语》是葛毅卿教授担任的。葛毅卿先生,那时不到六十岁,讲台一站,一位普通得不能再普通的瘦小老人也,不修边幅,衣着毫不讲究,然而却是学问高深、身怀绝技之著名学者。先生毕业于中山大学,得国学大师顾颉刚先生栽培欣赏。先生曾因筹备"五四纪念会"而被捕入狱,已去北京大学的顾颉刚先生傅斯年先生出面营救。先生青年时代在国际权威刊物发表英文论文挑战世界顶级学术权威,论文被国际学界誉为"汉语语音史上的重要文献"。先生考入中央研究院历史语言研究所为研究人员,先后师从赵元任先生和罗常培先生,参与方言调查并为少数民族整理和制定文字。先生可以英语进行教学,且通晓德、法、日、俄和越南语。先生为著名中古音韵学家、民族语言文字学家也。

葛毅卿先生讲课，不仅衣着简陋，教风亦随意矣。一次，急需一教鞭，以点指板书，领读古文字。先生环顾讲台上下，教室四角，皆无。见墙角一长柄笤帚，于是拿来，手执脏兮兮下端，以笤帚柄把上端指点黑板，大声领读。适逢时任国家高等教育部部长杨秀峰先生来学校蹲点调研，杨部长为不扰师生，喜欢站走廊听课，见之，好生奇怪。问路过者："这位教授讲什么课？"路过者，观之，摇摇头，亦觉奇怪也。此逸闻，传遍校园。

先生的近体格律诗吟诵，独领风骚。多次课堂示范，抑扬顿挫，长吁短叹，高唱低哼，左右摇晃，前俯后仰，全身心投入诗之境也，人称"葛调"，乃天下最美读书声也。幸有高年级学生有心人，组织专题讲座，并请来音乐系师生录谱，成近体诗曲谱，南调，方得传世。据云，近几年已经广为流传。

先生另一绝活为国际音标发音，为典范发音。中央人民广播电台曾为先生灌制唱片发行。据说向先生付一笔不菲报酬。我见过唱片，上有："葛毅卿读，南京师范学院监制"字样。先生在课堂领读，亲口示范，众生享受之。系里每年一次集中一个年级在阶梯教室集中听先生读讲一次。这是先生得意之时。先生先开留声机放其唱片三遍，再自己口念三遍。其中有一音标，人称会念者念准者甚少。每当此时，先生环顾全教室，说："好好注意听，难得的机会。"好可爱的先生！

时任系党总支书记的俞明先生，后来成为杂文作家，有一文专记葛毅卿先生被历次政治运动扭曲了的过于谦卑：走路，对面来人，先生让于一边，低首，别人过之，先生方再走。领导找先生谈事，先生垂手，立于一边，让其坐下，也久久不坐。听完对方说话，连连点头称是，等等。我读俞明先生文章后，心头阵阵悲凉痛楚，久久不能平静。

不管世事如何，先生一直孜孜不倦于学术研究。至1977年，新时期黎明已至，晨光已露，先生却与世长辞。可惜之至！

近闻，葛毅卿先生学术著作《隋唐音研究》由李葆嘉教授理校出版，学术界誉之为"开创了中古音研究新领域"，具有国际学术性、中国绝学性，在汉语语言学史上有重要历史地位。这对先生亡灵不能不说是一大抚慰，对作为承受过先生教泽师恩的学生不能不说是一大安慰。李葆嘉先生，江苏东台人氏，敝同乡，功德无量，乡梓荣光矣。

七、常国武先生：他的称赞激励了我一生

常国武先生后来是著名学者、教授、博士生导师、诗人、书法家和慈善家了，但我上大学时，他还是一个三十多岁的青年教师。他50年代初毕业于金陵大学中文系，后来到南京师范学院任教。我们的《中国古代文学史》课程，除杨白桦教授担任外，常国武先生也担任了一部分。常先生中等身材，脸型椭圆，面色微黑，态度和蔼，温文尔雅，教态严谨，一身书卷气。他讲课条理分明，娓娓道来，如一条溪水潺潺流淌，很有韵味。我非常爱听他的讲课。

常国武老师同我有过一次较近的交集。那是因为他布置了一份作业，似乎是限制于某一文学史时段写一篇学习体会，选题不限。常老师讲陶渊明诗时，较多地强调了陶的归隐田园，并认为道家思想是其主导，夸张了仙风道骨。我那时正通读《鲁迅全集》，受其对陶渊明评述观点之影响，常觉老师有偏颇，于是读了很多陶诗原作和研究资料，斗胆写出一篇读陶诗体会，并加上副题：同常国武先生商榷。我主要意见是，陶还是儒家思想主导，道家思想为辅。陶还是"达则兼济天下"和"穷则独善其身"之对立统一。其后一"独善"方面同道家之"忘情自然"产生了连接，并用大量陶诗作证，文章很长，足有万字以上。后来，常老师某节课后，特意让我留下，拿出我的作业，夸奖之至。作业的评语很长，开头是："这不仅仅是一份出色的作业，而且可以说是一篇漂亮的学术论文。"并且对文章中的语句还有眉批、红圈。这令我好生高兴、得意。现在想来，我当时浅薄幼稚狂妄也，而常老师乃虚怀若谷，奖掖后进，每发现学生一点新颖思维火花即尽力保护鼓励。然而，常老师的热情称赞，对一个不到二十岁的青年学生，是何等激励啊！它几乎鼓舞了我的一生。

至80年代初，我读研访学南京，同在母校读研的老同学王继如君一起去拜访了常国武老师，常老师还兴致勃勃地提起我当年这份作业，说我做学生时就显示出研究素质，弄得我反而不好意思了。这次拜访，见常老师家中，到处挂满书法作品，大多是他的小楷书法。想起当年常老师年轻时，书法已很有名气，商家已用其题写牌匾了。后来，继如兄告诉我，常老师潜心学问和书法几十年，已是硕果累累、成就惊世、饮誉中外了。

多年前，老同学苏州聚会，我因故未去。报到日那天，组织者徐君打电话给我，批评我，且表示遗憾。我连连致歉求谅，说实在的，并未真正在意。而徐君最后说了一句却深深使我惭愧得无地自容，久久无语。徐君说："你知道吗？常国武老师那么大年纪了,还从南京赶来了。他一到宾馆,第一句话就问你来了没有。你这个人啊!哎!"

常国武老师视词学大师唐圭璋先生为恩师,宋代文学研究精湛。常老师之著作《宋代文学史》《辛稼轩词集导读》在学界影响巨大,代表宋代文学研究高端;所作诗词意境高远;书法作品遍布全国各地景观勒石;又从事慈善,以书法义卖捐赠慈善机构,一献万金。诸多学界和社会殊荣集常老师之一身。

吾闻之,有媒体称常国武老师为"国学大师",常老师致电记者:"你知道什么是'国学大师'吗?20世纪被公认为'国学大师'的只有一个半。一个是章太炎,我连给他'拾草鞋'的资格都不够;还有半个是钱穆。把我称为'国学大师',不是把我放在火上烤吗?"又闻之,常国武老师常写蚊子那么小的字,有人问之为什么写那么小,常老师答曰:"可专注、屏心、静气,是时可以忘却一切所受伤害。"吾为老师这两件逸闻感慨万端。

敬爱的常国武老师,记得你是1929年生人,而今八十有七了,多保重,祝福你健康长寿。你的学生想念你呢!

八、唐圭璋、孙望、段熙仲、金启华、钟陵、郁贤浩诸先生:在大师、大家的光辉下

唐圭璋、孙望、段熙仲、金启华、钟陵、郁贤浩诸老师皆中国古代文学专业的大师或大家,我做学生时,同他们都有过交集,沐其恩泽,师恩难忘。

唐圭璋教授是词学大师,其最高成就是编撰《全宋词》,仅此一项,即是无人比肩的高峰了。

我做学生时,因为身体欠佳,唐先生已经不给本科生上课了。然而系里还是每年让唐先生为一个年级讲一次宋词,以安排学生见之一面,睹其风采。记得那是一个大阶梯教室,坐满了人。在热烈的掌声中,先生被搀扶着进了教室,坐下来。系领导又出面介绍了一下,说明为什么这样安排,又是一阵掌声。接着,唐老先生讲课,声音低微,讲了些什么,几乎听不见听不懂,现在也一点儿记不得了。但是,那时全场却鸦雀无声,一片安静,大家几乎屏住呼吸,喘气也不敢大声。这是很值得回味的,至少我可以欣慰地说:"我是唐圭璋先生的学生,我聆听过唐先生的课。"

孙望教授是著名学者、唐诗研究大家、诗人,又是著名教育家,他那时还是

我们的系主任。孙先生给我们班开过《古代诗歌选》，记得他讲曹丕《燕歌行》："秋风萧瑟天气凉，草木摇落露为霜。……"那精心的考订，细腻的赏析，见微知著矣。

孙望先生给我印象深刻的是他那谦谦君子之风和严谨认真之态度，尤使我难忘的，是一个偶然机会，听孙先生讲治学。孙先生说："如何治学呢？简单地说，先读好读懂读透一篇文章，写出写好写深一篇关于这篇文章的自己的文章。有一就有二有三，至于多多。先读好读懂读透一本书，写出写好写深一本关于这本书的自己的书。有一就有二有三，至于多多。"精辟之至，经验之谈，影响我终身。

段熙仲教授亦著名学者，文史大家也。似乎给我们班上过课。那时我在名刊物《文史》读过其论文，敬佩之至。

我读研时，曾见《光明日报》长篇报道段先生新时期意气风发投入学术和教育工作，并捐赠个人长期收藏之文物拓片文献给国家之事迹，深深为之祝福矣。

金启华教授亦著名学者、词学大家，身材魁梧，爽朗大度。金先生似乎未曾开过我们的课，但对我却有一句话，影响极大。那年，我读研访学至南京，住在母校读研的老同学王继如兄那里。一日晨，在母校门外北侧拐角处三路公交阴阳营站候车，见金先生走过来。我施礼鞠躬："金先生！"金先生忙问我姓名、年级、后来去何地工作。金先生居然记得当年有一批学生去牡丹江林区之事。先生知我在呼和浩特读研，忙向我打听他当年在西南联大研究院读研之老同学现在于内蒙古大学任教的一位教授的情况。金先生知我是为研究生毕业论文而访学南来，立即伸出右手一个手指，说："A BOOK！"又说："一本书！写一本书吧，研究生当如此，受一次完整的训练，打一块坚实的基石。"金老师一席话，也许是他不经意说的，也许他后来早忘记了我这个学生，然而却深深影响了我的学术和教学生涯。

钟陵先生也是著名学者，诗词研究和古代文学研究大家、诗人。那时，他还是青年教师，教过我们班《古代诗歌选》，兼过一段时间班主任。他是敝同乡，东台人。我和继如兄两人在课堂上因同钟老师意见不一，发生过碰撞，很不愉快。但是事后，路上每见之，目光对视反而更为诚挚，打招呼也更热情了，只是我一是后悔年少狂妄，二是也有些小心眼，心存芥蒂了。

多年后，内人在母校进修心理学，钟陵先生夫人孙老师任其课，后来钟先生知晓这层关系，欲招待家宴，然内人已结业回来。钟先生还将这份歉意托友人周老师转达。后又多年,吾有离开大连去南京之意。时东南大学拟建中文系,主事者原为徐州师范学院中文系主任郑先生,郑、周、钟皆同窗好友,钟周二人联手推荐,后经时任校长韦钰女士亲自批准接收。据云,韦女士在我资料的著作栏《〈野草〉论稿》和荣誉栏"良师益友"上画圈两处也。此调动事后虽未成,但深深记挂钟先生施我此恩也。后来又闻之,钟先生晚年,潜心古代诗词写作,诗思诗意诗境诗趣诗艺,造诣高深,堪称绝唱,饮誉海内矣。欣慰之。

郁贤浩先生,著名学者,词学和古代文学大家,那时也是青年教师。他似乎上我们很少的课,但同我也确有一次交集。工作队下乡时,他是我们工作队队长之一,说"之一",是因为尚有地方干部。工作队管一个农村大队。我在的工作组在下面的一个生产队。在乡下工作期间,某日,郁先生传我至队部,说加强文教建设。抽调我同一位当地高中毕业回乡民办教师创办大队农业中学。于是我有了一段张罗盖房、修建校舍、"校长兼教工,上课带敲钟"的经历。我也一直琢磨,郁先生为什么选中我?是看中我适合呢,还是看出我不适合严酷的"阶级斗争"呢?无论怎么回事,我都谢谢他。

由郁贤浩先生培养的博士,成了我的小同事。我常戏言之:"你们,我的小小小师弟师妹。"

以上写了六位师长,前五位皆已作古,其中钟先生离世尚不久,这消息是继如兄近日示知我的。唯郁先生健在也。愿逝者安息,生者长寿,吉鹏遥拜。

九、高觉敷先生:心理学泰斗给我们开公共课

高觉敷教授,中国现代心理学的奠基人之一,是学界泰斗级的人物,中国心理学会副理事长。他在新中国成立前即是九三学社成员,为建立新中国做出贡献,曾任第二届全国政协委员,九三学社中央常委、江苏省委主任委员,江苏省政协副主席等。他还曾任南京师范学院副院长。进入新时期后,任国务院学位委员会委员兼心理学评审组组长。

我常对我任教的大学的心理学教授说:"我是高觉敷先生的学生,我上大学时的心理学公共课是他开的。"他们怀疑、惊奇、嫉羡,而我,好生得意。

大约进入大三的时候,我们的教育学和心理学两门公共课几乎同时开设了。任教育学的是一位女教授,名字我记不得了,任心理学的就是高觉敷先生。

高先生的讲课是精彩的、认真的。我记得讲"记忆"时,他在课堂做了一个

实验。他给我们发了一份材料,将我们分成两组,一组反复阅读,然后再背熟。另一组一开始就进入强记强背状态。实验结果,后一组很快都可以背诵,前一组差得远呢。这一个实验对我个人后来的学习、教学和辅导孩子,作用极大。先生讲课的许多内容差不多都忘光了,唯独这个实验,至今记忆犹新。

后来内人去我的母校进修心理学,听博士生硕士生课程,当然也承高先生教泽。我后来也常翻阅高先生的《西方心理学史》等皇皇巨著,并以此书为指引,去读弗洛伊德和荣格,受益多多。每当一瞥家中或书架或案头或枕边高先生大著,脑海总浮现起这位心理学大师当年授课的形象来。对先生而言,贬而上公共课,也许有命运之不幸;而对我们来说,却是幸运之至。

十、李振坤先生:对事业,对学生,她总是那么激情投入

我们上大学时开三门政治课:《中共党史》《哲学》《政治经济学》。大三时,开我们班《政治经济学》课的是一位女讲师,她就是李振坤老师。她三十四五岁光景,一头短发,圆脸上架一副眼镜。李老师讲课声音清脆响亮,课讲得很吸引人。她讲剩余价值,讲资本原始积累,讲资本家怎样剥削工人的,清楚明白。那时我们用的是于光远、苏星编的教科书,书上有一些数学公式,我们不明白,她就一次次不厌其烦地讲解。这给我留下的印象很深。

李老师是一个很有激情的人,她还参与我们班的一些活动。我们几个关心时政的同学自发组织了两次时政讨论会,针对国际局势中风云突变的形势展开讨论,她闻讯后赶来参加,并发表了讲话。李老师同我们打成一片,同学们都很喜欢她。

李振坤老师是中共党员,业务精湛,深得学生钦敬。她是1951年金陵女子大学毕业的,是金陵女子大学最后一批毕业生。她是从著名教育家、金陵女子大学校长吴贻芳女士手上接过毕业证书的,毕业证书上加盖了华东军政委员会公章。

李振坤老师热情似火,但是内心也是复杂的,她的夫君是某民国文化名人之后,也是一位才华横溢的学者,曾被错划为右派,在校图书馆整理资料。我想,在李老师的风光背后,在她心灵深处,也许深藏了很多痛苦。

毕业十多年后,我作为研究生去母校访学,在校园里见到李老师。她还记得我,拍拍我的腰:"呵!你胖了一圈儿呐!"于是,我们师生俩聊起了分别后十多年的生活,看得出来,年近半百的李老师焕发青春,正意气风发地投入了新时期的学术、教学和管理的事业中去。

再多年后，我在一著名的文摘报纸上看到李振坤老师教师节的演讲，称："喻教师为蜡烛，太悲凉；应比喻教师为火炬，是引领青少年学生前进的高高举起的不灭的火炬。"我读后，甚为温暖、激动。亲爱的老师，你总是那么年轻，那么活跃，总是那么激情澎湃。

李振坤老师后来致力于经济体制改革研究及政党、群众组织研究，成果斐然；指导硕、博士生，培养一批经济学巨子；又深入地方基层考察经济与社会发展，向政府建言献策，如率队泰州调研，进言上级，为设地级市提供支撑；又参与重建金陵女子学院，培养女性人才；并主持金陵女子大学校友会，联络海内外校友服务于祖国建设事业和统一大业。李老师，你真正是一柄不灭的熊熊燃烧的火炬。

李振坤教授近九十岁了吧！据说尚能参加社会活动。了不起的中华女杰矣！你的学生向你献上深深的祝福！

十一、华诚一院长，钟鹤羽、胡淳南、吴树兴、董介人等先生：温暖、指引、关怀过我的领导和政工干部

我在读大学时，接触了一批优秀的领导和思想政治工作干部，他们温暖过我，指引过我，关怀过我，使我终生难以忘怀。

华诚一先生是南京师范学院党委书记兼院长。他是三十年代初参加革命的，多次深入敌人营垒，成功地做过策反工作。又在北京师范大学历史系读书，成为著名的"一二·九"学生运动领导人，抗日战争、解放战争中立下功勋，他的革命经历很使我们尊敬。

华院长中等偏上身材，微胖的圆脸略显深褐色。

下乡时，华院长在我们所在的公社蹲点指导工作。我们将办学过程写了份汇报，报大队工作队、公社工作分团，侯君说："给华老（华院长）也寄一份。"我说："行。"不久，听到上级传话，华院长很感兴趣，要来看看。一天上午，阳光明媚，华院长拄着拐杖，走了近二十里山路，真的来了。他听了我们的汇报，还坐在我床上同我们聊天，问了很多问题，还看了我批改的作业。他突然发现我手背有点儿溃疡，问道："你手怎么啦？"侯君代为答道："粉刷墙壁，石灰烧伤的。"华院长一脸慈爱地责备："也不知戴上手套。"

华诚一先生，这位老革命家，这位当年的学生运动领袖，这位知识分子出身的领导干部，永存我心中。

钟鹤羽先生是学院人事处处长，四清前"三查"，他指导我们这个系。"三查"时，我们住在镇江金山寺公园里。我被"重点帮助"后，精神压力很大，一个人坐在河边一把长椅子上，盯着河水发呆，流着泪。钟处长发现了我，坐了下来，同我谈了半天，安慰、鼓励我。快到开饭时间了，他又要我快去食堂。他跟着我盯着我直到进了食堂为止。

后来，这位很受人尊敬的领导被提拔为副院长。

胡淳南老师是校团委书记，他同我这个普通的学生有过两次交集。一次是系里通知我去团委找他。我去了。原来是给我一个紧急任务：去外语系找学生某君，为其写一份先进事迹材料，一周后学校开大会用，四天内交出第一稿，第五天修改定稿。并说："系里推荐说你文笔好且快，这次用上了。"我立即行动，访某君本人和其同学，三天交稿，他看后很满意，只是叫我将第三人称的报道稿改为第一人称讲话稿，这样，行文语句也要相应朴实些。此后，这位校团委书记就记住我了，后来还找我写过通讯报道。

第二次是毕业分配，胡淳南老师代表学校解决中文系这个难啃的骨头。那次中文系一百二十多位毕业生，去牡丹江、湛江、新疆、四川等地任务占四分之一。我分析形势，主动申请去牡丹江。胡老师很高兴，让我在动员大会发言。晚上，中大楼大自习室灯火通明，我上台发言表示决心去牡丹江。其中说道："有人说那里冷，可我们是人，不是候鸟。有人说那里没有大米，可我们是人，不是米蛀虫。原住民开拓的土地，先辈们闯关东的天下，转业官兵屯垦的山河，等着我们呢！好男儿志在四方！"我结束发言，胡老师马上讲话，热情洋溢："我非常欣赏吉鹏同学充满豪情的讲话。我了解吉鹏同学，相信他经过锻炼和考验，会大有作为的。"

进入新时期后，胡淳南老师也被提拔为母校校级领导。在我的印象中，他是一个外表沉稳而内心充满真诚热情的干部。

吴树兴先生是我们大学四年里的年级辅导员，入学的首次年级大会，是他主持的。这位高个儿的青年教师用了一连串的充满青春语汇的排比句，向我们表示欢迎。他讲话时，双臂撑讲台，双手手掌朝下，手背朝上指尖朝外分压讲台两边，上身像一个"北"字，给我留下有趣的印象。

在我情绪最低沉的日子里，吴树兴老师约我在校园里谈过一次话，他明确地说："你不要因为家庭出身而背上思想包袱，组织上对你看法一直很好。对爱给别人扣帽子的同学，我们有我们的认识，但不能对你说得太具体。你正确对待就是。还有，我个人对你说句心里话，你有潜力，将来总会有好形势，让你施展的。"这番话，当时我未完全听懂，后来懂了。

多年后，吴树兴老师去镇江师专任教务长，同校长、著名学者钱瑴之先生和中文系主任周仲器老师联手，力招我至他们麾下，令我感激不已。又多年后，闻吴老师荣任镇江师专党委书记，这是他作为优秀干部之实至名归。

我上大学时，系团委书记是董介人先生。一次，我们正在出黑板报，他看了看我手上的版式安排，皱了皱眉，马上给我做了改动。然后，结合实际，讲了一下编排怎样兼顾思想政治性和艺术技巧性，使我很受教益。

董介人老师这位团委书记非空头政治之辈，他组织的团活动很有分量。记得一次他做一个关于话剧的讲座，既讲内容，也讲形式，讲艺术冲突，讲舞台调度。我们都很佩服。

进入新时期，董老师去美术系当党总支书记了。我去见过他一次。他正在冲洗照相底片。后来才知道，他钻研摄影艺术，创办了中国首个美术专业。后来，他又以异常的努力，成为摄影学专业权威，出版专著，任博士生导师，培养高级摄影人才，被公认为摄影学专业大师，海内外享有盛誉。

我曾将第一本学术专著《〈野草〉论稿》寄赠董介人老师，得热情洋溢且语重心长的回信鼓励："不懈努力，致力学术，攀登高峰。"董介人老师从一个思想政治工作的青年干部，最终成为学术权威，其人生选择和生命之路，令我赞叹，心中丰碑矣！

十二、郁炳隆先生：他教我编报刊

大四时，学生推迟一年半左右才毕业分配，一位老师看出了我的苦闷，推荐我进了江苏教育革命联络站办的刊物《江苏教育革命》编辑部。在这里，我有幸结识了江苏教育学院中文系的郁炳隆老师。他教我编报刊，给了我浓浓暖意和长兄般的友情。

郁炳隆老师给我的第一个任务是审校样，给我一篇文章校样，让我修改。我心想：这有什么难的，很快交给了他。郁老师没有吭声，又校改一遍，红笔修改，密密麻麻。然后让我看。天啦！错别字病句全被他找出来了。他对我说："我们平常看似很通顺的文章，如果认真推敲，不符合词法句法的，标点符号不当的地方，实际上是很多的。作为刊物，这样的印刷品，一定要留心，不能有错；否则会贻害无穷的。"郁老师又给我一本关于校对符号的小册子，让我好好掌握它。几十年之后，在一次纪念冯雪峰的会议上，人民文学出版社社长陈早春先生回忆他五十年代初从北京大学中文系毕业到该社工作，当时社长是冯雪峰，对这批才子们的安排是先当三年校对，再考虑安排当编辑。我听后想起我这段经历，甚觉冯雪峰的做法大有道理。这种实践，对夯实书面语言文字基本功，对形成语言文字敏锐感觉，作用与意义重大着呢！

我在《江苏教育革命》发表了一篇文章，是我们五个同班同学以前合写的关于中学语文教学大纲的。我把稿子交给郁炳隆老师，他看后很满意，马上同意刊登了。

郁炳隆老师很快看出我们几个学生编辑有强烈的编审稿件的欲望，就在刊物之外，增加了一张报纸，叫《江苏教育革命通讯》。他明确宣布让我负责。这样，我又在实践中学习了总体编辑思路、组稿、编审、版式设计以及同印刷厂打交道等，这使我多了些本领，对我后来的工作有很多益处。

在郁炳隆老师手下工作的那些日子，我过得很充实，很有意义，这在那所谓"如火如荼"的年代，是难得的。不仅如此，郁老师如长兄般待我，我有心里话对他倾吐，他都能给我很好的开导。

毕业分配，我告诉郁炳隆老师，我要去牡丹江了。郁老师很支持，他告诉我，他辽宁大学中文系毕业后，去牡丹江工作过，说那里是个好地方，土地肥沃，物产丰富，民性豪迈，值得去。他还勉励我好好工作和学习，努力发展自己。他说："人生的路长着呢！别泄气。"

我研究生毕业时想回江苏谋职，那时他在江苏省机关大学兼课，深得校方倚重，他领我去见一位女校长，一见就同意接收了。事虽最终未成，但他那操心的身影和表情，令我难忘啊！

江苏教育学院并入南京师范大学后，郁炳隆老师先后在南京师范大学中文系任教文艺学、中国当代文学、写作学，并出任中文系主任，后又主持建立新闻传媒学院并任院长，教学、科研、管理皆有显著建树。吾闻之，非常欣喜。

十多年前，我在长沙开学术会议。学校来电，让我速回大连："国家教育部对学校进行教学评估，南京师范大学郁炳隆教授为成员。学校某副校长在大连机场接机，郁炳隆教授打听你，并说，要不是因为想见你，他就不一定奉命来大连了。"在那评估的日子里,我几乎天天都去郁老师房间看望,回顾往事,阔谈别后,感慨当今。时事政治、教学科研、学校内外、情仇爱恨、事理世故,无所不谈。人生快意,尽在海聊之中矣。

2010年夏,一学长兼老同事老朋友夫妇来大连旅游,告知郁炳隆老师患癌作古,我听知,若五雷轰顶,继而默然。过许久,聊及郁师为人为学为事,皆盛赞之。该友人云,也有一些人认为郁师圆通,方方面面皆不得罪。我反问之:"这又有什么不好呢?"友人无语。

亲爱的老师,愿你安息。

2016年2月21日至3月7日于加拿大密西沙加

关于吃的印象:在南京

我们上大学的时候,师范生是不缴学费、伙食费的。人们把"师范学校(学院、大学)"戏称为"吃饭学校(学院、大学)",似乎同这有关。

我们入学时,伙食标准是每月十一元,后来调整到十四元。当时有个传闻,国家高等教育部部长杨秀峰先生在我们学校蹲点调研,回京后就做出了这个决定。杨部长这位老革命家留给我们青年学生的印象是很深刻的,他着黑呢大衣,因耳聋,戴一助听器,只一工作人员随行,深入教室、自习室、学生食堂和寝室,那种工作态度和作风,了不起啊!在他蹲点期间,发现不少学生仅有一条盖的被,床板上一条席子,马上让学校给每床加一草垫。

我们在学校开始是包伙制,早晨稀饭馒头咸菜,中午一盆米饭,还有炒菜或烧菜,晚上也是,但菜差些。八个人围着站在一方桌周边,很快就吃完了。后来改饭菜票食堂制了,拿着饭碗,排队买饭菜。我总是去食堂很晚的,没有人了,无须排队,觉得排队很费时间,影响学习,不值得。

大一大二时,星期天中午我一般都退伙,领得粮票几两钞票不足两角。星期天我一般去旧书店,南京古旧书店在新街口的下一站,我来去都不坐公交,走四站路,到那里看一天书。中午在书店附近吃一碗冬瓜面条,仅八分钱,省下的钱可以买一两本旧书,旧书很便宜。我现在存留下来的当时买的书,上面还留有书店盖的"南京古旧书店购书纪念"的印章呢!

那时我们是普遍常感肚子饿的,怎么办呢?一般是到校园旁边买点吃的填填肚子。学校西北门外有好几家小铺子，我一般是花几分钱买一角炝大饼，大圆饼，正反烤的，没有一丁点儿油，切成一块块扇形。当然，饼店也卖一种大油饼，形状同炝大饼一样，但一层层的，油汪汪的，上面还撒满芝麻，比炝大饼贵多了，我舍不得花钱买，只能吃炝大饼。我也有办法自我安慰：鲁迅先生青年时代在南京求学，常吃"侉饼"充饥，那"侉饼"就是这"炝大饼"呢！"侉饼"，显然是北方人做的饼，南蛮北侉嘛！

学校西南角外，有一对夫妇搭一棚子，卖面条。八分钱一碗，我也偶而去吃。那就是阳春面，除酱油葱花外，上面放一块黄豆粒大的猪油，这就令人觉得很香很香的了。

沿着那条叫西康路的街道往北走，右拐上山，叫清凉山，那是一个清静怡人的去处。清凉山上有尼庵清凉寺，清凉寺尼姑卖麻油面条，香味四溢飘散，干净，且不贵，也是八分钱一碗。我只去过一次，是同同学一起去的。还闹一笑话：一青年尼姑眉清目秀，纤纤细步，低首托盘，举止雅致，端上面条时，同学很礼貌地伸手去接，不小心碰上了人家的玉手。尼姑瞬间羞得脸色绯红，放下碗，右手伸展立于胸前："阿弥陀佛！"某君好尴尬啊！走下清凉山，他急得对我直起誓：确实无意！我当然相信，那年头，他不可能故意。我还是开一玩笑："她很友善，没有说'断子绝孙的阿Q'。"——鲁迅笔下那个小尼姑，也够狠的，骂什么也不该骂"断子绝孙"啊！哪怕骂"杀千刀的"也成。一句"断子绝孙"，害得我们的阿Q想入非非，走上"邪路"，从而"性骚扰"吴妈，无路可走，离开未庄，进而偷窃，进而"革命"，进而走上绝路被枪毙。呜呼！——扯远了。

再讲究一些，我也就是花一角二分钱，到学校大门对面，吃一盘锅贴或来一碗肉丝面了。真正去饭馆吃饭菜，总共也就两次：一次是高中俩老同学来访，一个在南京航空学院读自动控制专业，一个在郊外某部队当兵，花上一两元，也就是够大方了。另一次是功正兄为我送行，害得他转让掉一双刚买的凉鞋。至于什么南京名吃，当时懵懵懂懂，似乎也不知道。

2016年3月13日于加拿大密西沙加

关于游的印象：在南京

我在南京读书的时候，游览了一些景点，访问了一些遗迹。这些景点和遗迹，给我留下了深刻印象。这也是我的"青春记忆"呢！

还是先说离开南京去其他地方和城外远郊的处所吧！

上学不久的深秋，我们班去郊外仙林的学校农场劳动。一个休息日，我们乘火车，经过了几个小站，来到栖霞。我们登栖霞山，游栖霞寺，赏那漫山遍野的红叶，真是"霜叶红于二月花"啊！返校后，适逢诗会，诗人、南京大学教授赵瑞蕻先生登台朗诵他咏栖霞的诗作，先生精瘦，长发，红脸，手执诗稿，前呼后仰，摇身晃腰，长吟短叹，好不有趣。这是我第一次见到真正的诗人，这才是诗人呢！他的这首诗后来在《雨花》文学月刊发表了，我又找来看了一下，学着他的腔调，朗诵那写昔日栖霞之荒凉的诗句："只有几只癞蛤蟆趴在山沟里呱呱地叫。"赵先生是著名法国文学研究专家、鲁迅研究专家，先生关于鲁迅《摩罗诗力说》材料来源的著作，是新时期鲁迅研究的一部力作。先生的夫人是散文家、我们学校外语系教师杨苡女士。他们夫妇同巴金过从甚密，后来发表不少关于巴金的文章于《新文学史料》。

工作队下乡前，集训于镇江市。我们住金山寺公园。傍晚时分，我们到金山塔下走走，扬子江边蹓蹓，江边有一洞，曰法海洞，供奉着法海大和尚。江水大或江潮涨，洞则淹；江水小或江潮退，洞则显。

焦山在镇江东郊，为江中一岛。去焦山须趁摆渡。山中寺有一特大弥勒，两侧对联，劝人"大肚包容"。环山一周，见江水滚滚，白帆鼓鼓，甚为壮观。有一山洞，曰"焦公洞"，焦公隐居处，山因之得名。

北固山如长龙蜿蜒至江边，甘露寺，观者众。刘备同孙权之妹拜天地结连理处。此婚事乃政治权谋，不值久留。我独立江边山头，西望，想那北宋王安石之诗句："京口瓜洲一水间，钟山只隔数重山"；北眺，吟那南宋辛弃疾名篇《京口北固亭怀古》："千古江山，英雄无觅……"

我还同一两个同学去过梦溪园。那是北宋政治家、科学家沈括晚年居所。他的著作《梦溪笔谈》因园得名。这部集自然科学、工艺技术、社会历史现象的综合性笔记体著作，彪炳中国文化史、科学史，有里程碑意义也。

南京的游览地，那时必提三处：玄武湖、中山陵、雨花台。玄武湖波光粼粼，荷绿莲白；岸边垂柳红花，芳草彩蝶；各洲则树木葱绿，亭阁处处。此乃良辰美景，秀丽而已，同我少缘。

中山陵在中山门外，我一般乘公交至中山门，再步行。明孝陵令人怀古，梅花山姹紫嫣红，灵谷塔高耸入云，无梁殿巧夺天工。拾数百级台阶而上，中山先生安息处也。寝宫在顶，宫外厅之四壁，敬刻先生《建国大纲》，每去，我皆读之，见其军政、训政、宪政三阶段伟大构想，感慨这位走出帝制走向共和第一人之卓越也。入内，凭吊之。

雨花台是每到清明节都会组织去的。在"死难烈士万岁"碑前鞠躬默哀宣誓后，即分散活动。树林中尚可捡到色彩斑斓的雨花石，尤其雨后。据说那色彩凝结烈士鲜血。我爱去看项英墓，中共党史课上说他是左倾机会主义，但毕竟是为人民解放事业捐躯的领导人呐！悲剧英雄。在纪念馆，我爱读烈士遗文，那是多么炽热的文字，写着他们的理想主义追求。有一烈士，写他爱雪，雪覆盖了一切人间污浊。我后来为此写过一篇题为《白雪皑皑》的散文，发表于校报上，赞颂这位高洁的灵魂。现在想来，这些可歌可泣的抛头颅洒热血的革命者，他们的理想是为了社会的公平和正义，决不是复制"万岁万万岁"的神话啊！

我还去过白鹭洲，体验过李白诗句"三山半落青天外，二水中分白鹭洲"之意境。我还常去鸡鸣寺，见胭脂井，那里，一位亡国之妃在敌兵追逃中跳井自尽，井面浮上一汪粉红色胭脂。我还与同学蔡君——后来也是苏州大学汉语言文字学教授、博士生导师，官至苏州市政协副主席——两人一同登过鼓楼俯望金陵城，去过燕子矶近观大江东去，那里附近有条依山小街，有一些洞穴，内有各种树木，仰首可见一小孔之蓝天，"别有洞天"，此之谓矣！

太平天国天王府，又为中华民国总统府，那时是省政协机关，一般进不去。那一年，机会来了，有一关于姚文元《评新编历史剧〈海瑞罢官〉》的座谈会，吸收学生参加，我们几个学生去了，地点就在那里。会议休息时，我们逛了一下这洪秀全的王宫、蒋介石的办公地。最北端东侧，是蒋的办公室，桌上有一台历，日期依然是他逃离的那一天。天王府院子在西侧，有一湖，湖上有石头龙舟，看来洪秀全若成功，亦皇上也。院内再西侧，是中山先生成立中华民国，就任临时大总统的地方。这一座不大的天王府，浓缩了一部中国近现代史啊！

中共代表团驻地梅园新村离天王府也就是总统府不远，我也去参观过。记得周恩来邓颖超卧室衣架挂一白色遮阳帽，此帽毛泽东戴过，历史照片毛泽东离延安去重庆谈判飞机起飞前毛泽东戴的就是这顶帽子。桌子上，有一盘雨花石。郭沫若回忆散文著作《洪波曲》描绘过它们的晶莹、美好，说是象征了住在这房间里的周公和邓姐。最感人的是在梅园新村中共代表团礼堂，国共谈判失败，蒋介石欲开伪"国大",中共代表团撤离,周公在此对民主人士和新闻界告别。周公最后说:"我们走了,我们很快还会回来的。只要我们忠于人民,同人民在一起,我们就永葆青春,充满活力。"——周公说得多好啊!"忠于人民,同人民在一起。"

大学校园,因为有初中时的同学,我常去华东水利学院——今河海大学——它就在我们学校隔壁,据说,山上有座楼,曾是美国大使馆,大使司徒雷登先生在南京解放后拖了很长时间才走。毛泽东著文《别了,司徒雷登》讥讽之。因为有高中时老同学,我去过南京航空学院——今南京航空航天大学——它在御道街。去过南京工学院——今东南大学——那个校址曾是中央大学,它那老中大礼堂的屋顶像个大锅,闪亮扣在那里,远远望去特别显眼。据说,当年蒋介石在那里对学生训过话。南京大学校园是常去的,那校园,后来诗人余光中描述过,沧桑而深沉。

南京号称六朝故都,有人又加上明初、天国、民国等,称十朝故都。然而多为短命王朝,亡国之都也。南京,是一个令人产生厚重历史感的城市。我曾在一首诗中写道:"虎踞龙盘的石头城,雨花台、鸡鸣寺、明孝陵,诉说着历史更替、朝代兴废、时代变迁,熏陶起一个沉思的青年。"南京啊!南京!

是为之关于游的印象记。

2016年3月16日于加拿大密西沙加

负笈南京琐忆

南京师范大学校史最早上溯清代张之洞办的三江学堂,民国有一段时期是金陵女子大学,当时的校长是著名教育家吴贻芳女士。我读书时,寝室的小方凳,黑漆的,凳腿还见到烙印"金女大"三字及编号。

民国时加国驻华使馆就在现在南京师范大学校园内中大楼西的山上,三座白色小楼,后来似乎拆掉了。我读书时尚在,当时某校领导即住一座。在贴近南京师范大学北面围墙的街上行走,如果留意,会看到红色围墙某一墙肚下尚有一条形石头,上有"加大使馆"四个字。

同学少年,风华正茂,爱谈理想。有同学叫邵洪润的,云:"当中学教师,娶妻亦中学教师。上课铃响,一同走出办公室,一同走向教室。下课铃响,一同走出教室,一同走向办公室。"邵君后来任教苏北某农场中学,果真娶女同事,理想实现。同学夏春豪君云："当电影编剧，银幕上电影开始，名字停留几分钟。"夏君，学习尖子，后来为淮海工学院教授、中文系主任，现已退休。同寝室岳坤明君，忽然想立志为诗人。虽未成气候，但苦吟中也偶得佳句。当时食物短缺，早晨去食堂，吟得："早饭我把餐厅到，馒头蒸得开花了，咧着大嘴朝我笑，馒头馒头你真好。"又，一次走路，前有一女生，独辫拖及后腰，系一丝绸蝴蝶结。岳君吟得："我愿把我的心儿，系在你的辫梢上。"不日，该女生剪去长辫；众笑之："心无所系，失魂落魄也。"毕业后，诗人命运多舛，境遇很糟。

学校常包场看电影，我对苏联电影《乡村女教师》印象颇深。那个后来成为将军的男孩朗诵他自己的诗："身上穿着破棉袄，别害臊，朝前跑，前面就是光明大道。"我们各自有"破棉袄"，或家庭成分社会关系，或家境，或地域，或教育背景，或人生经历……这诗句，支撑了我大半生。那些年，它陪伴了我的征程。

长期以来，人们称誉教师为蜡烛，点燃自己，照亮别人。20世纪末，我在某文摘类报纸读到，母校南京师范大学教授李振坤女士在一次演讲中说："将教师比喻蜡烛，太悲观了。应比喻为不灭的火炬，用光芒引导青少年儿童和人们前进。"了不起！今有浙江财经学院中文系教授荆亚平博士比喻教师为太阳，光和热的源泉。荆亚平女士更了不起！

李振坤老师曾任我班政治经济学公共课讲师，才气横溢，热情洋溢，且常参加我们的政治学习讨论和活动。我们很喜欢她，敬仰她。她是老金陵女子大学毕业生，中共党员。

中国大学校长，管理者众，堪称教育家者甚少。南京大学校长匡亚明是众多学者心中的教育家。据吉林大学刘中树先生云，他做学生时，匡为吉林大学校长，刘以业务尖子留校为助教，以青年教师代表为校务委员会委员；匡曾大胆决策，保证业务骨干做学问时间，可不参加政治学习。我在南师求学时，匡入南京大学主政。我在《人民日报》读他的长文《学习列宁的学习风格》，敬仰之至。

负笈南京，我已写回忆散文多多，此乃"杂碎"；雅一点，曰"琐忆"。

2019年8月31日于加拿大密西沙加

林海十年（十三篇）

那年那月，初到牡丹江

我们一行十余人，从南京下关车站上车。那时南京长江大桥尚未完工通车，车头将一节节车厢拖到船上，至江北岸浦口，然后，火车呼啸北上。在天津东站、哈尔滨三棵树站转车两次，才向东往边陲城市牡丹江方向进发。

车上人挤人，几乎水泄不通。令我特别感动的是那些进驻车上的军宣队的年轻女战士，她们一身黄军装，汗水湿淋淋，或背着盒饭包，或提着大水壶，为旅客加水送饭。她们一声声喊着"劳驾！"挤过站在过道中的人群。"劳驾！"这响亮甜脆的纯正普通话声音，连同她们青春热烈的身影，至今让我还念念不忘。多么美好的青年女兵啊！这其中有没有青年男性对青年女性的朦胧的爱的情愫呢？打死我也不敢啊！她们个个根红苗正，而我却背着沉重的"家庭出身不好"的包袱，相隔数重山。也就是从那时起，我学会了用"劳驾"一词来打招呼，或麻烦对方，或请人让路。

列车行进在覆盖着森林的深山中，爬高坡时，两架火车头往上拉！沿着蜿蜒的钢轨，火车进入盘山道，透过车窗，前见车头，后见车尾，弯弯的长蛇阵！至一个叫"高岭子"的小站，火车又呼啸快跑了。一两个小时左右，列车拉响喜悦的汽笛声，喘着气，抵达牡丹江站。

我们到牡丹江林业管理局招待所住下时，天已很黑了。第二天一早，去招待所食堂吃早餐，食堂师傅给我们每人一碗高粱米粥、一个玉米饼、一碟咸菜。

到牡丹市区街上逛逛吧！中午饿了，我们在火车站广场东侧工农兵旅社楼下小吃部，每人要了碗面条。结果，遇到一个疯子，我们匆匆扒了几口，就离开了。后来，出于好奇，我们进了一家朝鲜族冷面馆。那冷面，凉、酸、甜、辣，吃不惯，又是匆匆几口，离开了。有人提议，看看牡丹江水吧！出城向南数里，见到由西而东的江水了。我们这些在长江边待了多年的人，觉得牡丹江太窄太窄了。江对岸似乎有一个发电厂，高大的烟囱向蓝色的天空正喷着乌黑的浓烟。

牡丹江林业管理局把我们十多个人分配到下面的林业局了：双鸭山一人，王君，女，数学系的，据说几年后调兰州同夫君团聚了。林口一人，吴君，后来考研回母校，再后来为江苏古籍出版社编审。穆棱二人，陈君和陆君，数学系的一对情侣，后来调回江苏泰州，陈君官至市教育局局长。

东京城二人，王君和钱君，后来皆调回江苏南通，王君考研入山东大学，后官至国家教育部副部长；钱君官至南通市教育局长。海林二人，皆女性，徐君和数学系栾君——后来徐君调济南同夫君团聚，也随夫君入卫生界，后任《山东医药》杂志主编；栾君则调浙江，同在新安江水电站工程师夫君团聚。亚布力二人，邵君和倪君，后来皆调回江苏盐城同妻子团聚。大海林二人，杨君和李君，后来杨君偕妻去妻之故乡山东；李君在大海林当地娶妻生子坚守至今。柴河二人，张君和我——后来张君调回江苏扬州，后任扬州大学学报主编；我则先调入牡丹江市，后考研，后在大连市的辽宁师范大学忝居教席。

林业管理局招待所负责登记的一位大嫂听说我们都分下面林业局了，颇怜悯："噢！全去沟里了。"沟里者，山沟里也。后来我们才知道，"沟里"之下，还有沟里，指林场；再之下，还有沟里，指山场也。

一个早晨，我们十来个人，在牡丹江火车站站台分别，各赴东南西北。四位女生哭得很伤心；男生都没有哭。某君说："经历离别太多，不在乎了。"

2017年11月4日于加拿大密西沙加

在柴河，第三次分配

列车驶离牡丹江火车站，沿着向北流去的牡丹江水，依其东侧前行。经停了著名的橡胶工业基地桦林镇之后，就是柴河站了，总共也就二十几分钟吧！这个海林县辖下的柴河镇，柴河林业局机关、贮木加工厂、森林铁路处、中学、小学和医院以及直属牡丹江林业管理局的机械修配厂等就占有了大半江山。

我和同学Z君，住进了柴河林业局招待所，在这里等待再一次分配。如果说母校把我们分配到林业部牡丹江林业管理局——报到证是这样写的，实际上已下放到黑龙江省了——是第一次分配，牡丹江林业管理局把我们分到各个林业局是第二次分配，这次就是第三次分配了。

柴河林业局有三个中学，第一中学设在局机关所在地柴河镇，这里人们习惯地称为"山下"；第二中学在"沟里"的二道河子，那里还是海林县的一个人民公社所在地，是一座小集镇；第三中学又要在"沟里"，在一个地图上找不到地名的地方，那里是森林铁路主干线的终点站，设一个工区，叫双桥子。我和Z君的归属，就各自在这三个中学之其一了。Z君是希望留在山下的第一中学的，我很理解他，似乎他的体质也确实不如我。再者，他的家庭出身是城市平民，也有点儿资本讨价还价的。我是无所谓的，这么千万里都过来了，还在乎这百十里的距离吗！当时的我，确有一种"好儿女志在四方"的革命豪情，认为自己应该去最艰苦的地方接受脱胎换骨的思想改造，又有一种对深山沟风光人情和生活的猎奇和向往，内心深处更存有深深的自虐意识，这种种复杂心理，使我觉得，怎么分配都行。于是，我天天待在招待所的房间里，写我的记游散文《登泰山记》。那时我也还有点儿狂妄和自负，同清代姚鼐《登泰山记》和当代杨朔《泰山极顶》媲美，现在想来自己真可笑。

一位胖胖的中年人来看我们了，他原先是局办公室主任，江苏无锡人，闻有"江苏老乡来了"，见见。此公虽天天来我们房间侃侃，Z君也寄希望于他能帮忙留在"山下"，但他似乎并无能力或并不办事。我每见之，就想起一个词汇：胖滑有加。所以，他侃他的，我还是写我的，欲比姚鼐和杨朔。

还来了一位W君，身材不高，扁脸大眼，容颜方正，很热情甚至激动地说："听说校友来了！"他是这里第一中学的数学教师，南京人，1965年从江苏教育学院毕业后分配来的。江苏教育学院同我们的母校是几经分分合合的，所以说校友也无妨。他希望我俩都能留"山下"，还说要找他们第一中学领导去局里要我们。Z君对他很热情，很寄希望，后来天天傍晚都去学校找他。我还是写我的，欲比姚鼐和杨朔。

过不了几天，林业局在第一中学礼堂开全局的教师大会，宣布下放林场当工人的教师名单。我们几个待分配的大学毕业生都去站在最后边看热闹。宣布到第一中学下放名单时，我们听到了W君的名字，"下放东风林场"。我想，W君太天真，自己快被下放了，还蒙在鼓里，想着帮我们。这天傍晚，Z君没有去找W君，在招待所房间里，颇郁闷。我放下了散文写作，去第一中学找W君散步。

我和W君沿着柴河镇南郊的一条大路贴着牡丹江水南行，过南大桥去江西边，又向北贴着江水走至北大桥，过桥至镇北郊折回。我和W君沉默着前行，沉默到只能听到我们的脚步声。过了好大一会，我们才又谈起来，谈家庭、谈经历、谈处境、谈荣耀、谈委屈、谈理想、谈情感……。忽然，一队队大雁飞过长空，或"一"字形或"人"字形，叫声悲壮。残阳掉进了江水，满满的血色。

第二天，局里通知我们去谈话。一位孙姓政工干部接待，正式告知，Z君分配去二中，我去三中。Z君稍与之计较了一下，无果；我表示服从。我俩都当场领了报到证。回到招待所，一位高个子戴眼镜的中年人已经在房间等我了："我姓吴，名振东，我欢迎你来我们三中工作。那里山清水秀，好风光。学校新建立的，你在那里会大有作为的。""听说你很能写，我很喜欢。"这是我走向社会的第一位领导啊！他对我人生的意义，我是很多很多年后才体会出来的。

就这样，我的人生就同一个叫"双桥子"的地方连结到一起了。在招待所一起等待分配的还有几位：胡君和赵君是上海师范大学数学系的一对情侣，分在一中，多年后去了安徽滁州师专；李君是北京大学考古专业毕业的，分在二中，多年后调回沈阳，又考研，后为辽宁大学历史系教授、博士生导师；刘君，合肥师范学院——今安徽师范大学——俄语专业毕业，分在三中，我和他同事多年，他后来回家乡滁州为政府机关干部。至于那篇《登泰山记》，我还留着呢！从未发表，更不用说什么媲美姚鼐和杨朔了。

2017年11月10日于加拿大密西沙加

社会初体验：到双桥子后

北去的牡丹江水在柴河镇北头向西北方向稍拐了一下，向它的下游奔腾着流去，经过头道河子、二道河子、三道河子，汇入西南方向流来的大青河，就有波澜壮阔之范儿了。我们几个第三中学的人，坐上森林小火车先沿江畔而行后又沿河畔而行，大约五六个小时，正午时分就抵达终点站双桥子了。森林小火车的客车车厢有七八节，路轨窄，车箱也窄，座椅也小，过道两边，每张座椅两个座位。吴振东主任心情很好，总是微笑着，他说局里答应他，将陆续有大学毕业生或分配或调动来第三中学。刘君很兴奋,他是安徽滁州人,一直盼望有南方人同他做伴。孙玮老师,是第一中学六五年的毕业生,大脸,浓眉大眼,身材高挑且膀大肩宽,一位端庄美丽热情真诚的东北大妞,一路上不断地提醒我关注窗外风光:湍急的江水拍打着江心小岛,激起雪样的浪花;江风吹起岸边的绿草红花,花草摇曳着婀娜的身姿;另一侧的车窗外,奇形怪状突兀的岩石,令人泛起无限遐想;高高耸立的鹰嘴砬子、直插云霄的老爷岭,还有那些简朴的农家小院,那木板的篱笆墙,那高堆的木桦子柴火垛,那门前挂着的一串串火红的辣椒和金黄的玉米棒子以及淡紫色的大蒜编成的辫子……哇!新奇着呢!

双桥子,一座深山沟的小小集镇。南边是山,山侧的坡地上是第三中学、双桥小学、双桥医院。站在校园往北看,整个双桥子尽收眼底。近处,是森林铁路的双桥工区,综合商场、邮政所、家属住宅区以及家属生产队的大片土地。右前方远处,高高耸立着一座山砬子,似一只猛虎盘踞在那里,所以叫老虎砬子。砬子下面,西南方向来的大青河汇入了东北方向来的另一条河然后向三道河子方向流去,奔向它们的主流牡丹江。大青河对岸,是一片开阔的土地,那里有一个叫荒沟的小村庄。再远处,就又是山了。因为有两条河也就有两座森林铁路桥梁,双桥子,也就是因此而得名。作为森铁的枢纽站,这里又向东北和西南方向叉出两条支线。东北方向先是秋皮沟这个大村庄,后是东北叉这个小枢纽,然后又分两叉,一去红星林场,一去红光林场。西南方向有西南叉,一去三块石林场,一去大青、桦木、东风、晨光等林场。那些林场,就又是更深更深的沟里了。因为有山有水有虎砬有农田有人家,双桥子确实是个美丽的地方,一粒镶嵌在林海雪原的明珠。

鲁迅在《厦门通信》中云:"对于自然美,自恨并无敏感,所以即使恭逢良辰美景,也不甚感动。"这大概同先生童年创伤性记忆和此后"辛苦辗转"的生活以及少有"余裕"闲适有关吧!我可能由于受歧视的命运和受压抑的心情,也很少会享用自然美,鲜有寄情山水。童年读报纸,又深知自己的"贱民"地位,使我更关注时事和周边人们的目光,这样的社会生态,常使我更加冷暖自知。振东同志是很好的,从他那里我觉察不到歧视,更多的是关心和信任。他专门让我和刘君两个睡不惯火坑的南方人住一起,特制了木床,又交代工人把火墙烧得更旺更热些。他让我撰写学校的许多重要的文字材料。同事们是友好的,那位孙玮老师主动帮助我处理班级涉及女生生活的问题,作为回报,我每天在办公室给她讲一会儿毛主席诗词。山沟里的孩子们是朴实热诚的，有几个男孩居然凌晨上山采撷了许多野山枣野葡萄给我品尝，看着他们露水沾湿的衣衫，我好感动！因为都说我"能写"，各种材料和发言稿都找上了我。我把这一切视为信任，乐呵呵地应承着。除讲语文之外，我还办起了学校的黑板报，起名"同心干"，七八块黑板呢，内容丰富且文体多样版式精美。我又自编了一本油印本的《写作知识》，讲各种体裁的写法，发给学生。我欢快地忙碌着，忘却了许多忧愁。

我觉得我应到产业工人那里脱胎换骨地改造自己。在森铁双桥工区，有个给水所，给火车头加煤加水。我一有空，就去那里帮工人师傅铲煤装车，那位工人师傅叫王天喜，后来才知道，他恰巧是我们班学生（一对姐弟俩）的父亲。这位王师傅同我结下了很深的友谊。

2017年11月21日于加拿大密西沙加

在三块石林场当工人

到了三块石林场的第二天，我随着工段的师傅上山场了。对于林场场部所在地的人来说，山场又是"沟里"。到了山场，就再没有"沟里"了。到了工段干活，也再没有"下放"了。从空间上从人生上，我"触底"了。

每天天还没亮，我就从场部单身工人宿舍对面两铺住着几十个人的大木板床上爬起来，去食堂吃点儿窝窝头高粱米饭咸菜之类，再用铝饭盒装点儿做中饭，拎着饭盒，挤上大卡车，在车上打着盹，不知不觉，就到山场了。山场是一块森林茂密的群山环抱着的开阔地。这是伐木工人的大本营，上山砍伐后拖拉机拖下的原木，就先在这里集结，然后用大吊车吊到汽车上，拉到场部，装上森林小火车，拉出山去。工人师傅们很照顾我，先是安排我在山场挖坑，这坑是为拉钢绳固定安装吊车的高高的杆子用的。后来跟拖拉机上山伐木，工人师傅是不让我靠近的，更不用说使用油锯了。更多的是让我挖个坑，点上火，帮他们烤烤湿了的衣服或饭盒。这时，我真切体会到抗联将军的诗句"火烤胸前暖，风吹背后寒"的意境了。我的饭盒是不用烤的，因为我把它绑在后背腰间，体温就使它不凉了。师傅们有时也让我拿起斧头，打枝丫，就是站在放倒的树干上，砍去树枝。下山的时候，师傅们总让我远远地跟在拉着原木的拖拉机后面，远离危险，因为那原木在下山的路上常碰上石头之类反弹起来，随时有可能砸向驾驶室或后面的人。

工段长常对我说的一句话是："你下来当工人就是锻炼锻炼，国家培养一个大学生，多不容易，我们不指望你干多少活，平平安安就好。"

冬天来了，下大雪了。林海的雪足足齐大腿深呐！于是，每天清晨起床后，我都要打上齐膝盖的绑腿，脚蹬大头鞋，穿上黑布面的工作服皮袄，戴上那大大的长毛的狗皮帽。晚上下工回到场部宿舍，也要烤衣服。在山场，若吃高粱米大苞米楂子饭，是用小树枝当筷子。工人们午饭休息的时候，是很热闹的。

那时候，几乎每个晚上都要开会。工人师傅们在山上累了一整天，晚上还得集中在场部大会议室那林场自己发电的昏黄的灯下。于是，台上的人在讲话，台下睡得东倒西歪，打呼噜的、流口水的、说梦话的，各式各样。好在主事者也不管，听之任之。有天傍晚，在山场上，我正准备随师傅们下班回场部，山场打更的老师傅喊住我："小王，别回，今晚陪我在这里。"我正犹豫，老师傅笑了笑："陪我，有意思的。"这晚，老师傅把木楞子房子烧得热乎乎的，煮了野猪肉、狍子肉，凉拌了白菜，拿出一壶酒，我们美美地吃了一顿。夜里，忽听狼嚎和其他野兽的怪叫，老师傅说："别怕！"他将门撑死，又挂出一盏马灯，将炉子烧得红红旺旺的，也就没事儿了。

也有几天，场部通知工段，不让我干活。场部用卡车拉着我走了几个其他工段，采访几个生产任务完成得好的先进包车组，回来写文章上黑板报宣传，或写材料报局里；还有一次，场部领导让我听他们的总结会，写一份总结，说是报送局里。我在这里又当上了"笔杆子"。林场家属生产队有七八个上山知识青年，他们是林业局第一中学的毕业生，不知从哪里听说我的毛主席诗词讲得好，于是请我在不开会的晚上为他们讲课，他们是很认真很好学的，至今我还难忘这几位热诚的青年人的形象。

一到星期天，我就洗衣裳，然后去场部办公室看报纸。一周七天的大小报纸，足够从上午看到晚上的。偶尔也被工人师傅或从双桥子回家过星期天的学生拉到家里吃饭，那香喷喷黄灿灿油亮的葱油饼，那白花花水淋淋热乎乎的窄边大馅猪肉饺子，好馋人呐！

有天晚上，我刚躺下，突然感到腰间疼痒。我褪去短裤检查，裤腰的针线缝里有小虫子了，生虱子了，我学着旁边的工人师傅用两个大拇指甲一个个地掐死它们。

就这样，我在三块石林场，当了一个秋冬的林业工人，又应召唤回到了双桥子。后来听说，严酷的深冬来临，第三中学的同人们呼吁："这个南方人，从南京一下子扔到了深山里，能抗冻吗？受得了吗？再说，我们就这一个中文系本科大学生，得回来教课啊！"吴振东主任马上采纳，请示局里，批准。在我，实际上还是不太在乎，无所谓的。

2017年11月22日于加拿大密西沙加

ZS夫妇

Z，我的第三中学同事；S，Z的夫人，双桥子小学教师，小学与第三中学合并为一个学校后，她也成了我的同事。那年那月我初到双桥子时，领导交给我的第一个特别任务，就同他们夫妇有关。一天早晨，革命委员会主任吴振东喊住我和刘君，笑着说："给你俩一个特殊任务，把老Z的行李卷起来，送回他家去。他同老婆吵架，到我们教工宿舍住了好几天了，今天撵他回家。他家在校门外向西第三排，北头靠近小火车道。"这时，我方知道，Z老师有家室在这里，怪不得天天晚上睡觉前大家都拿他开一通玩笑：他说是夫妻吵了一架，好男不跟女斗，我搬出来住；别人却说他是被S老师一脚踹到炕下，又将他的行李扔到了门外。不过，玩笑归玩笑，好心的领导和同事还是撮合Z老师回家。

我和刘君，一个扛行李，一个拎箱子，找到了Z家，进院敲门，一位年轻的女人开了门，她身后背着一个小男孩，扎着围裙，看样子正忙家务活呢！我们放下东西，正要走，她突然没好气地说："送来干什么，拿回去，他有本事就别进这个家门。"我忙赔笑脸："S老师，领导交给的任务，得完成啊！别让我俩没法汇报呐！"S老师伶牙俐齿："知道你俩是新来的大学生，有水平，会说话。"我俩匆忙逃将回到了学校。吴主任说："知道为什么将任务交给你俩吗？你俩新来的，S老师不好意思不给面子呀！"

中学与小学合成一个学校后，吴主任也得管小学的事儿了。有一天，吴主任对我们说："你们几个大学毕业生，在中学这边教学，既然同小学是一个学校了，也帮我关心一下，去那边听听课，看看有什么要改的。"后来，我真的去听了一些课。听过一次数学，后来写了篇散文《第一课》，主人公是H老师；听过一次音乐，后来又写了一篇散文《歌声》，主人公是K老师，都先后在《牡丹江日报》上发表了。——这是以后的事。第一次去小学那边，是一个早晨，第一堂课预备铃响起，孩子们拥进教室，老师们一个个站在教室门口等上课铃响后进去。我正犹豫进哪个年级的教室，而我唯一熟识且有过交集的就是这位S老师了。S老师正站在三年级教室门口向我打招呼呢！我也就进了她的教室，在后排找了一个空座坐了下来。这是一堂精彩的语文课，从组织教学到最后的布置作业，从识字、解词到朗读、讲解到归纳，从提问、板书到师生互动……几乎无懈可击，且教者之激情洋溢仪容端庄严肃温和与学生之专注认真生动活泼守纪向学组成了极好的课堂氛围。S老师不愧是阿城师范学校毕业的高才生，这在当时林区深山沟小学，是少有的科班出身了。后来我还发现，在组织小学生文艺活动唱歌跳舞团体操方面，S老师也很有一手呢！

文化课教学得到重视后，中学这边教师不再同学生一起进行民兵连队建制了，回归教研组了。语文组教师六七个人，组长是Z和我，我俩办公桌相对贴一起，我和Z之间，配合默契，也有了友谊。Z，中共党员，师专毕业，人矮小且瘦弱，显老，体质差，可谓"手无缚鸡之力"；但待人极好，温和善良，工作兢兢业业，教学虽欠神采奕奕之感染力，但知识传授准确严密，一笔漂亮的粉笔板书。Z之内敛与S之张扬，Z之谦卑与S之活跃，Z之柔弱与S之青春，Z之本分与S之新颖，夫妇之间反差颇大，可互补，亦会离析。又据说，S家庭或出身或社会关系上之"问题"，亦有"包袱"，嫁给Z这位中共党员后，为解决两地生活，调来深山沟同Z团聚的。

Z与S夫妇似很不合，常吵架。S很强势，常有语言暴力。S多次冲进我们语文教研组，数落Z，更甚者有秽语，同其教师职业和少妇之身份很不相称。而Z呢，很少回嘴，默然承受，顶多嗫嚅："你骂你自己。"且声音低得几乎叫人听不见。我颇为Z抱不平，心想：该治治你这小小的母老虎。

机会来了！有一天快下班了，操场上几十个幼儿在疯玩，而Z和S的公子小Z，已长大很多，且顽皮异常，俨然疯玩的幼儿中的领袖。我灵机一动，搞了个恶作剧戏弄一下S。我找来彩纸，一大张做一大旗幡，上书大大的S的汉字姓氏；又剪裁几十张小旗，亦书S这一姓氏。大旗幡交小Z公子，小旗帜发每个幼儿。于是，满操场"S家军"雀跃尔。众师生员工四边围观，笑声不绝于耳。

S看见了这一盛景，气急败坏，东奔西跑地一个一个地抢得大小旗帜，又审问小Z公子，得知是我"干的好事"，冲进我们教研组办公室，手指着我："你这个家伙，干的好事，败坏我名声。"又捶了我几下，在一片哄笑声中走了，还撂下一句："你，你等着吧！我还得找你算账！"不过，她捶得并不狠；而且，我也没有等到她来"算账"。有一点变化是，S不再闹进我们办公室了，大家反而觉得有点乏味。

很多年后，我打听ZS夫妇，听说他们调回阿城了。后来又听说他们最终还是离异了。现在想来，Z是好人，S亦情有可原之处。她小鸟依人的身姿却河东狮吼的形象，莫非是同社会环境家庭气氛带来的压抑感有关？她与Z离异，莫非是确有较大反差而生活不合性格不合感情不合以及其他不合？夫妇之间的事，谁能说清楚？我那时年轻，幼稚得很！

我对老Z很是想念，总忘不了我离开深山沟时他那送别我的眼神：深情的、友善的、留恋的……

2017年11月30日于加拿大密西沙加

所遇好同事

母亲在世时，每逢我出远门，总是烧一碗芋头汤给我吃。先把芋头切成手指头大的小块，用油爆炒，然后放上葱花、虾皮和盐，加水煮熟，就成了。就我而言，只是喜欢吃而已。而母亲却赋予了它另一层内涵："芋""遇"同音，祈求在外有个好"遇头"：遇好人相处，遇贵人相助。我在双桥子确实遇到了很多好人，尤其是好同事，这是几十年来我难以忘怀的。其实，我那时最怕两种目光：一是歧视，二是同情——被"同情"其本身就会带来"低端"感，它与"歧视"同样可怕。我对那个年代平等待我之人，永怀感激之情。

安徽人刘君，同我朝夕相处了两年，后来调回家乡了。依依惜别时，他眼圈红了："我不能在这深山沟陪你一起了，你多保重！"

北京人王君，南开大学哲学系毕业，理论修养知识储备思辨风格英文水平皆令我敬佩。他还是体操运动员，单杠动作非常健美！他还送三首诗给我：

七绝

登张广才岭群山，回忆起乘船渡海曾遇风浪一事，有感。

曾经沧海斗狂澜，
又上群山望烽烟。
胸有风雷连广宇，
尽抛私利示豪言。

七律

宇宙茫茫转不停，
沧桑几度有人生。
五洲云水洗肝胆，
四海风雷铸心胸。
摒弃私心无顾忌，
留得众益有豪情。
山高路远何足惧，
更喜艰辛又几重。

五律

读书十七载，
去国路三千。
离却繁华地，
深居威虎山。
昔日当学生，
今朝为教员。
喜受再教育，
改造世界观。

  某周日，雨天。我在屋西头办公室看书，王君在屋东头办公室看书，皆觉有人在走廊来来回回踱步，"笃——笃——笃——"，稳健且均匀。我以为是他，步履有哲学之沉思；他以为是我，气度见文学之高蹈。出来一看，一条毛驴避雨至此尔。此事成为趣谈。

  另一位王君，粤人，他物理课讲得极棒，但似乎情绪很低沉灰暗，看透世事，常同我聊天，一吐郁闷，我很理解他。有领导好心提醒我少同这位"思想落后"的人接触，以免受消极影响。这怎么可能呢！在我心灵深处，我们都有共同的伤痛呐！

  教导处的常老师是一位热心人，她兼管收发和图书室，给我这个爱看报看书的人以极大的方便。我每有文章在报纸发表，她一看到，都会很快告诉我，为我高兴。她长嫂般地关心我的生活，很使我温暖。

李老师是个活泼天真的女性。她很向学，从小学那边拨到中学这边教语文了，硬是将办公桌贴着我，说是要多让我指导她学习和备课。我帮助她备了一次公开教学的语文课，讲军旅作家散文《螺号声声》，由于她超乎寻常的努力，一炮打响，好评如潮。她热情火辣，又心地善良，对我的关心若小妹。这位"根红苗正"的女性，对几位"文化高"而"政治低"的大学毕业生却非常尊重，多有请教。她还有些"出格"的故事，如做中学生时，一心想当女兵，竟然一个人跳上火车去沈阳，找到大军区司令部，结果被学校领回；又如，生第一个孩子时，在家中炕上临盆，疼痛难忍，迁怒夫君，一脚踹倒了在旁边当医生的夫君。是否属实，待考证。

那个年代的年终评优，仿部队，叫"五好战士"。又年终了，在晚上大办公室的灯光下，吴振东主任主持开会评选了。大家皆可提名，然后众人热议，举手以投票。沉默了一阵以后，张老师发言了，他居然提名的是我，吓我一跳。他列数我的"先进事迹"，弄得我很不好意思。接着刘老师发言，表示支持张老师的意见，又阐述一通。张是中共党员，刘是快入党的积极分子，皆是说话有分量的人物。于是，会上出现声声"同意"。振东主任表态："行！"鼓掌通过了！这样我一个"普通民兵"，居然越过"武装民兵"和"武装基干民兵"，成了"五好战士"了。

张老师的妻子姓刘，政治教师、团支部书记；刘老师的妻子姓王，中共党员，校政工干事；在那时的同事中，皆是很优秀的女性，公正、善良、诚恳、平等待我等之辈尔。

一次，春节后从家乡返牡丹江林区，住"山下"的柴河林业局招待所，待第二天转小火车进山。在招待所门外巧遇吴振东主任，他说："我来看看有没有你们外地返校的。"他拉我去他家吃饭，盘腿在炕上用餐，他的小女儿上小学，拿来书本，让他写名字。他对孩子说："让这位大学生叔叔为你写，沾点儿文化气，将来你有文化，有出息。"我推辞不成，只得从命，于是为这位小女孩在书本上一一写上了"吴遥"两个字。

在那个年代，我所遇到的好人远远不止这几个，多着呢！是他们，给了我活下去的勇气，我爱他们。

刘君调回家乡后任政府机关干部，我去滁县看望他，游醉翁亭，登琅琊山。

十年后再去看他，他已官至滁县县委办公室主任了。京人王君，后来调入黑龙江社会科学院，来大连看我。粤人王君，后来父亲被平反，复职，他调回广东，据说官至地委书记。常老师多年后同我通过几次电话，现在已八十余岁，身体硬朗着呢，练得一手好书画。李老师后来进修提高，调黑河，为中学特级教师，夫君为主任医师，还兼为作家，我们两家通家之好数十年矣。张、刘二位老师，后来皆至林业局纪律检查部门为领导，都先后来大连看望我。吴振东主任后来调林业局森林铁路处任书记，调穆林林业局任政治部主任，又至管理局党校任教务长至校长；他同我一直有所过从，且对我还有过关怀；后来他偕夫人和女儿吴遥女士来过大连，相见甚欢，席间，把盏举杯，笑谈往事，感慨社会变迁时代风云人生际遇，甚有意味。——好人好命，好心好报。愿好人一生平安！

几十年来，我的眼前总是浮现起母亲端上来的那一碗热气腾腾香喷喷的芋头汤。

2017年12月11日于加拿大密西沙加

方主任

吴振东主任调走后，第二中学的方连富主任调来了，不久，校革命委员会主任改称校长。大家称之"方校长"或"老方"。

方，滇人，三十余岁，中等身材，大脸，脸色偏于褐紫色，浓眉大眼。据说，他是彝族人，父母皆奴隶娃子，在山洞里生下了他。1949年后，改变了他的命运，至读云南大学中文系毕业，又入党提干，是林区教育界少有的知识分子领导干部。方同吴比，风格不大一样。吴虽机关干部出身，却由于一直在宣教系统，很斯文，很有水平。方毕竟大学毕业，业务上很内行，很有事业心，可能同童年生活有关，虽为知识分子，却反而更随意些。这两位校领导，皆少架子，多平易近人。我对吴，较多的是尊敬；对方，较多的是亲切。

方对我是很理解和支持的。比如说，牡丹江日报每年皆开的优秀通讯员会议或通讯报道工作会议，一开就是近一周，他让我请公假参加；局里每年的大型表彰大会，宣传科借调去写材料，也是一去就是一周，他也支持。这两件事，曾被"山下"某领导认为"不务正业"，但方顶住，作为一个中文系毕业生，他是很懂得其中之意义的。我每有报刊发表，他更同喜，且还同我讨论之。

方同我，还形成了一些常一起谈天的友谊，他健谈，时事政治、教育教学、语言文学、学校发展，并且，很谈得来。方来双桥子后，一段时间把家留在山下。在单身宿舍的大炕上，我们铺位挨着，常常互相帮助卷放行李，准备洗漱用水。我晚上在教研组办公室看书，他在校长室办公，每至十点左右，他就喊我一同回宿舍，顺便或坐下或路上，又聊上几句。有一次，他让我谈理想，我让他先说，他说要身在山沟办名校，我说要身在山沟当名师且不断有教学和其他文章发表并兼为散文作家，虽地处偏僻却联通天下。说后，我们还都很兴奋。

由于方主持校务的进取精神，这个山沟里的中学搞得很有生气。再加上我的通讯报道的宣传，学校声名大振，局优、地区优、省优。后来开始有实质奖励了，方作为先进集体代表从省里开会回来，领得数百元奖金，他问我怎么花，我说别吃别分买台电视机吧，他甚为同意。电视机买回来了，却只见雪花，偶有声音。学校的物理老师、工区的技术人员都来"会诊"，挖地若井，架杆顶天，但皆不行。双桥子的所有人们都盼着看呢！下山问售货的百货公司，人家问："你们单位在哪里？"答："柴河沟里，双桥子。"人家大笑："哎呀！那里锅盔山顶的转播装置才正筹划中呢！"是为传遍各地的大笑话。

有两件事我还记忆犹新。一次，方问我，办一个强校的基本条件是什么。我答，师资强，若你的胸脯，挺起来了；图书馆、实验室强，校办工厂、校办农场强，若你中山装上下四口袋，鼓起来了。我的幼稚的话语后来竟成了他在教师大会上讲话的内容。这样的事还有不少，可见方极善集思广益。

2017 年 12 月 13 日于加拿大密西沙加

调动：离开双桥子

我的调动似乎并不太复杂，但得从 1972 年秋说起。作为牡丹江林区中学语文教学中心组成员，我参加了管理局在大海林林业局第一中学召开的文化课教学改革工作会议，主持会议的是管理局教育处要员赵宗启先生，此公曾任穆棱林业局第一中学校长，是很有抱负和事业心的一位领导。会上，大海林林业局第一中学公开教学了两篇语文课，一是我的南师校友李村墅老师讲鲁迅《中国无产阶级革命文学和前驱的血》，另一是李桂英老师讲写蒙族先进人物的报告文学《乌兰其其格》。这两堂开放课均讲得漂亮，前者深刻峻峭，后者秀美壮丽。课后的评课会上，我受该校语文组长、南师同班校友杨曙老师之邀做中心发言，我从教材理解、教学内容、重点突出、难点分散、板书设计、教者仪态和课堂气氛多方面对二者分别作了评述，又比较了二者的教学风格，进而对语文教学改革走向又做了探讨。我的发言语惊全场，门外窗外皆挤人旁听，气氛热烈，掌声长久。评课会后，赵宗启先生找我，说看过我的一些报刊文章，知道我这个人，这次又站门外听了我的发言，决定请我为他明天闭会的大会写总结报告，问："能在今夜拿出来吗？"我答："能！"于是我大半夜未眠，直至凌晨三点，一份万言报告稿交给了他。他也一直在旁陪我，怕我发困，为我冲白糖水，又吩咐伙房做夜宵。他接过稿子，看了一遍，很满意，说："你睡觉，上午你不用来开会，好好休息。我不睡了，还得把你写的稿子好好消化呢！"我睡了一觉，还是参加了上午的大会。赵的总结，讲得很好，按我的稿子讲，但有所发挥，发挥亦精当，此公很有悟性。临别，赵公握我手，拍我肩："别忘了，有事找我！"没想到，不出半年，真有事找上他了。

1973年春，牡丹江林业管理局筹建牡丹江林业师范学校，校址设牡丹江市西山，先假座黑龙江省牡丹江林业学校，主事者、拟任校长就是赵宗启先生。我闻讯后，放弃了其他一些调动去向的计划，决定以此去向为争取。我通过赵的手下人传话给赵："我真的有事找上你了，我想调过去。"很快得到赵的回话："记得你啊！马上就进入第一批拟调入名单。"赵的第一批拟调入教师名单18人，人称"十八罗汉"，少量牡丹江林业学校的，多为各林业局抽调的。我不放心，又私下去牡丹江市见了他，他说："甭担心，已下调令了。他们卡你，你就说是我'赵胖子'要的人。我'赵胖子'要人，不会不成的。"真是自信呐！我这才留心到，此公确实一胖子，中等身高，身胖脸胖，常带笑容，喜感十足。

我又致一信，致老领导、已任管理局党校教务长的吴振东先生，吴很快回信，云已同教育处长刘英女士招呼，刘说尽全力。吴信叮嘱，不要对任何人说此事，阅后烧掉此信。

此后就进入了一种暗中较劲的状态。我在私下努力，管理局方面催要人，而所在具体单位的方连富校长表示不放。而我在双桥子也一点儿不声张，依然上课下课备课，办公开会读书，登山散步休息，吃饭方便睡眠。

我的岳父大人朱家璜先生是管理局仅有的两名工程师之一。他是日占时期东北大学林学系学生，因为看不惯在食堂吃饭时日本学生桌上饭菜比中国学生桌上的好，又因为足球场上率中国学生队狠踢盛气凌人的日本学生队，在日伪档案里，这位辽宁西丰县地主家庭出身的青年学生，被列为"危险分子"。日本投降后，国民党统治了，他又因为不满黑暗现实，被列为"亲共分子"。解放前夕，他作为流亡学生在北平变卖了妻子首饰与一同窗好友徐某，两家磨豆腐街头巷尾串胡同叫卖豆腐为生。新中国成立，百废待兴，亟须知识分子，他俩向人民政权报到，被林业部派往东北开发新中国森林工业。徐某出身贫农家庭，入党提干，官至哈尔滨香坊木材综合加工厂厂长。我的岳父大人参与了高岗主导的东北人民政府的林业规划编制后，则来到牡丹江，参与开辟新的牡丹江林区。他曾同森林调查队一起踏遍整个林区山山水水。我出于男儿自尊，未敢告诉岳父关于我的动向。他别处闻讯后，很少求人的高傲的他，却贸然去了一趟柴河，找到柴河林业局张副局长——张曾作为林管局森调队干部同他这位技术权威有过很好的合作。张副局长很热情地接待了他，直至送他上火车，才吐口答应下令第三中学放人。

过了几天，方校长通知我去他办公室，方校长很愤怒，愤怒写在他脸上，又强忍愤怒，强忍也写在脸上。我理解他，是我对不住他。我拿起函件，走出校长室，噙着泪水，回办公室，收拾东西。直至离开双桥子，我几乎同谁也不吭声。

我现在觉得，我和方之间的这点恩怨，应责怪的是我。当时他也才三十多岁，我还不到三十岁，都还年轻。

我入大学，一只小帆布箱装衣，一只小薄木箱装书，一个小行李卷着一套被褥，毕业后来深山老林还是这些，离开双桥子也还是这些。一个下午，我坐上了小火车，沿着大青河顺流又沿着牡丹江逆行，离开双桥子。我没有悲喜没有歌哭没有哀乐没有爱恨，什么情感也没有，离开了。我一直盯着看水流，所有的窗外景色，红绿黄蓝青黑紫，甚至连白色，都搅成了一种无色，所有的回忆都搅成了一片空白，我就这样呆呆地坐在车里，呆呆地，……我呆呆地走了！双桥子。

帮助过我的张副局长，我从未见过，他能在我岳父大人落魄时念旧情，难得。我的岳丈，后来随着新中国成立初期带他来创业的管理局第一把手官复原职也被召回管理局机关，后来还当了政协委员。我同赵宗启校长的交集，才刚刚开始。

1973年，这一年对我是不寻常的：年初，成家；仲秋，母病逝；晚秋，离开双桥子调入牡丹江市；初冬，长女出生，初为人父。

2017年12月15日于加拿大密西沙加

初为人父

1973年11月20日上午11时许,牡丹江林业中心医院产科走廊。我独自在走廊里徘徊,妻临盆在即。

产房里传出了助产士对妻的一声声呼唤:"用力,用力!"妻疼痛得一阵阵带哭腔的惨叫:"哎呀,啊呀!"以及岳母的叮嘱声:"你忍住点儿,快了!"过了一会儿,一声初生婴儿"哇哇"的哭声响起,一个新的生命来到这苍茫的人世间。

岳母喊我名字,告知新生儿性别:"丫头。"又说:"快快去买一斤蛋糕,你俩早饭都没吃就来了,怪不得她没有劲用力。"我才猛然醒觉,迅速走下楼去。三年后,1976年4月,次女降生,我又重复了一遍这一幕。

长女取名瑾次女取名瑜,是我早已设定,觉这两个名字男女通用;就我而言,来自鲁迅小说《药》,秋瑾夏瑜;那是一个呼唤民主与科学反对专制和愚昧的时代。美好善良而天真的文人朋友们赞之:"怀瑾握瑜,好!"当年,有一位学生还特意查了辞典:"美玉呐!"我皆一笑:"谢谢!"

我们这一代人,可以说是人民共和国的长子,命运同人民共和国国家命运和人民共和国人民命运紧密相连。就我个人而言,进入新时期的时刻,有了终于可以伸伸腿,直直身,挺挺胸,抬抬头的感觉了。我又一次唱起了童年时代唱过的歌曲:"解放区的天是明朗的天……"

仰望天空,大雁还是悲壮地呼喊,排列成"人"或"一",呼唤"人"的尊严和"一"律平等。大雁:我爱你们!致敬!你们的一次次的远行。

2019年8月25于加拿大密西沙加

房子啊房子

1973年秋,我调进了刚成立的牡丹江林业师范学校,校址在牡丹江市西山。

学校假牡丹江林业学校校址开办,用林校教学楼,学生教工食堂及宿舍原是一废弃了的厂房,无教工家属宿舍。

我自己向周边居民租房。我先租了一农民院子内的带炕带灶的小凉房,一月五元租金;那时我拿的一直是大学本科毕业生的试用期工资每月四十五元,妻拿的中专毕业生试用期工资每月三十一元;每月五元,也不少呢。这是一个用土坯垒的小屋;房间一铺土炕,两米见方,地面放一小柜后;外屋一灶台,置一锅,烟火带热火墙和土炕，只够一人转身。我们就在这里暂以栖身了。

牡丹江的冬天是冷而长的。一个大冷天，我放在粮食箱子里的两瓶啤酒居然冻成冰块了。一天夜里，呼呼的北风吹着我们一家三口；开灯一看，墙有裂缝；我用旧棉絮堵上。

两年后，学校自盖教学楼打好墙基后经费短缺，停工。我将工棚之一段改造，搬进。自己动手改建工棚，改建也不容易，得抹炕，加防寒天棚；幸得若干学生帮忙。这里记下几个学生的名字：黄玉范（女，东京城）、刘玉华（女，东京城）、刘玉华（女，绥阳）、李艳（女，柴河）、何晴波（海林）、赵伯仁（海林）、虞金昌（柴河）、王洪平（林口）、高庆明（柴河）等，这些可爱的实在的青年后来都很有出息。高君，多次聚首；刘君甲，亦见面多次。其他，多在电话聊天，黄君，还在电话那头激动痛哭。仅刘君乙，一位很健康很端庄面色红润的女孩，未曾联系；近四十余年过去了，你们好吗？

工棚低洼，雪水大量渗进，借一抽水机抽出。吃水，每天去旁边的林业印刷厂挑。烧煤，去煤厂凭票购；喊一毛驴车，付费拉回；煤中煤石竟占三分之一以上。蔬菜，不是排长队就是挤破头才能买得。一次还被小偷将衣兜划一刀口，鱼票及五元钱被盗，悻悻然回家。

这期间，学校旁边有林业单位空出两户家属房，产权不明，牡丹江林业管理局与牡丹江市林业局下属众林业单位职工去抢房。领导竟让我也参与抢房。同事张福荫老师抢成。因他抬一位七八十岁病中老母开道矣。

次年夏，大风，房顶油毡纸卷起，我从旁边库房取木板压上。这时，学生在周边劳动，过来帮忙。有人打小报告，说我取库房木板压房顶，一领导带一瓦工——学校工人，他因为过去一直是管理局机关工人，早有家属房住——来看。领导未说什么，瓦工却责备我了。我站在房顶，高声对喊："告诉你，这活应该你当瓦工的来干，便宜你了。你说，我不这样压，这房怎么住？你凭什么教训我？"痛快淋漓，发泄愤懑，豁出去了。在场师生，鼓掌喊好。领导令瓦工走开，劝我别生气，又进家门，嘘寒问暖。这叫兔子逼急了也会踢几脚，绵羊逼急了也会用角顶。

后来管理局对学校重视程度，非吾等可妄议，但教学楼迟迟不恢复动工，教职工住房迟迟不解决，却是事实。

此后不久，牡丹江林业管理局机关盖一拐把子家属楼，我与一林姓教师前往申请，管理局办公室主任唐某语带讥讽，意为师范教师怎么也想参与分房了。牡丹江林业管理局就是如此对待师范学校教师，不把教师当人。我觉得深受其辱，出得管理局机关大门，我下定决心：老子不伺候你们了。

我利用一个星期天，清早乘火车，东京城下车，一位叫张清卓的中文系的学生接站，又步行十多里，来到建在荒草甸子上的牡丹江师范学院。张，柴河林业局双桥子人，1968年的高中毕业生，爱好文学。我们在双桥子就熟识了。张带我到了中文系党总支书记魏先生家。魏不等我开口，即表示："欢迎，我们这边没有问题。学校方面也打过招呼了，就怕那边不放你。回去做工作，那边松动了，我们这边就发商调函。"于是，我当天下午就返回牡丹江市，找了管理局干部处的人，谈了想法，他们直说难。并奇怪人家拼命往市里钻，你却要去乡下。我的行动被校长知道了，他似有不快，但又似有良心发现，对我说：难办啦！

又两年后，1978年秋，我考研录取，离开牡丹江林业师范学校。学校自己盖了简易房，妻女搬进。后，学校又盖平房的家属房，给钥匙了；我研究生毕业前，谋回南方工作了，便将钥匙退回。

牡丹江林业师范学校分政治、中文、数学、理化、体育、艺术等专业，其架构，出手不凡，似培养目标为中学小学教师兼顾。校长踌躇满志，颇有雄心。我曾问他长期打算，他说，先师范学校后高等师范专科学校再师范学院，须知林业系统师资薄弱，不能光靠地方培养，应自身解决。所以，愈是艰难，他愈是苦撑，不断地给我们打气。但是直到我考研离开时，教学楼还是一墙基。几乎同时，他也被挤走。

房子啊房子！

2019年8月26于加拿大密西沙加

我与赵宗启校长

去年我回国在大连家中时，按照张玲女士给我的一个电话号码，联系了黑龙江林业科学研究院，问及当年牡丹江林业师范学校校长调任黑龙江林业科学研究所所长的赵宗启先生近况（我很想去哈尔滨看望他），电话转至该院老干部处，一位男子以低沉的声音告诉我："他走了好多年了！"

我沉思良久，陷入了对赵宗启校长的回忆。我与赵宗启校长的交集，以他对我的器重始，中间经历了恩恩怨怨，又以他对我新的器重终，应该说，还是很令我欣慰的。

赵宗启校长，中等身材，胖胖的，但并不臃肿，加上他胖脸上常挂着自信的笑容，胖得很有喜感。人们背后喊他"赵胖子"，他也自称"赵胖子"。他常说："这事儿，你就去说，我赵胖子让你办的，没问题。""这件事，我赵胖子答应你了，你就放心了。"胖，也是他一笔财富呐！

我1973年秋离开深山沟的双桥子调至牡丹江林业师范学校，主导者是赵宗启校长；这个过程我在前面的文章里说得很详细了。应该说，他是我的恩人。但那时，我没有送他一文钱一份礼，那时的风气也不是这样的。于今思之，我甚觉情感上很为亏欠他。

赵的身世，我不清楚。我只知道他担任过穆棱林业局中学校长，后来调任牡丹江林业管理局教育处处员。受命组建牡丹江林业师范学校，白手起家，很费心血很花功夫很显才干。

赵宗启是一位很懂得教师队伍建设的校长，他使出浑身解数调入人才。建校伊始，教师队伍颇整齐雄壮。牡丹江林业学校调来若干，林区各林业局选抽来十多人。教师十八人，所谓"十八罗汉"矣。政治专业张先生，华东师范大学毕业。数学专业朱先生，清华大学毕业；周先生，江苏师范学院（今苏州大学）毕业；林先生，哈尔滨师范学院（今哈尔滨师范大学）毕业。中文专业周先生，哈尔滨师范学院（今哈尔滨师范大学）毕业；张先生，东北师范大学函授毕业……总之，各专业师资均很不错。后来又陆续从林业局再选调若干骨干教师，又留下一些每年新分来林区的工农兵学员毕业生。如中文专业新分来邴君、亢君皆哈尔滨师范学院1976年毕业生。一时间，还是颇有旺盛人气的。从队伍组建，也看出赵校长的胆识气魄。

遗憾啊！后来我同赵宗启校长之间出现了疏离。

赵校长中年发福，又喜背着双手在身后倒剪，站操场中央，踌躇满志，四下望望。我觉有喜剧色彩，笑指为"活像一个庄园主"。这话可能传到他耳中，虽我并非恶意。

1976年冬，牡丹江林业管理局派来鲜于先生为牡丹江林业师范学校党总支书记，也就是新的一把手。鲜于，原任海林林业局政治部主任，朝鲜族，很有热情，爱读书，曾让我推荐文学作品，我推荐了刘心武的《班主任》、徐迟的《哥德巴赫猜想》等。他对我友善。

  1978年夏天，我考研复试后，等待录取通知书。一个中午，我们一家四口在吃中饭，很长时间未见到的赵宗启校长突然来到我家，少见，我受宠若惊。他持一信封，云："刚收到，第一个来你家，也只来你家。"又说："你够意思！你我相处，你有不妥处，你这小子也挺犟；我也有错，有对不住你处。你有才，人品也好。"原来，他拿在手上的信封里，是黑龙江省林业总局一纸调令，调任他为省林业科学研究所所长。他很高兴，给我看。我也为他高兴。这一年多来，他这个校长完全被"边缘化"了。他又说："我还想要你也跟我去，现在去也行。你想读研究生，研究生毕业也可以到我那儿去。"我说："我又不是学林业的，到你那儿有什么用。"他一笑，叹道："你真是一个书呆子，你可以入党，可以当领导。"这大概是我与赵宗启的最后一次谈话吧，算是一个美好的结尾。

  很多年后，在哈尔滨木材综合加工厂中学任教的内妹告诉我，老校长赵宗启的妹妹与她同事，常对她说，赵校长常提起我，很想念我，说同我当年相处得多好啊！我听后倍觉欣慰。

  谨以此文怀念可敬可爱的赵宗启校长，反省自己曾经的幼稚和亏欠，赞美这位内心深处充满人性的老领导，记录一段难忘的经历。

2019年8月27日于加拿大密西沙加

在历史转折的年代

  1976年秋，学校拟组织教师分批参观朝阳农学院，行程都定了。不少老家在南方的教师都准备全家前往，借机探亲。突然，一个早晨，广播里哀乐起，毛泽东主席逝世；天低云暗，山河哽咽，举国哀悼。计划中的参观朝阳农学院早成泡影。又不久，"四人帮"被粉碎；云开日出，金风浩荡，举国欢腾。我在某大报的一篇长篇报道的结尾看到这样一句话："这是一个伟大的历史转折。"我很留意，思考了很久。我在回复在东京城林业局当中学教师的学生高曼霞女士的信中说："我的心中充满了光明。"记得这位老黄埔校友的才华横溢的女儿在复信中又将我的话重复了一遍。

  我决定挈妇将雏回老家过寒假，一来探望祖母和父亲等亲人，二来同家乡的知心朋友有识之士交流对形势的看法。

  我已三年半没有回江苏东台老家了。每至寒假，特为烦恼，因规定婚后不可每年一次探亲都报销路费，多年一次仅报少许，囊中羞涩，不能回乡看望。

这个寒假，我在家乡，同家在如皋丁堰的老同学吴功正频繁信件往来，同王家巷头扬州师范学院毕业的中学教师王怀罗先生三天两头地互访聊天，又几乎天天进城同老同学陈钧促膝深谈。

我在这之后的两年里，除了正常教课外，做了这样几件事：

我写了不少批判"四人帮"的文章。一些短文我投稿给了牡丹江人民广播电台，那时言论节目的编辑梁荫墀先生和常青女士很重视我的文章，几乎有稿必用，且用稿速度很快；有些时日，人们听大喇叭或打开收音机，都能听到我的短小精悍的文章。我还写了一篇长文《关于鲁迅教育思想的几个问题》，寄给了《黑龙江教育》杂志，该刊以《不准篡改鲁迅教育思想》为题发表了。此外，我还在《青海文艺》杂志发表了一篇探讨诗歌意境的文艺短评，等等。这时已恢复稿酬制度了，我常有稿费汇来，《黑龙江教育》杂志那篇，二十五元，比我半个月工资还多呢，一下子震惊了学校衮衮诸公。

我自编教材《现代文学作品分析》《现代文学作品分析续编》两种，内部出版印行后，除本校使用外，居然同级兄弟学校纷纷购买，可见书荒之严重。学校只预收工本费，后来略有赢余，校教务科还结算退款给购书者。那时的人，真规矩。内部出版后，挚友吴功正在母校编印发行的《文教资料简报》做了介绍，我收到两封有意思的信：一是当时在黑龙江省爱辉县教师进修学校工作的王世家先生，他编辑内部出版的《读点鲁迅》丛刊当时已经很有影响了，他寄赠我几册交流。我十多年后见到他，大家还记得这件事。这时他已为李何林老先生看中，借调北京鲁迅博物馆编《鲁迅研究动态》（后改为《鲁迅研究月刊》）了。二是安徽大学中文系教师方铭先生来信，寄赠他的《现代散文选讲》，求交换，联系。这年冬天我返乡，将这事告诉了父亲；父亲立即说，方铭是东台人。我又寄信方铭先生询问求证，果真如此。他还在回信中引用古诗表达乡恋乡思情。后来在一次电话中聊天，他说他同我家还沾亲，并说当年还去过我家。我研究生毕业时，他还争取我去安徽大学工作。再以后，他又将"鲁迅的人生智慧"这一他本欲同陈鸣树先生一齐完成但未能实现的选题送我。个中详情，我在《鲁迅的智慧》一书"后记"中有过说明和叙述。

国家恢复高考，筹划研究生招生。读研究生，是我读大学本科时就有的理想啊！

1977年夏秋的一个下午，我在牡丹江人民广播电台，同编辑常青女士聊写几篇言论稿件的选题。她接一电话，省里来人在北山宾馆招生宣传。她是老高中毕业生，意欲考大学。她知道我想考研，约我同去。于是，单骑两辆，飞车前往。询问工作人员，高考报名在即，研究生招生可能推迟至1978年，我们互致祝福，各自回住处。常青女士，高个扁脸，端庄大方，精干聪明，好学上进，同作者交往沟通和谐，常有好思路。此后，她顺利考取哈尔滨师范学院中文系，毕业之后去黑龙江日报社，曾多有互相托人致意，大概现在也退休多年了吧!

牡丹江林业师范学校有两位教师报考研究生，另一个人是化学教师刘贵生老师，北京师范大学化学系毕业，报考母校母系刘若庄教授。他是沈阳人。我们颇谈得来，且是简易房邻居。我们都向往当大学老师，曾说过：哪怕这个大学建在沙漠上，我们都去。我们另一个常在一起谈谈的朋友是数学教师朱发俊老师，上海人，清华大学力学系毕业。刘，未能如愿考取研究生，后东北林学院（现为东北林业大学）招师资班，考取，结业留校为公共基础课教师。朱，后来恢复党籍军籍同时补转业手续，获得赠送军装一套，后提为牡丹江林业师范学校校长。他长我十余岁，早已退休。我们后来都有过联系。

赵宗启校长走后，柴河林业局教育科长杜振仁先生提拔来牡丹江林业师范学校任校长，在柴河双桥子时我们有过交集。他来校上任后，拍拍我肩："考上就走，考不上我们一起好好干。"他很有能耐，很快众望所归。校党总支书记鲜于先生调林业法律顾问处当领导。杜掌校，教学楼家属房均盖成。后调林业技工学校任校长，后因病去世。此人有能力胆识敢负责担当，知人善任，团结一大批知识分子于身边。他性情豪放，但稍有霸气，他曾想带我的挚友校友学长、已成为柴河林业局一中校长的王兄来牡丹江林业师范学校主持教务，王兄未同意。后来，王兄调回南京。

我报考内蒙的高校，基于两个考虑：一，估计竞争不大，确保考取；二，招生简章写明导师屈正平先生"鲁迅研究方向"。初试那天，骑自行车去考场，颇激动兴奋，整整等了十多年，方有今日。给自己的口号："决战决胜！"初试专业题两道：一、论《阿Q正传》；二、论十七年文学。不难，但答好也不容易。后接复试通知，去呼和浩特。夏天，阴山青青，云白天蓝。城市挺漂亮的，民族情调也挺好。复试专业笔试两题：一，论《女神》；二、论"两个口号之争"。口试抽签，我抽的是：论鲁迅对"第三种人"的批评。我自认为答得棒，大量背出原文，且讲到"北平五讲与上海三嘘"。一女教师突补一问,你是南方人,为何考这里。我大讲鲁迅杂文《南人与北人》,引来一片激赏。后校方开考生大会,教学部主任主持,副校长讲话。大家发言,我分析全国人才形势,研究生招生历史性意义,引来雷鸣掌声。散会后,主持者留下我,告知:我们看好你了,准备来吧!我又一个人去了我们王家姑奶奶昭君之墓,在郊外。见董必武题诗。思考:董为政治家,从民族团结国家统一出发,赞"和亲"。鲁迅为思想家文学家人道主义者,批"和亲"。有意思!

等待录取通知的日子是焦躁不安的。深秋时节,终等到。突然,反而上火:眼红眼眶起小泡,嘴唇鼻翼皆红烂溃疡。学生李阳已是东京城林业局团委干部,特意来看我,问:"老师怎么上这么大的火?"我答:"郁积十多年了。"李君热泪盈眶。从此,十年牡丹江林区生活结束,堂堂正正走上中国现当代文学暨鲁迅的教学与研究之路。是年三十有四。

"决战决胜"原来是越南人民领袖胡志明在抗美斗争中的口号,我在考研时用来成为自己的口号了。后来,又成了我激励孩子中考高考考研考博的口号。再后来,我又将它送给了不少上进的青年。一个攀登者,途中难免磕碰跌跤;如果成功了,磕碰跌跤就成为逸事;失败了,就成为笑柄。在中国常常是这样的,国民性啊!虽说有"重在参与""只要尽力""不以成败论英雄"等说法,但客观事实并非如此,这些话或多或少还有失败者自慰的成分。迅翁云:"中国少有韧性的反抗,少有敢单身鏖战的武人,少有敢抚哭叛徒的吊客。"妙语!所以,我劝奋斗的诸君,还是力争胜利的好。

1978年年底的一个下午,我们在研究生寝室里从收音机里听到党的十一届三中全会公报,以"经济建设为中心",听到"改革开放"……我几次跃起,含泪欢呼。同寝几位,大惊失色,以为我疯了。

研究生同教工一个食堂用餐。研究生思想较解放,席间聊天完全符合党中央实事求是的思想路线。

那年头,广大工人农民知识分子都从内心拥护公报,有疑虑的很少;反对者极少。正如鲁迅所说:"老百姓虽然不读诗书,不明史法,不解在瑜中求瑕,屎里觅道,但能从大概上看,明黑白,辨是非,往往有决非清高通达的士大夫所可及之处的。"

天,终于大亮了!

2019年8月29日写于加拿大密西沙加

牡丹江十年记杂

记杂，就是将一些不能单独成篇又不宜放入其他文章且弃之可惜的材料，集中一下，成为一文。这有些同鲁迅的一些"琐记""琐忆"之类文章，我这样说未免不自量力了；鲁迅毕竟是文豪，那些文章也是将材料连贯为一体的。

在我儿时，家乡的烧腊摊上，有一种叫"杂碎"的食品，就是把一些零杂八碎的什么香肠头尾、兔羊牛猪鸡鸭肉切剩的碎肉等，一并装盘，便宜卖出；在家乡的茶食店，卖一种叫"京果沫子"的粉状甜食，冲泡成糊，很好吃的，也很便宜，它实际就是各式糕点的渣屑。我的"记杂"，庶几可以用这些作比拟的。

好了，暂停我的写作学讲义，言归正传。我的牡丹江十年，可分两段：前五年在柴河林业局深山沟一个叫双桥子的地方教中学；后五年在校址设牡丹江市西山的牡丹江林业师范学校教师范。以下之所叙，就是这两小段人生之所遇。

刚到林区，所听基本普通话，但方言词语却一下子弄不明白，常有误解，闹出许多笑话。"老鼻子"是多的意思，吵架叫"打仗"。问你有媳妇吗？"媳妇"是指妻子，并非南方人指儿媳为媳妇。

一次，两人吵架，有人高喊："打仗了！"我吓一跳：哪里开战了？

还有一次，晚上开会，众人困极；好不容易熬到散会，一校工说："回家搂媳妇睡觉了！"我很疑惑："扒灰佬"？还公开喊出；看他三十多岁，不像有儿媳妇啊！

食堂用餐，买了稍贵的鱼或肉，有人说你："不攒钱娶媳妇？"买了素菜，他又说你："这么省钱，攒钱娶媳妇？"两难啦！这次明白了：媳妇，是指妻子。本来从未想过，这下子寻思了。几乎让你如同阿Q，开始"妈妈的，女人"了。

火炕，开始睡不惯，夜里唇干舌燥。几十年后的今天，特别想睡火炕，暖和，解乏，输通经脉。看过工人搭火炕砌火墙，讲烟火的流动路线，精湛的技艺，好聪明的中国北方泥瓦工。

同人、合肥师范学院俄语系六六届刘义兴，厚道实在，因同为南方人，同我同一小炕而卧，互相照应颇多，帮我购置过冬鞋帽。他，滁州人，已有女友，朱姓，高中毕业在滁州下乡，老革命姨父之养女。刘常思乡，常曰："真愁人，伤脑筋！"刘奉吴主任命开俄语课，这可见吴之重视文化课也。刘找了一本旧教材，参考之自编。多次请求调回，竟成。先在县教育局工作。我、同事王伟、一中王兄，曾在一个寒假路过此地特意下车去看望他，游醉翁亭，登琅琊山。1989年初，我又去探望一次,他已任市政府办公室主任。此后电话互致问候多次。

我到双桥子不久,下放林场当工人。方知,所谓"沟里",林场场部的所在地还不是最"沟里",山场才是最"沟里"呢!天天摸黑起床,食堂买两份饭菜,一份吃了,一份作为中餐装入铝制饭盒。同工人师傅挤在卡车上一起上山。山场是一片开阔地,山沟沟到此,到头了。再无"沟里"可言了。用几天开辟山场,就地伐木搭工棚,找水源,立架杆,安拉索,平土地……火热的劳动场景呀!

迅翁曾在《门外文谈》讲过文学起源于劳动,抬大木头时亲身体验到了。工长师傅在最前,俩俩成对,用一长棍,中间有挂钩钩住大木头,木头一边一人,计或六或八或十人。"哈腰挂呀!——嗨哟!轻腰起呀!——嗨哟!跨一步呀!——嗨哟!向前走呀!——嗨哟!脚站稳呀!——嗨哟!抬头走呀!——嗨哟!"有时还来点儿政治:"红宝书呀!——嗨哟!要学习呀!——嗨哟!老三篇呀!——嗨哟!要牢记呀!——嗨哟!"有时还来点儿鼓励:"王老师呀!——嗨哟!大学生呀!——嗨哟!来干活呀!——嗨哟!好思想呀!——嗨哟!"不知不觉快抬到了,又喊起:"快到了呀!——嗨哟!准备好呀!——嗨哟!轻放下呀!——嗨哟!伸伸腰呀!——嗨哟!"领喊的工长师傅,劳动经验丰富,技术优秀,且才思敏捷,语言生动,声音洪亮。工人诗人歌唱家矣。

最危险的要算"冰雪槽道"了。山峭拔,无拖拉机道,木头从山上放下来,直接滚下,木头粉身碎骨。怎么办?用无数在山上连接的S形冰雪槽道缓冲地滑下来。每个拐点,站着一个工人,手执撬杠,木头滑到面前,撬杠一别,木头拐弯沿槽道斜滑下去。这一瞬间,生死攸关!这才叫惊心动魄呢!这种工人勇敢机灵有力气还要会巧干,力气的艺术啊!

学校一个年级为一个民兵连,一教师为指导员一教师为连长,副连长为学生。我当副连长,连长为学生李怀灵。他觉不适,我说无所谓。李,工人子弟,为人极好,不喜学习,但尚聪明,同我若朋友。后来我去牡丹江工作,还来看我。我读研,他当小火车司机,深夜零下三十度,打车灯写信给我!后来建水库,拆森铁,改为汽车运输,他是中国最后一代森林小火车司机。三十余年后,他的次女考取辽宁师范大学计算机应用专业研究生,毕业后去京工作。女儿在读时怀灵单位组织退休工人来连旅游,见过一面。后他去北京某民办大学当门卫,病逝,未享到福。

学生劳动,也常来点儿恶作剧。有家的教工分土豆,每家拿出大麻袋,上写名字，交领队劳动的老师。在地里装土豆时，有学生偷偷地在他们不喜欢的老师的麻袋中间放进一块大石头，过秤还挺沉。拉回学校，各教工扛回家，有的老师打开一看：咦！咋回事？

校农场在森林铁路109公里里程碑处，故称一〇九农场。场长郭大爷，老党员，老山里通，对我甚好。我曾将他对学生讲农业生产技术的照片配文字投稿，在《牡丹江日报》发表。他珍藏报纸，很自豪。学生也喜欢我带队去劳动。一般两周左右。我带队，坚持伙食与校食堂脱钩，拿多少米油之类，算钱，自己成本核算。原来一角钱的一份炒茭瓜，实质只需两分钱。我还抽出两个男生，不用干活，白天睡觉，夜晚由郭大爷领着到山里下套，第二天清晨持猎枪拿下套住的野猪等。于是，天天大碗香喷喷野猪肉。众人干劲倍增，田里农活，山上砍柴，水中放排，岸上脱坯，等等，皆提高工效。

1973年秋，我调进牡丹江林业师范学校。这一年，全国大中专学校招收工农兵学员，多数学生学习还很努力，教师也认真教学，尤以中文及数理化专业。我历任几个年级班主任，深有感触。多年后，学生普遍发展较好，且有不少杰出人物。就中文专业首届从事高校教学工作的而言，我知道的就有三位教授：高君，女，牡丹江大学古代文学专业教授兼学报主编、民盟牡丹江市副主委、市人大常委；杨君，牡丹江师范学院文艺学专业教授兼民进牡丹江市主委、市人大副主任；张君，黑龙江林业职业技术学院写作学教授兼校党委组织部长。

中文专业教学，周老师为专业组长，任教文艺学理论和写作等，张老师任教汉语（含古代现代），本人任文学史及作品选讲（含古代现代）。我致信母校陈志刚老师，购得教材若干，予以参照，有所调整补充，大致文学史为纲，作品分析讲解为本，后又将备课教案改写为书两本，内部印刷。整个中文专业，学生确实学得较系统扎实。周，厚道为人，教学风格高昂激情理论思辨色彩浓烈，有真理之自信。张，君子之风，教学风格认真严谨细致知识内涵丰富精致，有学识之尊严。此二师均为王之楷模，难以企及也。王，教学风格千姿百态，天马行空，非正统之格调尔。回首想来，在当时之大背景下，这种组合，对学生来说确实有偏得也。周公吐哺，福荫众生；吉鹏远行，引领向往。

我对学生高君的发现，始于我寻找班学习委员人选。一日，偶见一读书笔记，扉页写有李白诗句："长风破浪会有时，直挂云帆济沧海。"又翻内页：读书甚多，古今中外，诗词歌赋，散文小说。进而观察之：目光明亮，笑容灿爽，开朗阳光，落落大方。好了,就是她了!

学生李君,赤诚热情,好学上进。入学报到前,母亲陪之来校察访,正周日,我在办公室看书,接待交谈,李君突问我教什么。答之,李君又表示:"我就学老师的专业。"真正还是小孩子呀!母亲慈祥,亦笑曰:"我这孩子重感情,看好老师你了。"后来,真入我班。申请加入共青团,班级支部通过,上面却受阻。一日,李君找我,委屈哭泣。不两天的一个晚上,他父母至我家,问学校怎么回事,欲理论理论。被我劝回。李君父亲原来日占华北时曾在伪政权做过事,后来亲戚中的中共党员策划他起义,他组织若干人一举端掉日伪许多炮楼弃暗投明,投身中国共产党领导的民族解放事业,又加入中共,成为领导干部。次日,我拜访团委书记孙老师,叙说此事。不久,李君顺利被批准入团。

那时提倡"开门办学",我们组织了社会实践队,主要是采访先进人物和单位,写成新闻报道等,在当地广播站报纸发表或投稿给省市报纸电台。我领学生去过东方红林业局海音山林场、穆棱林业局老道沟林场、林口林业局刁翎林场,还有迎春林业局某林场等。在刁翎,我和几个学生步行十几里,凭吊了乌斯浑河的"八女投江"处。在老道沟,一位老工人讲述了日本鬼子欺凌中国劳工伐木的暴行。他还讲了所说的衣不遮体"披麻袋片"是怎么回事,是将旧废麻袋袋底挖一个洞套头,两角剪下月牙形以伸出胳膊。后来我讲给赵宗启校长听,连他这位"老林业"都觉得新鲜。我在开门办学中还结识了一些扎根林场工作的林学院毕业生,感到他们比我们朴实无华言行实际得多。似乎学农林学地质矿产的都是这样。

西山有个对口农村叫卡路屯,也是学校食堂蔬菜的供应地。大卡车拉着我们老师和学生们,一路唱歌。

有一次,我说唱个新鲜的,学生问唱什么,我说唱"我在马路边捡到一分钱",学生真的唱了起来,大小伙儿姑娘们唱儿童歌曲,连路边的人都笑得前仰后合。

在卡路屯大队,秧苗拔草,休息时,大家欢迎一女生唱歌,她大大方方,卷起裤脚的双脚尚泡在水里,引吭高歌,美好动听。她叫高晶,女高音,亮晶晶,红红脸蛋,嘴角竟显俏皮神态。

学校在海林县城西的道林林场还有块地。有次我还领过一个班的学生去收割黄豆,住那里一周。我又独立核算自办伙食,只收少量伙食费,一周后结账,还余很多,随行大师傅办了十多个菜的聚餐,美食一顿,返校。作为答谢,单独给师傅来了瓶二锅头。

　　某一年秋天，柴河林业局发生森林火灾，牡丹江林业管理局组织机关干部及在牡丹江市直属单位参加扑火。学校令我、数学朱老师、化学刘老师参加。至柴河，立即步行上山，进入火区，打防火隔离道，扑灭明火。至后半夜，又急行军，至另一个火区。困极，边走边睡。有谁相信人可以一边脚高脚低走路一边迷迷糊糊睡觉的吗？确实可以！记得读高中时有篇课文叫《永不掉队》，苏联短篇小说，就写过此情节。战争发生，教授为士兵，学生为军官，急行军中教授边睡边走，学生令他"永不掉队"。战争胜利，师生重返课堂，学生上课犯困，教授令之"永不掉队"。我们至另一火区，又饥又渴又冷。我带三个月饼，朱带一瓶酒，刘带六根黄瓜，三人共产共享，恰如早有默契。

　　是为"记杂"，不知如何，尚可否？

　　不过，家乡的熟食店早已不见"杂碎"，糕点厂也不卖"京果沫子"了，呜呼！

2019年8月30日于加拿大密西沙加

致敬导师（四篇）

导师正平先生琐记

1978年深秋，作为新的历史时期录取的首批研究生，我来到了草原青城呼和浩特市的内蒙古师范大学，师从屈正平先生。将近四十年了，先生那精悍的身影，那因手术而微陷的右颊，那炯炯有神的双眼，以及那带着汝南乡音的谈吐……总是不断地浮现在我白天的思念和夜间的睡梦里。

一、"我们都是老百姓"

初见导师，先生让座于另一张单人沙发。落座后，先生第一句话是："别拘谨，我们都是老百姓。"我一愣，心想：你个大教授，怎么也是老百姓？先生接着说："老百姓和老百姓，要互相帮助。你们来了，就是同我之间互相帮帮忙。"

二、"我们是朋友"

谈到向先生学习做学问，先生总是说："我们是朋友，我没有什么学术成就，我们只能互相切磋而已。"先生谦虚了！先生在新中国成立初毕业于河南大学，学业优异，深得名教授任仿秋先生欣赏。在内蒙古师范大学教了几十年现代文学。据本科毕业于该校的同学刘文斌说，先生很有学问，是系里"几大金刚"之一；讲课特受欢迎，生动活泼神气活现，尤其讲鲁迅《阿Q正传》，慕名而来的旁听者众，课堂气氛空前热烈。先生后来师从学术泰斗李何林田仲济二师，为二师喜欢，关系亦师亦友。先生坚守学院派方向，极少附和时论，出版专著《鲁迅杂文选读》，发行百余万册，轰动文化界，为李何林师到处夸奖。进入新时期，先生意气风发，辨别狂人形象之实质，分析祥林嫂之非抗争而实愚昧，还原孔乙己苦人之善良，提出《药》的主题乃"民主与科学"，出版《论鲁迅小说中的人物》，参与开创本体研究之先河，其中《简论假洋鬼子》一文，为中学语文指定教参。后又于1986年作为带头人较早地获批硕士学位点。先生谦虚了也哉！

三、"让蒙古族学者担任吧！"

先生属于默默耕耘不尚喧嚣的学者，很不在意人前风光。有一次，谈到中国鲁迅研究会理事名额，我说："先生应该是啊！"先生说："此事探讨过，我建议内蒙古的理事安排还是首先考虑蒙古族学者的好。"后来，内蒙古师范大学蒙文系色音巴雅尔教授当选了。尹庚先生平反后，倡议成立内蒙古鲁迅研究会，初拟正平先生任会长，当时我在场，先生还是那句话："让蒙古族学者担任吧！"

四、"吉鹏：我们先搞个课题吧！"

我们读研究生时，不如今天这么规范和程式化，都是导师安排，教学行政上没有什么要求。正平先生指导我们是很民主的。刚入学，先生找我："吉鹏：我们先搞个课题吧！"我说："好。"先生问我："你看搞个什么好？"当时郭沫若逝世刚半年，我说："编一本《沫若诗词选读》，挺适合的，大家练练手。作品分析是基本功啊！"先生说："好，就这么办！"后来先生给我们开课了。第一课是讨论课："中国现代文学的开端究竟应以什么为标志，放在哪一年？"先生主持，他不发言，只是最后做评点小结。一开始，他又是点我："吉鹏，你先说说！"到了最后一年，考虑毕业论文了，先生又把我们召集到一起，还是："吉鹏，你早有打算了，你说说。"

五、"有些人一开口，就知道他几斤几两"

我们读研究生时，同学不多，因此，政治学习同老师们在一起。我们几乎都不发言。1978年底，党的十届三中全会公报发表，万象更新。后来，又提出坚持四项基本原则。一些"左撇子"又活跃起来了，说话来"左"的一套了。先生很生气，鼓励我们政治学习时发言，我们有些疑虑。先生说："别怕他们，他们没什么水平，肚子里没货。有些人一开口，就知道他几斤几两。"又点我："再有政治学习，你说几句给他们听听。"后来，我真的发言了。我说，自由化和僵化异曲同工，都背离三中全会精神，它们是孪生兄弟，互相为对方制造口实。要注意一个倾向掩盖另一个倾向，强调反"左"时要警惕右；强调反右时要警惕"左"：今天我们强调坚持四项基本原则，要同时防止有人借机再搞"左"的那一套。我的发言有所震撼，会后，不少老师向先生表示夸奖之意，先生后来也多次称赞我。

六、"这个青年！这……这……这个青年……"

先生上任系主任，适逢周末大扫除查卫生。研究生寝室一般都是锁门跑了。我晚了一步，被堵住。先生亲自领着一批人来了，看来要拿我祭旗了。一个个戴着白手套，拿着白毛巾，这里擦擦那里摸摸，还有一个人拿着本夹子和圆珠笔做记录。我对这种形式主义的检查很不以为然，居然说出："屈老师，学校用名教授当系主任，小平同志让干部知识化专业化，就是让你干这事的？"先生被我气得说不出话，指着我，连声说："这个青年！这……这……这个青年！"事后，我后悔极了。"这个青年"是先生生我们的气时，常说的话。读研究生时，我们那时多是三十多岁，有时候也不免意气用事，也不免为些名利计较，先生知道了，常提醒："不要因小失大！"——这也是先生常说的话。

七、"吉鹏，中午十一时半来我家"

我们那个年级，先生带了四个研究生一个进修生。五个人中，一个家在呼和浩特，有事才来校；一个家在包头，妻子身体不好，常回家；还有两个人先后将妻子工作调动过来家也搬来了；剩下我一个人，坚守在寝室图书馆食堂三点一线间。先生特别关心我，常常是近中午时，我从图书馆回寝室取饭盒准备去食堂，发现寝室门上一张竖写的纸条："吉鹏，中午十一时半来我家。"我马上赶去，先生已坐在桌子边等我了。通常是四个菜：西红柿炒鸡蛋，青椒炒豆腐皮，黄瓜炒肉片，切红肠，一瓶白酒，大米饭。先生吃饭很快，吃完了就坐在那里，看着我吃。有时还劝我多喝点儿酒。喝不完，他就说："这瓶酒，放着，下次来继续喝。"从先生的眼神里，我感受到的是父爱。

八、"给你孩子的，带回家！"

先生是一个很重人情世故的人。先生爱吃北京稻香村的糕点，我每次开学在北京转车，都带一盒送给他，再带些东北木耳之类。先生笑纳。到放假时，他总是把我喊到家里，拿出一些奶粉或糖果："给你孩子的，带回家！"毕业后近四十年来，我每年春节前总寄些干虾仁木耳之类的东西给先生，先生也有时寄些东西给我。前几年的一个春节,我还收到先生一个包裹——奶茶粉。

九、"像这本书,你们也写一本"

先生很重视我的学术发展,每有新著寄他,他都喜不自禁。崔银河是先生的关门弟子,他告诉我,每当新研究生入学,先生就拿出《〈野草〉论稿》,说:"这是你们大师兄做研究生时写的,像这本书,你们也写一本。"

十、"你肯定听说过笑话我的议论吧"

先生经历了三次婚姻,情感世界是很苦的。第一次,封建包办,离异,但先生一直供养前妻和孩子;第二次,自由恋爱,特殊时期,双方为保护女儿而离异;第三次,别人撮合,似感情亦不深。先生有一次邀我晚上校园散步,忽发伤感,又问我:"你肯定听说过笑话我的议论吧?"我回答:"有的,那是少数,多数人很理解你。"先生一女儿北京中医药大学研究生毕业,后去英国从医,有一子,先生之外孙也,以非常突出的成绩进了英国顶尖的中学。先生在电话里告诉我这个喜讯,听得出,先生很自豪,此乃先生极大慰藉矣。

毕业离开呼和浩特后,1982年,我去山东师范大学田仲济先生处申请学位,先生亲往。1985年同学赵持平南京大学申请学位,先生亲往,我亦去南京。我同先生上一次见面是十年前去呼和浩特公干,行色匆匆,利用间隙探望先生,相见甚欢,相谈热烈。临别,先生执我手,启开茅台,一定要我喝一口,令我动情不已矣。又十年过去,先生九十多岁了。先生,你还好吧!吉鹏遥望东方,叩拜你了!先生,多保重。

2015年4月5日于加拿大密西沙加

悲凉:"琐记"之外

导师屈正平先生辞世快一周年了,我该再写点儿什么了。在我前年写的怀念文字"琐记"和去年写的悼念文字"你走了"之外,一直有些话没有说,这就是我所感知的先生所遇的悲凉。

一、"她希望我最好天天花钱陪她吃喝玩乐"

我读研时,先生住的是两居室教工公寓,先生住一室,置一单人床、一对单人沙发、一对书架、一张兼作餐桌的办公桌;先生的第三任夫人会计F女士和她的前夫之子住一室，中隔过道和厨房。他俩似乎各自吃住，这从先生每次呼唤我去吃饭时可以看得出来。我每次去先生那里谈话，常常听到F女士大喊一声："水开了！"先生马上去厨房提来水壶向暖瓶灌水。这"水开了"的尖细而响亮的声音，我听的次数太多了，所以至今还常萦绕耳边。

有时去先生家，开门的是F氏的个子高高的公子，这位中专生总是很礼貌地喊一声："屈老师，来人了。"从这称谓中，我觉得他同继父的疏远。后来，F氏晚年是在公子家生活的，先生独居，有一保姆照顾。F氏先于先生离世。去年先生遗体告别式后，我在电话里特意问过师弟Z君，曾同先生一屋檐下的F氏公子来否，答曰："没有。"

一次陪先生散步，我对先生说："先生同F会计还是好好过的好。"先生苦笑："她希望我最好天天花钱陪她吃喝玩乐。"——近日我在网上看到一段话："判断一个女人是否真爱你，看她是否舍不得你为她花钱，因为她是珍惜你的劳动和血汗的。"此言有理尔！

二、"我在她们心中能排上第三位就不错了"

先生同结发妻子生有二女，同第二任夫人生有一女。听Z君告诉过我，有次大年初一，Z君去先生处拜年，见先生坐在沙发上淌眼泪，三个女儿皆在房间，似都在呕气。后来方知，先生置办食材，让三个女儿来一起过年，四人团聚一下。长女次女不愿意忙活："我们不伺候娇小姐！"第三个女儿一直读书至北京中医药大学，不善家务。Z君对我说："看先生那样子，真可怜！我都忍不住跟着掉泪。"

记得有一次，我同先生谈到女儿们对他的照顾，先生颇伤感："她们吗？第一位是孩子，第二位是丈夫，我在她们心中能排上第三位就不错了。"——这种情况后来也许有所改变，儿女们总会随着岁数增长而更懂事的，我想。

三、"他们大概以为我这个大学老师很有钱吧"

一次，我去看望先生。先生桌子上放着一封来信，还有几十块钱——那时几十块钱是个不小的数目。我有点儿纳闷。先生说："家乡农村一个堂侄写信来，说他要结婚了。明摆着的，让我出人情。我得去寄钱呀！这样的来信常有啊！乡下人生活艰难，他们不知道我们在外工作的人也并不宽裕，他们大概以为我这个大学老师很有钱吧！"——这是20世纪70年代末的事，后来大家的境况该是都有大改变的了。

四、"这……这是什么人性啊"

快入冬了，教工家属院里都开始储存煤炭了。先生让我们去把一堆大大的乌黑的煤块搬上楼。不一会儿干完了，先生留下我们，酒菜招待。实际上，若先生雇个人干活，没几个钱的，远远顶不上酒菜花销的，先生是借机为我们解馋呢！

有位同系的M先生，他的研究生没有来帮忙，自己搬煤块。他见我们为先生干得欢，心生妒意。后来，M先生居然到处说先生的研究生不好好学习，净为先生干活。这话传到先生那里，先生很生气："这……这是什么人性啊！"

五、"她怎么就这样走了呢"

丁老师，女，是先生主编的语文刊物的责任编辑。丁老师同先生工作上配合默契，刊物办得有声有色，很受欢迎。丁老师对我们几个先生的研究生也挺好，曾请我们去她家吃过饺子。丁老师还常约我为刊物写点稿子，记得为纪念"五四运动"六十周年而发的编者前言就是让我写的，稿酬当然从优啦！

十多年前，我因公去呼和浩特市，特意去看望先生。先生告诉我，丁老师因女儿卷入刑事案件，想从家里拿几万元去打点一下，保住女儿的命，丈夫不允，她想不开，自尽了。后来女儿被判无期，在服刑中表现好，又减刑了。说到这里，先生泪如泉涌："她怎么就这样走了呢！"好同事好下属好友人的离去，重情的先生深感悲凉呢！——丁老师，少女时代为中国人民志愿军的文工团团员，赴朝作战过。后读大学，留大学工作。她敬业、善良、真诚、端庄的形象给我留下极深的印象，人生却如此落幕，令人唏嘘。

先生，你走了一年了，在那个世界里，你还好吗？祈祷上苍：浓浓的暖意永远在先生身旁，再也没有寒冽的悲凉！

2017年10月30日于加拿大密西沙加

恩师屈正平先生：你走了

此刻，北京时间2016年11月14日早晨，在太平洋西岸的中国呼和浩特市青山殡仪馆，恩师屈正平先生的遗体即将火化。残酷无情的火化池的毒焰，将烧尽他孱弱的身躯，将其变成一堆灰，一撮土。正平师真的走了，他的肉身，他的灵魂。

大青山巍巍肃穆，彩云缭绕，那是献给先生你的花环。敕勒川呜咽，声声哭泣，那是为先生你的离去而伤心裂肺。冬日的凛冽寒风里，草原上每根草皆低伏下去，那是向先生你为这片土地的文化教育和社会科学事业奉献一生而致敬。

先生，你知道吗？在大西洋西岸，在加拿大多伦多市郊，你的一位弟子这几天每至傍晚，就在一道大峡谷的河水边，面向对岸西下的落入树林的夕阳，在草地上，在落叶边，三跪九拜，敬奠你，为你送行。然后坐在一张长椅上哭泣，直至晚雾升起，夜幕降临。

先生，你走了！带着你的少年壮志、青春梦幻、中年挣扎、壮年辉煌和晚年温情，走了！带着你一生的荣与辱、爱与恨、情与仇、苦与甜、歌与哭、行与知，走了！带着你九十多年的记忆，走了！

先生：我常常想，当先生怀揣着河南大学的毕业证书和国家教育部的毕业分配报到证，兴致勃勃青春焕发地奔赴当时的乌兰浩特师专时，你一定不会料到，人生路上朝霞万丈的同时，还有风霜严寒；你也一定不会料到，寒秋过去严冬过去还有明媚迷人的春天来临！

先生，你以毕生心血教书育人，蒙你教泽的学子成千上万，他们在草原内外继续播种文化和科学，培植学识和文明。你奠基了内蒙古的现代文学课程和学科，创建了较早的硕士点，开展研究生培养，取得的业绩足以同沿海地区的专家学者媲美。你潜心鲁迅研究数十年，以一本拒绝趋时跟风坚持实事求是、发行百余万册、为大师李何林老先生盛赞的《鲁迅杂文选读》，代表了那个特殊年代学院派学者的学术坚守。你又以一本《论鲁迅小说的人物》，参与了鲁迅研究本体研究的新开拓，且荣为中学语文指定教参。你率先主编鲁迅研究本科选修和研究生教学教材，引领教学规范。晚年，你又跨界撰写古典文学论文，考订家乡汝南风物人情。先生，你多么出色啊！

先生，我读你的文章，读你的学问、知识、思考和智慧，更读你的研究主体的参与，读你那溶进了学理的滚烫的心。你说狂人就是一个精神病患者，其狂言狂行有着时代和社会投影，是因为你见到过一代代这样的疯子。你说孔乙己善良可怜，祥林嫂并无反抗而乃愚昧，是你体察过这样的许多苦人。你直言《药》的主题是民主和科学，是你痛心于专制和愚昧包括二者的集为一体的愚昧专制和专制愚昧。你把假洋鬼子分析得那么透辟，是你的视野里有一个个现实中的假洋鬼子，他们难逃你的犀利目光。你能解读宴之敖的歌，是因为你身上也有许多人所加的伤。你体悟鲁迅诗歌中越女、秦女和侍女，彰显了你的侠骨柔情，同情她们的命运，赞赏她们的尊严。你晚年考订汝南风物，那是你的乡愁乡恨乡怨乡恋乡情，一个异乡立命的漂泊游子的精神回归。你又研究曹操与蔡文姬，莫非也隐藏了你心底的情愫？……

先生，你那炯炯眼神告诉我，你睿智：见过多少英雄悲剧和小人得志、荣华富贵和耻辱贫贱、真诚友爱和虚伪背叛；你那况味言语告诉我，你无奈：遇到多少时代风云和社会变迁、器重厚爱和歧视冷落、风光门面和落寞内心；你那惨淡的表情告诉我，你痛苦：病魔缠身和两次手术、情感无寄和三次婚姻、闲言碎语和多次伤害。

先生，你走了！这所有的一切，都过去了！先生，你走了。走了！走吧！

先生，你去哪里？佛祖欢迎你！真主欢迎你！上帝欢迎你！我想，你还是会选择去鲁迅身边，那是你终生追逐的伟大背影啊！你的恩师任仿秋先生、李何林先生、田仲济先生……在那里；你的许多文化教育学术界友人在那里；那里当然还有胡风、巴金、雪峰、柔石、殷夫、萧军、萧红……那里的队伍雄壮着呢！先生，我更希望你回到你的家乡汝南，回到你母亲身边，你太累了！

先生，若干年后，也许我会再到你身边，听你教诲，同你聊天，陪你散步，在你的那张书桌兼餐桌上吃你做的饭菜，看着你看我吃饭的慈父般的眼神；或者听你训斥："你……你……你……你这个青年。"

先生，我说过，若不是在边疆，若不是卑以自牧，你不差沿海地区学术名流分毫——你的影响。更何况道德人品，更何况我和你知心……

先生，我也许不会跟随你！你懂的！我少年时代的创伤性记忆，决定了我放逐和自我放逐的命运。当你听到高天雁群的悲壮呼喊时，那其中就有我的声音，就有我向先生你的慰问！

恩师、正平师、先生，你走了！

在这万籁俱寂的北美冬夜，我已经谛听到地球那端《安魂曲》的哀乐声起。先生，你真的走了。

2016年11月13日于加拿大密西沙加

为恩师屈正平先生"烧七"

"头七":

散步大峡谷,忽想起恩师屈正平先生10日辞世,这里今日18日。已七八天了,"头七"已烧。时光匆匆也。我高歌一曲岳飞《满江红》,恩师,你听到否?"……仰天长啸,壮怀激烈。三十功名尘与土,八千里路云和月……"

今晨,《上海鲁迅研究》责编李浩先生和《绍兴鲁迅研究》责编顾红亚女士分别复函于我,《导师屈正平先生琐记》和《恩师屈正平先生,你走了》将分别发表于两刊。上海方面还同意刊发南京师范大学杨洪承教授和浙江师范大学王洪岳教授纪念屈正平先生文章各一篇,很重视尔。屈师一生默默耕耘,不尚喧嚣,卑以自牧,而今沪、绍两地鲁迅研究专门刊物均有纪念,全国现当代文学研究群、王吉鹏老师同门群等以前所未有的规模哀悼,屈门弟子又拟出纪念文集;我很欣慰,学界有所响声,以慰先生在天之灵矣!

"二七":

此刻,北美东部时间11月23日晚九时20分,北京时间11月24日晨10时20分。恩师屈正平先生逝世已经整十四天了。中国习俗,烧"二七"。先生,一路走好!风高天寒,注意保暖;雪厚地滑,多加小心!慢些走啊!正平师!天国之路,若有豺狼虎豹妖魔鬼怪昏暗天空假洋鬼子赵家的狗之类扰你欺你吓你,不要害怕,它们是"无物之阵"而已!你的在草原内外的万千研究生本科生专科生函授生会为你壮胆的!先生,一路走好啊!

《上海鲁迅研究》为纪念恩师屈正平先生,拟将吉鹏去年的散文《导师屈正平先生琐记》抢发于今年冬季号,责编、研究员李浩先生令写补记说明一下,遵命写一"补记"于后:"恩师、内蒙古师范大学教授屈正平先生于2016年11月10日于呼和浩特市逝世。先生一生献给了鲁迅和中国现当代文学方面的教学、科研、学科建设和研究生培养,呕心沥血,成绩卓著,且默默耕耘,不尚喧嚣,卑以自牧。今呈上我去年写的一篇怀念先生的散文,以作纪念。2016年11月22日"

"三七":

今日,北京时间12月1日,周四;此刻,晨。屈师走了二十一天了,该烧"三七"。录屈师生前获赠诗二首,以作纪念。第一首,是屈师新中国成立前读汝南国立六中时的老师宋映雪女士所写并书赠屈师,这位老师2012年写时已是百岁老人,屈师时年八十八岁,师生间有七十年左右之友谊。这首诗屈师曾裱糊悬挂于客厅。诗作如下:

赠屈正平

问君孜孜何所求,
塞外执教到白头。
红烛泪干终无悔,
春蚕丝尽岂云酬。

百岁老人宋映雪书于丙辰五月

还有一首:

著书讲学传四方,
培育英才遍九州。
老骥伏枥志千里,
犹撰新篇夕阳楼。

百岁老人宋映雪书于壬辰年五月

另有一首,作者是屈师学生,网名"天中一峰",1962年考入当年内蒙古师范学院中文系,现在应该是七十多岁了。诗作如下:

赠内蒙师大屈正平教授

朔漠泱泱度北津,五车累累满经伦。
风骚独领开新宇,圣誉唯尊启后人。
南域芙蓉频斗艳,北疆桃李共争春。
壮怀不伴风沙去,伏枥殷殷老骥心。

宋映雪老师也已作古,但她同屈师之师生友谊令人闻之动容;百岁老人赠诗九十岁左右的学生屈师,七十岁左右的学生赠诗九十岁左右的老师屈师,令人感慨万端矣!

"四七"：

盘点恩师屈正平先生一生亮点，为恩师烧"四七"。

一、好学生。青少年时代品学兼优，中学时老师宋映雪与之师生情谊终生，百岁老人还题诗赠近九十岁学生屈正平。读河南大学中文系，又为著名学者任仿秋先生欣赏。后来读研，又深得著名学者田仲济和李何林两位先生喜欢，亦师亦友数十年。

二、好教师。新中国成立初毕业，响应召唤去乌兰浩特师专又合入内蒙古师范学院——后改师范大学，献身草原教育事业一生，培养本科生专科生函授生研究生弟子万千，教泽遍及草原内外。

三、学科建设成就巨大。新中国建立，各大学始开现代文学课程，北京大学王瑶先生为代表建立课程体系，屈正平先生在内蒙古亦开设课程，为第一批拓荒者。1986年，又作为学术带头人获得中国现当代文学学科硕士学位授权点。

四、教材编写领先创新。编写现代文学教材，后又编写鲁迅研究本科选修课和研究生学位课教材，领先于国内，促进教学与培养规范化。

五、教育教学管理业绩佳。新时期初，出任中文系主任、函授部主任，在师资队伍、规章制度、教学管理、质量提高、事业发展上皆取得佳绩。

六、主编刊物《语文函授》后改名《语文学刊》，又参与创办刊物《语言文学》，立足普及努力提高，造福千万作者读者。

七、关注中学语文教学，以《内蒙古教育》等刊物为阵地，研讨中学语文教材，其关于假洋鬼子的文章进入官方《中学语文读本》。

八、著名鲁迅研究专家。著作《鲁迅杂文选读》以不迎合特殊时期时论之特点，代表那个时期的学院派学者的学术坚守，发行百余万册，影响甚大。著作《论鲁迅小说中的人物》以其厚重朴实严谨求真之风格，参与了鲁迅研究本体研究即思想革命体系之建立。此外，在鲁迅诗歌研究上亦有创新成果。这是先生人生之最亮点，先生倾一生心血才华于兹也。

九、晚年研究古典文学，研究曹操蔡文姬等，发表论文，显示其博识坚实之功力。又研究家乡文化，著有《汝南风物记》，留住区域文化遗产，实现精神返乡。

十、慈父形象，重子女教育，对养女亦视若己出，子女多从事教育卫生事业。养女徐某，文学教授。爱女徐某，北京中医药大学研究生毕业，专业针灸，英国行医，光大中华传统医学。外孙子女在英国才艺超群，学业精湛，入英国顶尖学校。

——以上十项，言不尽意，跪送恩师，一路走好！

"五七"：

恩师屈正平先生走了三十五天了，今天"五七"。下午，我踩着厚厚的积雪，走在大峡谷里，一直思念着先生的"天国之路"。先生大概走在最艰难的一段路上吧！爬高山陡坡穿密林荆棘过沼泽污泥……你会远离那些霸凌者伶俐人的，你会选择一条似路非路的路独自跋涉的，哪怕再崎岖曲折艰险，你也不会在乎的。先生，折一根树枝当拐杖吧！带足干粮和水吧！裹好绑腿和鞋带吧！走稳走好啊！先生，我仿佛看到你犹如鲁迅笔下"过客"的身影！你那么孱弱那么单薄，累了就歇一会儿啊！先生，高天苍鹰盘旋，在向你致敬！林间小鸟欢歌，在为你解闷！树丛松鼠雀跃，在同你嬉戏！这些生命是向一位尊严执着坚强善良仁厚的生命献出心底的爱啊！先生，这段最艰难的路走过后，天国就在望了！光明在前！战取光明拥抱光明啊！先生，弟子吉鹏为你加油，为你祈祷，为你祝福！

"六七"：

此刻，北京时间12月22日早晨。恩师屈正平先生辞世四十二天了，"六七"。在我的家乡，"六七"是逝者亲属宴请答谢吊唁者的日子。恩师的"天国之路"已走过最艰难的行程了，走上一条平坦大道，大道尽头横着一条河流，天河的那边，是天国。恩师，你的父母在等你！鲁迅先生偕许广平女士在等你——五四文化新军又一次在那里吹响了集结号！你中学的老师、同你有七十余年师生之谊的宋映雪女士在等你！你的恩师任仿秋先生、田仲济先生、李何林先生在等你！你的挚友作家宋肖平先生、学者陈鸣树先生在等你！河的那边，接你的船儿已准备好了。那边还有一位深情等先生你的人，弟子吉鹏斗胆请先生留意，先生，你在那边会有情感所依的，会有附丽于你的品德才华成就的幸福的。吉鹏谨以上面这些话，为先生你烧"六七"。

"七七"：

北京时间，此刻是12月29日上午9时28分了。恩师屈正平先生辞世四十九天了。按家乡习俗，今天是烧"七七"即"清七"。想来接先生的舟船已抵达天河对岸,天河那边河岸已聚集起迎接的人们了。先生,这里是夜晚,大峡谷白雪皑皑。我只得整齐一下衣装,在室内打开电脑,展开先生遗像,向先生你三作揖,三鞠躬,再默哀三分钟,致以哀思了。

先生,愿你在天堂里幸福、愉快!先生,再见!

2016年11、12月于加拿大密西沙加

怀念尊者（三篇）

忆对许钦文先生的一次访谈

当年我读研究生时去杭州访学，访问了时任浙江省文联副主席的许钦文先生。

那是1980年1月7日晚上7点，我和我的研究生同学一行五人，走进许钦文先生寓所时，他站在门口热情地同我们一一握手。让坐之后，许先生亲自为我们泡茶。我环视了一下房间：卧室兼书房，南窗下摆着一张旧式写字台，豆绿色的台灯边放着正在撰写的文稿；东面是两个简易的竹制书架；北面堆放着已变成褐黄色的过期报刊和文稿；西面是一张挂着蚊帐的单人床，床前后是一堆堆各种开本的书籍。这一切似乎告诉我们：他的生活很简朴，似乎也有些孤寂。

许钦文先生坐在靠写字台的一张沙发上，我们五个人围坐成一个半圆形。他身材不高，稍有点胖，精神很好，穿着一身黑棉衣，脚下一双厚底布鞋。他看着我们，微笑着。他特有的诚恳、平易、朴素和慈祥，一下子打消掉我们的拘束。

我们问候了他的健康状况，他笑了笑说："虽然年纪大了，但身体很好，体力和脑力都还可以，只是视力不行了，才零点一左右。要是你们明天来，我那个眼镜配回来就好了，现在你们每个人什么模样我都看不清。我写完稿再修改时，就要用放大镜一个字一个字地看了。"

许文钦先生亲切地询问了我们每个人的姓名，然后笑笑说："你们都是搞现代文学的，我们是同行，随便谈谈吧，不要拘于礼节和形式。我这个人是不讲究的，很随便的，尤其是对年轻人。"

我们先问了他写《理想的伴侣》的背景。他说："对，年轻时我写过一篇小说，叫《理想的伴侣》。当时我正在北大旁听，要学习讽刺手法，但没有学好。主要涉及的是婚姻问题。当时社会上一方面包办婚姻，一方面讲自由恋爱。我的小说表面上讲恋爱，实际上是讲没有幸福可言。因为在经济上不能自立，政治上不能自由，青年人没有什么幸福可言。小说引起了鲁迅的同感，他写了《幸福的家庭》，并写上了'拟许钦文'四个字。这几个字给鲁迅带来了不少麻烦，有人说是因为同乡关系鲁迅在给我做广告。鲁迅很气愤，他说'做广告为什么不可以，不过不能说因为同乡关系而做广告'。鲁迅的《幸福的家庭》发表以后，有一次我到北大听课，听到很多人在议论'许钦文大概胡子很长了吧'，其实我才二十岁左右。曾经有人说，我的《理想的伴侣》和鲁迅的《幸福的家庭》主要是讽刺，其实不是，是同情多于讽刺的。古今中外的文艺作品都是这样的：通过一个人或几个人的遭遇反映一个社会问题。《幸福的家庭》鲁迅也不是在批判那个作家不好，主要是同情他；在那样政治黑暗的时代，想当个作家卖文为生也是困难的。鲁迅主要是通过那个作家的遭遇反映知识分子的困苦和无法左右生活。文艺的'自传性'是很强的。有人说至少有三分之一是作家自己的生活经历，虽然有多少'自传性'不能用百分比表示，但这话是有一定道理的。《幸福的家庭》没发表前，他把原稿给我看，我就和他的生活联系了一下，有很多事是相似的。这相似的部分就是所谓'自传性'部分。杨沫的《青春之歌》，有很多生活是她自己的；郭老写《蔡文姬》，因为安娜那时正在日本。鲁迅的小说，也都是以一个人的遭遇，反映一个社会问题。《幸福的家庭》是这样，《故乡》《祝福》《伤逝》也都是这样。闰土小时候脖子上还有个银项圈，到了水生时就没有了，这是因为庚子赔款以后，农村破产，农民更加贫苦了；祥林嫂的小叔子要讨老婆，她的婆婆就把她卖了去换。这些都是为了通过他们个人的遭遇，反映半封建半殖民地中国的黑暗现实。"

我们又问了他关于如何看待《狂人日记》创作方法的问题。当他听到有人说《狂人日记》的创作方法是象征主义的时候，他深不以为然："30年代我写过一篇文章谈象征主义。我认为文艺作品总要有点儿象征，诗歌恐怕更多一些。但'象征主义'不好，'象征'再加上个'主义'的尾巴，就不是好名词了；就像'形式'再加上个'主义'一样。《狂人日记》是受了果戈里的影响，但只是借鉴，比之更深刻，创作方法还是现实主义的，不能说是象征主义。"

谈到鲁迅研究时，许钦文先生似乎很有感慨："毛主席对鲁迅评价很高。现在成立了鲁迅研究会、出丛书，很好。前些日子研究会征求我的意见，我提了两条：

一是要学习运用历史唯物主义观点,二是要学习辛亥革命前后的中国历史。我最近写了一篇文章《我又到了老虎尾巴》,《收获》可能会刊登,有兴趣你们可以看一看,提点儿意见。"谈到关于两个口号之争的问题时,许钦文先生略微沉思了一下说:"因为视力不好,最近大量的关于争论的文章没有看。不过,周扬同志的态度是对的,他说他有错误,但不是故意的,鲁迅没有公开反对过'国防文学'的口号。周扬说自己是认识问题。小平同志说是要向前看,这是对的。历史问题要弄清,但不要做无谓的纠缠。要着力研究文艺的现状,促进文艺的繁荣为四化服务,不能总钻在历史问题里兜圈子。"

许钦文先生谈兴很浓,还给我们谈了他对浙江文艺界现状的看法。他风趣地说:"你们看杭州,现在到处是'断桥相会'、'黛玉悲秋'和'拉兹之歌',卿卿我我,哭哭啼啼,当然这些也需要,但总是这些大概也不行。要有慷慨激昂的东西,有更直接有力地为四化服务的东西。"

我们还问了三十年代他卷进一场诉讼案的事,问他被说成"藏垢纳污"的房子是不是现在这间。许钦文先生说:"就是这间房子。"说到鲁迅托蔡元培保释他从浙江军人监狱出来的事时,老人眼里噙着泪花,不住地晃着脑袋感慨。

谈着谈着,不觉到九点钟了,怕影响到许钦文先生休息,我们起身告辞。许钦文先生却坐着没有动,真诚地摆摆手:"坐下谈吧,没有关系,我每天休息很晚,还早着呢!别客气。"又说:"我年轻时得到鲁迅的关怀,我们在他那里谈话,他总执意挽留我们,说是同我们年轻人谈谈,可以使思想上受到启发,思路宽些。当时,我们没有体会,现在体会到确实是这样。"

话题转到阿Q的形象问题。我们问:"有人说阿Q是个阶级典型,有人说是个精神典型,到底应该怎样理解呢?"许钦文先生似乎不假思索地说:"这个问题很复杂,去年黄山会议还讨论过。瞿秋白的《鲁迅杂感选集序言》总的看是好的,但也有毛病。这里有个标准问题,鲁迅在1929年—1930年才成为共产主义者,1921年写《阿Q正传》的时候还没有明确的阶级意识。他反映的阶级对立,多用'阔人'和'穷人'、'官'和'民'等字样,是从等级差别着眼的。"

我们还问到对鲁迅散文诗的理解。许钦文先生说:"鲁迅的《野草》多用象征手法。这种手法,要从作品的总意境中看它的倾向性,而不要拘泥于某一种事物象征了什么。"

访谈一直到夜晚十点多钟。我们起身告辞时,许钦文先生坚持要送我们到大门外。我们一再劝他留步,他还是拿着手电筒把我们送到房门外,一边给我们照路,一边叮嘱我们慢走。

三个多小时的访谈,许钦文给我留下了终生难忘的印象:平和、亲切、热情、简朴,特别是他对鲁迅的深厚情感和对鲁迅研究的深刻见解。后来,我读许钦文先生的《〈鲁迅日记〉中的我》这本书,他记录下的许多鲁迅的话,对我的鲁迅研究有很大影响。比如,鲁迅说可以从悲剧中划分出一部分来算作惨剧,《祝福》中的祥林嫂,《阿Q正传》中的阿Q,他们的命运就是惨剧。这就深深地影响了我对鲁迅作品的见解。此外,我在研究《野草》时,受许钦文先生谈话的启发,提出了"广义象征"说、"典型环境中的典型意境"说。再后来,我在主持国家教育部项目《鲁迅与中国文学关系研究》时,特别注重"鲁迅与乡土文学""鲁迅与许钦文"这类课题,并在研究中更加了解了许钦文先生其人其文的"鲁迅风",油生敬意。我在指导教育硕士专业学位研究生韩艳梅、刘洪梅时,共同完成了对中学语文教材中的鲁迅作品教学研究的课题,最终成果作为著作由吉林人民出版社出版,确定书名时,想起许钦文先生关注过中学语文教学,并著有《中学语文中的鲁迅作品教学》一书,遂学习之,参照之,书名为《中学语文中的鲁迅》。

谨以此文纪念许钦文先生。

2014年夏写于中国大连

怀念陈鸣树先生

今年5月上旬,我离开加拿大回国。到大连家中后,马上翻阅积压着的各地邮来的报刊书籍。打开一本《上海鲁迅研究》,赫然见到一组悼念复旦大学教授、博士生导师陈鸣树先生的文章,方知先生已仙逝将近一年了。我心头一紧,好些日子都一直沉重着。先生对我的关怀和教导的往事,一件件涌上了心头。

最早知道陈鸣树先生的名字是1962年夏秋之交,我接到南京师范学院的录取通知书后,准备行装去南京。一位小伙伴从县城的旧书摊上买了一本陈鸣树先生的著作《保卫鲁迅的战斗传统》送给我,说:"我看这书可能对你有用,就买下了,送给你做个纪念。"五十多年过去了,这本书我一直保存至今。书中有一篇《论鲁迅的抒情散文——关于〈野草〉和〈朝花夕拾〉》,我读了不知有多少遍。

直至1978年秋,我作为新时期第一批研究生就读于内蒙古师范学院,师从屈正平先生，并且以鲁迅研究作为方向，随后，我同陈鸣树先生有了较多的联系。导师屈正平先生曾受业于田仲济先生和李何林先生，他与陈鸣树先生都作为李何林先生的弟子和鲁迅研究界同人有着深厚的情谊。屈正平先生几次去上海治病，都住在陈鸣树先生寓所，可见私人友情不一般。屈正平先生让我看过陈鸣树先生的几封信，我的感觉他俩似乎无话不谈。记得有一封信，陈鸣树先生提到他那时在复旦的职称，感叹道："年过半百，尚为讲师尔！"这句"牢骚话"我印象特别深。新中国成立后无休止的政治运动，耽误了多少知识分子的青春年华和学术生命啊！

1980年初，我和研究生同学几人访学至上海。我同赵持平君两个人专程去陈鸣树先生的长乐路寓所求教。先生热情地接待了我们。先生那时住得很挤，似乎卧室书房餐厅厨房共于一室，床下桌下全堆放着书。我提到《保卫鲁迅的战斗传统》这本书，先生报以愧色，说那本书不好。我说关于《野草》和《朝花夕拾》的那篇，在全书中很特别，不仅学术价值高，而且文字也很美。他点点头，表示同意。当他听说我研究生毕业论文研究《野草》时，他立即说："要进行综合研究。"接着，又对我讲了什么是综合研究，怎样进行综合研究，给我很大启发。当我们离开陈鸣树先生寓所时，外面虽然寒风冽冽，但是我心里很温暖。

回到学校后不久，我就收到陈鸣树先生寄赠的签名著作《鲁迅小说论稿》，并附有一信，说这本书就是综合研究的尝试，希望我好好研究《野草》。之后，我把在上海访问陈鸣树先生的情况写成一篇访问记，发表于学校校报上，并将校报寄给了他。

1986年，我从大连去北京参加一个学术讨论会。在北京火车站站前广场等会议接站车时，正好陈鸣树先生从上海过来的火车也刚刚到达。陈鸣树先生一见我，就喊我的名字，并风趣地说："你，吹捧过我！"我一时没反应过来，他马上提到几年前读研究生时写的那篇访问记，原来是这么回事。这次会议期间，他气色很好，情绪也很高。他告诉我，复旦大学盖了"高知楼"，他搬进了新居。这楼盖得很有特色，每楼层两户算一户，这样，老了可以让一个子女住身边。相处融洽，亲如一家。如不和，亦可不相往来。我从他的表情语气里，听出对这种设计理念的既有揶揄又有称赞的态度，先生说话总是风趣而又智慧的。会议期间的某个晚上，陈鸣树先生请李何林先生给随行的研究生讲一课，便邀请我也去听听，说："你也算再传弟子，来吧！"我去了，那可是一场高端生动亲切的学术对话啊！

也就在这一年，春风文艺出版社出版了在我的硕士学位论文基础上充实修改而成的著作《〈野草〉论稿》，我请陈鸣树先生作序。先生慨然允诺。序云《野草》为难治之学，并赞我知难而上，夸我进行了综合研究，指出其学术成就，特别提到研究之拓展与深入以及在比较研究上的发现。陈鸣树先生奖掖提携学术后辈，寄予殷殷厚望，感人啊！

此后，我指导的硕士研究生尹慧慧报考博士生，经我和我的导师屈正平先生推荐，以出色的成绩被陈鸣树先生录取。再以后，我和李春林合著《鲁迅世界性的探寻——鲁迅与外国文化比较研究史》、我和于九涛、荆亚萍合著《鲁迅民族性的定位——鲁迅与中国文化比较研究史》先后出版，陈鸣树先生均领衔发表书评，从二十世纪学术史总结的高度进行推介。且我每有点滴成绩，都对我表示赞许，鼓励多多。

陈鸣树先生每有新著，如《文艺学方法论》《鲁迅论集》，皆寄赠我。后来，我和研究生臧文静、张娟、赵月霞等在《驰骋伟大艺术的天地——鲁迅小说研究史》《穿越伟大灵魂的隧道——鲁迅〈野草〉〈朝花夕拾〉研究史》等著作中评介了陈鸣树先生的诸多鲁迅研究成果。先生读后，很是欣慰。先生在《阅读鲁迅是一种幸福》一文中总结其学术生涯时，引述了我们对他的评论，这在我看来，是几代学人之间的会心理解和精神传承也。

特别值得一提的是，陈鸣树先生和安徽大学教授方铭先生曾经有个合写《鲁迅的人生智慧》一书的计划，但限于精力，未能实现。方铭先生是江苏东台人，我的家乡前辈学者，对我多有鼓励，将这一任务交给了我。后来，我和研究生王竹丽出版的《鲁迅的智慧》一书就是这么来的。在该书《后记》里，我叙述了这种薪火相传的过程。

一次，我为学科建设同文学院书记于永顺教授一起去上海，拜访陈鸣树先生。先生听说我要见复旦大学文学院院长陈思和教授，笑道："他读本科时是我的课代表，现在有大出息了。我带你去。"于是，先生不顾体弱，在师母搀扶下颤颤巍巍地领我去了复旦大学文学院。见到陈思和先生，陈思和先生吓了一跳："哎呀！你老先生怎么亲自来了。你这身子，快快回家。辽宁师范大学王先生他们的事，好办。求求你了，你快快回去！"

陈鸣树先生晚年一直有写回忆录的想法，每次拜访他，他都提这件事，还问我怎么写。我答曰：鲁迅《朝花夕拾》一写法，周作人《知堂回想录》一写法，郭沫若的《创造十年》《洪波曲》又一写法，多着呢！先生曰：采周作人法，每篇千字余，适合身体状况，不累。先生又多次向我了解当年南京师范学院朱彤先生，都说朱彤先生讲课精彩，可惜那时没有录像。我叙说了朱彤先生的讲课和学术报告风格、多方面的学术成就和逸事，陈鸣树先生都认真听着。陈鸣树先生还告诉我，当年李何林先生想在南开大学大力开展鲁迅研究，拟调入他和朱彤先生等。陈鸣树先生还说："我的回忆录先写一篇关于朱彤先生的，题目叫什么好呢？"我突然想起陈鸣树先生关于《野草》《朝花夕拾》的那篇文章的一个小标题，说："'千古文章未尽才'，这也是朱彤先生人生之写照啊！"陈鸣树先生说："好！就用这个题目：千古文章未尽才。"这是多年前的事了。现在，陈鸣树先生已经作古，不知道这篇文章写成没有，也不知道回忆录写得怎样？

陈鸣树先生走了，但是，先生的许多弟子却同我有着友谊，如乔丽华博士、符杰祥博士等，所以说学术传承和学人之谊是绵延不绝的。先生，你一路走好！我们还会见面的，我还会见到你那亲切的笑脸，听到你那风趣的话语以及聆听你那深刻的教诲的。我们许多许多年后，在迅翁那里相见时，许广平女士以香茗招待，那里有耿直而激烈的胡风、倔强而宽厚的冯雪峰、天真而迂讷的柔石（当然那位柔石称她为"我的小鸟儿"她却要为革命"枪毙了我们的爱情"的可爱的冯铿也在）、真诚而热情的殷夫，还有关东汉子萧军，民国才女萧红，李长之、唐弢、李何林、田仲济、朱彤、陈鸣树等老师也都在，那是多么幸福快活的事啊！

陈鸣树先生，再见！

2015年8月7日于加拿大密西沙加

冉欲达、鲁刚传奇

20世纪80年代后期，我在大连任教的大学为了中文系学科建设和硕士学位点增设，引进了两位"大牌"教授：文艺学专业的冉欲达先生和比较文学与世界文学专业的鲁刚先生。我因为一直在中文系任教，又先在校职称评审办公室兼职"打杂"，后又留在校机关兼职科研处副处长继而研究生部主任，同这两位老先生接触颇多，印象较深，同鲁刚先生还成了忘年交。

冉欲达和鲁刚这两位老先生来的时候，都是快六十岁的人了。引进冉，同时安排了夫人、公子、儿媳的工作；引进鲁，也同时安排了夫人、女儿、女婿的工作,可见学校对他们的重视。他俩也不负校方期待,皆以学科带头人身份很快拿下各自所在学科、专业的硕士学位授权点。这在当时,是很不简单的。

更有意味的是,冉欲达和鲁刚这两位老先生,都是老革命、老党员、老领导、"红色学者",然而命运、性格和气质又很不一样;仔细品味,他俩的传奇,可以让人得出很多难以言传的人生感悟。

冉欲达年轻时投身革命,解放战争时曾在华北革命军政大学学习,新中国成立后至高校任教并担任系领导职务。20世纪50年代初,国内出版了几种在马克思主义文艺理论指导下编写的文艺理论教材,其中就有他编写的一本;应该说,他是新中国文艺学专业教学奠基人之一,声名赫赫尔。

冉欲达先生从辽宁大学调来大连后,因工作关系,我去他府上拜访。一见面,他就对我鼓励有加,笑着说:"听说你是系里新一代'四大金刚'之一,好好努力啊!"他说的"四大金刚"是指张弘、张晶、马俊山和我四个人。还有一次,冉欲达先生从省城主持中文学科职称评审归来,他告诉我:"评你副教授时,我把你的专著《〈野草〉论稿》往桌子上一放,对专家组辽宁大学的人说:'你们报上来的人,能同我们这位比吗?'"我大有受宠若惊之感。

冉欲达先生晚年写有一本书《风雨春秋》,他特意题赠于我。这是一本回忆散文集,我认真拜读过。其中有一篇,抒写他调来大连离别沈阳的前夜,在辽宁大学校园深夜散步,对这个工作了近三十年的学校恋恋不舍感慨万千。令我触摸到了这位硬汉子强势灵魂深处的柔软,感受到了这位理论家逻辑思维之外的诗情。

20世纪40年代后期的齐鲁大地上,人民解放军的一个连队驻扎在少年鲁刚家所在的村子里,这位耕读人家的男孩觉得这支军队纪律严明、官兵平等,好新鲜!少年心动了,向往了,队伍离开时,他竟跟队伍走了;部队也很喜欢很需要这位有文化的农家少年呢!后来,鲁刚随部队进入了东北解放区。

不久,青年鲁刚被送去哈尔滨俄语专科学校学习,后因成绩优异而留校任教;又一路提拔,直至校长。

当了几年大学校长后,鲁刚先生提出辞去校长职务;组织上有意他改任校党委书记,他亦婉拒。几经周折,组织上接收了他的辞职请求,并同意他调往大连,一心一意当他的教授。

我认识鲁刚先生时适逢他搬家抵大连。那天,我去当时学校最好的住宅楼向一位副校长请示工作,一辆装满家具和书籍的卡车正停在楼下卸东西;一听说是中文系新来的老师，我就上去帮忙往楼上鲁刚先生新宅扛东西。几天后，我得空去拜访鲁刚先生，先生及夫人很客气热情。鲁刚先生说："听人说，你是才子呐！已有学术专著了，不简单！"我们很坦诚地聊了很多。从此，我们还有了忘年之谊。王拥琪女士听说我两个女儿读中学，还主动提出帮她们辅导英语。

鲁刚来大连两年左右，他编著的二百多万字的巨著《世界神话大辞典》出版，题赠于我，呵！又厚又大，沉甸甸的呐！

工作上，在我同鲁刚先生的接触中，感觉他很容易同人达成一致，对管理部门的工作困难相当理解；没有一点名家派头和架子。

鲁刚先生有一子一女，女儿来大连后，患病去世，女婿另组家庭；儿子在美国从事技术工作。鲁刚先生离休后，偕妻去美国同儿子团聚。晚年的他又撰写了一本神话文化研究著作，四十余万字，在国内出版，也题赠于我。我讲研究生学位课时，将这本书给研究生看，介绍先生生平故事和此书学术价值，说："什么是大学形象？什么是大学精神？此乃是也！鲁刚先生演绎了这种形象和精神啊！鲁刚先生，士之楷模、世之师表！"

巧得很，几天后，我在校门诊部见到了归国探亲的鲁刚先生，说到我在课堂上夸奖了他。他要我再复述一下给他听听，我又重复了一遍，先生听后很是欣慰。

几年前，鲁刚先生在美国辞世；我闻之，郁闷了很多天。

是为此文，敬奠两位尊敬的革命和学术前辈。

            2019年11月21日于加拿大密西沙加

滨城故事（一篇）

画家与猫

（一）

十多年前，我所任教的大学扩大招生。学生多了，学生食堂不够用了，学校就在北山的南坡盖起了一座叫北山食府的学生食堂。施工的时候，先是削平山坡。砍了许多树，又埋了几颗炸药。隆隆的炮声，惊跑了许多野猫，它们到处惊恐地逃窜。有一只怀孕了的母猫，垂着大大的肚子，艰难地走进了文科楼前花园里的树丛里。是夜，暴雨倾盆，雷闪大作，母猫临盆，产下八只小猫。于是，校园树丛里传出一片凄惨的叫声。

张女士，也就是住在我们单元一楼一号的画家夫人，发现了这一大家子猫，她满心慈悲，左手拉着她的夫君黄先生，右手牵着他们的公子少年小画家，带着面盆布兜，拨开树丛，将一只只猫接到家里，温水擦洗，喂汤喂水喂牛奶，又在外面楼下墙角搭了个猫窝，将猫一只只安置了进去。好一个拆迁安置办公室主任呐！

从此，张女士一家，还有住在五楼的退休中学教师宋太太，忙活起来了。他们一天好几次地去楼前不远的学校宾馆餐厅的后门外，从泔水桶里捞出剩菜剩饭，来喂猫。不久，山上的野猫、天上的鸟雀、地上的流浪狗等，也都来争食或曰聚餐或曰吃大户了。我们的楼下，真的颇有人气，不，动物气或曰生气了。

画家，取名沧粟，沧海一粟，多低调，可又同美术大师刘海粟名字对应，又多有抱负。画家绍兴人氏，自云同鲁迅是远亲，他们黄家同鲁迅原配朱安女士家是亲戚。画家对鲁迅甚为敬仰,我是以鲁迅研究为专业方向的,因此,画家同我又自然亲近起来。画家长于油画和水墨画,一次有油画新作画成,邀我欣赏。画面上,一株向日葵在狂风暴雨中挣扎,头被吹歪,身子倾斜却不弯不倒。我甚为动情,盯住良久,画家问我想什么,我说我想起我们民族不屈不挠的精神,那一个个不屈的身影。画家让我给画作命名,我说:"那就叫'不屈'吧!"画家一家三人都说:"好!"

张女士宋女士喂猫,一般是用勺子敲敲食盆,猫闻声而聚拢过来,如妈妈身边拥来一堆孩子,姥姥身边护起一堆外孙子女。画家喂猫,却自有特色。一次,我在家看书,忽然听到楼下有人连续喊:"妹妹、妹妹……"口音是画家的浙东越地口音,心想:莫非画家有妹子从家乡来了,却又奇怪:如此亲切温柔,岂非情妹妹?推开窗户一看,是画家在招呼猫群来赴宴,绍兴口音,"咪咪"同"妹妹"分不清。不过画家对猫的爱心深深情意绵绵,又真如对亲妹妹或情妹妹的。

(二)

这突然搬家来的一群野猫邻居,给大家带来了快乐、热闹,也引起了议论、纷扰。一堆堆猫食,影响了环境卫生。猫群开始窜上窜下,有时毁坏了人们种在楼下塑料保温箱里的蔬菜。尤其是夜深人静之时,有的人家早已闭灯上床,有的人家还在治学备课写论文。猫群狂欢派对开始了,那欢乐而痛苦的叫声,确实闹人。

于是,楼内人家出现了分裂:支持和反对画家喂猫者各一派。画家夫妇犯愁了,其纠结,其悲摧,其忧郁,足以写出篇"离骚"的。画家为难之至,想起了我,问我怎么办。我能怎么办呢,爱莫能助啊!画家很失望。

真是天佑大爱之人,发生了一件事,如插秧逢雨,三伏遇风。国际文化交流中心意外地住进了一位来自四川乐山某名庙的高僧。此法师高大魁梧,满面红光,气宇轩昂。一日傍晚,高僧漫步至我们楼旁,我双手合十,向其致意。他亦合十施礼:"阿弥陀佛!"于是,我们交谈。高僧仰望北山,又远眺南天,曰:"此乃风水宝地,依山近海。"又指指文科楼和我们住宅区,再朝东面开阔地一划,云:"紫气东来,吉祥之地。"此时,一群夜猫正在脚下路边欢跃着,奔跑着,高僧见之,叮嘱:"善待野猫,必有才运财运。"说罢,施礼后退,转身而去。忽然一阵晚风吹来,高僧袈裟下摆飞起,飘逸极了。

我抓住机遇，逢人便讲这一奇事。故事迅速传遍住宅区，从而，争论偃旗息鼓，大家再不吭声；喂猫者更加意志坚定，爱心高扬。

一场分裂避免，和谐如初。画家夫妇对我更加刮目相看，更加友善友好友爱。

（三）

画家喂猫，也画猫。冬日，猫群一字排开于花坛边沿晒太阳：乌黑、纯白、浅黄、深灰……又各呈姿态：端坐、抓耳、挠腮、闭目……且各种神情：深沉、卖萌、献媚、诱惑……于是，画家又念念有词："妹妹、妹妹"。展开画夹，匆匆速写，又举起相机，摄入镜头。速写是其草稿，照相用于修饰。从而，一幅幅或油画或水墨的群猫图诞生了。当然，作为商品画，画家从猫身上也得到不少银子。

但是，画家取财有道，用之亦有道。隆冬一场大雪，零下三十度严寒，一场流行感冒，猫群几乎全都病故，仅仅留下一只小猫。画家几乎要痛哭了，他将仅存的一只小猫予以精心照顾，无微不至。这只小猫活过了冬，迎来了春，又活蹦乱跳了。皇天不负有心人。这只留下的小猫是母猫，健美且性感，迅速有了一大批粉丝，很快，肚子大了，又很快下崽了，又是一窝。我们的楼下，又是猫的天地了，画家喊"妹妹"也愈加亲热如情侣了。

再到冬天，画家掏了一大笔钱，给每个"妹妹"都打了流感疫苗。从而，猫繁殖速度加快，实现了跨越式发展。高僧叮嘱也广而告之。喂猫的人们更多了。校园树丛猫窝更多，也成了"一道亮丽的风景线"了。

画家除教学即作画。有的是为艺术的，精品。有的是商品画，换钱。还有的是礼品画，校方为了或敬意或公关需要，常抓画家的差，命其作画由校方送人。我有一次见画家在画一幅水墨画，取曹操《观沧海》之诗意。他告诉我，是为学校画的，送礼用。我问，学校给润笔费吗？他答：象征性地给一点点。

画家的夫人张女士，是20世纪80年代我国第一批时装模特，现任教于影视学院形体课。她是在浙江美院这所中国一流的美术大学求学时同画家同校同学时相爱的。张女士心直口快，且对夫君艺术长进很心切。有一次，对我唠叨说，画家不专心画画，提高艺术水平，却常去陪领导下棋，希望我说说劝劝。我对画家说：可别成贵亲戚鲁迅最痛斥的帮闲啊！那样，你的艺术会下滑的。画家并不恼，奋然改之，从此艺术更为精湛，驰名海内外，后来还在卢浮宫办了个人画展。

（四）

　　画家的公子少年，聪慧异常。他常临摹其父之画，竟至乱真。有一次我逗他，问他这些猫是野猫还是家猫。他先答曰野猫，又改口家猫，继改口家养的野猫或野放的家猫。

　　我常思之，这些被人类爱心豢养的猫，得到了温情的照拂，也失却了觅食、抗恶、免疫的能力和野性的生命力。它们到底是幸耶，不幸耶。

2014年9月10日于加拿大密西沙加

异国风光（十篇）

加东三日

9月19日至21日，我们参加了华人经营的天宝旅行社组织的"加东三日游"，观光了加拿大东部若干自然与人文景观。归来后，小记于此，以存留念，并共享于诸君。

第一天：9月19日

清晨5时许，密西沙加市尚在薄雾微露中，东方晨曦初现，一辆面包车载着我们上路了。面包车先后经停多伦多市唐人街、列治文山市、士嘉宝市，坐满了游客，就快速前进了。中午，抵达加拿大首都渥太华市。

渥太华成为首都，当年是经过一番考量的。英美之间曾在加美边境发生过战争，英王决定将加拿大首都移加美边境稍远些。而加拿大有个魁北克省，法兰西人聚居，常闹独立，要从英联邦的加拿大分裂出去。而渥太华正好在安大略省紧贴魁北克省处。再加上这里风光旖旎，所以渥太华就成了加拿大首都了。

名不虚传。渥太华确实很美！渥太华河流经城市中央，使城市充满灵秀之气。河两岸一座座欧洲风格的建筑物：总督府、总理府、中央银行、精品图书馆、教堂……壮观得很。更美的数使馆区，河边一路绿荫一路各式风格小楼，很是幽静。所有这些，倒映在河里，轻轻摇荡在一道道水波之下，一座座桥梁之旁，更添几分神奇。

国会山庄，特别值得观光。原先的古堡式大厦遭遇过一场火灾，遗址尚在，确见火烧烟熏痕迹。围在那里，供人远眺。在其旁边，新盖了一座也是古堡式的国会大厦，参议院和众议院即在此议事也。国会山庄广场很大，绿草如茵。广场正前方有一水池，泉水喷涌，又翻滚洒落下来，如白莲盛开。泉水中央，有一团不灭火焰，火苗晃荡。加拿大冬季长，气候寒冷，火焰温暖人间，又示人坚强勇敢之意。水，指人们之聪慧温情友爱和平。水火本相克，这里却相融，表示人民与政府的互相信任和友好境界。在这里，我伫立良久，思绪万千，遥想许多，纵横驰骋矣。

来到加拿大国家人文历史博物馆，见识颇多。最早生存在这里的印第安人，是从蒙古和中国乘船从西伯利亚经白令海峡至阿拉斯加过来的。有一大型雕塑叙述了这段历史。一条船，十多人奋力划着，同心协力同舟共济。船上人等高矮胖瘦美丑形态差距很大。据云，印第安人坚信，人是动物投胎，每个人都有对应之动物。长相酷似之，身材由之定，体型因之异。展览厅有六柱高大图腾木桩，为印第安人之六个族群分别以其标志。图腾之高，高过参天大树，因森林打猎，凭图腾归来。印第安人壁画，上为苍天，中为大河，下为众生，寓天地养育生灵也。我观这一切，比较蒙古民族图腾和汉民族传说，觉印第安人确为我远古同胞。说成印第安人，只是欧洲航海家误以为此地是印度所致也。

在博物馆，还见加拿大不同地区以往人们之生活。北冰洋三区，捕鲸为生。鲸肉为食，鲸骨为房梁，鲸皮为房顶，鲸油点灯……海洋三省，打渔为生。中部三省，农耕文化，种植放牧。衣食住行，各有特色。妇女手饰，佩戴化妆，音乐绘画，婚丧祭祀，各不同矣。

傍晚，车行数百里，至魁北克省蒙特利尔市。已是深夜，宿假日酒店。

第二天：9 月 20 日

整个魁北克省是一个自治省，自治程度很高。族群为法兰西人聚居区，语言为法语。在魁北克省会看到建筑多为法式建筑，旗帜多挂蓝色的百合花省旗，枫叶国旗反而不多。我们曾看到一建筑物，省旗高挂，国旗却低挂，旗杆高度相差甚多。街道两旁商家招牌广告牌等，一般法语在上英语在下。加拿大这块大陆，法国人比英国人早一百多年发现。当时一位将军航海家奉法国皇帝之命率船寻找神奇的遍地黄金盛产丝绸的中国，在大西洋上突遇暴风雨，迷失航向，进入加拿大东部，误认为到了印度，故称土著为印第安人。后来英国人来了，殖民者之间进行了一场抢夺性战争，终成妥协，而最终成了今日之局面。魁北克省一直闹独立，甚至有激进分子暗杀反对独立的政治家。这里有一座大桥即以这位政治家命名。按加拿大法律，魁北克省人民先后全民公投两次，赞成独立者皆未过半数，故至今未独立出去，还留在加拿大国家范围内。

蒙特利尔市曾是加拿大第一大城市，后来让位于多伦多市了。原因大致是，一，多伦多市更靠近美国，有区位优势，且有大量亚洲非洲南美洲移民，发展很快。二，蒙特利尔所在的魁北克省是法语区，尽管移民门槛低，来者还是少。三，20世纪中国改革开放，鉴于中国劳动力低廉优势和市场广阔，蒙特利尔大量制造业迁往中国，人口人才流失。四，蒙特利尔市于1976年举办过国际奥林匹克运动会，预算28亿，花58亿，欠债30亿，三十年才还清。三十年靠增加税赋所得还债，居民不堪忍受而迁走。这样，蒙特利尔就失去往日繁华喧闹了，城市地位大降也。

是日，迎着晨风朝阳，我们前往有东方"班芙"美誉的更是全球闻名赏枫圣地翠湖山庄度假区。背山面水，由多种欧式风格的建筑组成的翠湖山小镇色彩艳丽，如世外桃源也。搭乘缆车，我们抵达加拿大东部最高峰顶。放眼四周望去，相思湖畔枫影摇曳多姿，美不胜收。下山时已近中午，法国人小镇街边，摆摊设炉，烤出乳猪肉和面包，切成小块，供随意品尝。我吃了几块乳猪肉，香喷喷的，又来几块面包，酸甜甜的，美味尔，唇齿留香久久矣。

接下来，我们又乘车去1976年奥运会场地奥林匹克公园。坐缆车升上蒙特利尔斜塔。斜塔高175米，倾斜45度，高度倾斜度皆世界第一。登塔赏景，气象万千。俯视脚下，奥林匹克场馆和运动员村，建筑有气派。鸟瞰近处，有一座座世界各国园林，深藏于绿树碧水之间。1976年的中国，正是冲破黎明前的浓重黑暗的年代，未派出体育代表团参加奥运会，封闭的社会尚与奥运五环无缘。但是，奥运公园还是由上海派出的工匠造建了一所园林，那里有一楼阁，于万绿丛中显一点红，煞是醒目。远眺，则见皇家植物园，斑斓秋景，尽收眼底也。

前往魁北克省首府的路上，车过一大桥，见旁另有一废弃铁路桥。原来这座铁路桥建造时，设计者算错了一个小数据，害得通车不久即出事故，死伤数十人，故废置。此后，加拿大每年从桥上取出钢铁材料，锻造出若干戒指，赠送于每年毕业的工程类大学毕业生。毕业典礼时隆重戴于手指，以示警戒这些即将成为设计师工程师的年轻人，终身吸取血的教训。这种工程文化，令人感慨万端。

魁北克城，绝佳美景地矣。分上城区下城区两区，上城区耸立于峭壁之上，下城区蜿蜒于圣劳伦斯河畔。连接两区，马路绕坡而行，台阶拾级而上，缆车呼啸飞至。我们攀行数百台阶至上城区，见雍容华贵的古堡大酒店，大厅内金碧辉煌。访清秀脱俗的古老教堂，严肃神圣。这里有北美唯一保存完好的古城墙，有气势宏伟的省议会大厦，广场街头到处有雕塑，时而有街头艺术家表演音乐舞蹈杂技，时而有仿古马车车队走过，古城一派欧陆风情，枫叶红了，点缀着街道，美轮美奂。或远眺或俯视或鸟瞰圣劳伦斯河，气象万千。回到下城区，天黑下来了，仰望高空，左边月弯如钩，右边古堡辉煌，转首身后，圣劳伦斯河波光粼粼，灯火倒影，令人留连这神话般夜景。怪不得好莱坞取欧洲景色，很少奔欧洲，而是来北加拿大魁北克城！

是夜，下榻于此城某酒店，见月光如银，望灯火灿烂，听河水轻语。

第三天：9月21日

早餐后，告别魁北克城，驱车前往千岛湖风景区。中午抵达。千岛湖景区在加美边境，是加拿大三大著名自然景观之一。千岛湖为加美两国共有，平分水域，各得一半。有岛一千八百多，在美国那边大半，在加拿大这边小半。水域辽阔，一跨湖大桥连接两国。两国游船水上自由航行，不受国境线限制，唯不能随便登对方岛屿。所谓岛屿，三条标准必符合：一，两平方米以上；二，常年皆露出水面；三，上面有自然生长树木两棵以上。千岛湖好风光，又极有价值，水生动植物种类齐全，供人们享用，也是垂钓者的天堂。夏日游泳帆船赛事不断，冬日则是滑冰者的广阔天地。岛上布满豪华别墅。有一大岛，为耶鲁大学兄弟会所有，盖古堡建筑，碧水环抱，绿荫幽深，常有电影在此拍摄。

我们所乘游船开出后，斩浪前进，阳光灿烂，蓝天白云，湖风习习，水鸟翔舞，湖面碧波荡漾。船在岛间穿行。不久，见两小岛间一小桥，此乃世界最短的国际桥，七米左右耳。原来，某美国富翁购置一小岛，欲盖别墅。设计施工，方觉岛太小，盖不下。于是又购置旁边加拿大境内的一座稍大一些的岛。别墅盖成，造一小桥，连接两岛，故成为最短国际桥。

进入美国水域，有一心形大岛。富翁罗伯特，深爱其妻，购此岛，建古堡式别墅，有花园游泳池等，以作为礼物赠送爱妻。建设三年半方完工，其间妻病故。罗伯特痛不欲生，再未踏上此岛，怕睹物怀人，情感哀伤。后将此心形岛赠予纽约旅游局，供人们游览，感受其故事之凄美。心形岛旁还有一小岛曰岳母岛，亦盖一别墅，是罗伯特赠予岳母度假的。自然之美和人文之美共生互动，使景观更为生色矣。

下午3时许，船抵码头。我们返回归家，晚7时半，车达密西沙加市。

同行者

面包车游客二十余人。一司机，王师傅，天津人，早年移民来此。一导游，徐女士，三十多岁，上海人，来加拿大已十五年，在加读书五年，任导游十年。此女鹅蛋脸型，颇清秀端庄，体形保持较佳，细腰长腿。英中双语解说，自然流畅，且多人文气息。服务态度亦佳，临别，一个一个地手机通知各游客家人接车。车上有香港游客三，台湾游客二，皆女性。有上海老年夫妇两对。一对有子女移民美国加拿大各一，已团聚移民来北美。一对有子女美国留学后在美供职，来探亲且旅游。此外，尚有丹东北京等地专程旅游者若干。有青岛姥姥女儿外孙女一行三人，女儿一家移民来加，外孙女已读十年级，姥姥是青岛某中学退休语文教师，也定居加国了。姥姥手执圆珠笔笔记本等，不断记录也。有印度人情侣一对，男英俊中透露少许忧郁，女美丽动人，常报人羞涩之微笑，很迷人。两人常有亲昵动作，甚为可爱。有一巴基斯坦老人，独自出行。问我：China？我答：yes，问之：印度Or巴基斯坦？他答：巴基斯坦。并举起大拇指：China，又两手握拳，意中巴铁哥儿。我说出两位我敬重的巴基斯坦父女政治家的名字：贝·布托、齐亚·布托。他连连喊出：毛泽东、周恩来。

补记：关于图腾

印第安人图腾上为人面，似凶神恶煞，类似于中国佛教寺庙门内四大金刚。下为龙或蛇状身躯。我曾见某民族某名寺庙公马与人妇交配雕塑，并无龌龊感，壮观得很。骏马崇拜，自认马为祖先也。云南丽江，多有性崇拜图腾，到处可见两木桩为门，一为崛起男根，另一为凹进女性私处，性器崇拜也。对生命孕育之敬畏尔。女作家迟子建有一散文即写云南所见女性私处石刻为民众顶礼膜拜之事，母性礼赞也。在韩国济州岛民俗村，有一大石，刻为男根状。此地人们每日清晨皆来抚摸之，可有一天好运气，或耕作好或编织好或养殖好或生意好等，男性崇拜矣。

2015年9月25日于加拿大密西沙加

我在仙台：探访青年鲁迅的踪迹

我十多岁读初中时，语文课上读到了鲁迅散文《藤野先生》，即产生了对日本仙台的向往。此后，随着年岁的增长、专业的养成和阅历的丰富，认识到那仙台市，那仙台医学专门学校，那青年鲁迅上课的教室，是中国现代文学的海外圣地啊！这种向往之情愈来愈浓烈。今年4月初，我来日本探望次女一家，终于实现了我这六十年的心愿。

女儿女婿都是医生，已经在日本定居。适逢日本国眼科协会在仙台的东北大学召开全日本的眼科学术研讨会，女儿必须参加，我就正好同她一起去仙台了。参观原仙台医学专门学校的阶梯教室是需要预约登记的，预约登记后，日本《读卖新闻》东京本社东北总局记者加纳昭彦先生从登记册上发现了我的名字，致电我的女儿，要求我参观后接受访谈，我表示了同意。

4月7日，我们乘新干线去仙台。下午3时，我们抵达仙台站，雨中乘出租车赶去东北大学片平校区的原仙台医学专门学校旧址，3时半如约抵达。下车后，见一幢长长的黄色楼房矗立在我们面前，它就是原仙台医学专门学校，街道边四根门柱而今尚存。进正门，管理纪念设施的两位女士和记者加纳昭彦先生已经等候在那里了。穿过楼房，斜过一段露天木质平台，才能进大楼拐角处的阶梯教室。日本女士很热情，执意为我们撑伞，使我们很感动。

阶梯教室的门靠近讲台，进门，就可见到一排排黑褐色桌凳，大约三十排长桌长椅，每排可坐六七人，教室可容纳二百人左右。讲台亦木质黑褐色，黑板为上下两层，可移动。讲台旁还置放一屏幕板，大概是放幻灯片用的吧！讲台上置放着参观者签名题字册，一本本摆得很高，还放着中国国家领导人访问这里的照片和诗作。靠门另一边的墙上，悬挂着鲁迅先生和藤野先生的照片。课桌中间第一排，放着鲁迅的听课笔记。

我首先翻看了青年鲁迅的听课笔记，非常工整的日文笔记！上面密密麻麻的红笔批改，皆是藤野先生的手迹。记得鲁迅在《藤野先生》中这样写道："我拿下来打开看时，很吃了一惊，同时也感到一种不安和感激。原来我的讲义已经从头到末，都用红笔改过了，不但增加了许多脱漏的地方，连文法的错误，也都一一订正。这样一直继续到教完了他所担任的功课：骨学、血管学、神经学。"

工作人员告诉我，鲁迅当年上课的时候，总爱坐在前两三排中间的坐位上。于是，我马上在第三排的中间座位上坐了下来。我虔诚地坐在鲁迅坐过的位置上，目视讲台,仿佛见到了藤野严九郎教授的身影。这位不太修边幅,不太讲究衣着,而是专注于教学和研究的先生,是多么令人起敬啊!尤其是他对中国人民的友好的关注,对中国学生的父兄般的温暖。他的为中国为学术,恰如鲁迅评述:"他的性格,在我的眼里和心里是伟大的,虽然他的姓名并不为许多人所知道。"

我的视线移向了右前方。那不就是当年放幻灯片的屏幕吗!一幅好端端的放医学教学片的屏幕,其教学之旨归是救死扶伤悬壶济世,却插进了炫耀侵略掠夺战争的时政片了。在中国的土地上,杀所谓充当"俄国间谍"的中国人,围观杀头的中国人一派麻木看客相,教室里的日本学生一片欢呼,而且教室里又仅鲁迅一个中国人。试想想,多么深刻的刺激啊!我坐在鲁迅坐过的位置上,陷入了深深的沉思。我几乎浑身痉挛,继而托着腮,沉默着,沉默着。

这是一个伟大的契机!青年鲁迅因家道衰落看透了人们的势利相,而去南京求学,走异路,逃异乡,寻求别样的人们。在南京,他把家族之困顿同国家之腐败联系起来认识,从而接受了进化论与改良主义。在日本留学期间,先是立志学医以救治国人之病痛,而就在这个阶梯教室发生的"幻灯片事件"使他决心弃医从文。一个伟大的中华民族之"民族魂"从这里起步,"中国现代文学之父"从这里出征!在某种意义上,我们完全可以这样说,这里是中国现代思想文化之海外圣地。

《读卖新闻》记者加纳昭彦先生不断地按着照相机快门,为我照相。又特意让我站在课桌第二排中央,以讲台为背景,手抚第三排课桌照了一张照片。然后,开始了对我的访谈。我的女儿为我们担任了翻译的任务。我首先对《读卖新闻》记者的热情和东北大学的文物保护表示了作为一个中国鲁迅研究者的感谢,然后回答了记者的问题:谈谈对参观阶梯教室的体会。我的谈话如下:

> 坦率而真诚地说,我在童年时代的心里对日本人印象不怎么好,在我的家乡中国江苏东台古镇西溪,我们家所在的王家巷头,一家商铺的门板上至今还留有日本飞机机枪扫射的弹孔。我的父亲九十六岁了,尚健在,他曾亲眼见到日本兵像玩耍一样地开枪打死远处河边洗衣服的妇女。只是等我成为了少年时,在初中语文读了鲁迅《藤野先生》以后,才懂得了日本人民是友好的,有着像藤野先生这样可敬可爱的人。我来到这里,又一次感受到藤野先生的伟大,又一次感受到你们的友好,正如鲁迅诗云:"度尽劫波兄弟在,相

逢一笑泯恩仇。"《读卖新闻》是很有世界影响力的媒体，相信一定会多多宣传中日两国人民的友好的。

　　青年鲁迅在日本时，中国在清朝统治下，腐败，贫弱。作为弱国之青年，鲁迅不免很敏感，甚至过敏，这是他心理上维护自尊的必然。他从藤野先生那里得到了温暖与关爱，使他感激终生。这是很值得回味的。

　　在这个阶梯教室，承载着日本人民的友好，也记载着"幻灯片事件"对鲁迅的伤害，于是鲁迅弃医从文，实现了他人生的伟大转折，在某种意义上也可以说，中国现代文学从这里起步了！鲁迅在这里，形成了他的社会理想："人国"，形成了他的人生理想："立人"。这里是精神圣地。

记者先生问我，如果阶梯教室不采取预约方式，而是全面开放。会有很多人来吗？我的回答是：

　　《藤野先生》在中日等不少国家列为中学教材，家喻户晓，众人皆知，以鲁迅之伟大，如果全面开放，列入旅游景点，并加强宣传，参观者定会络绎不绝。这一景点有巨大文化价值和伟大国际意义，是宝贵的人文景观资源，应当充分发掘，发挥作用。

访谈结束后，我向鲁迅先生和藤野先生的照片深深三鞠躬，走出了阶梯教室。向记者先生和两位管理员女士互致谢意和道别后，我们又冒雨来到了东北大学史料馆。

史料馆在一座教学楼的二楼上，专设了百余平方米的"鲁迅与东北大学"展区。展览以鲁迅散文《藤野先生》的内容为主线，介绍鲁迅在作为东北大学渊源之一的仙台医学专门学校的学习和生活。展品有《清国公使馆关于周树人入学的照会》《关于周树人入学一事给清国公使馆的回函》《周树人的入学志愿书》《周树人学业履历书》《与仙台医学专门学校同学的纪念照》《与同宿舍学生的纪念照》《决定向周树人发放入学许可的校方文件》《医学科一年级第一学期课程表》《藤野先生在其工作室的照片》，等等。所有展品中引起我注意的有两件：

　　一是学生花名册，"周树人"一行为红笔删去，下注："退学"。我从中看出了青年鲁迅的"弃医从文"之坚定和果决。试想，放弃一种职业意愿和已有将近两年的专业学习成绩，需要多大的动力啊！这种坚强的主见，包含了一位异国青年多么强大的精神力量哪!

二是幻灯片，文字说明表示，只找到用于医学教学的幻灯片，未见鲁迅所说行刑片。我以为，这是很好解释的，医学教学片集中置放，当然作为资料保存下来了。时政片为插播，播放后流动走了，时效性强，未好好保存。展览的说明也许是事实，确实找不到了。但是并不能否定鲁迅散文说的上是事实啊！

东北大学是以鲁迅为荣的，它保存了当年作为仙台医学专门学校六号教室的"鲁迅的阶梯教室"，并专辟展厅"鲁迅与东北大学"。东北大学对华是友好的，它培养了众多的中国留学生，他们当中有日本第一位外国理学博士陈建功，还有苏步青，这两位中国现代数学的光辉代表，创建了数学界的"陈苏学派"。东北大学设立了以藤野严九郎冠名的"藤野先生纪念奖"，奖励来自中国的优秀留学生，并且在"鲁迅的阶梯教室"举行此奖授予仪式。

4月8日晨，我们又步行走过一番町三段马路，再向右一拐，步行二百米左右，找到了鲁迅来到仙台的最初住宿的佐藤屋。佐藤屋是二层小楼的木质屋，临街的门两边各种一棵红梅树和一棵栀子树，屋前立有一碑，为郭沫若先生题写："鲁迅故居迹"，西侧为一小广场草坪，屋后有三棵参天大树。美丽而浩瀚的广濑川流过佐藤屋后，又向西流去，拐了两个S形的弯，风光很是壮观。佐藤屋尚未开放，似有待整修。但在我们寻访时，就见先后两支学生队伍，每队二十多人，在老师带领下前来参观，并且见到老师认真讲解。如同中国师生一样，日本师生也热爱鲁迅啊！鲁迅，属于东亚，亦属于世界！

是日中午，我们又沿广濑川边步行，至仙台博物馆拜谒"鲁迅之碑"。碑有两座，都在博物馆东侧。一为日文："鲁迅之碑"，碑文题字：郭沫若，碑高六米，碑上一圆形浮雕：鲁迅手持一烟斗抽烟微笑。碑为1960年12月立，1961年4月揭碑。对于鲁迅的介绍文字为东北大学教授撰写。此碑为仙台人民所立。另有一碑，碑高三米，上立鲁迅半身塑像，头微仰、微倾，碑文：鲁迅碑，绍兴市人民政府赠。鲁迅纪念碑对面有一小园。园内植有许广平女士1961年4月5日所植黑松，中国领导人1998年11月29日所植红梅，以及鲁迅诞辰百年时仙台人民栽种的纪念树。我们在纪念碑前和小园内徘徊良久，深感鲁迅在仙台人民和日本人民心中之重要位置，鲁迅在仙台在日本的踪迹，乃中日两国人民友好之象征也。

啊！仙台！我的"鲁迅之旅"！多少历史的现实的文化沉思和感叹啊！

2016年4月18日于日本浜松

我在仙台步行游

4月8日中午,参观了仙台市博物馆旁边的"鲁迅之碑"及其对面的纪念树园之后,我的仙台"鲁迅之旅"告一段落了。我们手持一张中文版仙台市旅游地图和一张日文版"仙台之乐步"步行旅游地图,开始了对仙台市区几处名胜古迹的访问。这几处景点,皆在仙台城西区广濑川西岸,相距不远,甚适合步行,也免却了坐车之憋屈和站点不熟之麻烦,且锻炼了身体,很有意思的。

《仙台指南》是这样介绍仙台市的:仙台市位于东京以北约350千米,人口约100万,是宫城县首府,日本东北部经济、文化重镇,起着带动东北地区的重要作用。市内高楼林立,道路两旁栽满作为市树的桦树,到处郁郁葱葱;清澈透明的广濑川蜿蜒流过闹市,异彩纷呈的仙台充分体现了人与自然的和谐。仙台市因为有众多的大学、研究所等机构,又被誉为"学都"。

这份《仙台指南》的整体概述是准确把握的。如关于"学都"之称,应名不虚传,看那东北大学,即有多个校区,加到一起,似乎就是占近一小半仙台市域了。无论走到哪里,都会见到大学和研究所的标志呢!

博物馆旁,有景点"五色沼",乃百米见方之小湖。湖水清澈波光粼粼,周边杂树投影使之呈色彩斑斓。此乃日本国花样滑冰发祥地,故湖边立有男女双人花样滑冰英姿之塑像。明治中期,外国人在此滑冰,1909年,德国教师在此指导学生花样滑冰,后普及全国。

此乃日本国引进欧洲现代体育运动之标志也。其意义之深远,似远超体育本身。此时之中国,腐败之清政府拒绝改革之呼声,故共和革命暗流涌动,辛亥革命之前夜尔。

博物馆另一侧,有一小亭,曰"残月亭"。为政府指定文化遗产。小亭为四面面坡屋顶,内有四张半榻榻米草垫之茶室。据云为仙台市当年某要人之茶舍。这种书院式茶舍,弥足珍贵,代表明治中期茶舍之典型呢!亭旁,巨石铺道,木栅栏园内,树木新绿,红花吐蕊也!

我们沿着上山之路走了一两公里,抵达著名历史人文景观青叶山公园之仙台城迹。先进资料馆,熟悉仙台城史,再游城迹。

17世纪,日本实权被武将控制,东北地区极具势力之武将伊达政宗藩祖建立了仙台城,并发展周边为以诸侯的居城为中心之城邑,这就是仙台城镇之开端。伊达政宗以其远见卓识,遣使欧洲,交流通商为仙台和日本之发展,留下伟大业绩。

青叶山顶立有伊达政宗骑马塑像,并有一批纪念当年改革开放的文臣武士之塑像和纪念碑石。历史没有忘记这批最早"睁开眼睛看世界"的日本先驱。吾中华之明清时期,亦不乏此等文官武将有识之士也!但政治专制、皇权腐败,未能形成较大社会变革,故而落后挨打。

我们绕行山顶平台一周,俯视整个仙台市街,一座现代城市在广濑川东岸,车水马龙也。屹立于青叶山顶之仙台城迹,见证了仙台从一个城邑小镇到现代都市之巨大历史变迁。美丽的广濑川奔腾不息地流着、流着,高唱着和平与发展的当代世界主题之歌,任何杂音和鼓噪也盖不过它的声音。

怀着这样的情思,我走下青叶山,穿过青叶大街、广濑大道和一番町等街衢,经过大町西公园、勾当台公园和锦町公园等景点,回到了住处。这时,已经是傍晚时分,华灯初上了。

2016年4月20日于日本浜松

松岛行

4月9日上午,我们从仙台站乘松岛海岸专线的快轨去松岛海湾,大约三十几分钟光景,就到松岛海岸站了。路上偶遇一对中国同胞,母女,母五十多岁,女儿二十多岁,天津人氏,北京居住,来日本自由行旅游也。异国遇同胞,均有亲切之感。国人走出国门者之多之勤,世界惊叹。托福于1976至1978年间中国之伟大历史性转折,托福于改革开放带来的经济与社会发展和人们精神面貌之变化,此乃一场凤凰涅槃火中重生。

1689年6月25日,松尾芭蕉来到松岛,他在《奥之细道》一书中如此评述:"松岛是扶桑第一美景!"波浪平静闲适迷人的松岛海湾上浮着大大小小的260个岛屿,被誉为"日本三景"之一绝景。在烟花或月色的映照下,或者被皑皑白雪覆盖的松岛非常美丽,还有牡蛎等丰富多彩的美味珍馐。而今在世界各国之观光指南上,松岛已成为主要的观光景点了。

下车后,步行几分钟,即至海岸了。果真名不虚传,一个个岛屿如绿色珍珠宝石镶嵌在蓝色的海湾上,在碧天朗日白云映照下闪闪发光也!微风吹拂,解扣敞怀,好不心旷神怡!海鸥云集游艇飞驰浪花飞溅,闲静中又有欢腾。

我们先走过渡月桥,登上伸进海里的雄岛,再沿石级走上雄岛之顶。这里真是俯视海湾风光好处所。

沿海岸线向东走去，有一亭，高高耸立，乃观澜亭。登亭眺望，知若有海风强烈或潮涨潮落，此乃观澜之处也。观澜，观海水之起伏也！潮来潮退，云起云飞，鸟飞鸟翔，日月之行，四时之变……观之察之思之辨之，皆可喻人生起伏也。故观澜之类，皆人之本质对象化于大自然，乃使大自然人化诗化矣！

再走，又过一座叫作"透桥"的红色小桥，走上一座叫"五大堂"又名"松岛町"的景观。此乃建于岛上之塔也，据传为公元807年坂上田村麻吕为祭祀比沙门天所建造之殿堂。参观者祭拜者颇多，很是拥堵。

再沿海岸线前进，走过几百米长的福浦桥，即一大岛，曰福浦岛。此岛为日本国家级自然保护区，区内保护种植养殖栖息着珍贵动植物，供观赏、研究、开发。

饿了吗？海边小街一个个牡蛎小屋，大大的牡蛎直接带壳烧烤，佐以调料供品尝也。这种豪爽又美味的吃法很有意思。店家按人头时间收费，老人小孩残疾人皆有所折扣。每40分钟收餐费2000日元，每50分钟收3000日元。似乎不成比例，为的让你快吃大吃专注地吃，别影响后面等待排队的客人，人家哈喇子已经淌出来了！

累了吗？松岛温泉足汤就在不远处，"无料"即免费泡脚。一偌大温泉池水，热气腾腾，周边众多人濯足，老人小孩靓女帅男壮士少妇……皆脱却鞋袜卷裤至大腿，伸进温泉水池。雪白黑褐诸色皆有，青筋突出浓毛毕现，细长秀美精致与粗短丑陋壮硕共呈，还有那各种状态之足竞比其美艳？真是一道生命景观。

登上海岸线上之山，可远眺海湾全景。沿山路，有著名寺庙瑞岩寺。相传由伊达政宗所建，为禅寺之代表也。巨大的屋顶配上壮观的本堂建筑，白色墙壁以及原木搭配相得益彰。建筑、正殿、僧侣居处为国宝级建筑，御成门、中门等为国家级人文遗产。寺外路边一座座巨大山洞，和里面一座座碑石，叙说着历史文化。

瑞岩寺西为圆通院，是伊达政宗之孙光宗的菩提寺。祠堂的三慧殿内祭祀光宗像。有意思的是这一东方佛教之地又融合基督教文化因子，佛龛描画着蔷薇红桃等西洋图案。据云，秋来之季，此院又是观赏红叶之景点，且夜晚有灯光照明，让游人欣赏别样的红叶景致。这里有佛珠制作工场，游人还可参与制作佛珠。见不少游人套佛珠于脖、于手，或有经开光后口念阿弥陀佛手数念珠，虔诚之态可掬。

因时间所限，未能去宝华殿、天麟院、多闻山等景观，未能去这里诸多博物馆纪念馆及硕大之渔业市场等处所，也未能乘船游览游弋于众岛之间；又因季节关系未及见如松岛放河灯及烟火大会等闻名天下之活动；存有遗憾。然仅此一游，留下难忘记忆矣。

返回仙台的车上，我沉入对三处类似景区的对比分析中，中国浙江千岛湖、加拿大东部加美之间的千岛湖、日本松岛海湾数百岛群。中国千岛湖，内湖；加拿大千岛湖，同大西洋相连之湖，港湾；日本松岛岛群，海湾。其人文色彩，中国千岛湖，东方也；加拿大千岛湖，西方也；日本松岛，东方为主融合西方色彩也！若是再细细咀嚼，定会更有精神收益。

2016年4月22日于日本滨松

日光三

早在1992年秋天，次女王瑜入中国医科大学六年制日文医学专业，我送她至沈阳。火车至沈阳北站，晨四时，天已亮，只能在车站广场等学校接新生的车。见一父亲亦是送女孩入学，江苏口音，下江官话方言，倍感亲切，上前攀谈，巧极，女孩亦中国医科大学六年制日文医学专业新生。其父告诉我，女孩名周如赟，镇江某重点中学毕业，省优秀三好学生，本来可以保送江苏某著名大学，然而个人有志于日文医学专业，遂如愿考取。观之，女孩小巧玲珑，白白净净，文质彬彬，江南小才女也。当日报到入学，与次女又同班。第二天一早，我回大连，次女尚幼，年十六岁，怕送我忍不住哭起来，周如赟来招待所，说代表之送我。一晃二十四年过去，周女士早已是东京大学医学博士，为东京某医科大学研究人员，夫君亦在东京从医于胸外科，一子一女，定居东京。两家相约去日光市游览共度假日。于是，有此散文，叙述日光三日游。

——题记

四月二十九日

五点半，离家出发，二十分钟后，出滨松市区。汽车在高速公路上向东北方向奔驰，见远山黛色，朝阳下坡地梯田一片片茶园，嫩绿清新，一杆杆喷水装置洒水浇灌，雾气蒙蒙。日本静冈县为著名茗茶产地，静冈茶以其色泽淡绿、味道清香而驰名国内外也。近处山地，果园成片，果树一片片或红花或白花或青青嫩果或黄黄幼果。低洼处，有农家田园，房屋一院又一院，周边水田环绕，水下黑土在晨光里的波纹里闪光。

车行两小时后，从东京都郊外擦过，又几小时后进入栃木县境，下高速公路后，进入盘山道，车在上山单行盘山道盘旋回转近二十多个长长的S形，进入高山区。上看，峭壁悬崖；下看，深渊峡谷。望之，惊悚万分，怪不得山中一河流，名鬼怒川尔。

继而，车行至一空旷山区，顿觉豁然开朗。群山环抱中，一大湖。东，半月山，海拔1753米；南，社山，海拔1726米；西，高山，海拔1667米；北，山王帽子山，海拔2007米，太郎山，海拔2367米，男体山，海拔2486米。湖，中禅寺湖，周边25千米；水深163米；海拔1269米。已是下午，见天蓝蓝湖蓝蓝，山葱葱树葱葱，满山樱花、杜鹃，路边梨花盛开，火红燃烧山野，纯白点缀湖畔，煞是可爱。

车行湖畔一段后，在湖北岸男体山南坡的自治医科大学研修所下榻。拉开北窗窗帘，男体山山坡，一片森林；尚见有野生猴子嬉戏，攀缘跳跃。从南窗望去，一汪碧波荡漾，游艇劈浪，白帆点点。

男体山，耸立于日光市群山之中央，日本名山；在日本人之山岳崇拜中一直居前列。望之恰如男体。约两万年前，该火山喷发后，历经数千年时光，形成中禅寺湖、战场之源湿地和小田代原湿地及作为日本三大名瀑布的华严之滝。

中禅寺湖，乃日本最高之高山湖也。傍晚，居然下起一场小雪。

晚饭后，去周如赟女士房间聊天。女士研究成果卓著，有论文数十篇，见之国际名刊，其中有一见之同《科学》《自然》比肩之《细胞》。其研究团队带头人，曾获诺贝尔奖提名。吾云，其若归国，长江学者有望。女士笑而不语。闻之尚授实习课，问之日本青年学生对中国教师态度，曰友好。问他们对华态度，曰很少议论政治，但还是寄望于世代友好。女士夫君阚先生，亦当年同班同学，某医院胸外科名主刀。又聊及当年她们班我所认识的一些同学，在国内者，协和、同仁等大医院名医院骨干多多；在国外者，或从医，或科研。见当年的男孩女孩今日皆有出息，作为父辈，我很欣慰。

是夜，榻榻米就寝，难以入眠，几不能寐。想及中禅寺湖比较我所去过的镜泊湖，相似多多。皆高山湖，皆有群山环抱，皆有飞瀑泄水，等等。再想所见男体山森林，尚原始森林，林中无砍伐所留树桩，且有烂倒之树干。树高大参天，有松柏杉桦榆，还有的树有藤状气根，很是壮观。

4月30日

　　晨早起，天凉，穿一薄棉衣，散步于湖畔之步行道。群山环抱之中，禅寺湖周边区域，高低差大，森林、湖沼、河流、湿地、草原等多种多样的自然环境相得益彰，繁衍出多种多样野生动植物。故这自然环境作为"奥日光的湿地"登录入拉姆萨尔公约，即："特别针对水禽栖地之国际重要湿地公约"。闻各种叫不出名字的鸟雀于树丛中欢叫，见各种叫不出名字的花草在道路旁生长，观各种叫不出名字的鱼虾沉水里翔游，晨风轻拂，湖光山色，清新的空气送来树草的叶香，令人心旷神怡。油然想起对大自然的保护多么重要。

　　早餐后，孩子们将带来的小船充满气，穿上救生衣拿上划桨，下湖划船去了。我们沿着湖畔步行道向东走去。遇景观则前往观看，走不远，有二荒山神社，见参拜者众，皆虔诚庄重。神社门前，有一碑石，曰水碑，为祈福中禅寺湖水安宁赐福也。神社国内东侧，有一碑，曰歌碑，纪念国文学者、歌人、早稻田大学教授窪田空穗女士也，女士明治十年生，长野县人，有歌唱男体山、中禅寺湖歌曲多多，有歌词云：五月的风光，男体山头积雪多么白净，中禅寺湖水波纹多么亮晶。歌碑为日光市所立。两块碑，一祭水龙王，一祭名文化人且女性，人神皆祭，人虽名人，尚平民知识女性，念人深思。

　　再向东走，有一登男体山山顶路口，仰望之，层层石级，于密林之中蛟山区而上，只可容纳上下各一人挤过去之路径，窄极！见地图，有途中景点若干，眺望绝景处几个，然亦有险道几处，上山需三小时以上，下山需两个小时以上，且不算憩息时间，又注明：身体强劲腿脚坚定者方可登之。欲登不能，欲弃不忍！

　　怀着怅惘，又前行，又一山口。见一石立于路口，形状酷似牛，是为"牛石"。相传，曾因男体山为"圣域"，"女人禁制，牛马禁制"，女人与牛马不得进入。有一背贡物去中禅寺之牛破了规矩，进入山地，触怒神灵，被神灵惩治，成为石头，立于山前，以警示也。再往前走，又有一石曰巫女石，因一巫女亦进入山地，亦被惩罚为石。观之，俨然一女体也，曲线分明，凸凹有致，风情万种。

　　夫曰人之不平等久矣！将同类之一部分打入异类，歧视压迫，一大手段。近代帝国主义侵华，有"华人与狗不得入内"之公园门牌；中国古代亦称"天有十日，人有十等"；蒙古族统治中华，人分四等：蒙古人、色目人、汉人、南人；此后又有阶级成分家庭出身划分成若干等。

看着巫女石，再见众多游客，众多肤色，男女老少，欢声笑语中上山下山，见各年龄段各色衣着女性观光客之坦然开放上山下山，禁不住感叹：一切违反人性违背时代潮流之"禁制"，终将失败而沦为笑柄！无论这禁令来自什么神灵！

再前进，中禅寺湖小街，邮局、银行、餐馆、商店、民居、旅社、温泉、浴池——紧靠也！有一展望台，登之可观光湖区及山岳全景，登之，无限风光尽收眼底，且有供老弱病残者或图方便者电梯上下，免费，且无人管理。

走过小街，南拐，著名的华严瀑布就在面前，有观光台，视角最佳。游客如织络绎不绝，拍照留念者众。此瀑布从高高半月山飞驰而下，汇入湖之泄出溢水在陡峭峡谷间急剧而坠落，似一条白龙，其长其亮其声之吼其行之急，叹为观止。日本文字用"滝"这一汉字指瀑布，意为水龙也！水之龙，形象之极。中禅寺湖周边瀑布多多，著名的尚有龙头瀑布等，高山峡谷巨石峭壁，几乎几里一瀑，皆飞流直下；大自然之奇观，天斧神造。

沿湖滨东步行道前行，约两公里处之半月山下，有一佛寺，曰中禅寺。中禅寺于公元784年建造，是日光山轮王寺之别院。进寺，立木观音堂陈列立木观音一座，观音为千手观音，为男体山本地原本模样大木所刻造。中禅寺建造者胜道上人乘船游中禅寺湖之西边——西之湖出游，见水中显灵一金纤手观音之尊容，亲手在一巨大桂树立木上雕刻而成也。寺内，有五大堂，其有雄浑无比之大云龙壁画；有波之利大黑天堂，请愿祈福之地；有爱染堂，御本尊爱染明王；有钟楼，鸣钟歌舞之地；院子里石楠花盛开于参天大树下，红粉紫黄，端庄堂皇也。此寺，常按古代佛教礼仪举办各种弘扬佛教之活动也。中禅寺，国家文化遗产之列。观日本寺庙，有不少建筑为西洋式，吾戏称宾馆写字楼体育馆式也，虽供奉佛像，总令人有不伦不类之感。而中禅寺庙舍，大屋顶高飞檐黄墙红柱黑瓦，森严庄重，耐看。

再南行两千米，为使馆别墅纪念公园区。19世纪末20世纪初，至日光的铁路开通，游客造访者增多。中禅寺被认为是同英国湖北地区和欧洲阿尔卑斯一样的风光秀丽之避暑胜地。此后，欧洲人在此建别墅，西洋文化渗入。意大利、英国等国使馆在此建别墅以度假，留下各种不同国家风格之建筑艺术，成万国建筑博览。这纪念公园之魅力在此，而今这里成了各国游人欣赏所在。

下午二时许，原路返回下榻地。途中补来时游览丢失之地如赤鸟居、古野营地、游览船屋等景点。傍晚，回得住地，洗温泉浴，消却一天步行之疲乏。孩子们很晚归来，他们一边划船，一边随波逐流，船从湖西漂流至湖东也。只得用车接回同时乘车游览。

中禅寺湖，最热闹的是夏天和秋天。夏，避暑热，秋，赏红叶。冬也可以，冰上运动也。我们来得稍早了些，这是遗憾之一。其二，时间稍紧，尚有战场之源、小田代原、汤之湖、西之湖等地未去及博物馆、植物园未进；又：山未登。虽遗憾，但自然与人文景观之赐及引起之情之思，可也！

是夜，榻榻米上入睡，尚香甜。

5月1日

起床后，收拾好东西，装车，早餐。早餐后向研修所结账。我家六人，占房三间。每天早、晚西餐，日式料理，皆分餐制，每人一托盘，内有菜若干碟，有煎鱼、生鱼片、鱼汤、肉类、蛋类、蔬菜、咸菜小菜、草莓酸奶、大酱汤、米饭等主食，另冲茗茶等。且随时有温泉可泡。统统算上，付费三万日元，合人民币一千八百元，每人每天人民币一百五十元。问及周女士为何如此划算，原来此研修所属于自治医科大学，只接待本校员工，带有福利性质。

9时左右，离开日光山国家公园景区，又下山过二十余S形单行车道，每道拐弯处均有片假名标志并有装饰于道边人工景观，或塑像或照片等，约十时，至日光市。

日光市，山中小城也。穿越街区，所见皆平房或小楼，无高楼大厦也。城市人口：据2005年统计为16301人。面积：320平方千米。1954年设市。城市虽小，名气却不小。日光市乃日本本州关东地方北部国际游览城也。西部山区为日光国立公园。市区以"日光的寺庙神社"而为世界文化遗产。日光市每年接待旅游者数百万，在业人口三分之二从事第三产业。在日本有这样一句名言：日本旅游，若不去日光，差矣！日光日光，日本之光矣！

车在日光城里，路边皆杉树，乃市树也。据云，皆三百年历史之古杉树也。望着参天古杉，我禁不住想起南京市大街上民国时期栽种的法国梧桐，葱茏茂密之至，给号称蒸笼的南京夏日送去多少绿荫，近百年之树哪！

穿行日光市街道，见右侧一红漆桥梁。河谷之上，青山激流，红色木桥，相映成趣，色彩对比鲜明，此乃神桥，国家文化遗产。奈良时代末期建成，日本三大著名寺桥之一。据云，在此桥上参拜许愿极为灵验。见桥上确有参拜男女，一步一礼，虔诚之至。

作为日本"日光的寺庙神社"的世界文化遗产主要由日光东照宫、日光二荒山神社、日光山轮王寺等组成。我们选择参观了东照宫。东照宫，公元17世纪江户时代的将军德川家康在死后被人祭祀之处也。走在通往东照宫的大路上向南回望，远处山峦高耸，路两旁巨大古杉参天，直达高山脚下河谷，向北深宫庄严肃穆矗立，宫后亦高山葱绿巨树参天。气象庄严万千！按风水说，这是龙脉之地。登石阶，阳明门，十二根圆柱构成双层建筑。据云，当年最高级别武士方可由此门进入，且必须卸下身上所有武器。阳明门乃用中国优质木材建造，门上雕饰，乃中国匠人所刻。东照宫五千多种形状各异雕饰，异国风情居多，儿童玩耍、狮龙飞舞、空中云彩、牡丹开放、松木参天、翠竹青青、桃红杏白、凤凰涅槃、仙鹤展翅、野鸭嬉戏、飞瀑直下、野兔飞奔、大象伸鼻、龟鳖爬行、仕女弹琴、马踏飞燕等，林林总总，栩栩如生。据云，这些除中国匠人杰作外，尚有韩国东来匠人之刀迹。史载德川家族统治时期闭关锁国，反感异域事物，但这里却众多中韩元素，可见，文化交流挡不住。东照宫，东北亚古代文化交流之见证。

进阳明门，左拐，左侧一马厩。然无马。据云荷兰女王参观至此，见马厩无马，后赠以荷兰马一匹。有趣！马厩之门，雕饰三只猴子，分别用爪子捂着或眼或耳或嘴，取自《论语》"非礼勿视非礼勿听非礼勿言"之意。中华儒家文化，跨海东来生根发芽开花。

北上，登台阶，右拐可参观著名景点"眠猫"，即卧猫或睡猫也。登石级二百多上山，山顶有幕府陵墓，有宝塔，存德川家康遗骸。有睡猫雕饰于涂漆浮雕门上。猫安静入睡状，精致可爱，象征"危害之鼠"已消灭尽了，安心入眠吧！但后又有麻雀雕饰，意不构成威胁了。我登上山顶，一鼓作气，颇自许腿力尚健。望山上巨树，树干有两人合抱之粗。惊叹！因石级陡坡，上山只凭力气，下山须小心了。

下山，入唐门本宫。唐门，中国门之谓也。本宫乃最古老庙宇，有宝塔、千手观音。虽脱鞋入内观览。见天花板刻仙女飞天弹竖琴，以及各式雕饰。又进药师堂，乃此神道教区唯一有佛教韵味建筑。又有藏经阁，七千余卷佛教经文摆放于中国人发明之巨大旋转书架。并存珍品宝物，如宝石美玉青铜器铁灯笼做跳跃状之石狮门柱等。出唐门时，方细观其门上装饰，亦中国古代故事雕饰，如"许由洗耳""竹林七贤"等，亦为中国工匠之功。其神态毕现，令人惊叹！

出东照宫，左侧有轮王寺，佛教天台宗庙宇。有三大佛像于内，木刻镀金，皆八米有余之高，叹为观止。其中有一观音，前额刻马头，曰马头观音，动物保护神也。行色匆匆，未及仔细观览。

东照宫祭祀一代枭雄、江户幕府制造者德川家康，遍及日本全国有二百三十九座，皆神社寺院，而日光市之东照宫，为最正宗。故以此为中心，领衔而为世界文化遗产。到此一游，觉名不虚传，符其实，不虚此行。

车离日光市已下午一时许，高速公路畅行无堵塞，二时半许，车在高速路行驶，穿越东京都高楼大厦，近在咫尺。继又入隧道，隧道在东京都向各方向展开。隧道穿行四十多分钟，出东京都。又见蓝天白云，海浪在左，远山在右，农田茶园果林草地湖泊在侧，美景不胜收。不久，见名山富士山，远处高耸云天之中，山头白雪皑皑。惊喜观之，此山，我中华"一衣带水"之东邻日本国之标志性山水。傍晚五时多，车进浜松市，返家。日光三日至此结束。

2016 年 5 月 4 日于日本浜松

在富士山下

富士山，日本名山，世界遗产，我一直心向往之。近两个月来，天空中飞机上俯视，高速公路上汽车里遥望，三保松原旁海岸边远眺，更觉神驰之。前两天双休日，全家六人驱车前往富士山下，了却了一份夙愿。

晨八时半许，离开浜松市住所，直奔静冈县和山梨县交界处的富士山区。一路上，左边是山，右边是海，山绿绿地绿绿，天蓝蓝海蓝蓝。车行三个多小时，进入山区，绿色环抱中进入盘山道。凉风嗖嗖，但空气十分清新，若氧吧。行至富士山东北麓山中湖畔，北行少许，左拐入森林，见林中座座褐色木房，此为"东京大学山中寮"，我们在此下榻。

下午，驱车往湖南边一坡地上，登"富士八景全景台"，眺望富士山和山中湖全景。穿越广阔的茅场、山中湖、犁原的上空，左前方富士山清晰可见也。山顶在蓝天的背景下，清清楚楚，黛色。山头白雪皑皑，银光闪闪，怪不得日本人称之为"圣山"。山腰间，云雾缭绕，如白灰色绸带裹胸，影影绰绰，添几分神秘感。山底绵延不绝，一条曲线。

富士山海拔 3776 米，日本国最高的山，被视为民族之象征。山麓周长 125 千米，底部直径近50千米，山顶火山口地表直径500米，深250米。富士山山体为地球鲜有之完美圆锥形。放眼望去，好似一把悬空倒挂的扇子，故富士山又有"玉扇"之称。富士山是日本诗人称颂之形象，留下无数华章歌之咏之。如名句"玉扇倒悬东海天""富士白雪映朝日"等更是众皆传颂。富士名称源于虾夷语，意为"永生"；原发音来自日本少数民族阿伊努人的语言，意为"火之山"或"火神"。

富士山下，有"富士五湖"，其中"山中湖"最高最大。标高982米，面积6.67平方千米，水深15米，周长13.5千米，是为山中淡水湖。观湖之形状，若天鹅也。首昂东南尾翘东北，胸挺之方向为西南，富士山在侧。我们立之观景台，在鹅形湖面南边之脖之畔。观湖北岸远处，从西向东，南阿尔卑斯、大平、平尾、石割诸山依次排列，绵延不绝，山影迷茫朦胧，近俯看湖面，碧波荡漾，游船驶弋，帆艇劈浪。湖畔花园座座，红花似锦；绿地处处，芳草如茵。人行环湖道、自行车绕湖道、汽车圈湖道，三层色彩清晰如三周项练。

继而奇观出现，众游人惊喜雀跃不已。云开日出，阳光灿烂之中，富士山腰云彩呈金黄色，山体倒映入湖水，若两把张开折扇，扇沿在水面相连接，背景为水天一色蓝，双扇连接，整体观之又为一彩色菱形。连接处之波纹又画出一道浪线。美哉！奇哉！壮哉！丽哉！天斧神造之工矣！人间绝妙之极致之境！

下得山来，在下榻处南侧不远处，有一文学森林公园。走过山中森林公路旁之红砖道，树林中有一木屋，为"三岛由纪夫纪念馆"。据云，山梨县山中湖村买断山岛家族珍藏的三岛由纪夫手稿文献资料，在此设立之，于1999年7月开放。进之，内藏陈列三岛由纪夫相关图书杂志电影话剧特别是作者手稿八千件左右。三岛由纪夫（1925—1970），日本当代小说家、剧作家、记者、电影制片人和电影演员，"二战"后的日本文学大师之一。在日本在世界享有盛誉和高评，两度入围诺贝尔文学奖候选名单。最终又由于极端的政治立场而自杀。他的作品以生之欲求心死之向往，以真善美和假恶丑，以优雅与酷烈，以青春与老朽，从梦幻希冀与残忍破灭，以均衡和谐和扭曲撕裂，带给人们无比的心灵震撼和情感激荡，他演绎了许多相对相悖的概念与范畴，表现了男性阳刚之美的奇异色彩。这位颇为人们争议不休的文学家之文献宝库就在此名山东北麓绿野中也。

在文学森林公园里，立着一个个诗碑，分散于林中大树下，皆日本历代著名诗作雕刻于石碑上。我注意到有日本著名女诗人与谢野晶子之诗碑。与谢野晶子

（1878—1942），诗人、作家、教育家、和平主义者和社会改革家，热情的和歌人。她的著名诗作《乱发》，以其大胆直率感观描写了性爱后女性的甘美，勇敢挑战了封建传统道德："欢悦春宵夜，覆琴乱发复。重梳少女髻，京城已天明，轻推唤郎醒。"她的另一首著名的反战诗篇《弟弟你不能死——致旅顺围剿军中的弟弟》表达了对日本军国主义者发动侵华战争的质疑和反对："吾弟切勿去送死，君主逍遥复逍遥。让你替他去洒血，让你殉在虎狼道。血染沙场为哪般，难道此谓光荣死。君主若有爱民心，当该思于止一切。"与谢野晶子的反战立场，遭军国主义者无耻谩骂，但她毫不屈服。在那个年代，与谢野晶子可谓闪烁于漆黑天空的一颗明亮耀眼的星。在中国大连的辽宁师范大学校园，有一座日本文学碑，亦刻有这首诗。一位日本文学专业的女教授还写有一本《日本文学的"女鬼才"——与谢野晶子传》，我还为之写过一篇书评呢！绿色的森林，诗之碑林，这富士山麓，人文自然两相宜也！

富士山及其山下五湖之景区，以及由东京都、神奈川县、山梨县和静冈县几个不同行政区域之特殊地域，于1936年为国家指定，组成了闻名遐尔的以"火山和海洋"为主题的"富士箱根伊豆国立公园"，成为一个著名而浩大的景区。它接待着五大洲不同肤色的观光客，传播着东方之自然和人文之美，它们是属于人类的！

晚，住东京大学山中寮，读其案内（说明），此地还是东京大学大学院（研究生院）农学生命科学研究科附属演习林，并为东京大学富士山森林研究所。见其图片说明，研究有：森林护养、森林调查、森林作业、森林迁移、地域循环型生态环境等，其中有一项是"森林搬出之护养"，树木茂密过度，不得采伐，但影响森林接受阳光雨露地下营养，怎么办？选择其中一些树木迁出，活树搬迁，成片地扩大森林覆盖率，原有森林又健康生长。这里，集教育、研究和社会贡献于一体。见之案内对其研究所历史沿革、位置、地况、林况、教育、研究和社会贡献等七个方面之详细介绍，深感东京大学，不愧亚洲大学排名第一。

后半夜醒来，听雨，雨打森林。雨声和风吹松涛声，声声入耳，阵阵入耳，声声阵阵皆入心。天明后，驱车而返程路上，顺路去日本国第二大渔港小川港参观，并在港边餐馆用餐食鱼。傍晚抵滨松市。

是为富士山下一走，记之。

2016年6月6日于日本滨松

奈良，鉴真的奈良

6月9日晨，我们乘日本新干线至京都又转区间快车去奈良，上午11时抵奈良站。奈良市乃日本历史名城、国际观光城市，奈良县（省）政府所在地。公元8世纪，日本首都平成京建设于此，时称为南都，以日本佛教中心发展起来，1998年设市。

出奈良站后，我们立即沿"三条大路"步行向西，后又南折，穿过两边水青秧绿的稻田夹着的一条马路，在西拐一小段林荫道，就来到著名的唐招提寺。此行色匆匆，为拜谒我国唐代高僧鉴真大师也。

鉴真（688—763），唐朝僧人，俗姓淳于，广陵江阳（今江苏扬州）人，律宗南山宗传人，也是日本佛教南山宗开山祖师，著名医学家。曾为扬州大明寺住持，应日本留学僧请求先后六次东渡，弘传佛法，促进文化传播与交流。公元763年6月25日，在唐招提寺圆寂，终年76岁。当年鉴真应邀赴日，曾云："为是法事也，何惜生命？诸人不去，我即去耳。"诚如鲁迅先生所言，乃"舍身求法"之"民族脊梁"也。

唐招提寺是律宗的总寺院，最初是由鉴真大师于公元759年在此地建立学习戒律的寺院"唐律招堤"。最盛时，僧徒3000余人，为传播和研究佛学之大道场。

我们从南大门入唐招提寺内，顿见寺内松林苍翠，庭院幽静，殿宇重重。迎面为金堂，为该寺代表性建筑，黑瓦飞檐，在蓝天白云背景衬托下显得庄严肃穆。登上台阶，见得堂内并排安放着本尊卢舍那佛坐像、药师如来立像、千手观音立像，为日本国宝。金堂后，是讲堂，安放本尊如来坐像和持国天王、增长天王立像，亦国宝。旁有鼓楼，又称舍利殿，供奉着鉴真大师带来的佛舍利，堂内佛龛放金龟舍利塔，又一国宝。金殿东侧，有礼堂，为"释伽念佛会"会场；又有藏经阁藏宝阁，皆古老建筑，重要文化遗产。北侧有御影堂，供奉鉴真大师坐像。见大师坐像为乾漆夹造，高二尺七寸，面向西方，双手拱合，结跏趺坐，团目含笑，两唇紧敛，为公元763年大师圆寂之姿态也。这里还收藏有日本著名画家东山魁夷（1908—1999）所绘鉴真大师坐像佛龛门画、隔扇画、屏风画等重要文化遗产。

礼堂北面有开山堂，亦供奉鉴真大师坐像，供人参拜，以将大师遗德世世代代传承。在日本，鉴真大师被尊称为"天平之甍"，认为其成就代表天平时代文化屋脊，意为高峰，确为"高山仰止，景行行止"也！

寺院深处，有鉴真大师墓地。在荷塘包围的甬道及翠绿松柏丛中，墓地矗立在一座山丘之上。墓地所在院内植有来自中国的松、桂、牡丹、芍药、莲等名树木奇花卉。墓地门前设香案供奉大师，门旁有几株来自中国扬州的琼花，绿叶青翠，生机盎然，已有四米多高。旁有一条形碑石，刻有：中华人民共和国总理赠扬州琼花。门两侧石壁刻有赵朴初先生1980年4月写《金缕曲·鉴真大师像回国巡展欢迎礼赞》手迹，词作为："像在如人在。喜豪情、归来万里，浮云过海。千载一时之盛举，更是一时千载。添不尽、恩情代代。还复大明明月归，共招提，两地腾光彩。兄与弟，倍相爱。番番往事回首在。历艰险、舍身为法，初心不改。民族脊梁非夸语，鲁迅由衷感慨。试瞻望、是何意志。坚定安祥仁且勇，信千回、百折能无碍。仰遗德，迎风拜。"词中所云"还复大明"，指清乾隆帝南巡，改大明寺名为法净寺，现恢复大明寺名。在墓地旁，有小塔，葬赵朴初牙齿一颗。为赵朴初在一次参拜大师时，一颗牙齿脱落掉地，为日本友人珍藏。又有"赵朴初居士之碑"，为表彰赵朴初遗德，纪念他为中日两国佛教交流和人民世代友好做出的贡献。在日本人民心目中，这位中国佛教协会会长继承鉴真衣钵体行鉴真精神，有"鉴真再世"之称尔。

出得唐招提寺，我们又急速回走经奈良站前又西行至奈良公园，此公园建于明治二十一年（1888），是日本现代公园先驱。这里有东大寺，为日本68所同名佛寺之总寺，与唐招提寺同为当年著名道场，日本佛教圣地之一。鉴真法师当年也曾在此设坛受戒。这里有春日大神社，亦为同名神社总部，为768年以守护平成京及祈祷国家繁荣而建立。日本国有关于鹿之传说，以鹿为神之使者。这里千年禁伐，故原始森林遍布槲树，常绿广叶林一片，又有不同品种樱花树2000余株，神社红的回廊与绿色丛林相互映辉，又是3000石灯笼并吊灯笼，1200多只鹿在草地撒欢奔跑向游客讨食或母鹿喂奶子女，乃情趣盎然之景观。再登海拔342米之似三山相叠之草坪山，古都奈良所在盆地风光，尽收眼底了。

傍晚，离奈良，登上快车，至京都，已华灯初上。是夜，下榻京都站旁闹市某酒店，虽疲劳困倦，但心情舒畅。寻访鉴真大师足迹之多年心愿，终于实现了。

2016年6月12日于日本国浜松

京都二日

4月9日夜宿京都闹市区某酒店11楼，临睡前见街道对面一紫色高楼灯火通明，青年学生在教室挑灯学习。后来方知，此乃东京大学医学部在京都附设的高等学校（高中），学生正备战高考。

10日晨早餐后，每人500日元（合人民币30元）购得京都市营巴士·京都巴士一日游通票，开始了京都游览。京都市，位于日本西部近畿京都府（省）南部，是一座内陆城市，坐落在京都盆地，是京都府厅所在地。公元794年桓武天皇迁都平安京到1868年在东京定都为止，京都一直为日本首都。千年古都之历史积淀了丰富的历史文化遗迹，为日本著名观光重镇，其部分历史建筑于1994年以"古都京都的文化财产"之名义被列入世界文化遗产。京都在日本国的地位，相当于中国的西安洛阳等地。

京都旅游，五大洲各种肤色观光客云集，熙熙攘攘。来自中国各地，还有新加坡等地的同胞们特别多，到处都能听到熟悉亲切的乡音，到处都有"中国语"之案内（说明），公共汽车上的提示到站广播，亦日、英、中文皆用，你会惊喜地听到中文普通话："下一站五条坂站，前往清水寺的旅客请准备下车。"本来日本人长相同中国人没有什么差别，再日本文中又大量使用汉字，京都大街上的十字路口又有大量懂中文的维持交通秩序解答问路咨询的人员，这些，会令人觉得非常方便自在。

之一：4月10日上午，从东南至西北之四寺一社

市中心"四条乌丸"向东几站，丁字路口即八坂神社。此社为二十二社，为全国同名3000座神社之总本社，爱称"祇园"。高台阶上去，走进绿树丛中之山路深处，见鲜亮之一派红色建筑，即为神社，参拜者众。此神社例行祭礼活动曰"祇园祭"，为日本三大祭之一。

从八坂神社乘巴士向南几站，下车后向东，沿清水新道上音羽山山腰，即是清水寺。深山古刹，金碧辉煌，塔楼座座，大殿处处，曲径回廊，石阶木梯，这座始建于公元778年的寺庙，乃日本国宝也。有清水舞台，为139根立柱支撑于山坡悬挂于木堂前。有千手观音佛像供奉，让香客跪拜求愿敲钟。石阶下有音羽瀑布，清泉一分为三，象征长寿、健康、智慧，神奇也。路经此地观光客均取长柄木勺接此神水，净手又饮啜，免除疾病灾难厄运。

出清水寺，乘巴士直奔京都东南郊，有东福寺，禅寺也。古老山门，珍贵也；山门东侧之东司，实为厕所，亦为日本国唯一指定的厕所文物，有意思！这里有国宝级最古老方丈建筑龙吟庵；还有秋季观赏红叶之景点通天桥桥廊。站在通天桥廊，眺望东山山脉脚下之洗玉涧溪谷，见几条溪流汇合为鸭川，潺潺流水，清澈透底。

东福寺在京都东南郊，银阁寺则在东北郊，从东福到银阁，转乘两趟巴士。银阁寺亦立于山坡，亦名慈照寺，因寺内有"银阁"而得名。望之，绿野满山中，银光闪闪，尖指蓝天白云，与日争辉。妙哉！

银阁寺下，一条直线大马路至京都西北金阁寺，尚须过城市隧道，方至。金阁寺，又名"鹿苑寺"，因有阁包有金箔而得名金阁寺。此寺门票非一般入场券，而是一纸符，上有祝福词语。特色尔！金阁为中心之庭院，为极乐净土之意。阁下一池，镜水池也。缘色池水同金色楼阁交相辉映，天气晴好之时，阁影入池，金碧辉煌指向水中蔚蓝天空，富贵与纯净、物欲与情求、世俗与高雅、华丽与淡泊，对立统一又融为一体且和谐共生尔！景而情之，赏而思之，觉得意味深长。

之二：4月10日下午：西郊岚山·周恩来诗碑

在金阁寺旁一树林内木椅小憩，吞食一米饭团，喝几口凉茶水，又匆忙赶路。即去"御苑""二条城"，未进，沿城墙外护城河沿苑墙外护苑河小走，乘巴士几十站，奔向西郊的著名的风景区岚山。一下车，呵！豁然开朗！脚下是宽阔奔腾的桂川，对面是郁郁葱葱的海拔382米的岚山，桂川中有一小岛，走过154米之长的渡月桥至岛，再走过一别致风雅的渡月小桥，即岚山脚下。河水充满爱意地缠绕着山脚下，潺潺流过，融合入又称保津川的桂川。仰首望山上松柏葱茏，近视见山下竹林青翠。若春日，樱花淡红如粉；逢秋天，枫叶艳丽如火。如细雨蒙蒙之时日，则轻纱薄雾飘飘忽忽，岚山若隐若现，峰峦为黛，时闻禽喊阵阵鸟鸣声声，远离都市尘嚣，清静幽然，诗意盎然。

岚山有天龙寺、大悲阁、法轮寺、小督冢等著名景点，而我一心向往之处是周恩来诗碑，心往神驰数十年啊！问岚峡游船荡舟之一码头售票处之男士，余写一纸条："周恩来诗碑？"递上。男士热情拿出一游览图案内，用圆珠笔画一圈："这里！"又画一圆："那里！"再连接一线："这么走！"将图递余。余看之，乃在岚山对岸之龟山也！忙用英语谢之。男士竖一大姆指，用英语讲："周恩来！日本人民热爱周恩来。"我兴奋地与男士握手："中国人民和日本人民是好朋友。"男士激动地紧紧握着我的手并有力地摇着，互致敬意。

我急匆匆走过渡月小桥和渡月桥，回到桂川之东岸，再向北走，至龟山公园，上山坡，右侧一小园，即"周恩来诗碑"所在。园中一扁状石碑立于底座之上。正面为廖承志1978年11月手书周公1919年4月作于日本京都岚山之诗："雨中二次游岚山，两岸苍松夹着几株樱。到尽处突见一山高，流出泉水绿如许，绕石照人。潇洒潇雨，雾濛浓，一线阳光穿云出，愈见姣妍。人间的万象真理，愈求愈模糊，模糊中偶然见得一点光明，真愈觉姣妍。"底座上刻有建碑说明："1978年日中平和友好条约缔结纪念。京都人民子子孙孙日中友好之心，现在为深深在此地以建伟大的实力者周恩来总理诗碑表达。1979年建立。"这首后来题为"雨中岚山——日本京都"的诗作，是敬爱的周恩来总理青年时代于日本留学时所作，诗以岚山自然风光之优美，雨后阳光穿云而出，寄托了寻找真理之艰辛过程，以见追求真理偶有发现之喜悦。

在已经知道的周恩来18首诗作中，另有一首《大江歌罢》同样脍炙人口，那是周恩来1917年9月东渡日本所作："大江歌罢掉头东，邃密群科济世穷。面壁十年图破壁，难酬蹈海亦英雄。"诗人的豪迈，虔诚的意志，古仁人今志士之以身许国之宏愿，"为中华崛起而读书"之志向，社会改革家之激情，一位伟大的现代中华领袖人物之青年时代形象光彩照人也。数十年前我读研究生时，曾著两篇赏析文章评述这两首诗，并公开发表，后来又被收入某省中学语文教学参考书。今日拜访此碑，重温当年青年周恩来足迹，缅怀敬爱的周恩来总理，感慨万千。

是日晚上，第53届日本国某科医学会学术集会特别策划清水寺夜间拜观，女婿为与会代表，获赠无料（免费）门票两张，我们又去清水寺一趟。清水寺灯火通明，佛塔佛殿灯光闪烁于一片黑色山影之中，头顶月牙弯弯星光灿烂，山下京都夜景：电视塔、楼宇、街道车流，若神话世界。

之三：4月11日上午，东本愿寺和西本愿寺

京都站前车水马龙，但南侧之东有东本愿寺，之西有西本愿寺，先后进入参观，一为饱尝眼福以增见识，二为省却等车之焦虑消却街区之炎热。

东本愿寺是净土真宗大谷派的中心地，寺内尊影堂中供奉着宗祖亲鸾圣人尊影，阿弥陀堂内，供奉着本尊阿弥陀如来佛像。御影堂是世界最大木造建筑有木造圣人肖像。脱鞋入之，见肖像旁悬挂汉字书写"归命尽十方无量光如来"十字和"南无不可思议光如来"条幅。阿弥陀堂除如来佛像，尚有日本佛教先驱圣德太子像和中国、印度、日本的七位有功于日本佛教之高僧像。御影堂门有一展品，为再建佛寺时日本妇女捐出头发编成纲绳以建筑用之以免钢绳施工中之险也。是为毛纲（发绳），展于玻璃罩里，以显示日本女性之虔诚奉献。

涉成园乃东本愿寺之别邸，国家名胜。小溪流水、石山拱桥，泉池小岛，景物别致，赏心悦目之去处。园内亭轩阁庵、廊堂门坞，塔墙井笼，又有奇花异草、名树珍木，蔚然大观。

西本愿寺，门曰唐门，灿烂辉煌，门楼交错飞檐，门上雕镶金饰。寺内有阿弥陀堂、御影堂、书院、飞云阁等。宗祖亲鸾圣人，1173年生，9岁剃度，历经贬斥流放，佛心不灭，终成正果，布道各地，晚年回京都完成巨著《显净土真实教、行、证文类》，被尊为"御本典"，为其教派佛法基石。圣人于1263年初圆寂，终年90岁。其女儿觉信尼及众多弟子为其建陵园，成本愿寺起源。

在两所本愿寺内，皆见古老巨树于寺内广场，并有金色巨龙流出圣水，供净手供吮饮。游人络绎不绝，信徒簇拥跪拜，又见道场，众人盘腿端坐听讲教义，木鱼声声，锣鼓不绝，气氛浓郁。佛像与高僧大德肖像，来往或端坐僧尼男女，虽身材不一形体各异姿势相别，但皆慈眉善目、神定气闲，从容坚定。

中午，在西本愿寺一处纳凉休息。下午赴京都站乘新干线。京都内陆盆地，炎热异常。然女士有端庄和服纤纤细步者，亦有露脐衫超短裤展示玉腹长腿者，古典时尚，相得益彰相映成趣尔！奔腾的时代大潮浓缩了多少文化啊！

傍晚，回到浜松，毕竟海滨城市临太平洋，顿觉凉爽宜人。

是为京都二日之记。

2016年6月13日于日本浜松

观浜名湖灯笼流焰火晚会

今天周日，女儿告诉我，浜名湖有灯笼流焰火晚会，放河灯。这不禁使我想起久已忘却了的儿时家乡放河灯的风俗来。

孩提时代，每至农历七月初七，都放河灯的。这天两个"七"，称为"七巧"，民间传说牛郎织女天上鹊桥相会。人们怕牛郎看不清鹊桥，放河灯让牛郎快步与织女相聚,有"河灯亮,河灯明,牛郎织女喜盈盈"之说。同时,也有通过放河灯祈福求愿之意。夜幕降临时,家门前溪水两岸人家就来放河灯了。用一个个蛤蜊壳儿,放进一点油,再放进一根灯草——白色线状的草,点灯照明用的,那时没有电灯,连称为洋油灯的煤油灯也很少——点上,放进河里,于是星星点点的河灯就慢慢漂向远处了。大人们说,它们漂向大河大海大洋。望着远去的盏盏河灯,儿时的我,燃起了多少想象和向往啊!

我们驱车半小时左右,至浜名湖畔,已是人山人海了。警察和志愿者们挥动指挥棒,疏导交通维持秩序。几十公里的湖边路上,家家户户铺上塑料毯,展开折叠椅,放置饮料食物,静待奇观。近处,湖水粼粼荡漾,远处湖心馆山岛由青绿色逐渐变成黛黑色,天上繁星闪烁又掉进湖底,身后街灯通明车水马龙,天上人间,湖光山色,相映成画。

七时正,在孩童们的掌声和欢呼声中,两条彩船开了过来,它们各向湖里投放出两条灯笼带,四条灯笼带在湖岸绕了一圈又在湖心划了几个圈,或红或橙或黄或绿或蓝或青或紫的灯笼在湖面荡漾起来,倒映在水里的彩色光柱又在晚风吹皱的湖面波纹里变得飘忽不定起来。万千灯笼在湖面上形成一个童话世界。湖岸游玩的人家,又向湖里投放起灯笼来,这些灯笼又同船放灯笼汇成一起,更显壮观。灯笼是长方体,底面是可漂浮的塑料板,中插蜡烛,顶面空着朝天,四个侧面是彩纸,上写日本著名和歌短诗或一个个心愿。人们投入湖水,欢乐而虔诚。和服盛装的女人们还向着湖水舞蹈起来,送出了一个个美好祝愿。

八时正,"砰砰砰"巨响中,焰火升空,人们欢呼雀跃。一个个火球窜上夜空、炸裂,落下一阵阵焰花雨。各式图案展现:葵花盛开,槐花朵朵,葡萄串串,樱花妩媚,杜鹃热烈,玉兰纯净,更有连放者,百花齐放。有一种焰花,升起一根长棍似的,高空展开一把彩色折扇,又摆动起来,向人间送来夏夜凉风也。近观周边百姓,有的举酒杯畅饮,有的执彩棒挥舞,有的拿手机拍照,一派热闹祥和。此时,馆山寺钟声响起,广播又送出轻快乐曲,沉钟与欢歌齐鸣,灯笼同焰火相辉。

夜归,思之。河灯乃我中华传统民俗文化也。除"七巧"外,尚有正月初五,第一个圆月,人们祈福圆圆满满。还有农历七月十五日,鬼节,以河灯祭祀先人福荫活人,有"七月半,鬼上岸,放河灯烧香,秉烛祭河神"之说。在东北赫哲族,亦是农历七月十五日,放河灯祭河神,祈求族人平安渔业兴旺。是夜,乌苏里江水上游动盏盏灯火,岸上燃起堆堆篝火,人们载歌载舞。

儿时所见放河灯,在我的家乡早已失传。而民俗文化,正是人们爱祖国爱故乡的精神脐带哪!譬如今天,异国的灯笼流和焰火晚会再美好再壮观,也挡不住我对儿时家乡放河灯的回忆和思念。

是为之记。

2016年7月24日于日本浜松

墨西哥印象

长女一家同朋友圈近十个华人家庭四十余人一起去墨西哥度假,我们随同前往。一月三日早晨,WG271航班飞机从多伦多皮尔国际机场起飞,经过三个半小时飞行,近中午时分,降落于坎昆国际机场,开启了我们的墨西哥之旅。

之二:美丽的墨西哥海湾

坎昆是墨西哥著名的国际旅游城市,位于加勒比海北部,墨西哥尤卡坦半岛东北端,是一座长二十八千米,宽四百米的蛇形小岛,风光旖旎,是世界著名的十大海滩之一。我们一下飞机,顿觉身上热烘烘,忙不迭地脱衣服,直至一身夏装。大巴拉着我们开进了坎昆,路两边旷野一派碧绿,那是一种绿得淌下黏稠的绿油的绿色呐!路旁边及路中央隔离带,椰子树、芒果树、香蕉树林成片,酱紫色树干笔直挺立,宽大如手掌伸展的绿色树叶迎风摇曳,树枝同树干连接之处,藏着一串串一团团的嫩绿的果实,煞是可爱。

大巴在酒店门前停下,街道对面是一排排商店,同一边则是一座座酒店。商店的另一边街道,亦是座座酒店。酒店后面,皆是酒店自家的海滩。穿过大堂,哇!美丽的加勒比海墨西哥湾就在眼前。阳光灿烂,天蓝蓝海蓝蓝,水天一色。远处至近处,海水颜色从墨蓝至深蓝至浅蓝,再一道道白色海浪爬上海岸,亲吻着白色的沙滩。海岸线上,一棵棵椰子树站成一排,轻轻海风中摆手迎接着道道海浪。远海,游艇驶弋;近海,舢板冲浪。不时会有一只只灰白色的天鹅高天俯冲下来,喝一口海水,又展翅飞向蓝天。一群群五颜六色的水鸟,飞来飞去,在海面上沙滩上或觅食或饮水或戏耍或休憩。你若走进海水,沙滩洁白而松软,海水绵软而温暖。啊!多么明媚多么美丽多么祥和的加勒比海墨西哥海湾啦!

当然,也并非全是如此。一天下午,突然天低云暗,狂风大作,海涛汹涌,海浪澎湃，七八米高的巨浪冲天而至，席卷着海滩，惊心动魄啊！我在酒店客房阳台观看这一景象，不禁忽发奇想：大海的性格，如民众，美丽多情宽广厚道包容坦荡善良谦让……然而若过分惹怒他，他也会发出正义的怒吼和咆哮；也许有时会在特定条下并非被惹怒，而是某股妖风利用了他的单纯和真诚，掀起恶波浊浪。不知眼前这一出戏是什么？——次日晨，风停浪静，海湾又恢复了美丽而可爱的芳姿。

之二：海岸上来自五大洲的游客们

坎昆的海滩上，来自五大洲的游人如织。各种肤色的男女在这里尽情享受加勒比海的阳光、海水和沙滩。他们着不同颜色不同图案不同款式的泳装，有的在海水里游泳，有的在沙滩上或悠闲漫步踩沙或玩沙滩排球或堆挖沙滩艺塑或仰卧或侧卧或俯卧做沙滩阳光浴，有的在海边游泳池游泳戏水或在水球池打水球，有的躺在遮阳帐篷下的藤榻上或餐饮或休憩或聊天或玩手机或看书写字。老人们平静，儿童们活泼，幼儿们歪扭学步，情侣间亲热旁若无人。

我们所在的酒店可能主要接待的为北美客人，所以华人不算太多，但也不少。问之，多为北美几个大城市飞过来的。多伦多、渥太华、蒙特利尔、温哥华、纽约、旧金山、芝加哥等地华人家庭来度假也。所见各国人，皆双方友善尔。一次，我们正在寻找躺椅，一男士主动让出两张。聊之，哥伦比亚人，夫妇偕一子一女度假。知道我们是中国人，马上伸出手来握手。又一次，同一位高个儿男士相遇，他主动用英语问："中国人？"我答："yes！"他马上竖起大拇指用中文回："中国，好！中国人，好！"我说："谢谢！"他马上伸手与我握手："你好！"又冒出一句："你吃过饭了吗？"第二天，又见到他，他又问："吃过饭了吗？"看来这位异国小伙子对这句话印象深刻着呢！

之三：周到的酒店服务

我们所住的 RIU 酒店是一座四星半级酒店，主体大楼十五层，大厅宽广达万平方米，占有海滩约四百米长。酒店实行住吃喝玩乐全包，且二十四小时昼夜服务。由于坎昆是个岛屿，酒店的所有房间皆为海景房，坐于阳台，即可观赏加勒比海万千气象。酒店楼下设餐厅四所：日式、意大利式自助、综合世界各地风味自助、烤牛排为主特色的风味式等。在这里，我吃足了喜欢的烤龙虾和生三文鱼等美味了；吧间四所，分别置于大厅、楼前、海滩、游乐厅，皆有水果、小食品、各式果汁、各式酒类等；此外还有若干调酒调果汁等饮品的小摊等。你可上前点要，亦可坐等侍者送来，且有流动侍者托盘走来走去往返于海滩走廊过道大厅，盘中一杯杯各式酒水饮料，五颜六色，供你自己选取。墨西哥名酒龙舌兰酒是各地客人都向往的，不会喝酒的人也品尝几口呢！收拾卫生的工人亦不时奔走各地，以保持良好环境。除水上设施，酒店地下室还有大健身厅。此外，酒店还办潜水训练，授课，泳池练习，然后船载深海，在十米深水下海底作业，同去的各家小孩都参加了，收益巨大。酒店还设专车，送游客去市内游览购物，或去墨西哥其他地方观光名胜古迹。

墨西哥人身材不高，脖子稍短，肤色较深，但眼睛大，炯炯有神且脉脉含情，我用一个词汇概括其体型：敦实；又用一个词汇概括其表情：友善。好几次，我们在大厅休息，皆因语言不通未索要饮品，白衣侍者知我们是中国人，于是用中文给我们打招呼："你好！"且送来龙舌兰酒、调制的椰汁咖啡牛奶巧克力一层层不同颜色的饮料各一杯，示意我们务必品尝。西人饮品皆喜兑酒，一次，我去吧台索椰奶。吧台女士见我是华人，用中文问候"你好"后，取出一瓶酒，特意问兑不兑酒，我说："NO！"对方友好可爱地微笑。一月九日，大外孙生日，客房打扫房间后布置蜡烛、生日蛋糕、贺卡、玫瑰……餐厅送来大蛋糕，在一角布置四十余同行者聚会座次。这事我们并未招呼，全是酒店总台依客人信息安排的啊！

墨西哥服务业亦有小费习俗，似未形成制度，属于可给可不给、可收可不收。RIU 酒店基本没有小费，但两家非自助的坐席点菜的餐厅服务，客房的卫生清扫服务，还有大巴旅游服务，一般游客都给小费的，额度不高，一般二十比索，合人民币六元左右，可给墨币，亦可给美元，一般餐后一家人置席上二十比索或一美元，或离房间时置于桌上，或下车时置车前窗下。小费也是劳动报酬之一部分，它一定意义体现对其劳动之尊重、肯定和奖赏，让被服务者同服务者直接发生一部分酬劳关系，直接激励，有什么不好呢？服务者若只认自己老板脸色眼神，不以客人为上帝，并非合适。说到这里，想起大外孙六七岁左右一事，他随他妈妈去商店购物，见一中年男士推购物车去停车场汽车处，购物甚多，推得艰难。大外孙出于活泼好动且好心助人，主动助推之。男士赞许之，至停汽车处，男士硬塞两加币给孩子，孩子意外惊喜也。我戏言：第一笔劳动报酬或善行奖励也。

之四：灿烂辉煌的玛雅文明

1月4日清晨，我们乘旅游大巴前往奇琴伊察，参观著名的玛雅文明遗址。车行在墨西哥大地的公路上，我认真观察了许多景象，看来，这确实是个发展中国家：公路无论是高速公路和普通公路，质量都一般，管理也一般，收费站还是人工收费，好在路上车也很少，也就是一些大客车和旅游大巴吧！轿车很少。看路边民居，很普通的平房，还有个别草房木屋，很少有像样的别墅。比不上祖国东部中部地区的水平。旷野一片片，森林和灌木，未经开发，耕地似也不多。这也许倒是好事，保持着原生态的自然环境。我们的导游是一位墨西哥中年男士，他讲英文，很幽默风趣，常指着车窗外走路的当地年轻女子，夸她们的身材容貌，说她们是玛雅人后裔，比祖先漂亮多了。他很爱国，也很执着，反复讲他们的玛雅文明应该同通常所说的古中华文明、古印度文明、古希腊罗马文明、古埃及文明等人类四大古文明并列为五大古文明，美洲不可缺席，唯一的有别于大河文明的这一丛林文明不应排除在外。他反复用手上的图片、数字、公式，学者似的比较年代、科学人文成就和特色论证之，直至我们车上的华人和印巴人回答"YES"，才满足地停止了他的"学术报告"。我们对他喜欢之外，又平添几份敬意。

玛雅文明，是古代分布于现今墨西哥东南部及附近其他几个国家的丛林文明，它虽然处于新石器时代，却在天文学、数学、农业、艺术和文字等方面都有极高的成就。它因印第安玛雅人而得名，这一文明是美洲古代文明的杰出代表。这距今已有数千年的灿烂而辉煌的文明的神秘出现和神秘消失至今仍是个谜。我们的旅游大巴途中拐进了一条小道，进入了古玛雅人居住的遗址。导游指着车窗外，领我们观看路两边的陈迹：简陋的草顶窝棚，长方形的"圣球"球场……然后车又上了大路，直奔奇琴伊察。

在奇琴伊察，我们在讲解员的带领下，参观了这座古玛雅城市遗址。这里，南北长三千米，东西宽两千米，有建筑物数百座。"奇琴"，井口之意，建筑以天然井为中心。有金字塔神庙、柱厅殿堂、市场、球场和天文观象台，以石雕装饰为主。在这里，蔚然大观的是座座金字塔，那不同方位不同棱角拾级而上的阶梯的不同层级，数字皆隐藏着当年的科学成就，雕刻着的石板图案，巧夺天工，承载着古玛雅人的神话、故事和传说，以及图腾、信仰和哲思，那是古玛雅人的认知、悲喜和歌哭啊！我在这遗址公园留恋、观察和沉思，不时拿它们和祖国的许多古建筑及其所承载的文化做比较，是的，皆令人叹为观止也。曾见一张照片：我国最高领导人及夫人，在墨西哥最高领导人及夫人陪同下，在玛雅金字塔前的绿色草坪上合影，两个有着古老文明的发展中国家跨越太平洋的携手，创建人类历史新的灿烂和辉煌！

之五：溶洞·街市·舞蹈

墨西哥大地上有着许多溶洞，这一地质奇观吸引着世界各地的观光客、探险家和地理地质学者。这里有世界最大的水晶溶洞，有密布着钟乳石的溶洞，有能深度潜水的水溶洞……充满了神奇、惊险和奥秘。我们的旅游大巴在从奇琴伊察返回坎昆的路上特意去了一个溶洞公园。这个溶洞口露在地面的山边，圆形，直径大约五十米，黑黑的。站边沿栏干向下俯视，壁皆黑色岩石。下面一汪清水，水面距地面也差不多五十米。有木梯下去，可在水池四周石道上漫步。公园不收门票，但若在洞内游泳，必须租用救生衣方可下水。孩子们都下去了，有几个孩子爸爸也下水了。水很凉很凉，上来后，有位同行的中年男士马上抽筋、膝盖疼痛。幸亏我们队伍中有一女中医（河北中医学院本科、上海中医药大学研究生毕业，曾在北京中医药大学任教，现在于加拿大行医执业），回酒店后用针灸为他治愈了。女中医告诉我，在北美，中医药很为人们认可了。

我们还参观了一个路边小镇的街市。车一停，兜售各色织巾的少女们迎了上来，多为深色围脖，图案富有墨西哥风格。在街，风俗小吃一条街，会见到当地民间小吃美味，香喷喷，叫卖声不绝，很是喧闹。在其对面街道，很洋气的建筑则是餐馆、商店和超市。因为大外孙要过生日，他爸爸在一个路边工艺品小摊上，让工艺师刻了一件小礼品：在一枚墨西哥硬币上留下圆周，中间镂空，刻着孩子英文名字的佩饰，颇精致，收费四美元。

晚上，我们回到酒店。海滩边的舞台上正表演墨西哥古代民间舞蹈。月色照耀、星汉灿烂、海涛欢歌、灯柱缤纷，一男舞者头顶孔雀毛，身着金铠甲，举手投足，若箭离弓，刀出销，彰显勇敢和英武这是生命力的礼赞，人性的颂歌啊！

一月十日傍晚，返回航班WG272冒着纷飞的大雪在多伦多皮尔国际机场安全降落，飞机触地时，机舱暴发起一阵热烈的掌声。我们的"墨西哥之旅"结束了。

回到家中，打开电脑，信息令人欣慰。在墨西哥海湾，我常想起祖国海南省的三亚海滨景色。真巧！哈尔滨市的一位亲戚告诉我，他和众多亲友在三亚附近每人购买了小型公寓房，以后冬天去那边过。牡丹江市的一位四十多年前的学生也告诉我，他那个班级的同学，今冬有十人左右全家去三亚租房过冬了。他还说，黑龙江冬天严寒，在三亚置房租房过冬已成风气时尚，甚至有人戏称三亚为"黑三亚"了。

  我闻之兴奋：这种类似于加拿大和美国的中等收入家庭冬天去加勒比海度假的生活方式，祖国北方的平民们也开始实现了。我从这些信息里谛听到伟大祖国在改革开放之路上前进的步伐！同胞们，珍惜啊！

2017年1月15日于加拿大密西沙加

"散文编"后记

这里选编的是我的散文，编排的原则是以题材、主题为主，兼顾写作年月。需要说明的是，有些篇章或因为已经在报纸、刊物发表及文集、著作收录过，或因为文稿丢失一时难找，或因为以上两个原因兼而有之，这次未能收进来，实为憾事。

说起我的散文写作，要追溯到六十多年前读高中的年代；我的作文《家乡散记》得到了语文老师沈大公先生的赏识，他的批语仅四个字："有散文味。"我至今还依稀记得那红墨水笔书写的四个字的形态：认真的，并不拘谨；潇洒的，又不龙飞凤舞。这正如先生的风采：帅气，又不浮躁。

我一直觉得沈大公先生的气质总是有那么一点儿忧郁，这个谜直到前几年我专程去江南看望已退休回乡的先生时，才算解开。先生带我走进了他家的纪念室，那里置放着他亡父母的遗物。先生告诉我，他九岁丧父，母亲守寡终生守护着他；他童年时代好生羡慕别的孩子有父亲送去上学，领着玩耍。先生指着他亡父的照片告诉我，他的父亲生前是上海某中学的英文教师。我对先生亡父照片行了注目礼，那是一位表情郁郁寡欢、形象风度翩翩的青年男士。先生的那一点忧郁，源于基因遗传和童年遭际啊！

及至负笈金陵，班上办了份文学小报《新芽》，编辑有同寝室的汪翼缘君。这位才子很有抱负，他取笔名仿鲁迅，"鲁"来自母姓，"迅"，速也；因他母亲姓杨，故称"杨速"。他对我是热诚的，每至组稿，总笑容可掬："吉鹏，来一篇！"我写了一篇散文《鹤坨行》付之。这篇文章的稿子早已丢失了，但汪君的形象却一直在心中。他青年时代就显示了非凡的编辑才能，难怪他后来能主政一个地级市的广播电影电视事业。

大学毕业后,去东北工作的路上,我和同行者登临了泰山。此后在牡丹江林区柴河林业局招待所等待分配具体单位的日子里,我写了篇散文《登泰山记》。这可是清代姚鼐和当代杨朔用过的题目,我也敢用,年少轻狂啊!这篇稿子我还一直留着。

　　在林海雪原深山沟的双桥子教中学时,我写了两篇校园散文《第一课》和《歌声》,分别取材于小学教师何女士的数学课和孔女士的歌唱。何女士的课沉稳清新,若细流涓涓秋月澄明;孔女士的歌激越奔放,若山涧奔腾杜鹃盛开。——是时,中学和小学同为一校,领导常让我去小学听听课,以提点指导意见。——这两篇散文都见之于《牡丹江日报》,文艺副刊主编是张鸿铭先生。记得《第一课》投稿过去后,张先生来过一封信,建议结尾稍加修改,怎么改,他说了些思路,又问我:"不知你还有什么高招?"此话传开,一度成了校园里的戏言。张先生对我是器重的,我在他那里还发表了不少文艺随笔。后来,他去了地委文教办公室工作,我也去读研究生了,虽然没有用稿的事了,但我在假期里还去拜访过他。在我的印象里,他是一位很有兄长风采的男士。

　　读研究生时,是同高校师资班进修生一同学习、生活的。古代文学进修生宁昶英兄,先我一年毕业,留校编校报;每当版面有空档需补白的时候,下班后必找我:"吉鹏兄,帮我补一篇,今晚休息前交稿,稿费从优。"边说边用手比画一个小方块形,并说大约多少字。我的小杂感《鲁迅为友人孩子启蒙》、散文《国旗的回忆》等文章,就是这样写出来的。《国旗的回忆》叙述了童年听老师和父亲解释国旗图案;在加入少先队时,又听大队辅导员讲红领巾同国旗的关系;那年国庆节在北京长安街的队伍中,面向右方,对城楼山呼"万岁",却冷落了左边广场上的国旗;在林区连当基干民兵的资格都没有,不能早晨摆弄木头枪参加训练以保卫祖国,等等。宁兄很看好这篇"补白",置于副刊版头条了。宁兄守诺,稿酬颇丰。每有稿酬,我便在食堂小灶部现炒两个菜,来点儿散装酒,俩仨同窗,痛快一下。

　　当年我们这些已为人父母的大龄研究生,表面上很风光;然而,生活是单调的,心情是寂寞的。在南京读研究生的本科同窗王继如兄来信,推荐我读於梨华的小说《又见棕榈,又见棕榈》,我读后对主人公牟天磊很觉亲切。所以,宁昶英兄让我"承包"了补白,且有稿费用于酒菜,给那些日子增添了不少趣味。

　　十多年后,宁兄已是某出版社大编了,他给在大连的我来了一封信,讲他女儿在沪上某名校博士毕业了，想来我所在学校工作。我向校人事处处长汇报后，处长要我全权负责接待，差旅食宿游览费用学校报销，试讲后录用与否亦由我拍板。后来，宁兄的女儿没有来大连，另择其他高校了。宁兄又来信致歉，并托人捎来一大包干奶酪。宁兄，难得的重情义守礼数的人啊！

研究生访学后，我写了《萧军访问记》《北京女师大旧址访问记》《在百草园和三味书屋》等散文多篇，有的也交校报发表，有的发表于西安的刊物《长安》和呼和浩特的刊物《内蒙古青年》，有的收入了拙著《鲁迅思想作品论稿》（与赵持平合著）里。直至几年前，《绍兴鲁迅研究》年刊纪念许钦文，我应编辑顾红亚女士之约，用当年的访问记录为资料，写了一篇访谈回忆散文，交付之以报命。顾红亚女士的刊物还发过我在日本写的散文《我在仙台，探访青年鲁迅的踪迹》，以及后来在加拿大写的悼念亡师的散文《恩师屈正平先生：你走了》，这是后话。

我和顾红亚女士的结识，是著名鲁迅研究专家、绍兴鲁迅纪念馆长裘士雄先生介绍的。本世纪初，在上海鲁迅纪念馆举办的一次纪念冯雪峰的学术研讨会上，我坐在裘先生右侧，顾女士坐他左侧。裘先生向我介绍她："这是我们馆的后起之秀，我快退休了，以后你多支持她吧。"后来才知道，顾女士乃鲁迅研究专家、绍兴文理学院顾琅川教授之女，鲁学父女呀！顾女士为人坦诚、实在，编辑、研究皆很出彩，同他的父亲一样，在鲁迅与越文化关系研究上有所突破；这些，都是为学界称道的。

本世纪初，我开始写回忆散文。从幼年写至高中毕业，十多万字，不满意，废掉，重写；又写十多万字，还是不满意，又废掉。管理工作虽然摆脱了，但研究生培养和学术研究任务还在，又承担了国家、部、省人文社科项目，繁忙中，事务缠身，心静不下来，当然写不好。那时我不会电脑打字，都是手写文稿，请研究生打印的。文稿虽然废了，但对这些研究生的帮忙，我一直记着；尤其是袁芳君，这位东北大妞身材高挑苗条，性格爽朗大方；她打字之快，令人惊叹，有时几乎是盲打，旁观那跃动着的细长手指，也是艺术欣赏。她后来在家乡的一所著名高级中学教书，孩子应该早就上小学了吧！

初写回忆散文的十多万字，未写亡母；家妹读后，来电话表达不满；她哪里知道那种揭开精神伤疤的痛苦。重写时，写母亲了，农历春节，一幢大楼里仅我一个人在工作室；我让门卫师傅回家过年了，反锁了大门；我边写边流泪，几乎是在泪水中写完了全文。第二稿的十万字，也废了。十多年后又重写了，又哭了一遍亡母。

这期间，著名学者、作家、社会活动家、我导师的导师田仲济先生逝世。他任山东师范大学代校长时，我申请该校代授硕士学位。他主持答辩，评语赞我"具有独立科研能力"，鼓励甚大；此后对我又多有关怀。应他的爱婿、我的友人南京师范大学杨洪承教授之约，写了回忆文章，收进了纪念文集。再，著名学者、诗人、我母校南京师范大学教授吴奔星先生逝世，应其在《新华日报》任编辑的公子之约，写回忆文章，亦收进了纪念文集。

2013年后，我每年都来加拿大的长女家旅居几个月；2015年，送走了最后一批研究生。心沉下来了，回忆又一次爬上了心头，于是一篇篇散文完稿了。按计划写至1978年年底，这同个人命运和时代变迁有关。个中原因，无须解释。

我昔日带的研究生、博士、东南大学副教授张娟女士可以算是一位文化名人了，她来加拿大参加华人文学研讨会后，在一篇记游多伦多的散文中写下的几句话很触动我："对于过惯了嘈杂生活的华人来说，这里是寂寞、广袤的，是安静的，是风吹过都能听到声音的。去国离乡，隐居北美，这是一个合适的审美距离，在东西方的碰撞中，在个体的认同和抵触中，写作，就在这个时候发生了。"此言精彩，深悟创作心理矣！确实，我的大部分散文都是这几年写成的。

除了回忆个人经历外，我也不免顺便涉及一些家乡人事，发表于家乡的报纸上，这得感谢昔日学生、报社总编辑张仁干先生和文艺编辑室主任余玲女士；在我的《因蒲公英而想起我的第一个老师》付稿后，张仁干先生还专门写了读后感《蒲公英的种子》以回应，令我很感动。此外，该报又发表了我的《大公老师》和《我的童年记忆》这两篇回忆散文。这家报纸的文艺副刊栏目设置很别致，值得称赞；其中"悠悠往事"专栏，我特别感兴趣。

我和家乡报纸的情缘是值得回味的：十多年前的秋日，我从大连回乡探亲，高中同窗、家乡文化人戴石坚先生夫妇设宴招待，在座的除两位老同学外，还有市政协副主席、剧作家卢冬红女士，市文化局长、作家、文化学者朱兆龙先生，市报总编辑侯爱平先生等。侯先生读的高校中文系，我任教过，但那时他早已毕业了；他却总是执弟子礼，称我是他的老师，让我诚惶诚恐哪。从此，我就在他主持的报纸上发表了一些诗文，我也从此成为了报纸的赠阅对象；编辑余玲女士还撰写了对我的学术新著的介绍，发表于报纸。侯先生调任工会主席后又任科协主席，我和他还有联系；令我特别动容的是，侯先生还在某个冬天，由戴石坚领路，去看望了我的老父亲。我凡回乡，一般都去访他，相谈甚欢。

几年过去后的一个夏日，闻讯我回乡的张仁干先生领着余玲女士及记者陈美林女士至我住处看望我，又接续起了我和报纸的关系，我又先后在报纸上发表了十余篇诗文。近闻仁干先生主持家乡新设的融媒体中心，职责更大了；我很为之欣慰，祝这位传媒英才有更大发展更多成绩。

有时我也写些颇有现实感的文字，如《画家与猫》就是。此文发表于陈峰、袁久钻两位先生主编的《当代校园文学》微信公众号上，它是一个纯公益的平台。家乡的这两位中小学语文名师，教学和教育科研任务繁重，还兼任学校宣传、文字工作，百忙之中创办这样一个平台，服务于作文教学，繁荣校园文学；我对他俩深怀敬意；因为他们，我常想起叶圣陶的品格和精神，以及叶圣陶笔下的倪焕之。我应邀忝为荣誉主编和我的十二位昔日学生应聘为特约编委后，我同他俩有了更多的合作和更深的友情，也在某种程度上增添了写作的激情。

2017年，我的研究生导师屈正平教授仙逝。我在前写的怀念文字交《上海鲁迅研究》发表，此后又写了三篇悼念文章，这里皆一并收入了。这家刊物的责任编辑李浩研究员是我相交二十年的老朋友了；还记得该刊当年更名改版，我投去评屈师著作的书评，李浩兄给我发表于更名改版后的第一期。此后过从甚密，很为相知。

在此之前，著名鲁迅研究专家、复旦大学教授陈鸣树先生亦辞世了，他是我导师屈正平先生读研究生时的同窗挚友，待我如他自己的学生。我很悲痛，写了怀念文章，也是交李浩兄发表的。李浩兄对文章的结尾很欣赏，说有浪漫主义精神；那是一段想象：在天堂，鲁迅先生偕夫人许广平女士欢迎陈先生，左翼文化新军又一次集结。

李浩兄在编辑和研究两个方向上的工作皆很有创新，刊物办得很有声色，好几个栏目都很新颖，得到不少名家支持；所编纂的大部头资料性著作也极有价值；他还常有学术著作出版，几本鲁迅同时代人的画传，学术价值强，又很有可读性。他是一位很有成绩的编辑家、出版家和研究家。他为人谦和、真诚、质朴、厚情、重义，尊重专家、奖掖后进，很得学人喜爱。我很欣赏这位友人。我允诺李浩兄为"我与鲁迅"栏目写一篇文章的，拖了好几年了，实在对不住他呢，是该抓紧动手了。

我在加国旅游加东地区，以及去墨西哥观光后，都留下了游记。2016年春夏，我去在日本的次女家待了五个月，走了好几个地方，都写了记游散文。这次收集编目，也将它们编入一组，记载足迹。其中仙台寻访青年鲁迅踪迹那篇，得到了不少学界同人的赞许，远在赫尔辛基做访问学者的广西师范学院教授颜小芳女士，将文章发表于她的《妞妞说爱》微信公众号上，这份厚爱，我一直记挂着。

尤其应该提及的是，许多昔日学生对我写作的鼓励，他们或催促期盼，或赞许评论；年轻一代的热诚，成了我的责任所在，动力所在啊！

特别感谢我带的博士生、大连大学副教授吴金梅女士，我每有写就，她一发现，都帮我留存为文件，长年累月如此，难得的浓浓情谊。我自己疏忽，曾丢失于电脑十余篇，只得重写；要不是金梅君有心，我不知又会重写多少！

忆及当年在《牡丹江日报》发表散文时，一位笔名"庄夫"的作者也在该报发表散文；我和他几乎同时出道。他实名刘亚舟，后来创作蓬勃，有长篇小说问世，且兼任黑龙江省作家协会主席。而我却挡不住当大学教授的诱惑，走上了另一条道路；还先后兼任学校科研、研究生教育管理部门负责人十五年之久。盘点一下自己，觉"四不像"：学者乎，教授乎，文人乎，管理干部乎？呜呼，悔之晚矣！

鲁迅云："人多是'生命之川'之中的一滴，承着过去，向着未来，倘不是真的特出到异乎寻常的，便都不免并含着向前和反顾。"（《集外集拾遗·〈十二个〉后记》）我乃凡人，前行中不免总是回忆过往；这回忆对前行既有拖累，也有鞭策。在我的这些文字的写作中，释放了不少积郁，也缓解了不少纠结，但是，每当动笔时，心头又不免泛起各种情怀：欢乐、痛楚；温暖、寒栗；喜悦、悲哀；眷念、决绝；挚爱、深怨……如饮浓茶，甘甜中有苦涩，苦涩中有甘甜。这种莫名其妙的创作快感如影随形。我想，知音会心者总是会有的吧。

《诗经》云："嘤其鸣矣，求其友声。"

谨此为"散文编后记"。

2020年4月8日之零时写毕于加拿大密西沙加

中编 散文诗

题辞

　　我要诉说经历的阳光和雾霾、雨露和雪霜、暖流和寒潮；我要讲述曾经天真欢乐的童年、奋发蓬勃的生命和吞进肚里的断牙、忍回眶内的眼泪；我要倾吐我的歌和泣、喜和悲、爱和恨，以及荣光和耻辱、欣慰和懊恼、前瞻和眷顾……

　　我仰望：蓝天深沉、白云飘飞、月亮温情、繁星眨眼；我环视：大地宽广、远山安详、河水流逝、树草吐绿……我没有打扰它们。

　　我拽不住风，风飞快前进；我抱不住树，树高大粗壮；草儿也很忙，它忙着汲取养分，拼命地生长。

　　林中鸟儿对我说：你是人类，我听不懂你。路边鸣虫埋怨我：你声音怎么这么响，像雷震。宠物狗躲到主人身后，对我一脸惊惶。

　　于是，我自言自语，或者梦呓。

　　长女在异国的家后院有一座泳池。每年深秋，泳池上便覆盖了帆布。冬天留在帆布上的积雪，春天化成一汪池水，清晨总有一对野鸭子飞来凫水。前些日子，帆布上的水抽尽了。它俩还是如期光临，并立在后院的木板平台上，静静地守望着。

　　我在故国的故园已不在了，那棵高大的桂花树也在迁移后枯萎了。然而，白天我的心中、深夜我的梦中，还是老样子。那桂花树上的串串白花，还是母亲的泪水。

　　谨以我的自言自语或者梦呓，如同声声雁鸣，献给我的亡母，以及可比拟为母亲的祖国、故乡和人民。

2019 年 4 月 17 日写于加拿大密西沙加

校园心语（二章，附一章）

题记：这是我读大学时写的两首散文诗，当时发表在班级文学小报《新芽》上，大约写于1962年，时年十八岁。

航船

西天的晚霞收尽了它的余晖，夜幕降临了校园。

这是一所当年以庚子赔款建的学校，回廊曲径，飞檐翘顶，拱门花窗；草坪绿绿，松柏青青，池水涟涟。

这座号称"东方最美丽的学府"，沉浸在茫茫夜色里。

刹那间，所有的灯亮起来了。中大楼、北大楼、南大楼、图书馆楼、音乐楼、体育馆楼，还有远处的美术楼……一个个窗户送出了光芒，给夜色增添了波澜。

月色朦胧，星汉灿烂，树影婆娑，地面流银。整个校园，像一条航船，夜行在海洋上。

啊！我们乘着航船，前进在知识的海洋上。

石级

中大楼在山上，到中大楼上课或自习，要向上走过近百个石级。

走上石级后，有的人喜欢伫立，仰望蓝天和浮云。我不伫立，不仰望，急匆匆向上走去，脚踏着一级级石阶。

有的人喜欢回首，俯视山下的绿树和池水。我不回首，不俯视，急匆匆向上走去，脚踏着一级级石阶。

有的人喜欢转身，流连路边的青草和红花。我不转身，不流连，急匆匆向上走去，脚踏着一级级石阶。

我知道，我不能顾盼良辰美景。我一口气走进了中大楼，舒坦地坐上了我的座位。

附：我的致青春

巴金先生说："青春是美丽的。"可是我的青春只是遥远的记忆了。

我的头发已经花白，我的肩我的腰已经时有疼痛，我走路已经没有以前快了，我的力气也没有以前大了，我已经开始出现提笔忘字思人忘名的现象了……我知道：我身体的青春早已不在了，我确实老了。

然而，我怀念我那逝去的青春。我的青春也有过火一样的红，有过花一样的艳，有过春草一样的嫩绿，有过秋云一样的斑斓……这些，都同如今尚在青春的少男少女们一样，当然，我怀念它。

我的青春也有过潦草，有过疏忽，有过凌乱，有过迷茫……这些，也许都同如今尚在青春的少男少女们一样，但是，我怀念它。

我的青春更有过吞咽进肚子里的泪水，有过偷偷舔去的伤痕，有过被残酷践踏的尊严以及为维护尊严的超常的执拗，有过心惊肉跳、噩梦、冷汗、恐惧，以及为抚平、安定灵魂的不倦的煎熬……这些，也许都同如今尚在青春的少男少女们很不一样，但是，我怀念它。

我的青春也有过真挚的友情而又是小心翼翼的，有过朦胧的相思而又是不敢表达的，有过萌芽的爱情而又是自我扼杀的，受过深厚的器重而又是诚惶诚恐的……这些，肯定都同如今尚在青春的少男少女们大不一样，但是，我怀念它。

我怀念我的逝去了的青春，它五味杂陈，七色，不，九色——加上夜的黑色和昼的白色——皆俱，我怀念它。

朋友、诸君：我好生好生地羡慕好生好生地嫉妒你们的青春！这是一种别样的青春啊！鲁迅先生寄希望于下一代——"他们应该有新的生活，为我们以前所未曾生活过的"。这就是你们的青春啊！

如果时光可以逆转，生命可以重来，我会和诸君一起，千百万亿倍地珍惜我们的青春啊！

2015年5月3日夜于加拿大密西沙加市
北京时间2015年5月4日中国青年节晨

林海短笛（八章）

抄录翻拣出来的散文诗旧作一组，大约写于1970年前后，在牡丹江林区，那时，我二十六岁左右。

筑路

阳光灿烂，群山滴翠。一条金色的腰带，缠在山腰间，熠熠发光。——那是我们林区新筑的运材公路。

公路尽头，人声鼎沸，一派热气腾腾：有的挑土，有的运沙，有的刨树根，有的挖排水沟……大家都在筑路，要把这金色的飘带，绕向密林深处。

我们都是筑路的，我做工，你种田，他教书……行行都是在筑路。我们大家在筑着同一条路，一条看不尽的金色大道，伸向远方，通往理想……

碎石

路边堆着碎石，大车运来碎石，我们一锹又一锹把碎石扬起，撒在新筑的路基上。

有了它，刮风天，路面没有了灰尘；有了它，下雨天，道路不会泥泞。铺路石，保证了车通、人行……它默默无闻，平平常常，却在大道上闪光、发力。

我们大家都来做这一粒粒碎石吧！

篝火

傍晚，我们捡来几片桦树皮，抱来几捆干枝丫，在新筑的路上，点燃了一堆篝火。

　　火光熊熊，照红了树林、帐篷、溪水，映红了远处的山峰和山峰旁的云彩，融进了满天的晚霞。

　　篝火边，老工人师傅回忆起抗联战士打日本鬼子的往事，讲述着三十万大军开发北大荒的事迹。年轻人听得着了迷，仿佛感到，我们新筑的运材公路，正是沿着当年英雄前辈在密林深处留下的足迹。

　　篝火边，小伙子歌声嘹亮，阵阵荡漾在林海里；姑娘们舞姿劲美，翩翩闪现在群山中。

　　往日的峥嵘岁月，今朝的灿烂青春，比酒还醉美。

提灯

　　我们筑路工地的帐篷里，有一盏提灯。晚上，小伙子争着把它点亮；早晨，姑娘们又抢去将它擦净。

　　这盏灯的年纪，比我还大呢！当年抗联战士转移时，留下这盏灯，给一位外号叫松明子的青年向导作为纪念。后来，松明子又用这盏灯，给追剿队带路进深山打土匪。再后来，松明子又用这盏灯，为开发北大荒的官兵巡逻守夜点火炉。

　　松明子老人退休的时候，郑重地留下这盏灯，交给了林场青年，"虽说现在屋里有电灯，出门有手电，这盏灯，兴许还用得上。"密林深处的帐篷里，我看到灯光下：一张张英俊的脸，一双双明亮的眼，一颗颗火热的心。

　　我看到，提灯闪亮的火苗里：一面面飘动的旗帜，一支支前进的队伍，一代代奋发的青年。

矿藏

　　茫茫的森林里，有一座露天煤矿。一条"T"形公路，把它连向四面八方。汽车一直把我送到煤层旁。呵！多么好的无烟煤啊！乌金般地闪亮。

　　老矿工师傅告诉我："真是一座宝山呢！森林里，还有铁矿、金矿……"

　　深山藏宝。深山只向那些跋山涉水、披荆斩棘的人献出它的宝藏。

源泉

那天上山抚育幼树，师傅一直在我身旁。

师傅帮我安好镰刀把，告诉我，用时刀口要向上。师傅教我割掉灌木和杂草，好让幼树吸足养料、空气和阳光，快快成长。师傅叮嘱我，要有责任心，为千秋万代着想。

饿了，师傅掏出干粮和咸菜，用镰刀削了几根细枝丫："给，筷子！"

渴了，师傅领我找到一眼清泉："喝吧！这泉水，赛过人参汤。"

我喝着，香甜可口，滋润着我心房。

我突然想起一个词：源泉。

山涧

两山夹一谷，一条山涧奔腾而下，跳跃着，歌唱着、呼喊着……几分豪迈，几分悲壮。

一忽儿，它圈起一个个深邃的旋涡；一忽儿，它溅起一堆堆雪样的浪花；一忽儿，它挂起一条条银闪的瀑布。

它呼啸着前进，千山万岭不可阻挡，它汇进江、河、湖、海、洋。

它清澈碧透，冲刷得一颗颗鹅卵石玲珑斑斓：红、绿、黄、蓝、紫。

莫不是源于高高的山顶，才这样充满激情？莫不是由于水流的纯净，才洗涤得石子如此光泽鲜艳？

笛声

伐木工段的老段长有一支心爱的短笛，据说这笛子在他童年当放牛娃时就跟着他了。

冬日的中午，在雪山顶的篝火旁，夏日的傍晚，在场大院的木垛边，常常回荡着那悠扬的笛声。

那笛声里，有哭泣，有血泪，有情爱，有思恋；有山水，有村落，有炊烟，有松涛……更有他的梦想。

于是，我把我的一组散文诗取题为"短笛"。

亲情似海（三章）

梦见亡母

我常常梦见母亲：在那场浩劫中，由于癌症、惊惶和抑郁，她离开了人世。去年为她迁坟时，只剩一堆骷髅。

她走来了，枴杖、蓝士林布的衣衫、苍白的头发、瘦削的脸。

我慌忙跪下："妈妈，你回来啦！"

我抱住她的腿，亲吻她的足，哭着，喊着，诉说着这十多年：

院子里桂花的香；大路边落叶的梦；水面上鸭的歌唱；天空中雁的行进……

松涛澎湃，雪橇飞驰下山坡；汽笛嘶鸣，火车奔跑过大关；舞姿翩翩，蒙族少女端来一碗奶茶；笑语盈盈，家乡青年交来一摞作业……

母亲嘴角出现微笑，面颊泛起红云，像轻风和晚霞落进黄昏时的溪水。

刹那间，母亲回转身，她要离去。

我拽住她的衣袖："妈妈，你不要走！冬早过去；花正开放；雨已停息；天刚放晴……妈妈，你不要走！"

——我眼前倏忽地有光亮一闪，我醒了，发现自己躺在床上，手里紧紧拉着的是泪水浸湿了的枕巾。

1984 年 3 月写于盐城

二爷爷

因为某种原因，爷爷去了远方。儿时的我，常常依恋的是二爷爷。

他是老板，却又是机匠 —— 我们那里叫"老轨"—— 开机器的。他成天穿着油腻腻的衣裳，守候在机器旁，添薪、加火、开机、观察，即使只听到机器轰响中的一丝杂音，他也能断定哪里出了毛病。

他会观天。从傍晚的霞色，推断第二天是阴还是晴；从夜里的月晕，估计会起什么风；从蚂蚁、青蛙、鸣蝉的行踪，预测冷与热、霜与雾、雨天与晴天……

他能讲故事。远古的神话、乡间的传说、魔鬼的恐怖、妖精的迷人、土匪的罪恶、倭寇的暴行、英雄的伟业……讲得我夜里直做噩梦，但白天还是听得津津有味。

他爱相面。痣长在这里苦命，长在那里富贵；颧骨高怎样，鼻梁塌怎样，眉毛浓怎样，眼眶青怎样……尽管常有失误，但他还是爱给人家相面。

我最后一次见他，是北方某市大地震那年冬天。我从东北林区赶回家乡探亲，人们都进屋了，只有他还守在防震棚里，躺着。地上铺着木板，木板上堆着稻草，稻草上是一床棉被。他从被窝里伸出手，抓住我的胳膊，那么有力，结合世道又讲起了天人感应。我猛然间想起八个字 —— 生的坚强，老之苍劲。

2018年岁末写于大连

听海轩、海天钢琴演奏

在北美洲一所小学的冬季音乐会上，在灯光明亮温暖如春的体育馆里，海轩、海天兄弟俩表演钢琴合奏。黑色的西装演绎着庄重，童稚的面容洋溢着热烈，脚掌踩踏起世代的奔波，手指跃动起青春的梦幻……

琴声清新而又悠扬。那是来自基因深处密码的流淌。苏北平原溪流潺潺，倒映着岸边的芦苇、岸上的宝塔，还有蓝蓝的天、白白的云，微风吹起道道涟漪，鱼儿在水里嬉戏追逐，水面上泛起一个个气泡汩汩。

琴声忽而激越忽而奔腾。那是发自幼年生活记忆的回响。太平洋波涛汹涌，猛烈冲击着亚细亚的东海岸，渤海水巨浪滚滚，拍打着礁石和沙滩，浪花飞溅，惊起水鸟，天空掠过一队队雁群，喊叫声响亮而悲壮。

琴声转入低旋而轻微。那是飞机在幽暗的黑夜飞越西伯利亚与阿拉斯加之间的白令海峡的声音。仰望机舱的窗外，冷月弯弯、寒星闪闪；俯视大地，渔火点点、波光粼粼，机舱内灯光柔弱，静谧一片。

琴声渐变宽广而明丽。那是辽阔的北美大地，大湖泊大森林大湿地，一望无垠的庄稼地，灿烂的阳光，新鲜的空气，枫叶红了，如火如荼，梧桐黄了，金光熠熠，鸟雀欢叫，松鼠奔跑，偶尔飘过一丝云彩洒下一阵细雨，不一会儿又云开日出，一片蓝天。

琴声嘎然而止。听众举起了手臂，白色的手臂，黄色的手臂，棕色的手臂，黑色的手臂……在我身边林立，阵阵掌声在我耳边回响，相机闪光在我眼前炫舞。顿时，我出现了幻觉，我在历史和现实之间穿梭，在地球两侧跨越，在个人的、家族的、民族的古往今来的命运中穿梭。喜庆的鞭炮与屈辱的耳光，奋斗、歧视与欣赏，劳作、株连与流放，创业、剥夺与消亡，青春、挣扎与沧桑，抗争、复兴与辉煌……刹那间，这一切非清晰非逻辑的影像和思绪又在一片混沌中变成一片茫茫。

海轩、海天兄弟俩起立鞠躬、摆手致意，羞涩地，认真地，优雅地。华夏儿女新一代的礼仪和文明、尊严和自信、崛起和成长。

在北美洲一所小学的冬季音乐会上……

2013年12月11日写于加拿大密西沙加

恋乡思源（四章）

风帆

　　我的老家在苏北平原上。老家南边不远处，有一条大河。儿时的我，喜欢坐在河岸边，看来来往往的条条大船，还有船上的张张白帆。

　　顺风，船鼓起帆，前行；侧风，船也鼓起帆，前行；逆风，船也还鼓起帆，前行。船工们随着风向、航道的变化，牵动着绳索，变换着帆形。任它东西南北风，船儿都是向前。

　　条条大船、张张白帆，从远方驶来，在我的面前掠过，又向远处飘去……风向虽变换，方向却坚定。——家乡大河上的风帆啊！从此飘扬在我的胸中，烙印在我的心上。

　　任凭前路是窄是宽，任凭风向是逆是顺，任凭人生是幻是真，让我们永远扬起不落的风帆。

1982年12月写于盐城

倒影

　　我老家的旁边，有一条溪水。儿时的我，喜欢坐在溪水边，看映入水中的倒影。水中的蓝天、白云、宝塔、庙宇、绿树、红花，那么清澈，那么明净。

　　微风拂过水面，倒影折皱了；风过后，又恢复了原来的风景。鱼儿游过水底，倒影破碎了；鱼儿过后，又恢复了原来的风景。还是那么清澈，那么明净。

　　从此我懂了什么是从容，什么是镇定。

范文正公的故事

我的家乡是座古镇。北宋贤相范仲淹——乡亲们尊称为范文正公——在这里做过官。

他疏通河道,兴修水利;他振兴盐业,发展经济;他造桥铺路,方便百姓;他访寒问民,勤政清廉;他读书吟诗,志存高洁……

人们怀念他,把他修的捍海堰叫范公堤;尽管后来成了通榆公路,人们还是执拗地称其为范公堤。人们敬仰他,把他读书的地方叫范公亭,尽管后来只是一座土墩,人们还是执拗地称其为范公亭。

人们祭祀他,庙宇里香烟缭绕,红烛成林。人们称颂他,言谈中感恩戴德,代代相传。

幸哉!范文正公。幸福的人们千年万载没有忘记你!

悲哉!范文正公。悲苦的人们万年千载岂能不念叨你!

2008年岁末写于大连

家乡的水牛

我的家乡东台西溪的西边被称为西乡,那里是一大片水乡,很多人家都养着水牛。

水牛,非同北方旱地的牛和西部地区的牦牛,它得在水田劳作,还会蹚河凫水。它也非如乳牛,它是凭力气活着的。

水牛是劳累的。春天,它得踩在水田里,拉着犁铧耕稻田,以待插秧。秋后,它又得踏着稻根的茬,拉着犁耙耕麦田,以待播种。稻谷上场,它还得拉着滚动的碾子脱谷。有时候,还要拉上牛车,运载东西。

水牛吃的是草,贡献的是巨大的体力。连它的粪便也被人们做成粪饼,贴在墙上晒干,以作为燃料,烧火做饭。儿时的我常看到乡下人的外墙上,贴着一张张这样的牛粪饼,确也是一道水乡景观。

水牛同它的牛家族成员一样,浑身是宝,死后全部奉献。牛肉可食,牛皮可衣,牛毛可制笔制刷,牛角可成乐器装饰,牛骨可加工为壮骨粉。

水牛还被文人骚客描绘成田园风农家乐的主角,牧童骑之,短笛一支,如诗如画。

记得郭沫若先生曾写过一首《水牛赞》，我还为之写过一篇文章《凤凰·水牛·骆驼》，比较解读了老先生不同时代的三个不同诗歌形象，记不清发表在哪家刊物上了。

多年前的一个秋天，我带大外孙回乡，特意领他去故园南边坐一下泰东河上的摆渡。至渡口，一农人牵头黑褐色老水牛欲渡河。水牛老矣，尾巴无力地甩着，驱赶叮咬它的牛虻。农人认出我来，甚是热情。及至渡河，大家上船，水牛下水，农人将牵牛的绳子交给我的外孙，让他牵着游在水里的牛。牛身子全在水里，牛头仰着，牛鼻牛眼于水面，煞是有趣。外孙新奇之欢乐之，水牛亦快活之惬意之。

我问农人："此牛老矣，尚能劳作？"

农人答曰："尚能，直至终老。"

我又问："终老去处？"

农人又答，且叹气之，曰："屠宰场，唉！太老的牛，卖不出好价钱。"我望了望河水里的牛，两眼水汪汪，似听懂了我们的交谈，似并不在意，很淡定。外孙还是拽着牵绳，脸上还是一派天真的童稚……

—— 对不起，诸君久等了。刚才写到这里，我打了个盹儿。恍恍惚惚之中，我变成了一头水牛。

2015年12月13日写于加拿大密西沙加

野营絮语（五章）

篝火

我们在营地燃起了一堆篝火。

火光熊熊映红了天地、树木、花草、帐篷、汽车，还有你、我、他……

于是，天地、树木、花草、帐篷、汽车，还有你、我、他……都如一团团火。

火说：我不愿结冰，不思苟存；我爱燃烧，燃烧才是我的生命，火焰才是最灿烂的花朵。

火便是火，驱除黑暗，照亮山川。火便是你，火便是他，火便是我。你便是火，他便是火，我便是火。燃烧着你和他，温暖着我；温暖着你和他，燃烧着我。我们燃烧，我们温暖。

愿我们心中都有一堆篝火……

山洞

沿着原始森林的一条小路，我们见到了一个巨大的山洞。粗壮的石柱顶着洞口，奇峻的岩石装饰着它，苍劲的松树守护着它。

孩子们欢呼雀跃，爬进爬出。这是一片未经开发的密林，一个未被人间烟火熏染的山洞。没有牌匾，没有广告，没有商贩兜售什么旅游纪念品，没有熙熙攘攘你推我搡的拥挤，没有售票和检票，这里就是大自然——原生态的大自然。

真想在这里住上一晚，点着松明，烧着野菇，仰看树梢上的星星，俯视青苔满满的石片。

远离浮华，远离尘嚣，远离高楼大厦，远离尔虞我诈，远离争名夺利，远离……

夜雨

是夜下雨。

雨打着头顶上的树叶，沙沙地。我钻进了帐篷，我睡我的觉。

雨水透过树叶，滴在帐篷上，嗒嗒地。我盖上被，我睡我的觉。雨水沿着帐篷淌下来，丝丝地。我平躺着，闭上眼，静听雨声。

然后，我还是睡我的觉。

雨水沿着帐篷边沿渗进来了，我感到了凉意。我却在这凉意中睡着了，慢慢地睡着的。我在睡我的觉。

雨水涌进了帐篷，身下的汽垫似乎在水上漂浮。我正梦着，仿佛躺在一条船上，船在湖面上荡漾，我仰望着蓝天、白云、水鸟。我睡得真香啊！

我在鸟叫声中醒来，走出帐篷。又见黎明，还是黎明；又见晨光，还是晨光；又见朝阳，还是朝阳……

我庆幸：是夜，我只管睡我的觉。

灯塔

这是北美最早的一座灯塔，它耸立在安大略湖中一个半岛的尖端。它建于1804年，当时是为湖里的船只导航的。在此之前，先后有八条船在暴风雨的夜晚由于找不到航向而在这一带蒙难。

如今，科学技术的发展已经使灯塔失去了它的作用，湖面上也鲜有载人载物的运输船只。我们见到的是：灰白色的水泥石柱前面，蓝色的天映着蓝色的湖，傍晚的阳光温和地照耀着湖面，浪花一波一波地轻柔地吻着湖边的礁石，水鸟起舞，展翅高翔、低旋、点水……人们留下这座灯塔，纪念它往日的贡献。我们从营地步行一个半小时，凭吊这座灯塔。

我想：在人生海洋里，我们也曾迷茫过，我们也有过导航的灯塔：哲人、智者、师长……经典、理论、箴言……

你心中是否也记住了这一座座灯塔？

白莲

  我站在廊桥上，扶着栏杆，驻足良久，注视那一汪绿水上盛开的朵朵白莲。这里是安大略湖畔的一块一望无垠的天然湿地。

  我有关白莲的记忆有二：

  儿时，我家天井里有一口缸，缸里养着白莲。我似乎并不在意那洁白的莲花，而是喜欢看每当雨后在它宽大的叶子上滚动着的水珠，那么晶莹，那么灵活……那瞬间，它成了我的整个世界。而这一切，都成了遥远的记忆，包括那个家，那个天井。

  青年的我负笈金陵，那座城市有个著名的玄武湖，满湖白莲，盛开在夏日的阳光下，煞是可爱。湖边有垂杨轻拂着它们，岸上有女孩观赏着它们，水中有恋人划着小船靠近着它们，涟漪亲吻着它们。那时，我总是心不在焉。我知道，我要珍惜青春时光，不宜沉湎这些良辰美景。

  而今我见到的湿地的白莲却不一样了。没有垂杨抚爱，没有女孩钟情，没有恋人贴近，没有涟漪慰藉，陪伴它们的是芦苇、马兰、狗尾草……碰撞它们的是鱼虾、龟鳖、蟾蛙……更没有甜嘴的画眉、学舌的鹦鹉、讨好的喜鹊烦扰它们，有的是野生的鸭群、冲天的雁队，甚至并不那么让绅士淑女达官贵人们喜欢的猫头鹰在声声呼唤它们。这一朵朵白莲花盛开着，在绿叶丛中挺立，在旷野的风中摇曳，在灿烂的阳光下展开笑脸……这里是旷野，是一大片宽广无边的天然湿地。

  白莲，我的白莲，我心爱的白莲，在旷野，在天然湿地。

写于加拿大休伦湖畔和安大略湖畔

树有灵性（三章）

挺立着的枯树

在街区的拐角处，在十字路口的旁边，挺立着一棵又高又大的枯树，伟岸地、倔强地、执拗地……

莫非这里曾经是一片森林，它依然在谛听远来的雁群的呼喊，静候着大雁栖息？莫非这里曾经是一块湿地，它依然在缅怀水中的白莲的美好，亲吻着莲花的香馨？

它邀来朝晖，挥走晚霞。夜里，它守候着皓月和繁星。白天，它陪伴着信号灯，或迎或送或拒那滚滚的车流和那匆匆的人行。它尽管只剩下一无所有的杆子，但它渴望，夏日还能遮风挡雨，护卫着身下的绿草和红花。

它尽管只剩下一无所有的杆子，但它依旧，冬季还是承雪挂冰，展示着身上的光辉和晶莹。它也曾是青青幼苗，充满着希望和梦幻。它也曾是枝叶婆娑，贡献出成熟和丰富。它也曾是威武雄壮，迎战过风暴雷霆。而今还是苍劲坚强，宣示着高贵和尊严。

每当我走近那个街区的拐角处，那个十字路口的旁边，走过它的身边，我总是虔诚地远望、凝视、流连，献上我的钦佩、顶礼、尊敬。我总感受到它的生命、激情、魂灵。

在街区的拐角处，在十字路口的旁边，挺立着一棵又高又大的枯树，伟岸地、倔强地、执拗地……

2014年8月12日写于加拿大密西沙加

大树和鸟窝

长女家所在的这个街区,被俗称为"老英国人的巷子"。街区是20世纪80年代末开发的,大概住的都是英国人吧!不过后来陆续搬来了一些华人、印巴人。我家东面的邻居就是一对非常友善的印巴老年夫妇,街道斜对面和院子后面,也有几户华人。

街区以幽静著称,街道对面人家的后面,蜿蜒着一条河流,河的两岸是树林,那里有松树、柏树、榆树、白桦树、核桃树、板栗树等,当然少不了枫树,那是"国树"啊!这个国家号称"枫叶之国"呐!

因为幽静、树多、空气清新,街区的树上鸟窝特别多,隔不了几户人家,门前树上就有一个鸟窝。去年秋天我们刚刚搬家过来时,走在路上,小外孙数着门牌号码,找自己的家,我对他说:"你不用数,抬起头来看,远处那棵有最大鸟窝的树,就在咱家门前。"

深秋时节,树下尽是落叶,我们天天扫树叶,天天扫不尽,不免抬头仰望大树,看看还有多少叶子。看那鸟窝,已经没有鸟儿栖息。这些候鸟,已经飞往南方,也许飞向南美洲的丛林或加勒比海的沙滩了吧!它们追逐灿烂的阳光去了。于是,我空望着大树和鸟窝,产生了一些奇思妙想。

当大树落下第一片叶子时,鸟儿飞走了没有?是大树落叶在前,还是鸟儿背离在先?

当大树枝叶婆娑一派葱绿时,鸟儿在大树上筑巢做窝,它们的歌唱一定是清脆又动听:我亲亲的树哎!我们多么爱你,感谢你!大树叶子开始泛黄或零零散散地掉下抑或尚未泛黄就掉下而鸟儿已有某种预感时,鸟儿便开始张罗离开远去,它们怎么这样狠心地离开这供它们栖息生存歌唱翔舞遮风挡雨养儿育女的"亲亲"的大树的呢!这些随季节而选择和背弃的聪明的势利的候鸟啊!

当萧瑟来临时,大树抖落了全身的叶子,树干更加挺拔,树枝伸展得很舒服,尽显苍劲之美。这些,远去的鸟儿怎能知道?当凛冽和严寒摧残时,大树岿然不动,树干不摇晃,枝条不抖动,尽显英雄品格。这些,短视的鸟儿怎能晓得?

暴风雪来了!雪后的大树,一身树挂,雪白晶莹,似宝石若珍珠。夜晚的月色朦胧和灯光阑珊,那么璀璨那么耀眼。这些,有缘欣赏否?只知春日和煦夏日繁盛的鸟儿们!

雪融化的日子,我也看到,水珠从大树枝头滴下,水流从大树主干淌下,默默地无语地悄悄地。我知道,这是泪。"红巾难揾英雄泪"的泪,"男儿有泪不轻弹"的泪。那是内心的火样的激情,那是赤胆忠心的真诚,那是未泯灭的童心,那是一份高远幽深广博的大爱啊!

春天终于来了!我是从大树枝条的柔软中和枝头如茸毛般的绿色叶芽上闻到春的讯息的。

我知道,大树又在做暮春的梦:草长,叶绿,花开,莺歌,燕舞。鸟儿又飞回来了!夏天来了,又有清脆动听,又有歌唱翔舞,又有感恩祝福,又有……

但大树也没有忘记,夏后还是秋,秋后还有冬,还有落叶,还有背离,还有风雪,还有泪水。尽管大树什么都明白,但大树还是做着梦,执着地。

2015年3月5日写于加拿大密西沙加

苦栗之思

长女家刚刚搬到这里时,门前邻居家的草坪上,曾有一棵参天大树。

树根露出地面的部分,像巨人的手臂,紧紧抓着土地,好狠。

树干黑褐色,粗壮得我展开双臂也抱不住。

树冠铺天盖地似的,遮住西斜的阳光。因为树长在邻居家草坪靠近我家边缘,两家草坪都是一片阴影。

这是一棵栗子树。秋天,它掉下了很多栗子。

我从自家草坪上捡起几个,尝了尝,天哪!苦极了!怪不得掉那么多,邻居家也不捡。

我儿时,见家门口的楝树掉下黄黄的果实,母亲总是提醒我:"这是苦楝树,果子是苦的,不能吃。"

莫非也有苦栗树?不过而今没人提醒我了。

母亲还说:"苦楝——苦练,学文化、学手艺、学生意……学什么都得苦练啊!"

母亲辞世四十六年了;假若母亲还健在,她又会怎样演绎苦栗的寓意呢?

去年的某日,开来一辆园林的工程车,把这棵树砍了,连根也刨了。

当工程车拉走满车树干树枝树根扬长而去时,我低头望了望那个留在地面上的深而大的洞,陷入了沉思。

网查，栽种栗子树是很费心费力的：挖穴、选苗、栽植、施肥、修剪、防虫……

　　这条街巷已有近三十年历史了；当年的栽树人满怀期待时，没有想到会是结出苦果的吧！

　　网查不出是否有苦栗树，是品种问题，还是水土问题，抑或病虫害，还是其他……

　　我不得其解，只得苦苦思索着。

　　我的思索之苦，也是我的人生苦果。

2019年12月26日写于加拿大密西沙加

铭心往事（三章）

难忘那个小女孩

几十年前，我生活在一个城市的西山。一次，我走在路上，看到路边的草地上有一个小女孩。

小女孩手上拿着一束采集到的野花，红艳艳的，黄灿灿的，紫薇薇的……追逐着一只飞舞的彩色蝴蝶，手舞足蹈，马尾辫儿甩得欢，连衣裙下摆飘起来，一脸天真无邪稚气可掬。

小女孩的脚下，草地的前面，有一个垃圾坑，坑里是一片肮脏和腐烂。在蝴蝶的引导下，小女孩快要掉进垃圾坑了。

我禁不住大喊了一声："丫头，危险！"小女孩惊恐地，吓掉了手上的花束，花儿散落一地。她抬头看着我：不满、埋怨、气愤，竟至于流出了眼泪。

我很温和地看了看小女孩，用手指了指她脚边的垃圾坑。小女孩看了看垃圾坑，明白过来了，回报了我一个微笑，泪珠还挂在她的眼角。在早晨的阳光下，笑的灿烂和泪的晶莹，交辉着，煞是可爱。那只彩色蝴蝶，已经不见了。

我忽而觉得：这一幕，这一切：松软的草地、污秽的陷坑，美好的追求、彩色的诱惑，提醒和怨艾、关爱和感恩，灿烂的笑、晶莹的泪，还有阳光……就是这个小女孩的世界，并且是她的一生。

当年的这个小女孩，现在也应该四十岁上下了吧！虽然我不知道她是谁，但她却是我难忘的小女孩。

2014年8月18日写于加拿大密西沙加

往日之梦

我在梦中回到了往日，又在梦中做着往日之梦。

我折叠的纸飞机被我吹得飞了起来，飞呀飞，飞呀飞，飞上了白白的云朵，飞上了蓝蓝的天空；飞呀飞，飞呀飞，穿过了亮亮的闪电，穿过了湿湿的雨层。纸飞机进入了七色彩虹的拱门，噢！一个神奇的童话世界出现在面前：大雁与燕子齐舞，春草与秋叶共存，夏雹和冬雪同落，太阳与月亮齐辉……

我拍手——在欢乐中醒了过来。不一会儿我做起了梦中之梦。

我折叠的纸帆船被我放到了溪水里，它真的扬帆远行了，带着塔影，带着菱叶，带着芦苇的摇曳，带着鱼儿的嬉戏……航行至大河，至大江，江水映着岸边春草绿如蓝，江花映着东方朝阳红似火。纸帆船鼓足了帆，拖着长长的波纹，带着这番美景，航行至江口，来到大海。噢！多么广阔的海洋，多么广阔的天空，波涛汹涌，浪花飞溅，水鸟翱翔……

我喊叫——在兴奋中醒了过来。不一会儿我做起了梦中之梦。

我在旷野放风筝，那是泰州来的翟家伯伯回去时送给我的一只很大很大的燕子风筝。我拽风筝，风筝也拽我。我力气小，拽不过风筝，风筝拽着我在地上颠颠簸簸地走着，走着。风筝拽着我的脚离地了，我舍不得放跑我心爱的风筝，还是拼命拽着它。风筝拽着我飞上了天空，俯视大地，多壮丽的山河。风筝拽着我飞上了高空，低首身边，多苍茫的云海。噢！风筝拽着我进入了太阳，好亮，好热。

我揉揉眼睛——醒了，原来太阳透过窗户照了进来，怪不得这么亮，这么热。

我实际上还在熟睡中，我又梦往日，又做起了梦中之梦。

我梦见自己在故园前的小木桥上嬉戏，一个不小心，掉进了河水里，刺骨的凉。

我惊呼——吓醒了，我睡在深山老林的帐篷里，刺骨的冷。我是带着我的学生来修筑战备道路的，眼前炉火已微弱，耳畔是孩子们的鼻息。

我继续做着我的往日之梦，梦中之梦。

我梦见自己从高高的云端坠落下来，掉进一道悬崖下的一块岩石上。

我惊恐万分，这下完了，粉身碎骨了。——摸一摸身下，硬硬的还在，是大炕，林海雪原里一所学校的单身教师宿舍的一铺大炕。我庆幸，我还活着。

我实际上还在梦中。十多年后，二十多年后，三十多年后……我在研究生的《鲁迅研究》学位课上，滔滔不绝地讲解鲁迅最后一首诗《亥年残秋偶作》中的诗句"梦坠空云齿发寒"，阐释先生之焦虑感、无归宿感，手舞足蹈，说个不停。突然,"铃——"下课铃响了。我还意犹未尽呢!

我醒了,这下是彻底地醒了。——枕边的闹钟在响,我一跃坐起,开启了新的一天。

2015年12月7至8日子时写于加拿大密西沙加

冬夜五梦

我梦见回到了那食物短缺的年代。我作为班主任,为班上的学生分配一根手指长的熟肉。我刀功太差,切得有大有小。一个分得最小的男孩看了我一眼,目光里有无奈、怨艾和不满。我忙走过去,摸了摸他的头:"别生气,待会儿,教工分食,我把我的那份给你。"男孩笑了,笑得那样可爱。我心头一喜,但却醒了。在半眠半醒中,我还试图再续着这个梦,好领得我的那一小块肉给这个男孩。但是,我总回不到梦里去,好惆怅!

我梦到我的一位女研究生。她,身材高挑苗条,性格爽朗大方。她曾帮助我录入过多篇回忆录,尽管我后来又重写了,但是我心中一直感念她。梦中,她来看望我,闭上眼睛,给我表演了电脑盲打;又将手放进衣兜,给我表演了手机盲发。我伸出右手,对她竖起大拇指,表示赞许。就在我伸手的一刹那,我醒了,是因为右手伸出被子着凉的缘故。她没有见到我竖起的大拇指,真遗憾!

我梦见一位老领导请我去他办公室聊天。他细数着学校这一年的工作成绩:教学、科研、学科建设、人才引进、师资成长等方方面面。我表示了同意和夸奖,他心情极好,兴奋得像刚刚豪饮了很多杯。我转而提出了几个不足之处和存在的风险,他脸色瞬间变白了,不说话了。我立即走出他的办公室,疾走,直至走出梦境。我后悔我的入世太深,不懂得知趣。

我躺在床上做梦,梦中的我也躺在床上。我的两条腿被不知哪儿来的两只巨手钳子般夹着向外拽,噢!是魔鬼。我拼命蹬着双腿,挣脱着魔鬼的巨手:"滚开!你这魔鬼!"我挣脱不开,于是大声呼救:"来人啊!"我在呼喊中醒来,心砰砰地跳。原来是我两条腿伸出被子,冻得痉挛了。我恐惧,不小心就会有魔鬼来袭。

我梦到了我的亡母。母亲为我掖了掖被子:被尾、被两侧,又将我的两只手塞进了被窝里,然后坐在床沿,看着我入睡。我也童稚地望着慈祥的母亲,又在这慈祥的温馨中心头一热,醒来了。我奇怪,不像在以往的梦里,母亲高居云端,手持拂尘，或指点我前进的迷津，或保佑我人生的顺境；而是又再现我儿时的母亲：寡言、温厚、体贴。

——自省歉疚、感恩帮助、不察上意、招惹魔鬼、回归童稚……这几个梦是什么意思呢？我大概真的老了，身体老了，灵魂也老了。我得抓紧完成我计划中尚剩不几篇的回忆散文，记住鲁迅先生的话："要赶快做。"

2018年1月5日写于加拿大密西沙加

刻骨记忆（三章）

过桥之所遇

我梦见自己和同伴走过一座桥。

这是一座高高的拱形的木桥。桥身很窄，只宜一人行走，无法两人并行，如桥对面有人过来而桥上相遇，互相都得侧过身子，才能通过。桥板横铺，并不严实，板之间有空隙，可以见到桥下湍急的河水。过桥时，双臂伸开，手扶两侧栏杆，方觉妥帖。

我双手扶持栏杆，走在前头，及至高高的桥顶，突觉左手一阵被划破的感觉，开始并不觉疼痛，也就不在意，继续向桥下走去。不一会儿，顿感手上疼痛，黏乎乎的。一看，满手是血。回头一看，身后已有四五个同伴走过桥顶。有人惊呼："有小刀片嵌在桥顶栏杆上。"我身后几个同伴齐伸左手，皆满手是血。血流不止，汩汩而出，滴入河水。我们一片惊呼——

我惊呼着从梦中醒来。原来我右手压在胸口上，气闷着；左手平压在炕席上，被一根席刺扎着，疼着呢！窗外，满天朝霞，血一样鲜红。

我确实曾经做过这样一个梦，在黎明前。

2015年12月14日写于加拿大密西沙加

登山之所遇

四十多年前，我在牡丹江林区深山沟里一个叫双桥子的一所中学任教，学校的背后有一座山，我每天黎明时分都去登这座山。

一次，我沿着一条林间小径登上了山顶，朝露沾湿了我的衣衫和鞋袜。

我回首俯望山下，突然，一阵山风吹来一片云雾。云雾包围了我，我什么都看不见，甚至身旁的树木，脚下的石头。云雾吞没了我，我什么都看不见，甚至自己的身躯和手掌。

我感觉到孤单、渺小，感受到无助、恐惧，我甚至于开始颤抖、战栗。

刹那间，我想起家乡清清的溪水，还有溪水里的宝塔和庙宇的倒影；想起大学青青的草坪，还有草坪上的大树和翘檐的日影。我还想起远方，母亲的慈爱、父亲的焦虑、亲人们的劳累；想起许多伙伴的才华横溢和姑娘们的倩影亮闪；想起……

我还没有来得及再想下去，突然，又一阵山风吹来，云雾散去，一个更加清爽的早晨出现在我面前：满天火红的朝霞辉映着青山绿水，鸟雀叽叽喳喳地在树林欢跃，杜鹃花盛开，形如虎的山砬子傲然挺立，铿亮的森林铁路钢轮向远处蜿蜒，两座铁路桥静卧在大青河水上，汽笛长鸣中森林小火车车头加足了水和煤开出工区，家家户户升起袅袅炊烟，校园的广播乐曲奏起……大地苏醒了。

我们匆忙下山，进入了又一个蓬勃的一天。

我永远忘不了那次登山，那个黎明。那时，我二十多岁。

2015 年 12 月 16 日写于加拿大密西沙加

游泳之所遇

牡丹江林区深处有个地方叫双桥子，是因为这里有两座森林小铁路的铁桥而得名。两座铁桥横卧在流入牡丹江水的大青河上。从山下开来的小火车沿着大青河逆流而上，进入双桥子时，迎面高耸着一个山砬子，砬子顶状如一只卧虎，山砬子因此得名老虎砬子。它像双桥子及其更深的山沟的守护神似的，守护着河山、森林和人民。

有一年夏天的黄昏，我和同事刘君一齐去老虎砬子下面的大青河游泳。刘君是安徽滁州人，合肥师范学院毕业。游至河水中央，我俩都翻了个身，仰泳起来。突然，我们俩的腿都抽筋了——山里的河水凉得激灵人，我们两个南方人哪里知道。我看看岸边，哪里有什么河岸，高高山砬子的峭壁使我产生错觉，如同掉进万丈深渊。我想，这下完了。

刹那间，天上飘来一朵云彩，我仰望云彩，幻化出溪水和拱桥、伽蓝和浮屠、大江和风帆、飞檐和回廊、母亲和父亲……我大声喊："快往回游。"我们忍着腿疼，奋力往回游，终于到了岸边。

在岸边，我和刘君相拥对视而笑，笑得流出眼泪，及至抱头痛哭起来。

我永远忘不了那次游泳那惊魂一刻——那是四十多年前，我们都才二十多岁。

2015年12月18日写于加拿大密西沙加

对谈东瀛（二章）

有这样一个弹孔

在古镇西溪八字桥南侧的东边，在王家巷的巷头，在一座旧式商铺的木板门上，有一个弹孔。

九十多岁的老父亲同我一起走到这里，他老人家举起拐杖，指着它说："这是当年日本鬼子的飞机用机关枪扫射留下的。"

弹孔，铜钱那么大小，孔口朝着斜上方，它确凿地证明这是来自空中的射击。

弹孔，遭遇大半个世纪的风霜雨雪，承载着老人的记忆：侵华日军肆虐践踏古镇西溪，烧杀、抢掠、奸淫、轰炸、扫射，无辜的百姓家破人亡，流离失所。鬼子用刺刀逼着他带路，他趁走到一个拐角处机智地钻进草堆，方得脱身和逃离。他，年轻的油坊老板，领着几位伙计，将海春轩塔的烽火铜顶和泰山寺门前的石狮埋进土里，免遭掠夺和毁坏……

弹孔，历经大半个世纪的春夏秋冬，见证了民族的历史：劫难和抗争，耻辱和奋斗，憎恨和热爱，创伤和修复，危亡和新生，泪水和笑容，黯淡和辉煌，沉沦和崛起……

我目不转睛地凝视着这个弹孔，眼前幻化出一道道景观，重叠的淤泥和摇曳的芦苇，万钧的雷霆和满天的彩霞，淋漓的鲜血和飘荡的红旗……

久久地，久久地，我仿佛在读一本读不完的巨著，犹如在看一部看不尽的大剧……

慕名而来西溪景区的远方游客朋友呀，请停下匆匆的脚步，来这里驻足，聚焦一下这个弹孔。

热情的记者、智慧的学人、辛劳的官员、精明的商贾、奋进的青年、活泼的儿童……我的父老乡亲呀！请放下手头的繁忙，来这里驻足，留意一下这个弹孔。

弹孔，它将给你别样的体验，别样的收益，别样的思维，别样的风情。

在古镇西溪，在八字桥侧，在王家巷头，有这样一个弹孔……

2015年6月25日写于中国大连

瀑布前的沉思

在日本滨松市城跡公园内，有一个叫东屋的轩，轩的旁边有一个叫大滝的景观。清晨，我都散步来这里，坐在轩边，欣赏这景观。我的面前，是一个小池塘，水深不足半米，水下是一层石子。我的对面，是一个瀑布，几块巨石坚挺地护卫着瀑布，巨石之间的缝隙里长起了许多小树，小树弯曲细长的树干伸向瀑布，树叶绿绿，层层绿色如轻云，阳光透过树叶，将光晃洒在树下的青苔绿草红花上。

瀑布悬挂在我的面前，粗看似白绫一匹，细看道道水流如琴弦，瀑布的声音如琴弦上发出的歌，如泣如诉，如时光老人向我这位异国的观察者和思考者叙说着日本民族的历史和现实。我凝神地看，沉默地听。

瀑布欢乐地称颂着这个民族曾经的荣光：率先改革，国家富强，远远走在东亚诸国的前列。

瀑布愤怒地谴责着这个民族后来的疯狂：以强凌弱，欺负邻国，两次发动战争侵略东亚诸国，烧杀抢掠，无恶不作，终被惩罚。

瀑布转而平稳地叙说这个民族的努力：在沮丧中反思，在废墟上重建，以坚韧和认真、勤劳和敬业，使国家又一次崛起，科技与教育领先。

瀑布又沉重地倾吐着这个民族的危机：欠缺忏悔，欠缺以史为鉴，少数人的狂妄企图可能又一次带来民族的灾难，将民族再次引向歧路，有识之士和善良民众在忧虑。

瀑布流进小池，小池的鱼儿在游弋，在觅食，在张望，在静思……忽儿，一条鱼儿跃出水面，向我点头，摆尾，致以问候！

我心里说：谢谢！十多天来，我已经领略到你们的文明、礼仪、友好、情谊，但是我更期盼的是理性的沉思。

鱼儿沉入水底，我知道了，它去沉思。

我也沉思：我们的沉沦和抗争、清醒和糊涂、成功和失败、醒悟和辉煌、梦幻和希望……

　　我在那里坐了许久。

2016 年 4 月 17 日写于日本滨松

绵长语丝（三章）

语丝三根

一

黄黄的落叶飘落在青青的草地上，于是，他们共同书写了一则关于春天的童话。

二

一片片将坠未坠的秋叶坚韧地挂在树枝上。风吹，不掉；雨打，不掉；霜冻，不掉；雪压，不掉。他们以生命的坚守等待着春天的新叶吐芽。

青绿的叶牙儿露出来的时候，他们就自己默默地静悄悄地掉落了。

三

大雁集队于高天飞翔，或人字形，或一字形，那是人道的呼唤，平等的呐喊。

多么壮烈的远行：前进与回顾，眷恋与决绝，豪迈与伤感，情爱与恨仇……全写进了他们悲怆的歌唱里了。

语丝又三根

一

常青的树，并非叶子常青，而是新叶不断替换旧叶，悄悄地。所以，你误以为叶子常青。

这是掉落树下满地焦黄的松针告诉我的。

二

秋日里，有这么几天，安大略湖的三文鱼洄游进河水，河里白花花一片，引来观者如织。

鱼儿说："河流再窄，也是故园。"

岸边的枫树回应道："叶儿再红，别忘黑土。"

三

一只大松鼠嘴里叼着一个苹果，甩动着长长的尾巴，在院子栅栏上面欢快地奔跑。

另一只小松鼠爬上了栅栏里的向日葵杆，爬上去，又掉下来，再爬上去，再掉下来，这次终于抓稳了，兴奋地啄起了葵花子。

别惊动它们，它们也要准备度过严冬呢！

语丝再三根

一

鸟儿在鸣叫，文人皆描绘为它在歌唱，说不定它是在恸哭呢！

二

花儿含苞，几分羞涩，是少女怀春了，做着美好的爱之梦呢！

她哪里料到：一旦开放，将面对风雨，承受尘埃啊！

三

早晨散步，见一只松鼠惨死在马路中央。一群乌鸦在树上喊着："呱！呱！呱！"

我皱了皱眉：怪不得，不祥之兆。

乌鸦不高兴了："你皱什么眉？我是提醒你要走人行道，过马路要小心呢！"

我惊奇地抬头看它们。

乌鸦埋怨道："你们呀！被它们喜鹊欺骗，冤枉我们乌鸦。几千年了，从精英到平民，从武士到文人，从老人到小孩，从……"

我愧煞，无语，沉闷了许多天。

2015年11月写于加拿大密西沙加

鸟飞鱼跃（四章）

鸟儿与池水

我梦见自己在郊外的一汪池水边。

池水分外地平静，没有一丝波纹。没有风，倒映在池水里的蓝天、白云、绿树、青草、红花也是分外地平静，一动也不动。这并非沉寂的平静，而是内含勃勃生机的祥和的平静。

我爱这平静，我久久地坐在池边。我也平静，倒映进了平静，生命融进了这平静，祥和的平静。

忽然，一只鸟儿从天上飞来，俯冲向池水，池水里倒映着鸟儿后背朝下奋勇向上的矫健。

鸟儿啄了一口水，池水出现了一圈圈涟漪，涟漪往四周扩散，直至轻轻地吻着池边。

鸟儿向天上奋飞，池水里倒映起鸟儿后背朝下掉入深渊的惊险，在圈圈涟漪里，模糊的，飘忽的。

鸟儿又飞来了，叽喳地叫着，带着祝福："我张扬起你的活力，见证了你的微笑。"

池水说："哎！你打破了我的祥和与平静，那是我心被啄食的疼痛，疼痛中的震颤。"

——我在胸部的绞痛中惊醒过来，浑身还在痉挛……

2015年12月4日写于加拿大密西沙加

观三文鱼洄游

今天是感恩节，下午，蓝天万里晴空无云，秋阳灿烂。在多伦多市一座公园里，树木色彩斑斓，芳草萋萋如茵，枫叶烧红了，似团团火焰，点缀着这壮丽的秋色。一条河流穿过公园，流向远方的大江大湖大海。河水上拦着一座座堤坝，堤坝上悬起一帘帘飞瀑。在这一帘帘两米高的飞瀑上，我看到了一幅神奇的图景：

一条条足足有半米长的硕大的三文鱼，拥挤着、依偎着、结伴着，在河水里向上洄游，它们逆流而上，顶着水浪，穿越石缝，拖着笨重而疲惫的身子，奋力前行。至飞瀑处，它们飞起腾空一跃，过堤坝，继续向前游去。再至飞瀑处，它们又飞起腾空一跃，过堤坝，继续向前游去。……有的跃不过去，倒下了，但不一会儿，又跃起，不屈不挠，坚定、坚强、坚韧……

——这是一群群母鱼，她们要回归上游产子。那大山深处的山涧，是她们的故乡。她们在那里产子后，就在故乡安息。

莫非是对故乡山水的思念，你们如此地归心似箭？

莫非故乡山水有最静谧的产房，你们要安祥地在那里做母亲？

莫非故乡山水有最美好的摇篮，你要让孩子们有欢乐的童年？

莫非是为了让子女们重复一遍父辈的艰辛，让他们也体会你们的依恋、怨艾、委屈、挣扎和奋进？

莫非是为了在生命的最后一刻身归故土，魂归故里，回到原点，勿忘初心？

莫非是为了回到母亲的坟茔，在那里陪伴亡灵，你们才能得到灵魂的慰藉？

河岸边，观者如潮。不同肤色不同服饰的男女老幼们欢呼着、雀跃着……一个个举起手机、相机和电脑，他们要定格这悲壮的回归。唯独我在思索：乡恋？期盼？回顾？感恩？初心？……

洄游的三文鱼啊！伟大的女性。我向你们致敬！

这是在秋天，在多伦多市，在一座公园里的奇景。

2016年10月10日写于加拿大密西沙加

静夜三忆

因为某种原因，我早早躺下了，在似睡未睡之时，忆起几件事。

一

很小很小的时候，家中买了一些鱼，其中有一条是鳜鱼。爷爷一看，这条鳜鱼肚子很大，还在蹦跶，活着呢。爷爷说："这是条母鱼，快做妈妈了，放生吧！"

爷爷一手拎着鱼，一手牵着我，来到家门前的小河边，让我把这条鱼放进了河水里。鱼一进河水里，马上摆动起尾巴，又回过头来，用眼睛看了看我，迅速地游远了。爷爷说："它看你一眼，记住你了，你以后有难，它会救你的。"

从此，这位鱼妈妈看我的眼神，永远烙在了我的心里。

七十年来，我经历了人生的许多沟沟坎坎，莫非都有这位鱼妈妈的精魂相护？它那深情的眼睛，莫非化为我头顶上天空中的一颗"幸运之星"？

二

十多年前的一天，我家来了亲戚。晚上，亲戚突然笑着问我："想吃鸽子肉吗？"我好生奇怪他的问话。于是，他拉我去房间，掀开窗帘：一只鸽子正伏在窗外的水泥窗檐上。亲戚说："这只鸽子可能是累极了，也可能是受了点儿伤，也可能是迷路了。"我说："选择我家窗檐休息，是信任我家，看得起我家，是我家的福分，好生招待。"我们抓了一把小米、一把小苞米碴子粒，放在鸽子面前，只见它啄叨起来。然后，我们才关窗休息。

第二天早晨，我拉起窗帘一看，鸽子已经飞走了，米粒也被它吃尽了。我望着晴朗的天空，祝福着它的平安！又默默祷告：若再受伤疲惫或迷路，这里还是你的栖居地。

三

去年冬天，我游泳归来，路上，见一只雀儿，飞不动了，在雪地上扑腾。我停下脚步，注视着它：冻的？伤的？……我想拣起它，带回家，喂它水，喂它食，等它正常了，放飞它回归大自然。然而，我又担心，若它将禽流感传染上我，多可怕。我犹豫着，彷徨着，徘徊着，走远了几步，又走了回去，反复了好几个来回，最终还是放弃了施救的念头。我羞愧于我的自私和怯懦，我的灵魂不安，遭遇着报应。冬天又来了，若再碰到这样的事，我又会如何？但愿再见不到这样的雀儿。

我躺在床上，反复回忆这三件事。忽然，我全身一个激灵，抖了一下。我方知我在似睡未睡之时似梦非梦之中，在静夜。

2017年11月28日写于加拿大密西沙加

鸟儿回家了

长女家在几年前的深秋时节搬至现在这幢房子时，门前有一高大的树，树上有一鸟窝，我还为此鸟窝写过一篇散文诗。

次年夏天，后院游泳池打开后，发现鸟儿在池面饮水，又留下不洁漂浮物。网上求教后，购买了三个塑胶猫头鹰等猛禽立于泳池旁，后院树上的鸟儿叽叽喳喳一阵子飞走了，再不来骚扰了。再过些时日，门前大树上的鸟儿也渐渐撤走了。鸟窝被废弃了，至今荡然无存。每当我仰望门前这棵大树原先的鸟窝处时，总有些怅然若失和遗憾。

今晨，家人告诉我，门外窗前松树上鸟儿叽喳，衔泥咬草飞进叶丛，又飞出去，似乎做窝了。我奇怪，松叶针状，鸟儿不怕刺？我走去一看，果然是鸟儿做窝了。这棵松树三米高左右，透过松叶绿丛细细观察，发现靠近树顶的枝丫上，鸟儿在里面做了一个很精致的窝：黑色的黏土似乎还湿润着呢！我很喜悦，告诉家人，鸟儿做窝落户，新来的邻居或客人，应善待之。鸟儿光临，是因为这里空气阳光环境好，安全又安详，是吉庆之兆，天人感应呢！

过些日子，将挂一小篮内置一小碟于窗外，放些小米，以招待这个看重我家的家族。——我想。

2018年4月26日写于加拿大密西沙加

花开山野（二章）

冰凌花，我今夜无眠礼赞你！

我四十多年前在牡丹江林区的学生洪平君发来八幅冰凌花开的照片。看那照片，一枝枝开得黄灿灿的花，煞是可爱：有的一枝独放，孤寂地自处；有的两枝并蒂，若情侣般依偎；有的三枝相聚，似谈笑着的"三人行"。

看那花下，是尚未融化的晶莹剔透的抔抔冰雪，冰雪边也偶尔露出紫色的藤蔓和藤蔓下绿色的青草。冰凌花就这样破冰开放着，顶着严寒，黄灿灿的。

冰凌花，她谦卑，没有自恃血统高贵者的傲慢；她低调，没有飞黄腾达者的狂妄；她乐观，没有病态才子的感伤；她素颜，没有时尚女性的浓妆。也许你会形容她凄美，甚至说她在冬末春初的北国严寒中被冻得黄惨惨的。那么你误会她了：她是淡泊以明志，恪守着她的尊严。

冰凌花静悄悄地开放在田野里，她报春，但不争芳斗艳；她颂春，但不招蜂引蝶；她闹春，但不惹是生非。她开放着，黄灿灿的，她不夭夭，也不灼灼，更不如火如荼。也许你会以为她冷漠，那么你错了：她的内心并非没有火样的热烈，要不然她怎么能于冰雪中开放，寒风凛冽中摇曳？

冰凌花，学名侧金盏花，她并非没有动人的故事，在东方传说中，她曾是一位美丽的村姑的名字，村姑为救民于饥饿而光脚踩着冰雪撒播野花菜的种子，才有了冰凌花；在西方神话里，她是美少年阿多尼斯的转世，她为安慰因自己的死而悲痛欲绝的恋人维纳斯。

冰凌花下是冰雪，冰雪下是藤蔓，藤蔓下是草地，草地下呢？是那厚实而肥沃的黑土地。啊！伟大的黑土地，道尽了冰凌花品格的全部密码信息！

冰凌花，我今夜无眠礼赞你！

2017年4月16日写于加拿大密西沙加

达子香，开放在北国春天的山野

张玲女士，又一位我四十多年前在牡丹江林区的学生，发来一组照片，说："今天去看达子香了，送给你看看。"

看那一朵朵一簇簇达子香，火红火红地盛开在北国春天的山野，我不禁想起当年在威虎山区深山沟里一个叫双桥子的地方教中学的日子。也是这个季节，一位女生早晨登山，采摘了一束达子香送给了我。我将花插到瓶子里，放在办公桌上，顿时，办公室一派明媚、闪亮、热烈、激情和芬芳。那花，映红了一个个同事的脸庞；香气四溢，沁人心脾。记得那女孩姓方，湘人，随部队转业的父亲到林区的。她如今也该是六十多岁的老奶奶了吧！

达子香，杜鹃科杜鹃属植物，又名金达莱、映山红、满山红、靠山红、山丹丹……如此佳名纷呈，莫非是人们不知如何用更好的词汇赞美她吧？每当晚春时节，那漫山遍野的火红火红的达子香，染红了天，照红了地，你会觉得仿佛置身童话世界，你会以为上苍倾倒下亿万桶红酒在流淌和喷洒。醉人啊！

达子香，开放在北国春天的山野。那里天蓝蓝、涧清清、草绿绿、岩砬峭峭、树林葱葱、灌木丛丛，那里是她的家。春天的山野给了她热烈、奔放、坚强、粗犷的品格，她也以这种品格回报山野，装扮春天，馨香水土，守护这一片天地。

达子香，开放在北国春天的山野。她如同那北国山林中的女性，少女热情、新妇爽朗、大嫂火辣。她们示爱，让你心旌摇荡；逗闹，让你浑身抓狂；暖言，让你热血沸腾。她们火辣辣地生活、劳作和抗争，播美好芳香，勤耕锄收藏，抗风霜雨雪，驱虎豹豺狼，识魑魅魍魉……

也许如鲁迅先生所云"魂灵被风沙打击得粗暴"吧，扬子江边里下河平原上长大的我，后来却因多年的林海雪原生活，更偏爱壮美而不是优美，偏爱蓬勃奋飞而不是滋润美艳，偏爱粗疏壮阔而不是雅致细腻。因而，我爱这火红火红地怒放在北国春天山野间的达子香，那是一个个燃烧着的生命啊！

2017年5月1日写于加拿大密西沙加

冬长春迟（四章）

残冬向早春的道别

因为某种原因，今日早晨我去郊外的一条峡谷散步，沿着峡谷底部的河流散心，见证了残冬与早春的交接和道别。

收敛着的朔气抵挡不过狂野的春风，节节败退了，但又不失绅士风度的恭谨。枯草恪守着对它呵护于身下的嫩绿草芽的承诺："待春风吹来，你蓬勃生长，我将腐烂，化成泥土，孕育你。"

坚韧地挂在树枝上一片冬季的黄叶，见新叶吐绿，知趣地掉落了，悄悄地。冷月细如丝，瘦弱地弯弯地挂在西天。它同东方朝阳仅仅打了一个照面，就落下去了，很识相呐！

落雁成群，呱呱叫着，讨论筹划南飞的路线。它们的脚在草地上扑打，似乎是同远方的燕子联结，发出信息，约定相遇的时间地点，小聚一下，然后各自奋飞。

河水欢快地流着，它载着碎冰，深情地对碎冰说："跟我一起走吧！没有你哪有我，我不能扔下你。你想留在高寒之地，我不愿意！"碎冰在水面上迟疑良久，转了几个圈，最终还是被河水带走了。我知道，它将很快融入河水，成为一体。

还有残雪，在阴冷处，早已失去了洁白晶莹。它似乎敏感于被讨厌，迅速地化成水，默默地，谦卑地。

返回的路上，见一房子阴面屋檐，尚有最后的冰溜子——记得儿时，家乡人们叫它"冻冻丁"——化着，滴着，这也是残冬对早春的告别式，水珠涟涟，似泪。我瞪了它一眼：哭什么？没出息！

我观察着、品味着、思索着，这残冬对早春的道别，感受着大自然的悲喜、歌哭、凉热，还有决绝与缠绵、生长与眷顾、冷漠与热恋……

2016年2月8日（农历正月初一）写于加拿大密西沙加

冰雨

你从高寒的云天下来，那里大气洁净，你不可能粘上附着物，也就成不了晶体，你也只是粒粒水珠。

你从高寒的云天下来，那么急切，那么纯真，那么充满激情。

莫非你是获得了大地回春的消息，莫非你以为大自然已是春光明媚，春色妖娆，草儿青青，树儿绿绿，山花吐红，鸟雀欢歌，蜜蜂在花丛唱起春词来了，鸳鸯在水边轻诉着情语，到处一片春之烂漫？

莫非你是要加入春天的合唱？莫非你是要参与春天的生机？莫非你是要献身于春天的湿润？莫非……

你来早了，你天真了，孩子！这里正是冬春交替，春来寒未退，残冬在做最后的抵抗，施展其暴戾和淫威。于是，低空的尘埃使你有了附着，低于摄氏零度的地表又使你冻成了冰粒。

你不能汇集为水流，你不能融入地表，你是冰雨。你张扬着你的个性，不同流合污，不轻易消失。你在坚守，在等待，坚守初心，等待骄阳。待到春光无垠，待到春风送暖，你才融化、消逝，献身于大地，浇灌于春天。

啊！冰雨，冰雨的人！

2016年3月25日写于加拿大密西沙加

初冬晨景

初冬的早晨，我去峡谷散步。

繁霜覆盖着旷野。草儿多已枯黄，但也有些呈出或点点或片片的绿色，显示着悲凉的坚守。灌木落尽了叶子，枝条稀疏地在瑟瑟寒风中微微抖动着，似乎对朔气发出弱弱的抗议："不。"大树也大都是光秃秃的了，无奈地见着最后的几片叶子离开了身子，在空中飘零，又掉到远处的地面上。少有的几只鸟儿，叽喳叫了几声，向大树做最后的道别。挺拔的大树阅历无数，坚强地包容着叶子的背离和鸟儿的远飞，并默默地祷告：祝福它们。

我走到一座桥上，扶着冰冷的铁栏杆，运动了一阵脖子和腰，然后凝视河水。河水流得缓慢极了，微波细漪下，可见河底的石块、水草。河水倒映着的已不是春之明媚夏之繁华秋之斑斓，而是一派纯净的蓝天。经历了又一次四时轮回，水流的声音也不是春之欢畅夏之喧哗秋之依恋，而是难有的淡定。我知道，河水在镇静地等待着承受那不可逃脱的冰封的来临。

大自然仿佛很凄清，但又很有别样的自信别样的"力之美"，平静地准备着酷寒的侵袭……

一对老年伴侣迎面走来，他俩手拉着手，互相搀扶着，朝我笑着："Good morning！"一位年轻女子手拿一只球，抛向远处，一声吆喝，爱犬飞奔过去，她在驯犬，对我连声致歉："Sorry！"一辆自行车从我身边飞快擦过，戴着头盔骑车的小伙子举起一只手向我问候。一只白色的壮硕的导盲犬，引领着主人徐徐前行，还不时回望着。……呵！浓浓的人间爱意，温热着这初冬的早晨，这温热，似乎在朔气中弥漫开来。

太阳升起来了，阳光不那么强烈，但暖意还是带来了，更使人觉得宝贵，值得珍惜。我在河边的长椅上坐了下来，继续领略着感悟着这初冬晨景。

2017年12月4日写于加拿大密西沙加

午夜，我漫步冰天雪地

我梦见故居旁溪水边的那棵参天大树。一阵飓风扑来，大树在摇晃，树干在抖动，树根在松动；不一会儿，飓风将大树连根拔起，大树轰然倒下。

我从梦中惊醒，手麻腿寒胸背直冒冷汗。我忽然担心：莫非家乡的亲人有什么不测，会不会这就是灵异现象？我睡不着，气闷、烦躁、难受，于是，穿起衣裳，悄悄地走出家门，在冰天雪地里漫步。

夜半的天空上挂着已缺口的月亮，给我一种残缺的美；寒星颗颗，眨着眼；街灯阑珊，光亮透过稀疏的树枝洒在雪地上，也留下了灰黑的树影；雪已经融化露出草地的所在，会见到斑斑绿色，不知是雪被呵护下的坚强的残生，还是早春的风催生的新绿？

街边幢幢小楼人家，台台汽车安卧在门前；窗帘紧闭，没有一家有灯光，人们皆在甜蜜的梦乡，我仿佛还能听到阵阵鼾声或丝丝呼吸。

　　突然，几只松鼠窜到我身边，奔走、跳跃，是我惊扰了它们的睡眠，还是它们陪伴了我的步行？

　　我漫步冰天雪地，感受着夜半，体味着冬的残迹和春的来临。我回味着所见：吞噬和蚕食，惊奇和调皮，纯洁和玷污，留恋和坚韧，蓬勃和更新，关爱和慰问，静谧和幽暗，打扰和同行……

　　我淡然一笑，惨惨地；我继续我的漫步冰天雪地，在夜半。我似乎听到自己的笑声和独步。

　　我走神了，踩上了薄冰，听到薄冰的撕裂；我一个趔趄，摔倒了；幸好，臀部落地，未曾有伤。——我又惊醒了！原来我做了个梦中梦。

　　我躺着，释自己的梦中梦，怎么也释不出，莫非还在梦中？这次可是真的醒来？

　　我披衣下床，打开电脑，接收着来自远方的"早安""你还好吗"的问候。我知道：地球那边，是晚上。我竟然热泪盈眶。

2019年2月24日写于加拿大密西沙加

秋静夏壮（三章）

静秋

我去峡谷散步，晚秋的清晨一片宁静。

蓝天上瓦状的白云列队般地一行行面向东方，迎接朝阳，一动也不动。色彩斑斓的树木，立在旷野上，枝叶一晃也不晃；连烧红了的枫树的火焰也是静止的。银白色的霜，覆盖在草地上，静悄悄地，草儿一点也不摇。远处偶尔有几声稀稀落落的鸟鸣的声音，但鸣叫声一过，天地间显得格外地平静。

我在峡谷的河水边找了一条长椅坐下，静静享受这静秋。河水静流，微波如根根长线，一字排开，向着下游依次静淌，没有一点儿水流声。即使撞上巨石，溅起浪花，也没有半点声响。我仰望天空，一架喷气式飞机掠过蓝天，也没有声响，只是拖出一条长长的白绸带，笔直笔直的，毫不飘舞，甚至连飘舞的意思也没有。

太阳升起来了！草地上的霜化成了晶莹的水珠，静悄悄地；水珠又被蒸发掉了，静悄悄地。草地更绿了，绿得鲜亮鲜亮的，静悄悄地。

我的心分外平静。一时间，似乎没有期盼也没有反顾，没有希望也没有失落，没有挚爱也没有伤害，没有充实也没有空虚，没有欢乐也没有悲哀，没有欣喜也没有苦闷，没有感恩也没有怨恨……

平静、平静……并非死寂的平静，并非恐惧的平静，而是如这天这地这树这草这水这石……保存着生机和坦然的平静，又似乎是连平静都没有的平静。

我享受着这份平静，我在这平静中终老？不，没有青春也没有终老，只有永恒的平静。我在平静中忘却了一切，也忘却了平静。

——我猛然醒悟过来，从平静中。口干，渴了；胃空，饿了；腹胀……我站起身，匆匆地；我往来路走回，匆匆地。我告别了这静秋之清晨，匆匆地……

2016年10月15日写于加拿大密西沙加

雨中走大峡谷之神思

晨，下雨。撑伞走峡谷。这几天天气忽暖忽凉，猛回升又骤降的气温，又逢秋雨，落叶潇潇直下，满地金黄。草地亦瞬间变得黄灿灿的了。

见一棵掉尽了叶子的树，光秃秃的。

我问之："你为什么纹丝不动？"

树答："我在做春天的梦，鸟儿还会来做窝的。"

我问落叶："你为什么也静静地躺着？"

落叶答："我梦见化成污泥沃土，让草儿再次变绿。"

我问草儿："你为什么也这么安详？"

草地答："我静待风雪，风雪过后还有春风。"

河边的落叶掉进了水里，打了几个旋，激起几道涟漪，然后又随流水浮走了。

我问水面上的黄叶："你为什么在水中打旋呢？"

黄叶答："那是对树的回望和依恋，是节令和风雨使它不得已扔下了我。"

我问流水："你浮起树叶流走，你的波纹为什么如惨惨的微笑？"

流水答："我浮着的是一个个被放逐和自我放逐的魂灵，我将带他们去大江大湖大海大洋享受在大浪中生命沉酣于飞扬中的大欢喜。"

雨停了，太阳出来了。我收起雨伞，梦一般地走回来了。

2016年10月写于加拿大密西沙加

夏日之傍晚

夏日之傍晚，我坐在北美州的一道大峡谷的一条长椅上。

我的面前是一条河流，河流这一侧有一座半园形的小岛。岛上绿草如茵，蒲公英的黄灿灿的花和白绒绒的球，点缀着这片草地；草地的中央有几棵松树，挺拔的树干、深绿色的针状的树叶，似守护着这座小岛的哨兵；草地上还有着几只鹿在游荡出没，煞是可爱。

我的左右、身后，河流的对面，皆是森林，参天的、粗壮的、低矮的、藤状的、匍匐的、张狂的……各式姿态的各种各类的树木，一片绿色，一片将我淹没着、笼罩着的绿色。

我注目着河流对面的天空，注目着这西天落山的太阳。太阳已收敛了强烈而又热烈的光芒，渐渐由白色变成橘红色再深红色，慢慢落进河流对面森林的后面。我看到一种落幕告别的庄严和辉煌。刹那间，森林由深绿色变成墨绿色再到黛色；刹那间，彤云飘起彩霞飞起；刹那间，天空的云霞和河水里倒映的云霞构成一片斑斓的世界……我知道，这一切是在向庄严而辉煌的落幕告别的太阳表示敬意和景仰。

河水的波纹若流动而闪光的琴弦，流水的声音是琴弦的歌唱。我看着、听着。这是一条从北方雪山飞奔而来流向大湖大海大洋的河川，这歌唱是诉说和倾吐：眷顾和前瞻、回忆和向往、现状和梦想、恩爱和怨恨、荣耀和屈辱、欢乐和苦涩、兴奋和忧伤……

晚风吹起，送来阵阵清凉。树木摇晃起来了，像远方亲人招手呼唤摆手致意。鸟儿叫起来了，一声声一阵阵，是老鸟呼喊小鸟归巢的期盼和小鸟应答老鸟回窝的欢快之和鸣哪！树木的摇晃荡漾起我的心旌，老凤雏凤的和鸣更是纠结着我的心房。

天色更暗了，月亮挂在东方的天幕上了。圆圆的玉盘，散发着温柔的光，银也似的洒向大地，也洒在我的身上。我知道：这是爱，各式各样的爱，博大而又深沉的爱，爱得真诚爱得朦胧爱得清纯爱得迷茫爱得坚守爱得彷徨。

我站起身子，在月色下走回家。——是夜，月色一直透过南窗伴着我的或深睡或无眠。

2018年5月28日写于加拿大密西沙加

天地之间（四章）

天与地的争吵

一场"倒春寒"刚过，下午，我去大峡谷散步。我在河边的一条长椅上坐下休息，迎面是西斜的阳光。我在稍感暖和中打起盹儿来。梦中，我听到天与地的争吵。

地：仲春了，你怎么给我一场"倒春寒"？

天：我给了你多少天春阳，融去了你河里的冰，你的河水也不欢畅地流淌；我给了你多少天春风，化去了你地上的雪，你的地面也不迅即地泛绿。你不珍惜，还怨我？

地：你怎么还下起了雪？

天：我的热泪，掉到你那里，你冷落了它，才结为雪，那是我的热泪之魂。

地：你怎么让云彩变黑了？

天：那是它生气了，若它一点儿脾气都没有，你还把它当回事？

地：你怎么让太阳进了云层后面？

天：那是它的尊严，它暖洋洋地照射你那么多天，你草不青、叶不绿、花不开……它觉得没意思。

地：怎么鸟雀还不来为我唱歌，野鹿也不来为我跳舞？

天：（发火了，生气了）你想百鸟朝凤百兽拜狮？你以为你是谁？我亿兆星球，仅你得我独厚，给你水和空气，让你有苔藓海藻树木花草生长，让你有从草履虫到哺乳动物到人类繁衍，你不懂珍惜。你以为你是谁？

地：(无语)……

"阿嚏"！——我在一个喷嚏中惊醒，但见蓝天白云风和日丽，天地是如此祥和。

我珍惜这次"窃听"，珍惜春天，珍惜时光，珍惜造化赐我的一切美好，匆忙赶回家，记下这个白日梦。

2018年3月18日写于加拿大密西沙加

一只孤独站立的水鸟

下午，我去峡谷散步。我看到在河水中央露出水面的石头上，站立着一只孤独的水鸟。

我不知道它是什么水鸟，也看不出它是先生还是女士。

它在这乍暖还寒的春日里站立，细长的腿、乌黑的毛、深红的喙……很美。

它孤独地站立着，身边是河水的涟漪、波纹和河水拍打石头而溅起的浪花；河岸边有开始返青的草和正在吐绿的树。阳光灿烂，向大地洒来光和热；蓝天万里无云，不时有飞机掠过。

它孤独地站立着，像是在期盼什么，莫非是要迎接一个更加迷人的春天：芳草如茵、鲜花盛开、树叶浓绿、鸟雀叽喳，河水流得更加欢乐，如歌如舞。

它孤独地站立着，像是在思念什么，莫非是要等待远方的亲人、友人和恋人。

它孤独地站立着，像是在回忆什么，莫非是要回顾童年的欢乐与迷惘，少年的梦幻和局促，青年的奋进和纠结，还有那数不清的恩的滋润和怨的激励，爱的付出和情的回应。

它孤独地站立着，像是在忏悔什么，莫非是要反省自己的过失：捕食了那么多无辜的生灵如小鱼、飞虫，伤害了那么多无言的生命如践踩嫩苗咬断幼枝，还污染过河水和沙石。

我注视着这只孤独站立的水鸟，水鸟似乎也注视到了我的注视。我猛然看到水鸟转动起眼睛，似乎流淌出了泪水。我的眼睛也湿润了，眼前一片模糊。

在河水中央露出水面的石头上，站立着一只孤独的水鸟……

2018年3月22日写于加拿大密西沙加

跨年

东半球，2019；西半球，2018。

我从西半球向东半球发去信息：早安！2019！

又加上：东亚诸国，最早进入2019！领跑全球！东方欲晓，莫道君行早！

于是：热情的祝福、欢乐的表情包、精美的视频……

还有：灯笼盏盏高挂、爆竹声声除旧、飞雪阵阵迎新……

若红梅怒放、夏荷盛开、秋叶红遍、冰挂晶莹……

玉指按键：真的诚挚、善的会心、美的歌唱、爱的翔舞……

电波交响：鲜花盛开、焰火冲天、鸟雀和鸣、鲲鹏扶摇……

星星在夜空闪烁，眨着调皮的眼睛；下弦月悬挂着，那么纯真，那么柔情……

是夜，我们，美美地——跨年！

2019年1月1日写于加拿大密西沙加

落日如斯言说

吉鹏兄问晚霞："你为什么如此绚丽多彩？"

落日抢答："先生！那是我一掷身中的迟暮。"

吉鹏兄转问落日："何必如此？"

落日解释道："反正黑夜即将来临，横竖我必将离去，我释放了我的所有：爱恨、恩怨、情仇、喜忧、乐悲、绝恋……所以你才看到了绚丽。"

吉鹏兄又对落日说："可是你明天还会从东方升起啊！"

落日叹问道："哎！你还学者呢！可知古希腊哲学家赫拉克利特说的'人不能两次踏进同一条河流'，'太阳每天都是新的'。"

吉鹏兄恍然大悟："噢！赫拉克利特？想起来了，恩格斯高度评价过他呢！"

对谈中，夜幕降临。星星抢在月亮前面点起了灯。

2019年8月18日写于加拿大密西沙加

下编 诗歌

青春离乡（五首）

题记：2017年夏回国，整理旧物，得青年时代所写诗作若干首。虽纸片已发黄甚至脆断，仍不忍弃之，因为它们毕竟承载一段心史，折射一个时代。故带至异国他乡，陆续整理出来，对个别文字稍有改动。

告别家乡

让我再俯瞰一下这明净的溪水，溪水里的鱼儿和浮萍；
让我再仰望一下这闪亮的塔尖，塔尖上的飞鸽和苍鹰。
不是我不爱你呀！
我的家乡。
男儿有男儿的苦衷，
男儿有男儿的志向。
我的心胸难以忍受身边的景象，
我的目光只能注视遥远的地方。
何处没有蓝天上白云飘荡，
何处没有旷野里溪水流淌？
哪里都有草儿嫩绿花儿芬芳，
哪里都有牛羊撒欢庄稼生长。

1967年冬于江苏东台西溪

金色的海螺

送上一枚金色的海螺,
海螺唱出我心底的歌:
莫要稀罕沙滩的松软,
莫要痴听海市的传说。
送上一枚金色的海螺,
海螺唱出我心底的歌:
学习才是那人生之本,
奋斗才是那幸福之母。
送上一枚金色的海螺,
海螺唱出我心底的歌:
真正自由在风浪深处,
击水中流须青春做伴。

1968 年春于北戴河附近海滨

虎砬英姿

似一只猛虎啊!
雄踞在高山之巅,
昂首、俯身、卷尾。
守着地,望着天。
白云为你作披巾,
苍鹰盘旋来致敬。
青河浪花拍峭壁啊!
车轮滚滚汽笛鸣。
抖身摇落满天星,
化作露水挂树叶。
看户户缕缕炊烟啊!
望东方一轮红日。
凝视晚霞烧天边,

群山罩进青雾霭。
山下灯火山头星啊!
月牙儿悄悄贴近你。
千里雷声万里闪,
风暴雨狂灌木摧。
山青松翠你更美啊!
彩虹作环戴项颈。
钢轨锃亮映山水,
松涛澎湃响云天。
望不断的运输线啊!
冰凌花向你报春讯。
似一只猛虎啊!
守着地,望着天。
地,人民的地啊!
天,人民的天。

1970年5月5日于双桥子

补注:虎砬,老虎砬子,形似老虎的巨岩,位于牡丹江林区柴河林业局一个叫做双桥子的地方。双桥子是森林铁路在深山的枢纽,因两座铁路桥而得名,林业局森林铁路处在这里设有工区。我就在这里的一所中学任教。

山海关抒情

山海关,
雄踞山海间。
燕山尖顶青似箭,
渤海湾水绿如蓝。
而今我来山海关,
遥望北山南海间。
走长城且攀山脊,
指天边又观沧海。

我呼山——

山抖动。

我唤海——

海呐喊。

摸城墙青砖湿漉漉,

莫非泪斑斑?

看大路碎石红殷殷,

岂是血惨惨?

如烟往事眼前过,

却似弹指一挥间。

歌声阵阵展旌旗,

车轮滚滚过山关。

山海关,

雄踞山海间。

画廊飞檐振巨翅,

古老中华换新颜。

1972 年 1 月下旬于山海关

补注:时为冬日,从牡丹江林区回家乡江苏东台过寒假,经停山海关,游之。同行者有江苏同乡同事兄嫂二人。

端阳

昔寄骚魂汨罗江,

今采香草北大荒。

飧露不唯追往诗,

江山代代吐芬芳。

深山学园 ［六首（组）］

题记：同上一组诗《青春离乡》一样，这一组诗也是从半个世纪前留下的旧纸片上抄出的，也是历史的痕迹；在作者及同代人，重温一段人生；在年轻的读者，从某一侧面了解一下那个非常年代；有生活，就有诗。

听孙、于二位老师唱歌

歌声迎来了东方的朝阳，
唱散了云雾像吹起的轻纱。
又用歌声烧红了西天，
唱起了一片五彩云霞。
春天的歌融去了山岗的积雪，
秋天的歌催熟了田野的庄稼。
唱红了沙果压弯了树枝，
唱得那南山开放起烂漫的花。

1968 年 8 月 23 日于双桥子

补注：孙、于，皆当年柴河林业局第三中学女教师。

1974 年 6 月 24 日于北大荒

校园即景

小号兵
像军号嘹亮,
我听见了——
炮声隆隆,
杀声震天。
我看见了——
冲出战壕的钢枪,
红旗插上了一个个城头,
一道道山梁。
像汽笛长鸣,
我听见了——
车轮嘎嘎,
铁轨颤动。
我看见了——
呼啸前行的列车,
巨龙跨越在一片片旷野,
一座座桥梁。
我爱你鼓腮的模样,
使劲地吹吧!
吹散了晨雾,
一轮红日升起在东方。

小鼓手

敲起来,敲起来,
敲起来吧!打小鼓的姑娘。
我爱看你那灵巧的双手,
爱你咚咚鼓点打在我们心房。
敲起来,敲起来,

敲起来吧！打小鼓的姑娘。
我爱看你那坚定的步伐，
爱你嚓嚓脚步踩往时代方向。

1969年于双桥子

补注：柴河林业局第三中学虽在深山沟，却有一支号鼓队，每有重大活动，其为一景观也。

体育运动会

观团体操红花舞

阳光里，
青山下，
处处开红花。
花儿香，
花儿美，
雨露滋润她。
红花开朵朵，
唱不完激情的歌，
说不尽知心的话。

致某短跑选手

像骏马脱缰，
如飞矢离弦；
快过夏夜的流星，
迅若天空的闪电。
扶起跌倒的同伴，
又赶前争得第一；
刚刚赛完了百米，
又立刻去跑接力。

问你哪来这股劲，
你抬头望着远方：
"大路宽广又漫长，
永远都在起跑点。"

新的高度

裁判员把跳杆向上一挪，
钢尺量出了新的高度，
"现在的高度：一米三五。"
跳过去！那里是敌方铁丝网，
跨过去！哪怕它是刀丛剑树，
前面是人民的地和土。
跳杆不断升上新的高度，
思想也继续着新的高度，
思想的高度是重要因素。

1971年6月2日于柴河

补注：林业局学生军体运动大会，我受命主编会刊《军体战报》，这些诗，发表于该油印小报，至今犹存！

学农组诗

晨起

山中云雾满沟谷，
云雾山中响晨钟。
师生早起望东方，
红霞万道飞心窝。

出工

一轮红日东方升，
彩云万朵映群山。

师生银锄扛在肩，
英姿飒爽去出勤。

开荒

镐头扬起铁臂挥，
师生汗水地上滴。
挖山不止山且移，
石头疙瘩变良田。

拔草

田中棵棵黄豆苗，
苗下隐藏几根草。
草苗水火不相容，
拔去杂草变肥料。

游泳

青河水涨波浪翻，
青河水上白烟起。
双手劈开三尺浪，
极目蓝天分外清。

晚课

晚霞映天红似火，
搬来树墩当凳坐。
膝盖为桌摊开书，
且上一堂哲学课。
猪倌举手要先说：
赶猪要赶老母猪，
仔猪乖乖跟腚转，
多种矛盾得找主。
师傅拿出两把锄：

好锄方可干好活，
生产工具是条件，
劳动态度亦要素。
夜雾四起笼青河，
河水哗哗震山窝。
青河流水永不腐，
辩证法则万年转。

谈心

田埂上漫步，
瓜架旁坐下。
老师和学生，
拉起知心话。
"白天错怪你，
怨我没调查。"
"还是我不对，
爱听恭维话。"
满天繁星闪，
明月当空挂。
夜露润大地，
瓜儿又长大。

1970年7月于柴河林业局深山沟一〇九农场

补注：一〇九农场，柴河林业局双桥子沟里森林铁路一〇九号路牌处，为柴河林业局第三中学校办农场，当时我常带学生来此学农。青河，大青河，从深山沟流出，经大青林场、双桥子、荒沟等地，在三道河子处汇入牡丹江水。

筑路歌

汽笛唤,车儿开,
风卷旗帜过山崖。
满车笑声满车歌,
师生筑路来开山。

近山——
峭壁悬崖猿胆寒。

远山——
绵延起伏至天外。
钢轨蜿蜒绕山拐,
银光闪烁映深山。
但见苍山如大海,
不尽波涛滚滚来。

抡铁斧,砍灌木,
舞银锄,割荆棘。
拉起大锯放倒树,
筑路先将"道引"开。

云雾为我披轻纱,
露珠为你湿衣衫。
林中小鸟惊飞起,
叽喳不停畅心怀。

哼呀挂来轻呀起,
抬开木头清路基。
号子连天震山野,
开路英雄多豪迈。

举臂膀，挥镐头，
石粒如玉沙似金。
笼火堆，驱蚊蝇，
浓烟滚滚进密林。

姑娘晃起细长辫，
土篮挑起劲步飞。
小伙抓挠后脑勺，
传土绳索新发明。

昨日进度翻一番，
今天又要争先进。
忽闻山间炮声隆，
崩云乱石满天飞。

金色大道穿密林，
筑路师生路上行。
"我们走在大路上……"
青山云蒸又霞蔚。

1971年夏于晨光林场筑路工地

补注：晨光林场为柴河林业局最深的山沟里的林场，我常带学生去"学工"，进深山筑路，住帐篷，饮山涧，啃窝头，啖咸菜……一去就是月余。

怀念恩来（二首）

梅园新村赞

这是一条普通的街巷，
这是一座平常的庭院。
松柏滴翠，葡萄蔓藤，
门牌：30，梅园新村。

不！这是一道坚固的战壕，
子弹密集射向人民的敌人。
这是一把锋利的刀刃，
寒光闪烁刺向反动派大亨。

抬头望，紫金山顶松涛阵阵，
仿佛召唤着解放大军。
侧耳听，扬子江水波涛滚滚，
礁石岂能挡奔海行程。

虽说是深入虎穴谈判斗争，
雄辩谈吐连着北方的炮声。
总统府那边冷惨惨阴森森，

这儿正在迎接新中国之春。
且看桌子上璀璨的雨花石,
晶莹纯洁象征着它的主人。
神州大地缅怀着这段业绩,
敬爱的周总理在梅园新村。

1977年春于牡丹江市西山

补注:1976年秋,中国发生惊天变化。民众被压抑了的对周恩来总理的悼念情感迸发出来了,余亦如此。在次年春的悼念活动中,忆及负笈金陵时参观梅园新村中共代表团驻地旧址,写诗纪念之。

致一位歌手

似一淙山泉,
叮叮咚咚,
拨动着我的心弦。
如一夜春雨,
咚咚叮叮,
敲打着我的心扉。
我看见你哭,
泪珠像烛泪一样晶莹,
眼神灯火般地灼热。
唱的是——
"十里长街送总理,
灵车万众心相随。"
我看见你笑,
两颊如桃花一样绯红,
嘴角春水般地荡漾。
唱的是——
"一举粉碎'四人帮',

各族人民喜盈盈。"
你的歌叫我如此流连，
睡梦里还在鼓掌啊！
夜里醒来几回回。
你的歌启示我——
憎恶鬼蜮，热爱光明；
诅咒严冬，珍惜春天。

　　　　　　　1977年春于牡丹江市西山

逝者如斯（三首）

时光，我的时光

日月在穿梭中运行，
大地在四时中变色，
江河在奔腾中呼喊，
生命在繁衍中张扬，
呵！时光，我亲爱的时光。

挺立的海春轩塔，
见证着一座古镇的沧桑；
葱绿的桂树，
诉说着一个院落的荣辱；
老巷人家平俗的生活，
抹不去心惊肉跳的记忆；
泰东河上的小火轮，
送出儿女载走恩爱怨恨；
呵！时光，我无情的时光。

扬子江畔古都的随园，
自习室的灯光是那么柔和；

完达山里林海的工区,
落日的余晖唤起户户炊烟;
青城南门外的奶茶馆,
炒米伴着朗朗书声飘香;
马栏河边的古树银杏,
树枝一茬果实树干一圈年轮;
呵!时光,我青春的时光。

春来的燕子诱惑起浓浓乡恋,
远去的云彩捎走了悠悠相思;
暮鼓促我眷顾那匆匆的以往,
晨钟催我奋起那长长的未来;
呵!我紧紧拥抱你,我的时光。

2002年年底于大连

呵!岁月

古刹的钟声,
唤起了东方的黎明;
投林的归鸟,
向西天的落霞吻别。

弯弯的月牙,
起起落落变成玉盘高挂;
轻轻伴奏的是,
大海的潮汐。

冬去春来,
大地又一次在沉睡中苏醒;
雁走燕归,

蓝天呈现起音符和韵律。
年轻人笑谈岁月如歌，
中年人感慨往事如烟，
老年人恍悟人生如梦，
天真？无奈？悲情？

往古的哲人在水边：
"逝者如斯夫⋯⋯"
近代的革命家在马上：
"踏遍青山人未老"。

一位文化巨人平淡而深邃：
活着——"赶快做"，
死去——"随便党"，
于是超越时空纵横古今。
"却顾所来径，
苍苍横翠微。"
谁个不是一路蹒跚的步履，
谁个不是两行深浅的脚印。

深深的鱼尾纹，
悄悄地爬上了少妇的眼边；
孩子长高了、长大了，
告别了青春的是母亲。

白霜偷偷地，
染上了中年男的双鬓；
倔强的老汉，
时光野蛮地压弯腰压低肩。

呵！岁月，这就是岁月，
静静地、残忍地、永恒地，
掀起生活的一页又一页，
催逼着老，催生着新。

问广袤的阡陌，问无垠的星空，
问远古的哲人，问未来的超人，
凭谁答我：什么才是春绿永驻？
凭谁应我：如何才能万古长青？

2005年年底于大连

年华·生命

题记：昔者诗人臧克家有《自己的写照》，这首诗是我的"自己的写照"。

寂静的产院里，
传出新生婴儿的阵阵啼哭；
荒漠的旷野上，
呈现悼念亡人的堆堆纸灰。

谛听春天的深夜，
新笋噼啪地叫喊；
在生长的喜悦中，
细雨叩击着竹林。

仰望秋日的长空，
大雁集队着呼喊；
在远征的悲壮里，
白云抚爱着蓝天。

姑娘们舞动婀娜的曲线，
鱼尾纹爬上少妇的眼眉，
老阿婆轻摩银发的头顶，
这就是年华、生命。

小伙子展示勃发的青春，
灰白色染上汉子的双鬓，
老头儿佝偻摇晃的身躯，
这就是年华、生命。

冬天的寒夜我离开母腹呱呱坠地，
鬼子的飞机轰炸在头顶，
去乡下，去田野躲避，
妈妈把襁褓中的我紧抱着抱得紧。

内战硝烟迎来东方黎明，
咿呀学唱"解放区的天是明朗的天"，
瞬间过去的是金色童年，
包袱也沉重地压上了少年双肩。

红领巾辉映着红旗的星，
灿烂的阳光照耀着胸前，
灰云雾遮蔽着蓝天的清，
无情的歧视伤害着心尖。

虎踞龙盘的石头城，
雨花台、鸡鸣寺、明孝陵，
诉说着朝代兴衰历史更替时代变迁，
熏陶起一个沉思的青年。

飞檐画廊的随园，
自习室、图书馆、报告厅，
承载着风流琴韵慷慨悲歌学理诗情，
滋润了一颗求知的心灵。

完达山的深山老林，
沟涧里一粒粒石子圆润，
树墩上一圈圈年轮分明，
启迪着厚重和尊严。

青城的塞外风光，
大地上骏马奔腾，
苍天下水绿山翠，
召唤着清新和奋进。

渤海波涛翻滚着激情，
蕴藏深邃是大师经典；
古树银杏培植着敬畏，
芙蓉盛开烧红了热烈。

见过东去的扬子江水吗，
时光就是这样永远流逝；
见过冲天的草原雄鹰吗，
命运就是这样迎接挑战。

敲响新年的钟声吧，
倾听春天的光临；
珍惜美好的年华吧，
高扬鲜活的生命。

2006年年底于大连

隔代情深（八首）

飞，海轩飞远了！

飞，海轩飞远了！
冲向那蓝蓝的天空，
还有那苍茫的云海；
天空有灿烂的骄阳，
云海有涌动的波浪。

飞，海轩飞远了！
跃过那宽阔的大洋，
还有那广袤的土地；
大洋有水鸟在翱翔，
土地有丰富的蕴藏。

飞，海轩飞远了！
绽开那朗朗的脸庞，
还有那闪动的目光；
脸庞有姥爷的吻痕，
目光有童真的希望。

飞,海轩飞远了!
摆动那小小的手掌,
还有那鼓胀的背囊;
手掌有先辈的纹路,
背囊有世代的风光。

2005年8月25日于大连

致外孙海轩

一条黄黄的安检线,
我在外边,你在里面;
你张开笑脸,摆动手掌,
笑脸上有惊惶,也有憧憬,
手掌挥去了时光,
掀开了人生的新页。

一汪蓝蓝的太平洋,
我在此岸,你在彼岸;
你拿起电话,发出问候,
电话里有流连,也有欢欣,
问候夹带着童真,
拓开了家世的新天。

一个悠悠的甲子期,
我在前头,你在后头;
你甩开臂膀,快步前行;
臂膀间有云烟,也有朝晖,
前行摆脱了轮回,
描画了时代的新篇。

2005年9月7日于大连

鸟窝

前年的冬天，
树叶落尽了。
我抱着你，指着树梢：
这是鸟窝。

去年的冬天，
树叶又落尽了。
你领着我，指着树梢：
那是鸟窝。

今年的冬天，
树叶落尽了。
一只老鸟，叫在树梢：
召唤着、祝福着远方的鸟窝。

2006 年 1 月底农历乙酉年岁末于大连

糖葫芦

暮春的时候，
你想要一串糖葫芦。
于是我抱着你，
走遍条条街巷户户店铺。

初夏的日子，
你想要一串糖葫芦。
于是我一个人，
找遍条条街巷户户店铺。

一位大嫂笑话我：

这季节哪里有糖葫芦?
我还是执着地,
跑遍条条街巷户户店铺。
冬天到来了,
满街都叫卖着糖葫芦。
你已经远走高飞,
我依然看遍条条街巷户户店铺。

一串串糖葫芦串起一个个希望,
一串串糖葫芦好似一支支烛光。
数不清的糖葫芦像燃烧的火把,
温暖着、焦灼着我的心房。

2006年1月底农历乙酉年岁末于大连

燕子的故事

前年的夏日,
我天天抱着你去看燕子,
看燕子衔泥做窝,
看燕子哺育幼雏。

我问你燕子去哪里觅食,
你向着南山摆动双臂:飞呀,飞。
我问你燕妈妈如何喂小燕子,
你马上与我嘴对着嘴。

我问你燕妈妈老了小燕子怎么办,
你又向着南山摆动双臂:飞呀,飞。
我问你小燕子如何喂燕妈妈,
你又马上与我嘴对着嘴。

清晨暴风雨惊雷夹带闪电,
雨后我抱着你再去看燕子。
燕子窝已被雷震塌,
小燕子掉在地上哭泣。

刹时出现惊人的一幕,
燕爸燕妈突击修小窝。
将小燕子一个个抬进新居,
各叼着儿女的左右翅奋起。

从此你脑海留下了映画,
从此你心灵打上了烙印。
奋斗才有辉煌的生命,
亲情才是永恒的慰藉。

2006年1月底农历乙酉年岁末于大连

飞！飞——

一群麻雀在草地觅食,
你跑过去,摆动小手:
飞！飞——
麻雀"呼"地钻进树林,
叽叽喳喳叫个不停。

一群喜鹊在枝头欢叫,
你仰起头,挥动小手:
飞！飞——
喜鹊"呼"地跃上屋顶,
嬉嬉闹闹歌舞蹁跹。

一群白鸽在屋顶嬉戏，
你跳跃起，舞动小手：
飞！飞——
白鸽"呼"地冲向蓝天，
闪闪烁烁展翅高飞。

而今，麻雀又在草地觅食，
喜鹊还在枝头欢叫，
白鸽仍在屋脊嬉戏，
你童稚的身影依然在眼前：
飞！飞——飞走的却是你！

2006年2月12日丙戌年元宵节于大连

闻海天降生口占

大洋彼岸捷讯到，
海轩又添弟弟了。
大连东台速相传，
喜鹊枝头春意闹。

男娃取名王海天，
法理情义皆周到。
母子平安众欢乐，
家庭和谐真美妙。

2006年12月31日于大连

闻海岳学步成功

从网上看到在日本北海道的外孙海岳学步成功,喜作。

我们的小海岳,
歪歪扭扭地走出第一步;
身边是父母热烈的希望,
远处是祖辈急切的目光。

你咯咯笑着,
体验着挑战的欢畅;
你哇哇喊着,
沐浴着胜利的光芒。

这一步,穿过大片天空,
看!臂肘间云起云飞;
这一步,跨越两个海峡,
听!腿胯下潮落潮涨。

挺胸,心间四海云水,
抬头,前程五洲风光;
足履,踩出深深脚印,
步伐,踏起咚咚声响。

今天学步时摇摇晃晃,
明朝呼啸中前进成长;
此刻在榻榻米尝试走路,
未来仗剑天涯地久天长。

2007年1月3日于大连

西溪杂咏（十首）

题记：西溪，又名晏溪，苏北东台西郊小镇。汉代孝子董永故事出于此；唐代平倭古战场；宋代三任宰相在此任职。古迹传说，历代相传；唐塔宋寺，相映生辉。此乃余之故乡。2007年10月下旬，携外孙返里，小住几天，杂咏于此。

三里路

西溪在台城西郊三里，一条古林荫道称为"三里路"。

东边河水，
西边芦荡。
青砖铺成的大道，
两旁槐树成行。
这就是"三里路"，
连接着台城和西乡。

遥想当年的货郎，
小鼓儿摇得直响。
披着晚霞回城，
担着朝霞下乡。
妈妈盼着布料针线，

我盯着那彩纸包的棒棒糖。

而今路已经废弃,
寂寞地在那里静养。
毗邻平行起一条公路,
汽车卷起谷香飞扬。
新路上熙熙攘攘,
我独在旧道上徜徉。

傅家舍

汉代孝子传说中傅员外所在村落,称傅家舍。

菜畦碧绿,
民居漂亮。
田埂旁草儿发黄,
溪水里鱼儿游荡。

难觅仙女下凡的处所,
不见卖身葬父的董郎。
但闻晒场脱粒机轰响,
欢声笑语伴新稻上场。

缫丝井

古缫丝井,为帮夫君董永还债,七仙女缫丝织锦取水之处。

俯身洁白的井栏,
但见一眼井水。
水面似圆圆的明镜,
清晰地照见了人脸。

想仙女在这里打水,
奔跑着婀娜的芳姿。
偷闲中照镜梳妆,
描画眼眉拨理云鬓。

晏溪

晏溪既是溪水又是镇名,为纪念宋代名相晏殊。

这是一条明澈的溪水,
拱桥座座横跨在上面。
两行街道依着它蜿蜒,
民居飞出俚语和炊烟。

鱼儿在水中嬉戏,
涟漪飘荡在水面。
桥洞中飞出了小船,
竹篙在水影里折成弧形。

海春轩塔

海春轩塔,唐代尉迟恭建。

一座七层的浮屠,
高高地在这里耸立。
一说为定海的神针,
一说为远行的航标。

这里曾是海岸线,
如今平原一望无垠。

宝塔见证了历史,
诉说着沧海桑田。

建塔前曾有一轩,
船工渔夫轩里休息。
宝塔因轩而得名,
而轩早不见踪迹。

苍鹰在高空盘旋,
鸽子在田间觅食。
游人在这里伫立,
敬奠创造与尊严。

泰山寺

泰山护国禅寺,宋代庙宇。

这是一座古老的寺庙,
天妃宫供奉着一位女神。
她曾救民于洪灾,
带给尘世一片福音。

古庙香火不断,
善男信女虔诚殷切。
女神端庄慈善,
保佑人间安宁。

古庙曾经遭劫,
拆除得干干净净。
新时期得以恢复,

晨钟暮鼓重生光辉。

古庙曾肃穆庄严，
非如今日时尚飘逸。
僧人曾声和面善，
不似而今张扬开心。

范公读书亭遗址

宋相范仲淹曾在此主政水利盐务，建读书亭于水中央。

四面环水，一座土墩，
依然能听到书声和琴韵。
先忧于天下，后乐于天下，
贤相范公曾在这里主政。

飞鸟投林，落花有情，
流水依依叹息轻轻。
渴求朗日，期盼蓝天，
呼唤着勤政和清廉。

王协顺油米厂旧址

王协顺油米厂，东台民族工业先驱之一，原址在海春轩塔旁。

不见河里运粮的大船，
但见粮仓已改成民舍。
不闻岸上机器的轰鸣，
又闻鸡叫清晨狗吠夜霭。

晒场旁的柿子树已历百年，

见证着生的坚强老的苍劲。
诉说着创业者的艰辛，
称颂着劳动者的汗水。

院子里桂花树又盛开了，
幽幽清香飘向四野。
白花朵朵似泪水滴滴，
我匍匐着：母亲，母亲！

八字桥

　　通济、广济两座拱桥在"T"字形溪水相汇处连成"八"字，合称八字桥，宋范仲淹建。

两条溪水来相汇，
两座小桥紧相连。
青砖锯齿状排列，
桥面为老幼方便。
大理石字迹苍劲，
范仲淹亲题桥名。

桥栏平静地凸起，
护卫着人们前行。
桥下有潺潺流水，
波纹如根根琴弦。
建桥人柔情爱心，
为政者心有百姓。

曾传唱一首童谣：
"八字桥上卖醪糟，

蒋介石呀要完消。"

负荷过历史沉重,
又哪堪历史作贱。
桥曾愤怒地陷塌,
它也自有其尊严。
后在保护中修缮,
生活也恢复安宁。

桥头有集市商店,
卖蔬菜杂货饼面。
无一声叫卖吆喝,
见张张淳朴笑脸。
桥拱起坚实背脊,
担当起父老乡亲。

犁木街的传说

犁木街,西溪的一条街道。

一个叫做王三的放牛郎,
勤劳却贫穷震惊了上苍。
雷雨中天赐给《犁木神书》,
王三就从此变成了木匠。

犁木铺布满了西溪街坊,
木业兴旺辈出能工巧匠。
犁杖坚实精良销往八乡,
木匠技高艺强名扬四方。

犁杖除旧布新翻出沃土，
到处棉花丰收稻谷飘香。
西溪儿女远走异国他乡，
心怀犁杖耕耘播种希望。

2007年10月下旬于江苏东台西溪

校园杂感（四首）

北山通道

翻越北山的通道，
劈开成片的绿色，
野猫在通道边自由来往，
山风在通道旁欢畅飘荡。

水泥铸浇的台阶，
夹着书，背着包，匆匆忙忙，
牛仔裤、连衣裙，熙熙攘攘，
攀登——向上，放松——下降。

冷冷的栏杆，
隔不住树的清香、花的芬芳；
灰灰的天棚，
挡不住天的蓝蓝、日的朗朗。

这就是我们的生活，
我们的学校，我们的教育；
天棚的外面涂着红色，
火龙一样的在阳光下闪亮。

孔子雕像

去年夏天的一个上午，
起重机拉来一块巨石，
往文科楼前草坪一放
——噢！原来是孔子雕像。

雕像是旗帜，
寄托光复文明的理想；
雕像也会是招幌，
还魂的幽灵借机游荡。

雕像是传统，
标示尊师重教的风尚；
雕像也会是口红，
为校园点缀"文化"妆。

呵，我的天！
你笑容可掬又尊贵有加；
"万世师表"的孔子，
万能的孔子雕像。

古树银杏

春光里你以新绿唤起万物苏醒，
夏日中你枝叶婆娑托起一片浓荫，
秋风起你献给世界沉甸甸的果实。
呵！校园里的古树银杏。

你见证过日俄争霸的硝烟，
你亲历过抗日战争的烽火，

在晨曦中你迎来新中国的黎明。
呵！校园里的古树银杏。

当年闯关东的人用泪珠浇湿你身下的土地，
而今攻关的学子用书声伴唱你树叶的摇曳，
欢乐的喜鹊跳耀在枝头舞动朝霞和雾霭。
呵！校园里的古树银杏。

炮火弹皮摧残你树干更挺拔，
凄风苦雨冲击你神智更苍劲，
苍天保佑厚土养育包容飞鸟的也是你呵！
银杏，我的导师，我的父亲。

日本文学碑

庄重小巧的诗碑，
拱起在校园深处；
镌刻着"弟弟你不能死"，
衬托那一片绿荫。

军国主义阴霾笼罩东瀛，
花季少年变成了战争炮灰；
善良勇敢的女诗人啊，
写下了呼喊反战的强音。

而今我在诗碑旁伫立，
静听女诗人的心音：
热爱和平珍视生命。
乌云散尽还我东亚蓝天。

2008年岁末于大连

初到加国（六首）

观尼亚加拉大瀑布

一水中分隔两国，
小岛岔开双瀑布。
绿白巨帘挂峭壁，
雾气化雨洒江天。
游人如织凭栏边，
长桥似虹架双壁。
飞瀑直下惊水鸟，
小艇劈波冲浪归。

2013年4月28日于加美边境

游多伦多高地公园

绿草黄花铺织锦，
杂彩生树撩人心。
松柏立坡顶高天，
杨柳傍湖戏碧水。
迎春杜鹃尚吐红，
逢夏紫樱正落英。
更喜七色郁金香，

却似游客展笑靥。

2013 年 5 月 11 日于加拿大多伦多

有感于加国校车

加国校车真威风,
行走街衢载学童。
四面张开"STOP",
来往车辆停成龙。

2013 年 5 月 17 日于加拿大密西沙加

在密西沙加市湖滨公园

波浪轻轻地爬上了湖岸,
温柔地吻着礁石拍着沙滩。
黄花静躺在绿草坪上,
羞涩地等待着垂杨的抚爱。

远处的天空下,
徜徉着白色的风帆。
近处的水面上,
天鹅云集水鸟飞翔安详又自在。

一顶顶帐篷绽放了,
如花儿朵朵盛开。
一缕缕炊烟升起了,
幻化成天上的云彩。

孩童嬉戏神态天真活泼,
老人散步笑容悠闲慈爱。
面包夹着花的芬芳树的清香,

还有北美的阳光和牛肉蔬菜。

2013年5月19日于加拿大密西沙加

访白求恩故居

这里是北美的一座小镇,
这里有普通的一所民居,
这里诞生了一位杰出的医生,
这里孕育了一个伟大的灵魂。

路边的红花燃烧你生活激情,
旷野的绿草启发你永葆青春,
参天的大树教导你在民众中深深扎根,
蒙蒙的细雨告诉你人生如土壤要用爱来滋润。

于是你,多伦多大学的优秀医学生,
天才的发明家、公共卫生事业的倡导人,
扑向了那灾难深重的东方,
走进了那硝烟弥漫的战争。

我仿佛看见你灯光微弱下手术的双手,
你战火纷飞中奔波的身影,
你活得那么充实:为人类、为平民、为士兵,
你活得那么真实:呐喊和沉静,狂喜和极悲。

你说过,你的人生因中国而改变。
恰恰在那里你闭上双眼,停止呼吸,
滚滚的黄河水写下了你的正义事业,
厚重的老百姓记住了你的浓重恩情。

这里是北美的一座小镇，
这里有普通的一所民居，
这里启迪人们：什么叫平凡而伟大，
这里启迪人们：怎样才是"大写的人"。

致敬！普通民居、北美小镇，
致敬！红花、绿草、大树、细雨，
致敬！充实而真实的人生，
致敬！诺尔曼·白求恩。

2013年7月7日于加拿大白求恩故居

野营组诗

一

驱车高速数百里，
休伦湖畔把营扎。
帐篷绽开朵朵花，
密林深处安起家。

二

折椅打开设沙龙，
树间拉绳当衣架。
阳光透叶光圈晃，
松鼠奔跑窜上下。

三

天蓝云白水蓝蓝，
树绿花红草绿绿。
童稚湖边嬉闹打，
水枪互射玩细沙。

四

成人深水秀身材,
男士健美女婀娜。
充气小船行湖边,
为抗波浪奋力划。

五

近处白鸥展翅飞,
点水冲天又盘旋。
远处突来摩托艇,
浪花拖成长尾巴。

六

木船只只踩又划,
桨影落在白莲花。
母女双骑进绿海,
少妇牵犬如诗画。

七

天晚汽灯树上挂,
涮羊肉来烤茭瓜。
分享友人牛肉面,
川味不辣却很麻。

八

熊熊篝火映树杈,
火灰深处埋地瓜。
少儿林间追逐忙,
倩女看书优且雅。

九

星星眨眼萤火闪，
弯弯月牙树梢挂。
静听湖水拍岸声，
草虫低吟狗吠"哇"。

十

遥想当年正风华
伐木林海度生涯。
梦里依稀完达山，
景物人事仿如昨。

十一

阵阵布谷惊梦醒，
林间树木露晨曦。
朝露沾鞋湿衣裤，
鸟叫枝头唤红霞。

2013年7月13—15日于加拿大休伦湖畔森林公园

枫国风情（八首）

小溪

小溪的流水潺潺，
养护着怀中的鱼儿。
鱼儿说："谢谢你！小溪，使我生存。"
小溪说："有你在心里游走，我好快活。"

小溪的流水潺潺，
滋养着岸边的草儿。
草儿说："谢谢你！小溪，给我青春。"
小溪说："有你在我身旁陪伴，我好喜欢。"

2014年2月27日于加拿大密西沙加

晨风

晨风轻轻地吹着，
催得彤云远行。
带出了满天朝晖。
彤云说："谢谢你！晨风，给力。"
晨风说："你证明我存在，我好欣慰。"

晨风轻轻地吹着，
推得绿树摇曳，
泛起了满眼碧波。
绿树说："谢谢你！晨风，给力。"
晨风说："你展示我生命，我好开心。"

2014 年 2 月 28 日于加拿大密西沙加

一对野鸭子

后园里有一座小小的游泳池，
春天到了飞来一对野鸭子，
它俩凫水嬉戏还不时亲昵，
这真应验了那句"水暖鸭先知"。

想留住它俩怕弄脏了水池，
撵走又不舍这对可爱的夫妻，
真是"TO BE OR NOT TO BE"[1]，
两难选择有许多人生道理。

前进与后退，奋勇与犹疑，
忠诚与背叛，执着与松弛，
献身与保全，坚守与放弃……
我们总在不断抉择中完善自己。

2015 年 4 月 5 日于加拿大密西沙加

春日踏青，诗以咏之

一

驱车高速半小时，

1　TO BE OR NOT TO BE，生存还是毁灭。

密市郊外来踏青,
国家自然保护区,
心形湖水映春日。

二

同游老少数十人,
子女为缘而亲近,
一拨皆因同班生,
一拨都在冰球队。

三

又是一年芳草绿,
又是一年树见叶,
又是一年花吐蕊,
孩子进步大人欣。

四

巨树粗壮直参天,
钢丝铁索桥相接,
少年行走高空间,
挑战恐惧玩惊险。

五

桦树白来松柏青,
榆杉橡枫连成片,
有一灌木特稀奇,
红干红枝若火焰。

六

树木遮天且蔽日,
微风和煦空气清,
心旷神怡精神爽,

天然氧吧深呼吸。

七

环湖小道五公里,
有快跑者有慢行,
更有情侣走并肩,
宠犬其后乐颠颠。

八

湖面水波漪涟涟,
天鹅俯首天外归,
野鸭仰脖欢歌迎,
无有雅俗和贵贱。

九

草坪野餐甚热烈,
各家美食大比拼,
糕团粉棕果饺面,
火鸡酱肉鱼虾鲜。

十

吾家带来传统味,
芝麻椒盐糖酥饼,
众人皆赞很专业,
讨教做法求秘密。

十一

啤酒果汁又香槟,
易拉罐来塑料瓶,
叮叮咣咣互碰杯,
祝福人生永春天。

十二

唠家常来话生计,
议论子女谈事业,
童稚嬉闹玩飞碟,
欢声伴着笑语飞。

十三

清理场地讲文明,
收拾物品互道别,
车轮转起把家回,
日落西山彩霞飞。

2017 年 4 月 14 日于加拿大密西沙加

春夜偶成

梦中忽觉足心凉,
醒来方知被衾敞。
细思人生冷暖事,
悄然晨曦染叶窗。

2017 年 3 月 20 日于加拿大密西沙加

春日散步偶拾

残冰化水水吞冰,
枯茎吐绿绿压茎。
仰首涌泪问上苍,
新陈代谢岂无情?
悲歌慷慨"满江红",
喜唱青春"艳阳天"。
河流野鸭丛林鸟,
老凤稚雏齐和鸣。

2017 年 3 月 20 日于加拿大密西沙加

注:"满江红",指宋代岳飞词,后人谱曲为歌;"艳阳天",指当代电影《柳堡的故事》主题插曲《九九艳阳天》。这两首歌余常唱之,或高歌或低吟,前者抒未酬壮志,后者解思乡情结。

夸张医

梅县少年客家娃,
十一岁来加拿大。
学业精湛事有成,
良医济世众皆夸。

2016年于加拿大密西沙加

赞张医诊室置其两千金玉照

加国一对姐妹花,
盛开良医张君家。
南粤绿野传芬芳,
北美红叶映丽娃。
慈父悬壶济苍生,
爱女展颜吐英华。
怡人诊室播温馨,
仲景后裔美天下。

2018年6月27日于加拿大密西沙加

注:张医,张姓医生,籍贯广东梅县,客家人,十一岁来加拿大。

生命意象（四首）

筑台与挖坟——读鲁迅先生《坟》偶感

旷野里，我筑成了一座高高的台，
不远处留下了一个取土的坑。
那台，托起了我的眺望我的众神，
承载着我的魂。
这坑，埋藏了我的皮囊我的肉身，
呵！它是我的坟。

2015年4月4日于加拿大密西沙加

我生命中的意象

一条奔腾的激流，
带来深山的回响，
冲刷我心头哀伤。
它曾遇顽石阻挡，
几乎被击成碎浪。

一堆旺盛的篝火，
燃烧青春的能量，
温暖我冰凉身体。
它深藏内心灰暗，

示人以通红闪亮。

一朵清纯的美莲，
玉立绿叶的碧浪，
抚慰我胸中迷茫。
它根植沃泥水塘，
播送着馨香芬芳。

一片洁白的云彩，
高扬天空的荡漾，
陪伴我雁飞悲壮。
它深知远行寂寞，
呼唤起电闪雷响。

心爱的激流篝火，
心爱的美莲云彩，
情之所系心之所寄，
生之所依命之所傍。
啊！我生命中的意象！

2016年夏于日本滨松

自嘲

牙疼且腮肿，
凌晨惊梦醒。
著文又涌动，
暮鼓当晨钟。

2017年3月18日于加拿大密西沙加

梦中偶拾：带血的钥匙

一把钥匙，
打开了心锁。
喷发热血，
燃烧起烈火。
火烁钥匙，
艳丽如花朵。
知己若此，
真情皆是血。

> 2019年5月17日于加拿大密西沙加

乡思乡恋（四首）

思乡

绿波滚滚翻麦田，
蓝天晶晶白云飞。
薄雾轻轻隐花蕊，
小溪潺潺润芳馨。
故里水土佳风光，
家园物华蕴诗情。
我欲因之梦相知，
共享良辰品美景。

2016年12月25日于加拿大密西沙加

献视频"东台踩街"

西溪宝塔蓝天映，
东台长街巨龙飞。
敲锣打鼓闹新春，
欢声笑语众乡亲。

2018年2月16日于加拿大密西沙加

春日思家乡东台

唐塔一柱擎蓝天,
宋堤两侧薰风吹。
菜花灿灿麦苗青,
桑叶绿绿芦苇碧。
燕子衔泥飞屋檐,
鱼儿摆尾戏溪水。
最是令人神驰处,
东海西乡遍春烟。

2018年3月12日于加拿大密西沙加

注:唐塔,海春轩塔,在东台市西郊古镇西溪,唐代尉迟恭建;宋堤,范公堤,古代黄海沿岸防风防海潮堤坝,今为通榆公路路基,宋代范仲淹监西溪盐仓时主持修建;东海西乡,东台人称范公堤东为东海、西为西乡。

观视频《东台闹春》

一、出发地:古镇西溪

缫丝井倒映着仙女的倩影,
古槐树见证了忠贞的爱恋。
海春轩召引过渔帆的回归,
八字桥镌刻上范公的题名。
贤相晏殊"一曲新词酒一杯",
花谢草衰却唤来欢乐春燕。
这片历经沧桑的古老土地,
深情埋藏城市的文化基因。

二、父老乡亲

又聆亲切的乡音,
重逢厚重的乡亲。

大嫂如少女嫩气,
老伯似小伙矫健。
你我轻增添一岁,
他们悄升任父辈。
奋斗催生了幸福,
辛劳与笑容相随。

三、十里长街

阳光洒向长街如银,
那是亲民之爱的初心。
楼宇亲吻白云如恋,
那是发展之盼的冲天。
车流旗流花流人流,
释放激情宣泄着热烈。
绿化带轻拥防护栏,
安宁百姓传递了温馨。

四、狮、龙和麒麟

狮蹲狮跑狮跃狮吼起,
中华民族醒来创神奇。
龙摇龙腾龙舞龙飞起,
江淮儿女进取展英姿。
那高高举起的麒麟啊!
春回大地满城祥瑞气。
串场河奔流连黄海呦!
东台人新春蓬勃起始。

五、彩车、花船、腰鼓和连箱

彩车姑娘扭肩红绸带飘扬无垠春光,
花船女郎摇身紫木桨搅动春水荡漾。
腰间鼓点咚咚嗒嗒如同春雨叩心房,

手中青竹嚓嚓叮叮却似春雷震土壤。
堤东的风劲迈着啊，西乡的水清甜！
挡不住的春烟缭绕在东台大地飘扬。
传统的民俗艺术呀，时代的精神旺！
涌不尽的春潮澎湃在东台故事流淌。

　　　2019年2月6日农历正月初二于加拿大密西沙加

抚今追昔（三首）

忆童年夏夜纳凉

夕阳敛余光，玉盘挂天上。
妇人聚院内，闲言话家常。
男人聊大天，生意或农桑。
女孩染指甲，凤仙花汁淌。
端起长条凳，紧身上面躺。
摇起芭蕉扇，驱蚊敲身上。
赌气待蚊咬，噼啪一巴掌。
仰脸数星星，银河白又亮。
织女闪泪花，牛郎担孩筐。
七友似汤匙，北斗指方向。
偶有彗星落，皆云损大将。
闪闪萤火虫，精灵飞身旁。
悠悠睡着了，晨露惊梦香。
启明东天挂，天已蒙蒙亮。
迷糊揉睡眼，不知在何方。

2016 年 7 月 16 日于日本浜松

丙申岁末抚今追昔诗草

一

童稚哪懂世事艰,
新衣新鞋新年盼。
点燃爆竹掩耳逃,
兜装花生逛宝塔。

二

成人方知行路难,
归心似箭万里赶。
到家恰遇被抄家,
凄苦尴尬熬年关。

三

霹雳金秋换新颜,
春风化雨洒人间。
意气风发别妻雏,
负笈青城再登攀。

四

曾发豆油曰团拜,
美女挂历娇容灿。
又尚电话贺新春,
今道吉祥且键按。

五

儿女闯荡居海外,
孙辈喜进"天才班"。
老夫云游高天处,
祝福中华挺世间。

2017年1月25日丙申岁末于加拿大密西沙加

忆惜·大丰

童稚早知前途忧，
年幼负笈离家走。
火轮承载青春梦，
汽笛鸣喊公平求。
课堂润泽知识浓，
校园挥洒才情稠。
父执教诲人生路，
师长催发学海舟。
短街纵伸书坊美，
长桥横跨河水悠。
往事历历若昨日，
旧情绵绵缠心头。

注：大丰、负笈、火轮：余年十二离家乘小火轮去邻县大丰读初中，历经三年。父执：家父挚友、恩师郭葆立先生，家父拜托其代为监护。短街、书坊：时大丰县城仅短街一两条，但新华书店很显眼，余假日常去站立柜旁蹭书阅读。大桥：大丰县城有一大河穿过，河上有一大而长之水泥桥，余常站立桥上观水望乡思远。

2018年4月12日于加拿大密西沙加

东瀛屐痕（两首）

我在春天里来到日本仙台

我在春天里来到日本仙台，
我寻访着青年鲁迅的踪迹。
我走进仙台医专阶梯教室，
我朝拜我心中的伟大丰碑。

翻阅周树人君解剖学笔记，
红笔批改承载学术和友谊。
讲台上晃动着藤野严九郎，
不修边幅专注事业的身影。

我在第三排中间静静坐下，
认真体验周君听课的专心。
异国青年正沉浸青春梦幻，
救治同胞并促进祖国维新。

忽然间我见到了幻灯银幕，
砍头的凶残和看客的呆痴。
耳边响起一阵狂热的欢呼，

我毛骨悚然又感浑身战栗。

我仿佛见到周君眼噙泪水,
牙咬直响那拳头握得紧紧。
我又谛听到周君心底剧痛,
独自悲愤离去的脚步声音。

祖父的下狱和父亲的重病,
家道中落人们势利的眼睛。
民众麻木和国家危在旦夕,
一下涌进了周君年轻的心。

青年的周君从医之梦幻灭,
人国理想和立人道路显现。
现代文化巨人从这里迈步,
文学的新时代在这里拓展。

新青年莽原出现在我眼前,
朝华北斗和语丝无所顾忌。
我看到一幅幅力之美版画,
战争死亡母亲的珂勒惠支。

我读到了呐喊彷徨和野草,
热风坟华盖还有而已而已。
先生身边簇拥着文学青年,
柔石殷夫还有雪峰和丁玲。

我听到狂人救救孩子呼声,
还有祥林嫂我真傻的絮叨。
我看到子君无墓碑的新坟,

连殳在狼嚎宴子敖在咒诅。

大地上雷鸣电闪刀光剑影,
飘动的篝火和冲锋的红缨。
扬子江奔腾和黄河在怒吼,
民族挺立起浴火重生魂灵。

我站在藤野和鲁迅的像前,
深深三鞠躬致以我的敬奠。
这里是仙台医专阶梯教室,
这里是中国文学海外圣殿。

2016年春夏之交于日本浜松

汉俳试作百句

题记：汉俳，仿日本俳句体式之中文韵文也。中日文化交流之果实尔。初为日本俳句译作，后有中文直接创作，赵朴初先生为之定型，得中日两国诗人学人认同。余试作百首，奉呈诸君。

〇〇一、蓝天白云上，银翼电火闪舷窗，春飞太平洋。
〇〇二、遥望富士山，红霞衬托紫云翻，雪盖峰腰皑。
〇〇三、俯视东京湾，大洋春浪拍海岸，彩桥架其间。
〇〇四、车过都城晚，高楼隧道灯光灿，路边樱花闪。
〇〇五、古城浜松街，春夜灯火已阑珊，树影轻摇曳。
〇〇六、车停人进宅，春寒顿消暖意来，孙儿睡正酣。
〇〇七、樱花映日开，粉红嫩白如雨落，风吹衣衫沾。
〇〇八、天守阁城跡，白墙黑瓦翘飞檐，石阶跃山顶。
〇〇九、日式小园林，绿树青竹池中影，鱼翔野鸭飞。
〇一〇、小瀑击巨岩，水珠溅起红花开，芳草伴青苔。
〇一一、草坪名芝生，众人齐做广播操，林中飞曲声。

〇一二、白帆逐快艇，碧波荡漾纹粼粼，湖水曰佐鸣。
〇一三、仙台朝圣来，阶梯教室周君影，悟得寒暖炎。
〇一四、拜观佐藤屋，后园巨树门前梅，芋梗难下咽。
〇一五、登高望风景，青叶城迹广濑川，辉映山水情。
〇一六、军国阴魂在，侵华军马享丰碑，真是臭无赖。
〇一七、男体山下碑，女性歧视禁其进，而今成笑柄。
〇一八、中禅寺湖美，青山碧水迎朝晖，夜落满天星。
〇一九、水落鬼怒川，白绸飘带绕山转，大滝飞瀑悬。
〇二〇、松原在三保，绿色屏障阻海涛，巨石飞浪敲。
〇二一、巫女不听邪，勇闻山门遭惩戒，化石众人拜。
〇二二、富士体园锥，云雾缭绕雪映日，圣光银闪闪。
〇二三、云开晴朗天，富士倒影展玉扇，湖中神奇现。
〇二四、绝景山中湖，碧水舒展若天鹅，绿野织锦罗。
〇二五、弟弟不能死，控诉君主把民害，才女与谢野。
〇二六、欢悦春宵夜，发乱鬓松颂情爱，礼教纲常解。
〇二七、奈良唐招提，鉴真东渡建佛寺，文化播友谊。
〇二八、故国赞遗德，扬州琼花伴墓穴，绿树生机勃。
〇二九、祥云照佛殿，木鱼磬鼓烛光闪，僧尼诚诵经。
〇三〇、若草山胜景，神兽游客两相随，幼鹿跪母边。
〇三一、京都清水寺，长寿健康且智慧，饮泉尝甘霖。
〇三二、古都神奇景，青山环抱镜池影，金银二阁映。
〇三三、东西本愿寺，慈眉善目神定志，气娴众僧尼。
〇三四、岚山好风光，渡月二桥飞桂川，众寺绿野上。
〇三五、绿坡立诗碑，雨中岚山阳光现，周公青春影。
〇三六、车行绿野间，峭壁悬崖路盘山，飞瀑落巨峡。
〇三七、车流火龙舞，街灯繁星两璀璨，京都明月夜。
〇三八、天蓝海蓝蓝，山绿地绿茶林绿，喷灌展雨伞。
〇三九、草茵红花开，水田如镜秧苗栽，绿树聚农舍。
〇四〇、牵牛傍篱开，橘挂枝头绿叶埋，浜松城郊外。
〇四一、日光小城来，东照神富藏卧猫，武士受崇拜。

〇四二、小城有神桥，红弧青川划一道，信女尽折腰。
〇四三、广泽小学舍，青嫩幼竹唱校歌，和平颂万代。
〇四四、大才出名校，诺贝尔奖天野浩，师生齐荣耀。
〇四五、风雨樱花谢，桃李玉兰丁香开，红白紫黄蓝。
〇四六、民居街巷窄，奇花异草见盆栽，美乃普世爱。
〇四七、蒙蒙细雨来，龟哼蛙鸣野鸭喊，小路爬螃蟹。
〇四八、芦苇绿湖岸，细嫩幼竹立草丛，竹叶轻摇曳。
〇四九、少妇褪罩衫，紧扎腰间山上攀，曲线好性感。
〇五〇、水边好热闹，男女老幼绕湖跑，莫道晨练早。
〇五一、凌晨惊梦醒，鸦叫林间护崽切，母爱皆共性。
〇五二、杨柳万千条，桑椹满枝紫色娆，树下薰衣草。
〇五三、岸边净水槽，绿化浮礁水上飘，景观又环保。
〇五四、早晨单车奔，上学路中男女生，朝阳伴青春。
〇五五、风吹萧艾香，金银花开菰蒲边，芦苇多清新。
〇五六、芝生广场边，幼儿塑像藏绿荫，放鸽祈和平。
〇五七、峭崖峡谷险，山间吊桥跨天堑，晃动若秋千。
〇五八、森林红松下，红莓蓝莓满绿荫，甜美口生津。
〇五九、街巷民居间，冬青翠柏又黄杨，绿色篱笆墙。
〇六〇、薄雾晨风吹，红花一朵笑篱沿，佳人喜相随。
〇六一、滴答滴滴答，如梦如幻如枕话，深夜听雨下。
〇六二、雨下哗啦啦，如泣如诉如呜咽，声声心头打。
〇六三、暴风骤雨下，如哭如喊如号啕，凄厉浑身麻。
〇六四、古战场方阵，刀光剑影战鼓打，群雄争天下。
〇六五、风雨千百载，但见绿树开红花，历史人民画。
〇六六、远古民居展，蚬蚸遗迹衬大厦，时代大变化。
〇六七、浜松梅雨季，云低天暗湿草地，阶绿苔滑腻。
〇六八、云开一缝隙，鸟啼唤日显一线，人间见光明。
〇六九、偶尔天放晴，阳光白云又蓝天，空气好新鲜。
〇七〇、天灾龙卷风，百姓伤亡损失重，盐阜我民众。
〇七一、家乡临阜宁，同门诸君问详情，师生心相连。

〇七二、异国夜梦醒，故里故园常萦回，依稀童年影。
〇七三、城西海道桥，火轮划出两波涛，拖驳如龙绕。
〇七四、青砖路三里，芦荡碧水浮菱叶，槐花香两边。
〇七五、炊烟傅家舍，董永卖身葬老爸，水绕农户家。
〇七六、石栏缫丝井，水清如镜织锦缎，纤纤仙女影。
〇七七、古街曰犁木，锤声叮当锯声嚓，淬火响噼啪。
〇七八、如虹通圣桥，青砖拱起连禅寺，扁舟水上飘。
〇七九、古刹泰山寺，金碧辉煌供天后，救民泽国里。
〇八〇、双桥八字形，两溪"丁"形来交汇，范贤题桥名。
〇八一、晏殊开晏溪，船儿摇橹撑篙行，鱼戏起涟漪。
〇八二、深长王家巷，耕读人家三槐堂，先祖自南方。
〇八三、泰东河水清，海春轩塔顶蓝天，唐代尉迟建。
〇八四、有祠名三贤，夷简晏殊范仲淹，公道在民心。
〇八五、河边到唐观，蜘蛛织网护明主，世代美传说。
〇八六、尼庵三官殿，国歌声中改学堂，稚童书声朗。
〇八七、范公读书亭，孤山环水傲然立，清风颂廉勤。
〇八八、小寺拜观音，洪水飘来石如莲，烛火伴香烟。
〇八九、协顺油米厂，平砖铺砌大晒场，机器轰隆响。
〇九〇、米香飘八方，榨油酿酒制饴糖，码头船儿旺。
〇九一、溪水流门前，鸟儿筑窝桑椹落，高树婆娑影。
〇九二、花墙环故园，扁豆紫荚挂绿叶，藤蔓爬上面。
〇九三、房上结南瓜，瓜红叶绿蓝天下，彩色压黑瓦。
〇九四、香橼黄灿灿，桃粉梨白沙枣青，石榴红艳艳。
〇九五、月季红墙根，喇叭花开紫一片，野美刺蔷薇。
〇九六、蚕豆荚鼓鼓，茄紫菜绿冬瓜青，嫩葱翠畦沿。
〇九七、冬雪捕麻雀，竹扁盖饵木条顶，拉绳远处盯。
〇九八、喜见报春燕，衔泥咬草飞堂前，叽喳叫不停。
〇九九、夏夜晚风凉，仰卧竹榻找牛郎，北斗睐朔方。
一〇〇、萧瑟秋风起，大雁集队字人一，悲壮恸高天。

2016年夏于日本浜松

注：前面大半部分写在日本所游所见所闻所感所思，后面小半部分写怀念记忆中的故里故园和童年时光。汉俳似皆三个短句按"五、七、五"组成，以为不难，实际上很不好写，难以写得精致。试作百句，心存敬畏，就此搁笔。

尘海百感（四首）

有感于外国政要及民众贺"中国年"

政要美言雄狮醒，
媒体新版公鸡鸣。
商家处处彩灯挂，
民间户户水饺品。
"东亚病夫"成旧影，
"少年中国"立今天。
四海皆贺吉年春，
五洲共庆华人年。

2017年1月26日丙申岁末于加拿大密西沙加

有感于电视剧《风筝》

血雨腥风压神州，
生灵涂炭何时休？
钢筋铁骨铸英杰，
虎穴狼窝显身手。
红霞辉煌白云稠，
信仰坚定阔步走。
火眼金睛察人世，

屈伸敛扬皆自由。
厚情重义生之舟,
男儿知恩恨仇雠。
伤天害理终报应,
债有主来冤有头。
华夏巾帼立潮头,
芳姿侠气芬心柔。
几多红颜为知音,
草根女性更一筹。
山高峰峻江河流,
阡陌纵横汽笛吼。
自古历史人民创,
五湖四海百姓有。
旌旗飘荡耀城楼,
英雄涌泪致敬酬。
百年风雨世纪梦,
民族复兴傲全球。

2018 年 1 月 20 日于加拿大密西沙加

偶感于天气和人情

冬春夏秋季节换,
冷暖炎凉气候转。
雨露风霜天地旋,
升迁沉浮运命川。
恩爱恨怨人间梭,
欣喜憾悲何如苦。
知情知义知四周,
阅你阅他阅自我。

2018 年 4 月 20 日于加拿大密西沙加

诗赞视频《雁阵》

期盼温润,
拥抱暖阳,
北来的雁阵啊!
飞向南方,
整饬浩荡。

拒绝严冬,
抛却酷寒,
南往的雁阵啊!
告别北方,
威武雄壮。

鸣叫凄厉,
呼唤悠长,
"人""一"的雁阵啊!
平等追求,
人性力量。

云流青山,
风抚峡谷,
前行的雁阵啊!
母爱领队,
女神之光。

遵循鸟道,
坚韧顽强,
奋进的雁阵啊!
豪迈悲壮,
诗与远方。

注：视频《雁阵》，岳阳市江豚保护协会、《岳阳地理》2019年10月制作并播出。

2019年10月21日于加拿大密西沙加

悼念亡者（四首）

敬悼周洪生夫人史大夫

忆昔史医正风华，
端庄优雅衣白褂。
柔语问诊轻针扎，
悬壶济世泽万家。

2016年7月28日于日本浜松

注：周洪生，20世纪70年代我在牡丹江林业师范学校任教时的同事，中文专业教研组组长；史大夫，时为牡丹江林业学校校医。

恩师屈正平周年忌日感怀

一

汝南翩翩美少年，
开封孜孜好才情。
树人青城燃红烛，
讲学草原播芳馨。
阴山云低怀教泽，
黄河浪高颂功业。

长跪北美感师恩，
遥望西天慰英灵。

二

别妇抛雏何所求，
负笈青城为愿酬。
幸蒙师恩沐雨露，
尚成叶舟鲁海游。
操场谈心夜色稠，
客厅赏饭劝进酒。
有缘天国再相聚，
立雪程门三叩首。

2017 年 11 月 8 日于加拿大密西沙加

祭挚友钧兄夫人长兰女史

渡江北嫁欲何求，
相濡以沫至白头。
教子眷眷赛孟母，
相夫殷殷献春秋。
事亲谆谆范全乡，
作工勤勤誉满楼。
账册本本昭俭朴，
日记篇篇诉喜忧。
唐塔宋寺垂云悠，
东海西乡哀歌愁。
我欲因之怆天地，
涕纵泪横满面流。

2018 年 3 月 30 日于加拿大密西沙加

注：长兰，樊长兰，江苏沙洲（今张家港市）人，嫁江苏东台人陈钧为

妻。账册、日记,长兰生前坚持天天写日记,记家庭开支账。唐塔宋寺,指东台西溪古镇海春轩塔和泰山护国禅寺。

清明

清明景观何悚人,
朔方白雪化泪珠,
南国素花铺凡尘,
冤魂哀嚎感天神。

2018年4月7日于加拿大密西沙加

嘤鸣友声（六首）

致友人

蓝天飞来了一纸白云，
写着你那青春的诗行。
长空呼啸过雁阵悲壮，
传递我这沉郁的回响。

起落的日月告诉着我，
这里白昼时那边黑夜。
仰泳在温和的水面上，
悄悄地躺进你的梦乡。

转动的地球启示了我，
那边朝晖却这里夕阳。
散步峡谷留下的脚印，
叠印你晨练的足底上。

枫叶烧红了山野宽广，
葡萄酒般热烈地流淌。
初雪的洁白纷飞飘扬，

纯真轻碰着心灵之窗。

2017年11月15日于加拿大密西沙加

致"咏初夏"诗人K君

噢！绿山"怀上了陡峭的心事"，
君之诗思多么奇特和美妙；
初夏的心事如果真是陡峭，
那是春心荡漾沐夏风高潮。

请让我将耳朵贴近你的胸，
谛听你鼓点般的咚咚心跳；
请让我将耳朵贴近你的唇，
倾听你音乐般的轻语悄悄。

心事因为陡峭一定很险要，
陡峭由于心事必然更傲骄；
你只给我一个神秘的微笑：
却说"你不知道这些也好"。

春夏秋冬朝昼夕夜有规律，
爱恨情仇喜怒哀乐随轨道；
让日月星辰捎去我的祝福：
你永远青春焕发才情高超。

2018年5月16日于加拿大密西沙加

我梦见一双美丽的眼睛

我在梦里见到了一双美丽的眼睛，
莫非童年放生的鱼儿那回眸一瞥？
目光如密林深处的光圈飘忽不定，

又像夜空中的星星闪烁深藏爱恋。

时而是秋云般灿烂柔和脉脉含情,
倏忽又似夏夜萤火虫般顽皮闹心。
高冷时那眼神是冬日湖里的封冰,
贴心时这凝望酷若暖风来自春天。

说不清道不明这美目是何方神仙,
或许本无其人只是个心造的幻影。
品味欣赏疑惑思索郁闷继而睡醒,
打开电脑屏幕上并未见任何留言。

这双美丽眼睛是头顶上命运之幸,
催发我要在志向高远中老骥伏枥。
负重前行莫低头要牢记仰望高天,
热爱生活珍惜生命还应讲究诗美。

2019年8月2日于加拿大密西沙加

迎冬望春致友人

一场初雪盖住了晚秋落叶,
报告了冬季已经如约来临,
我却侧耳谛听远处的春讯;
大雁南飞了燕子还会回归,
暖风劲吹冰封河面在开裂,
噼噼啪啪的声音多么好听。

我熟识一位很美好的女孩,
幼小时早晨醒来不见母亲,
光脚丫围肚兜将全村找遍;

她脸俊眼亮发乌模样水灵,
而立之年已然是学界新星,
回望道路艰辛足迹留泥泞。

曾记得夜半走过郊外小道,
月色惨淡浓云翻滚真心惊,
我还是抬头远眺东方天边;
那里一定会升起启明之星,
它将唤来朝露晨曦和黎明,
初升的太阳将烧红了一片。

折腾动荡饥饿内乱的年代,
多少苦闷担忧羞辱和焦虑,
我总是躲到一边伤痕自舔;
吞进断牙凉气再噎回泪水,
金色十月云开日出世道变,
日朗天蓝山青水笑树绿荫。

遥念著名英格兰诗人雪莱,
冬天已来了春天还会远吗,
深情的诗句蕴藏伟大预言;
岂止只指自然界四季轮回,
更是时代风云中社会变迁,
命运不再往复天地人更新。

2019年11月8日于加拿大密西沙加

观某女史佳肴图片

（来言：俺也会做饭，等老爷子来品尝！）

美妇玉手巧为炊，
网发图片引口涎。
且待秋日再聚首，
与君共尝话当年。

2020年1月2日于加拿大密西沙加

和K君《无题》

春风暖雨撩芳华，
抚慰世间美人花。
白云一朵雁鸣寄，
捎去心声连天涯。

2020年2月29日于加拿大密西沙加

注：我这一生，特别爱看高天雁阵。十二岁去东台北面大丰读初中，常望雁南飞；后来去林区十年，内蒙三年，又大连几十年，亦是；现旅居北美，偶去日本，更是！柔石《二月》萧涧秋云："我是一只孤雁。"不应只是生活，而更指心灵。在北美，仰望高天雁阵及其悲壮呼喊，内心震憾，甚至泪涌。

附：K君诗《无题》：

东风舞雨唤芳华，
摇曳枝头二月花。
暖香一缕柔情寄，
拈来诗章共烟霞。

注：2020年2月的最后一天2月29日，四年乃得之。春如许，花开若霞，心柔溢喜，特留之。

期望孙辈（四首）

藏头诗夸海岳博文

闻外孙郑海岳考取北海道著名中学著名班级，其弟博文写旗幡祝贺，喜作。

一

郑氏公子王家娃，
海洋宽广怀五洲，
岳峰高峻望天涯，
好个中华强男儿。

二

郑氏公子王家娃，
博闻强记小学霸，
文字旗幡贺兄长，
棒哉情智双高大。

2018年1月10日于加拿大密西沙加

闻外甥孙周鼎皓数学第一名总成绩前列喜作

春风一枝报喜讯，
飞雪万里传佳音。
男儿当举鼎千斤，
皓月如银展素心。

2018年2月5日于加拿大密西沙加

贺外孙海岳期末考试名列前茅

喜鹊绿树唤蓝天，
东瀛学园考风劲。
同窗共有百廿八，
海岳斩获第八名。
救死扶伤男儿志，
悬壶济世仁者心。
伟者郑医美若瑜，
不负长者一片情。

2018年6月14日于加拿大密西沙加

注：海岳在日本扎幌市著名私立中学"希望学园"读初中一年级，他与弟弟博文皆立志同父母郑伟、王瑜一样，将来当医生。

咏慧慧两千金北海道滑雪照

沪江波光映芳姿，
东瀛雪原作舞池。
当有金榜题名时，
北美湖色伴佳期。

2018年2月11日于加拿大密西沙加

注：慧慧一家人定居加拿大温哥华，现旅居上海。

仿古咏美（五首）

仿《诗经》以赠人

彼在远方，
余读于网；
思君才壮，
心摇神荡。

彼在远方，
余泳于漾；
思君容朗，
臂舒足畅。

彼在远方，
余躺于床；
思君德芳，
身辗夜长。

2018年3月10日于加拿大密西沙加

仿《楚辞》赞友人瓶栽

叶翠花黄兮，紫茎挺；

玉手纤指兮，水晶杯；

物吐芳菲兮，人思美；

风展春韵兮，心生恋。

2019 年 3 月 10 日于加拿大密西沙加

仿《楚辞》咏友人"禅舞"

华灯亮兮，若日朗朗兮天晴；

俊颜露兮，似月澄澄兮宇清；

玉臂展兮，如笋嫩嫩兮身净；

纤指翘兮，像莲洁洁兮蕊慧；

长袖飘兮，尤水潺潺兮溪盈；

紫纱晃兮，乃雾蒙蒙兮女美。

吉鹏咏兮，是魂悠悠兮心禅。

2020 年 3 月 9 日于加拿大密西沙加

仿《诗经》咏"捏叶"摄影

玉手纤纤，新叶青青；齐鲁有女，美才芳心。

玉指轻轻，新叶倩倩；江海有女，佳人婷立。

碧水有情，递尔芬馨；蓝天有云，传余雁鸣。

2020 年 2 月 26 日于加拿大密西沙加

仿《诗经》咏友人黑白仕女摄影

夜色来兮，月朦胧兮；所谓伊人，光环围之。

发髻垂兮，衫薄透兮；所谓伊人，曲线显之。

眼眸柔兮，俊鼻翘兮；所谓伊人，好书展之。

傲胸挺兮，峰峦凸兮；所谓伊人，身姿美之。

思恋沉兮，遐想飞兮；所谓伊人，深情盼之。

佳人丽兮，天工造兮；所谓伊人，男女羡之。

2020 年 3 月 21 日于加拿大密西沙加

同仁诗情（六首）

敬读王伟兄影像

京都才俊藏胡同，
津门学霸润海风。
虎砬霜雪铸师魂，
松江智库赖伟公。

英伦繁华炫耳目，
海峡波涛滚心胸。
鹤发难掩青春志，
慧眼尚存嘲世容。

彩凤瑶琴伴君梦，
天佑男神有长弓。
履臻姐妹皆英杰，
书香世代舞春风。

2017年12月10日于加拿大密西沙加

注：王伟，北京人，南开大学哲学系毕业后赴牡丹江林区柴河林业局第三中学任教，后至黑龙江社会科学院工作，退休后曾旅居伦敦数年，近日示我其影像精品合集。海峡，指英伦海峡。彩凤、瑶琴、长弓，喻指王伟亡妻、

优秀女性张凤琴女士，亦为当年同事。履臻，王伟长女，某报编审；次女为外交官。

毛驴和大雁

往日，
一排房屋，
我坐西边，
你坐东边。
室外有步履远近，
我听有哲学的深邃，
你听有文学的唯美。
哦！
一头毛驴，
避雨走廊，
踱足来回。

而今，
一个地球，
你住那边，
我住这边。
长空有喊叫呼应，
你听是回归的爱恋，
我听是远离的悲情。
哦！
一群大雁，
吼啸高天，
人一排列。

2017 年 12 月 21 日于加拿大密西沙加

丁酉戊戌之交赠王伟兄

曾为壮驴拉磨狂，
今入雁行声悲壮。
夜半难寐数往事，
月色朦胧似曙光。
鸡鸣山坡迎朝阳，
犬欢旷野唤绿装。
安得冰城再聚首，
共忆虎砬话沧桑。

2018 年 2 月 11 日于加拿大密西沙加

赞挚友宗学雪梅伉俪

黑河水深入龙江，
双桥砬峭映日光。
宗学医术震四方，
舞文弄墨播馨香。
雪梅师表享荣光，
教书育人美名扬。
长男妙手治百疾，
小女高才编华章。
更有佳婿业航天，
火箭腾空绩辉煌。

2018 年 2 月 11 日于加拿大密西沙加

注：宗学，黑河人，主任医师兼作家；雪梅，中学高级教师、特级教师；俩人皆曾在牡丹江林区双桥子工作、生活。其长男亦为主任医师、按摩专家；小女为某出版社副编审、编辑室主任；小婿为航天科技专家。

祝 D 君鲁迅研究著作问世

蜀地春日传佳音，

鲁园薰风发新叶。

自有名门出英杰，

遥望芳华映山林。

2018 年 4 月 15 日于加拿大密西沙加

注：蜀地，D 君供职于四川省西北部某大学。鲁园，鲁迅研究界。名门，D 君师从某著名学者获博士学位。

诗怀凯雄奇菊伉俪

姐弟金陵忧愁重，

伉俪阜宁爱情浓。

先生幽默藏感慨，

女史爽直展芳容。

辛南苏南皆俊杰，

教育世家气如虹。

更念茶蛋真美味，

而今余香尚口中。

2018 年 4 月 17 日于加拿大密西沙加

注：凯雄、奇菊：余 20 世纪 80 年代初于盐城师专工作时的同事、友人。金陵、阜宁句：凯雄兄曾述其于南京大学中文系读书时，沪上父母被冲击，姐姐赶来告知，是夜姐弟俩散步至深夜，皆默默无语；又述其夫妇二人在阜宁农村劳动锻炼，时乡村尚未通电，晚间于田埂散步谈心。先生、女史句：凯雄幽默，余戏称之为林语堂；奇菊爽直，专业数学，但文学素养深，曾对余云"独爱徐志摩"，其神态很可爱。辛南苏南：姐弟，凯雄奇菊子女。教育世家：凯雄父母皆为名师，姐亦为教师，沪上报纸常有介绍，且登载全家福尔。茶蛋：余北上牡丹江接妻女至盐城团聚，奇菊煮茶蛋十枚，赠余以路上食用。

桃李天下（三首）

有感于本门晋人众多而咏

吕梁山高峰顶天，
汾河水远云映浪。
滴水专注岩石穿，
涌泉洋溢草木长。
神奇土地育豪杰，
秀丽田野慰儿郎。
自古晋门多英才，
而今海内众芬芳。

2016年11月20日于加拿大密西沙加

咏吾江淮弟子

黄海浪涛拍沙滩，
西乡河川绕绿野。
琴棋书画千年教，
兰荷菊梅四季开。
江淮大地育俊杰，
里下平原出英才。
更有后羿射日处，

高天闪烁星汉灿。

2016 年 11 月 20 日于加拿大密西沙加

注：里下平原，即里下河平原，里指里运河，又称里河；下指串场河，又称下河，平原介于两河道之间，称为里下河平原或里下河地区。后羿射日处，传说在今江苏射阳，淮河之南，东临黄海。

赠牡丹江两代学子

完达山高守边陲，
镜泊瀑飞挂峭壁。
林海雪原育青松，
虎砬鹰峰护碧水。
迎春杜鹃夏梨杏，
野菊咏秋冬冰凌。
八女英魂撼江天，
唤来人间百花艳。

2016 年 11 月 21 日于加拿大密西沙加

注：两代学子，余于 20 世纪 60 年代末至 70 年代末任教于牡丹江林区，又于 90 年代后任导师及研究生管理部门负责人，培养大批牡丹江师范学院等院校毕业生来辽宁师范大学攻读硕士学位，故为两代学子。完达，完达山。镜泊，镜泊湖，其北湖头有大瀑布。杜鹃、杏、梨、野菊、冰凌，皆指花名；冰凌花即侧金盏花，又称雪莲花。鹰峰，鹰嘴砬子，位于牡丹江畔。八女，指抗日英烈之八女投江。

下编跋

这里所收的诗篇（组诗），是我从半个多世纪创作的数百首诗篇（组诗）中选出来的，先后写于中国的江苏东台、北戴河海滨、牡丹江林区和大连，日本浜松，加拿大密西沙加等地。少量写于20世纪60年代末至70年代，大量写于本世纪，其中又多为近几年旅居加拿大时所写。编排的原则是以写作时段为经，题材、主题为纬，分若干组，每组诗又以写作时间为序。

需要说明的是，有些每行皆或五个字或七个字之类的诗，并非古体诗，我只是遵循"精炼、押韵、大体整齐"的要求而已。一位昔日同窗、挚友、语言文字学教授，曾批评我"不合格律，有损英名"，并赐某大师"诗词格律"一书，让我学习。我窘极，辩称：从无自云"七律""七绝"字样，只是每行字数相同的新诗而已。另一位昔日同窗、挚友、古代文学教授，则与之意见相左，云：" '调平仄'是很费功夫的，把精力过多地用于此，'三年得两句，一吟双泪流'，不值得。即使按照《现代汉语词典》调出的平仄，也未必准确。一首诗好不好，首要的是思想和情感。与其全合平仄、格律，而无真情实感，不如反过来。要么就是新诗，要么就是格律诗——难道就不容许一种介乎二者之间的形式吗？"他的这一观点得到了一位昔日学生、友人、古代文学教授和一位在某著名高级中学任教的昔日学生的支持。我总算松了口气。

我们的时代，是一个大时代。大时代应该有讴歌大时代的辉煌诗篇，我却没有；大时代的重大事件，诗歌应该有直面的反映，我也没有做到；即便是对大时代里的那场伟大历史转折，我也没有用诗来表现，而且从20世纪70年代末至本世纪初的二十多年里，我几乎没有写什么诗。这，是我的罪过。

本世纪初，在中国现代文学馆的一次纪念某著名现代诗人的活动中，某当代著名诗人讲:"不可能人人皆为诗人,但,是人就得有诗情。"此言极是。鲁迅说:"呼唤血和火的,咏叹酒和女人的,赏味幽林和秋月的,都要有真的神往的心,否则一样是空洞。"诗情,乃"真的神往的心"。这是当下人们以及诗歌特别需要的啊!我的这些诗,表达了我的诗情,我的"真的神往的心"。如同海滩上捡得一枚螺壳,又如同旷野里遇到的一缕晨风,再如同天空中传来的一阵雁鸣。如斯,足矣!

  2019年6月15日写,2020年4月2日改,于加拿大密西沙加